EDIÇÕES BESTBOLSO

Getúlio

Juremir Machado da Silva, nascido no Rio Grande do Sul em 1962, é escritor, tradutor, jornalista, professor universitário e coordenador do Programa de Pós-Graduação em Comunicação da PUC-RS. Foi correspondente em Paris do jornal *Zero Hora*, de 1993 a 1995. É cronista do jornal *Correio do Povo* de Porto Alegre.

CB081868

Juremir Machado da Silva

GETÚLIO

7ª edição

EDIÇÕES
BestBolso
RIO DE JANEIRO – 2016

CIP-Brasil. Catalogação na fonte
Sindicato Nacional dos Editores de Livros, RJ.

Silva, Juremir Machado da, 1962-
S58g Getúlio / Juremir Machado da Silva. – 7ª edição – Rio de Janeiro:
7ª ed. BestBolso, 2016.

ISBN 978-85-7799-056-6

1. Vargas, Getúlio, 1883-1954 – Ficção. 2. Brasil – Política e governo – 1951-1954. 3. Romance brasileiro. I. Título.

CDD – 869.93
08-0153 CDU – 821.134.3(81)-3

Getúlio, de autoria de Juremir Machado da Silva.
Título número 053 das Edições BestBolso.
Sétima edição impressa em junho de 2016.

Copyright © 2004, 2007 by Juremir Machado da Silva.

www.edicoesbestbolso.com.br

Fotografia de capa: "O desfile da posse" em 31/1/1951, *Jornal do Commercio*, RJ (recorte).
Design de capa: Pedro Meyer Barreto e Richard Verdoorn.

Todos os direitos reservados. Proibida a reprodução, no todo ou em parte, sem autorização prévia por escrito da editora, sejam quais forem os meios empregados.

Direitos exclusivos de publicação em língua portuguesa para o Brasil em formato bolso adquiridos pelas Edições BestBolso um selo da Editora Best Seller Ltda.
Rua Argentina 171 – 20921-380 – Rio de Janeiro, RJ – Tel.: (21) 2585-2000.

Impresso no Brasil

ISBN 978-85-7799-056-6

Para Décio Freitas,
grande amigo e
inspirador deste livro,
in memoriam.

"Limpo o pó das minhas sandálias
e atiro para trás."

Citação bíblica feita por Getúlio Vargas
no encerramento da sua campanha, em 1950.

Parte I

CARA(S)
"...Levai-me convosco."

1

Agosto, mês de cachorro louco, pensou Getúlio Vargas, desviando os olhos do rosto angustiado do ainda jovem ministro Tancredo Neves, sentado à sua esquerda. Mês do delírio total do Corvo do Lavradio, do "mar de lama" que parecia inundar o Palácio do Catete e de vento norte na campanha – a "savana verde" gaúcha que abandonara para mudar o Brasil e da qual, no fundo, nunca saíra. O presidente revisou mentalmente a carta que releu antes de entrar com seus ministros no Salão dos Banquetes para a reunião de crise e suspirou. Agosto, mês de cavalo magro entregar a carcaça nos campos de São Borja, cobertos de geada ao amanhecer. Agosto, permitiu-se o lugar-comum tão ao gosto de seu pai, mês de desgosto. O velho general Manuel do Nascimento Vargas, veterano da Guerra do Paraguai e dos combates no seu bravo Rio Grande, que só morrera à beira dos 100 anos, quebrava a aba do chapéu e previa, numa mescla de sabedoria e de resignação: "Esse não passa de agosto."

Em 3 de outubro de 1930, quando tudo, de fato, começou, com a deflagração da revolução que mudou o Brasil, liderada por Getúlio. Ele tinha passado um dia calmo, despachado com o seu secretariado do governo do Rio Grande do Sul, jogado pingue-pongue e iniciado um diário. "Deve ser para hoje às cinco horas da tarde. Que nos reservará o futuro incerto neste lance aventuroso?" Havia despistado o secretário da Fazenda, que acumulava interinamente a

pasta do Interior, dizendo-lhe que o Rio Grande "acompanharia um movimento de ordem geral". Despistar, essa era a sua grande arte. Essa seria a palavra que os inimigos mais brandiriam contra ele ao longo dos anos. Naquela tarde da grande virada, tudo desfilava na sua mente com a clareza das grandes dúvidas e a certeza dos enormes riscos: "Quatro e meia. Aproxima-se a hora. Examino-me e sinto-me com o espírito tranqüilo de quem joga um lance decisivo porque não encontrou outra saída digna para o seu estado. A minha sorte não interessa e sim a responsabilidade de um ato que decide o destino da coletividade." Tudo que os seus adversários explorariam já se encontrava ali: o jogador, o articulador, a raposa, o enxadrista.

Agosto, tempo de mais uma peleia na vida de Getúlio Vargas. Também naquele distante 3 de outubro nenhuma ilusão o dominava. O medo de uns, a hesitação de outros, tudo já o empurrava a lançar a grande pergunta: "Não terei depois uma grande decepção?" Toda a sua visão de mundo estava ali: a capacidade de antecipação, o cálculo global das ações e das expectativas de todos os envolvidos, a possibilidade da traição, a sua permanente divisão entre o novo e o velho, a renovação e a conservação: "Como se torna revolucionário um governo cuja função é manter a ordem?" Agosto, mês de lembranças. Naquele primeiro dia de um novo homem, de um novo Brasil, o primeiro dia da Era Vargas, ele, o homem que agora soçobra na tempestade política, perguntava-se: "E se perdermos? Eu serei depois apontado como o responsável, por despeito, por ambição, quem sabe?" Ao longo das décadas, o seu espírito ponderado e conciliador seria confundido com o de um hesitante.

Naquela tarde de primavera, 3 de outubro de 1930, em Porto Alegre, ele cravou na pedra morna do papel uma frase para entrar na história: "Sinto que só o sacrifício da vida

poderá resgatar o erro de um fracasso. Agosto, mês de cachorro louco. Sei o que todos eles desejam. Posso identificar a posição de cada um dos meus ministros sem nenhuma sombra de dúvida, considerou silenciosamente o presidente. Sei quem me acompanharia na resistência, quem estaria disposto a morrer comigo e quem me proporá, com floreios, entregar as rédeas e apear deste cavalo cansado. Já comi muita carne na vida, não preciso mais disto. Mas não sairei daqui humilhado. Estou velho demais para ser pisoteado por pata de matungo e por esses leguleios da UDN. Por mais que os milicos e a cachorrada do Lacerda imaginem o contrário, ainda posso dar as cartas e jogar de mão."

Passava bastante da meia-noite. Já se vivia a madrugada de 24 de agosto de 1954. No salão de refeições dos barões de Friburgo, primeiros donos do Catete, transformado em sede da Presidência poucos anos depois da implantação da República, o ministério estava quase completo. Faltava apenas Vicente Rao, titular das Relações Exteriores, em viagem a São Paulo. Getúlio, impassível no seu terno azul-acinzentado, examinava as feições de cada um com o seu tradicional ar enigmático. Parecia realmente ausente. Nada que pudesse chamar a atenção de alguém, pois sempre estivera à espreita, como que alheio, para melhor observar e intervir no momento preciso. Segundo o escritor Menotti del Picchia, que lhe estudou a fisionomia, Vargas tinha "o olhar periférico da mosca e mais uma supervisão das distâncias". A abstração do seu olhar opaco era uma cilada perfeita: ninguém nunca sabia o que, realmente, estava focando, embora não desviasse o olhar. Contemplava vazios repletos de significados que só ele conseguia decifrar e dos quais tirava a sua imensa vantagem sobre os demais em cada situação.

Sentado à cabeceira da grande mesa, acompanhou, na extremidade oposta, o movimento inusitado de José Américo de Almeida, ministro da Viação e Obras Públicas, que se ergueu por alguns segundos, apalpou os bolsos e sentou-se de novo. A tensão refluía em ondas de falsa tranqüilidade. Prevista para a manhã de 25 de agosto, a reunião, por sugestão do marechal Mascarenhas de Morais, chefe do Estado-Maior das Forças Armadas, foi antecipada pelo presidente, que decidiu, apesar da hora tardia e da fadiga de todos, pela sua imediata realização. A crise atingia o ápice. Ele buscou, com os olhos cansados, à direita, a figura de Osvaldo Aranha, que lhe pareceu, com sua cabeleira branca, quase épica, apesar da banalidade dos homens e do poder para quem, como ele, Getúlio Dornelles Vargas, já fora tudo na vida, mas tudo mesmo, conservador e revolucionário, ditador e democrata, oligarca e "pai dos pobres", conspirador e vítima de conspiração, predador e presa.

Voltou a observar José Américo. Percebeu que, por trás das lentes de fundo de garrafa, o velho leão da Paraíba estava com os olhos turvos. Osvaldo e Zé Américo eram, ali, os únicos companheiros que haviam feito com ele todo o percurso, desde a Revolução de 1930. Nem sempre estiveram em sintonia. Tivera muitos amigos-inimigos. Mas Osvaldo podia ser considerado um fiel. Zé Américo, ao menos duas vezes, havia tomado caminho próprio, denunciando, em 1945, numa célebre entrevista ao *Correio da Manhã*, o Estado Novo, regime cuja instalação, em 1937, o impedira de realizar o sonho de chegar à presidência da República. Amigos, embora oponentes em algumas épocas, estudavam-se enquanto a ansiedade dissimulada só aumentava. É bem verdade que Zé Américo aceitara renunciar ao governo da Paraíba, para o qual fora democraticamente eleito, e vir socorrer o velho parceiro, o ex-ditador, assumindo pela segunda vez, em plena tempestade política, a pasta de Viação e Obras Públicas. Getúlio sorriu. Mansamente. Sorriu-lhe.

Na realidade, apenas esboçou o seu conhecido sorriso de esfinge. Como sempre, ninguém notou o que havia de profundo naquele traço, naquela fina superfície de simpática caricatura.

Osvaldo também saltara do barco duas vezes, de maneira um pouco menos estrepitosa. A primeira em 1937, quando era embaixador nos Estados Unidos e, americanófilo e liberal, renegou o golpe que acabou com a breve democracia e impôs o Estado Novo ou Estado Nacional. Aranha havia jurado aos amigos norte-americanos que isso não aconteceria. Desmentido, pediu o chapéu. A correspondência de Getúlio não havia chegado a tempo de preveni-lo das necessidades de uma ditadura. A separação durou pouco. Passado o susto, voltou aos braços do amigo e do poder. Mais tarde, quando Coriolano de Goes, chefe de Polícia dessa mesma ditadura, também conhecido como Coriolano Goestapo, fechou a Sociedade dos Amigos da América, da qual Osvaldo Aranha tinha sido eleito presidente, a ruptura foi imediata: Osvaldo demitiu-se do cargo de ministro das Relações Exteriores. Nunca, contudo, combateu o homem e amigo Vargas.

Juntos, Getúlio, Osvaldo e Zé Américo eram quase metade da história brasileira de meados do século XX. Havia, claro, um exército de homens que, desde o 5 de julho de 1922, com o levante do Forte de Copacabana, compunha com eles a legião dos rebeldes que se tornariam os novos donos do poder. Até certo ponto. Muitos ficaram, ou foram deixados, pelo caminho. Getúlio recordou-se de Siqueira Campos, um dos 18 do Forte, sobrevivente, junto com Eduardo Gomes, do levante de Copacabana, morto afogado, nas águas próximas de Montevidéu, quando voltava de uma reunião de conspiração, em Buenos Aires, no longínquo e sempre tão próximo maio de 1930. Mais sorte,

Getúlio quase sorriu de novo, tivera outro tenente de muitas lutas, João Alberto, que se salvara do mesmo acidente nadando. Depois, quando Getúlio o nomeou interventor em São Paulo, contrariando o desejo local de um governante paulista e civil, João Alberto quase afogou o processo revolucionário.

– A situação agravou-se. Desejo conhecer a opinião de cada um dos senhores. Depois, decidirei o que fazer – anunciou o presidente, com voz grave e baixa, ainda mais lacônico que de costume.

A praxe era passar a palavra ao ministro da Justiça. A natureza da crise levou Getúlio a deixar Tancredo para mais tarde. Zenóbio da Costa, ministro da Guerra, devia falar primeiro. Nesse momento, contrariando ordem expressa de nunca interromper uma reunião ministerial, Alzirinha, filha e secretária do presidente, irrompeu na sala, trazendo junto com ela a mãe, Dona Darcy, os irmãos, Maneco e Lutero, o marido, Ernâni do Amaral Peixoto, e o deputado e ex-ministro Danton Coelho. Outras pessoas, estranhas ao Conselho de Ministros, também se acomodaram. A situação, porém, era excepcional e ninguém se importou. Junto ao relógio-armário, um homem baixo não tira a mão do queixo. Getúlio falava pouco. Para fora. Para dentro, sua voz parecia nunca se calar. Analisava pacientemente cada elemento dado à sua observação. Reviu-se em 1930 derrubando a República Velha, com seus oligarcas do café, para inventar um Brasil novo. Apesar de distante, fez um gesto com a mão direita e o burburinho dissipou-se. Emanava uma força natural daquele homem pequeno e metálico, chamado de anão pelos inimigos mais vulgares, que impressionava qualquer um, inclusive os maiores e mais poderosos. Mesmo o presidente americano Franklin Roosevelt, num encontro em Natal, comentara: "É um gigante."

– Vou ser muito franco – disse o general Zenóbio, acelerando a voz, já aos trancos, falando cada vez mais rápido, engolindo palavras e salivando. – Dos 80 generais que servem no Rio e têm comando de tropa, com poder real de fogo, 37 já assinaram um manifesto de apoio aos brigadeiros que se voltaram contra o governo e pedem a renúncia imediata do presidente. Vou ser muito direto, não vai dar para contar com a Marinha e com a Aeronáutica. De minha parte, posso assegurar que estou disposto a resistir. Tomei, na Vila Militar, providências para isso. Mas aviso, pelas responsabilidades futuras, a resistência vai provocar derramamento de sangue. Vai ser uma carnificina. Meus homens estão prontos para morrer lutando pela ordem e pelas instituições.

2

— Getúlio não era um caudilho – balbuciou o velho, enquanto procurava uma cigarrilha escura no bolso interno do casaco.

– Vê-se, de imediato, pela sua tosse, que o senhor não devia fumar – disse a anciã, metida num vestido vermelho que a fazia parecer ainda mais excêntrica e impetuosa.

– Caudilho foi o Perón – disse o velho, despejando catarro no lenço branco de pano. – Getúlio foi muito mais do que isso. Ninguém o alcançou em tino político e complexidade.

– Vargas foi mais em tudo – riu a velha senhora. – Foi um ditador à brasileira. Fez tudo o que os outros fizeram, um Trujillo, um Perón, um Duvalier, um Pinochet, mas a clareza disso tudo se perdeu na típica confusão brasileira. No Brasil, até a ditadura é morena, meio democracia, meio sacanagem, meio a gente vai levando. Vargas prendeu, mandou matar, fechou Congresso, reprimiu trabalhadores, deu golpe de Estado, oficializou a tortura, abusou da censura, perseguiu adversários políticos e antigos amigos, usou os militares para matar a sua sede de poder e, mesmo assim, ainda virou mito. De fato, o Brasil nunca será um país sério.

– Depois do golpe de 1937 – replicou o velho –, oitenta parlamentares foram ao Palácio Guanabara cumprimentar Getúlio pelo seu civismo e pela sua determinação. Motivo devia existir.

– Conheci, em seguida, muitos desses lambedores de botas. Sei o que pretendiam quando foram beijar os pés do ditador – ironizou a velha senhora, tirando uma piteira da bolsa. – Houve quem tivesse mais compostura. Alguns governadores, acho que o Juraci Magalhães, da Bahia, e o Lima Cavalcanti, de Pernambuco, renunciaram. O José Carlos Macedo Soares, ministro da Justiça, também entregou o cargo. Teve mais gente que não se dobrou.

– Acho – riu o velho, acendendo o isqueiro – que o cigarro, a ver pelas nossas idades, não faz tanto mal assim.

– Vou parar de fumar – sentenciou a mulher. – Quando morrer.

– Eu sempre quis saber o que a senhora pensava de Vargas. Durante décadas, carreguei essa dúvida comigo. Demorei a encontrá-la.

– O senhor não deve ter procurado bem. Morei na América Latina. Ultimamente, vivi na Tailândia. Gosto do exótico. Por isso, nunca mais tinha voltado ao Brasil. Aqui, tudo é normal demais.

– Nem tudo – ponderou o velho. – Não é normal que muito brasileiro vá aos Invalides visitar o túmulo de Napoleão e não venha aqui, ao Museu da República, ao antigo Palácio do Catete, conhecer o lugar da maior tragédia política nacional, o lugar onde o Brasil perdeu o trem da história.

– O turismo nada tem a ver com o patriotismo – disse a velha, escondendo, elegantemente, um bocejo.

3

Zenóbio da Costa repetiu: "Haverá sangue." Getúlio pareceu examinar o quadro de Antônio Parreiras, *Dia triste*, diluído na parede do salão, às costas de José Américo, com as suas árvores retorcidas por um vento, certamente, implacável e fúnebre. Danton Coelho – "o amigo certo das horas incertas", na definição do próprio Getúlio, o mesmo que menos de dois anos antes, depois de uma briga pelo controle do PTB com Dinarte Dornelles, havia gritado "considero-me traído por todo mundo, inclusive por Getúlio Vargas" – sobressaltou-se. Alguns dias antes, havia insultado o general Zenóbio. No gabinete de Getúlio, na presença de Osvaldo e do seu filho Euclides Aranha e do chefe do Gabinete Militar Caiado de Castro, chamara o ministro da Guerra de "mulato ordinário, traidor, ladrão e mentiroso".

– Sou um homem honesto, honrado. Não posso ser tratado assim. Me respeite – implorou Zenóbio. – Nunca lhe faltei com o respeito. Exijo o mesmo tratamento – insistiu, pálido de raiva.

– Então não venha dizer que os generais vetam o presidente, o homem que os fez generais, mas apóiam você. Vá se enxergar, mulato ladrão, que o momento é de extrema gravidade.

– Sou um homem honrado. Não repita isso – protestou Zenóbio.

Junto ao elevador, depois que Getúlio fez um sinal para que se acalmassem e saíssem do gabinete, Danton ainda murmurou um insulto, trincando os dentes, para espanto de Careca, o ajudante-de-ordens que os conduzia. Agora, num momento solene e carregado de angústia, sentiu que não era muito menos mulato do que Zenóbio. Getúlio costumava brincar: "Melhor não mexer com esse negócio de árvore genealógica, ou se acaba na cozinha ou no mato." Danton Coelho esboçou um gesto. Ia falar. Para ele, Zenóbio da Costa era um salafrário que havia aproveitado a ação da Força Expedicionária Brasileira, durante a Segunda Guerra Mundial, para pilhar objetos na Itália. Não acreditava em nada do que ele dizia, nem na sua vontade de resistir, nem na capacidade de combate dos inimigos. Osvaldo Aranha bem que gostaria de ver Zenóbio levar uma surra. Chegara a sugerir, em outra ocasião, que se quebrasse a arrogância do milico com uns tabefes. Danton arrependeu-se de não ter seguido o conselho do outro. Getúlio fixava o olhar no lustre. Parecia descobri-lo naquele momento. Danton lembrou-se de que não era mais ministro e, apesar da fúria que o agitava, calou-se.

– Só o Exército permanecerá fiel – afirmou Zenóbio, num tom que pretendia revelar orgulho, desprezo e até realismo.

Zé Américo ajeitou os óculos. Osvaldo alisou os cabelos. Apolônio Sales, ministro da Agricultura, olhava, petrificado, o rosto do presidente. Getúlio sentiu a respiração da filha nas suas costas. Um pouco mais atrás, Darcy, a companheira de uma vida, embora havia mais de uma década tivessem estabelecido uma silenciosa separação de corpos, apertava as mãos e mordia o lábio inferior.

– Duvido – exclamou Danton, num rompante, do qual logo se arrependeu.

– Não me dirija a palavra – reagiu Zenóbio, categórico.

Getúlio repetiu-se uma frase que lhe era peculiar: "Já comi muita carne." Nas fazendas de Santos Reis ou do Itu, em Itaqui, no longo exílio que se impusera depois da queda de 1945, apesar de velho, não dispensava um assado de boi com "dois dedos de graxa", embora a saúde já exigisse o contrário. Não dispensava tampouco as visitas calorosas da Bem-Amada. Só ela era realmente capaz de arrancá-lo do exílio e devolvê-lo às sensações do poder e da vida plena de significados. De manhã, quando o velho amigo Miguel Teixeira viera incitá-lo a resistir, assegurando que Osvaldo reuniria um grupo de cinqüenta fiéis entre aqueles dispostos a morrer combatendo, dissera-lhe, entre uma baforada e outra do seu havana, bastante sereno:

Já comi muita carne. Não preciso mais disto aqui. Os moços precisam é de viver. Saberei encontrar uma boa saída sozinho.

Miguel protestou:

– Podemos resistir. Não se deixe abater tão facilmente. Uma carreira de lutas não pode ser interrompida pela sanha de um bando de oportunistas. Lacerda é um mentiroso. Duvido até que tenha qualquer ferimento embaixo daquele gesso absurdo.

– Vai para casa, Miguel. Esse acidente que andaste sofrendo te deixou com o crânio fendido. Sei o que estou fazendo.

– Queremos lutar ao seu lado. É tudo.

– Isso é um assunto pessoal meu. Não te mete – cortou Getúlio, erguendo o punho cerrado à altura do rosto do amigo, um dos homens que o acompanharam, voluntariamente, ao retiro no Rio Grande do Sul e que, no retorno, presidiu o inquérito sobre as irregularidades do Banco do Brasil durante o governo Dutra, sempre tirando as conclusões do agrado do chefe e úteis aos seus objetivos políticos.

Getúlio fitou Zenóbio e teve pena dele. Osvaldo estava com o queixo apoiado na palma da mão esquerda. Voltara ao ministério em 1953, na pasta da Fazenda, e resolvera, com a "reforma Aranha", os problemas da Carteira de Exportação e Importação do Banco do Brasil (Cexim), eliminando os casos de corrupção na liberação de cotas para compra de dólares destinados à importação de produtos, mas a imprensa de oposição só falava em fracasso. Edgard Santos, ministro da Educação, mostrava-se tão descontraído quanto uma estátua. Os ajudantes-de-ordens rodeavam a mesa. Getúlio soltou as amarras. O pensamento ganhou velocidade, compilou emoções, confundiu personagens, misturou épocas, rompeu as fronteiras da política e tornou-se uma imensa bola gelatinosa de vivências e de rupturas. Então era ele o ditador, o calculista, o maquiavélico, o eterno golpista, o inimigo a ser abatido? Ele que tudo fizera, inclusive o que não desejava, como os oito anos do Estado Novo, para tirar o Brasil do atraso, salvá-lo dos nazistas, livrá-lo dos tubarões internacionais e elevá-lo à condição de verdadeira nação?

Ele, mandante de crimes hediondos e protetor de quadrilhas de corruptos, ele que só queria administrar o país e detestava política? O sindicalista José Vecchio, não fazia tanto tempo assim, tomara um avião em Porto Alegre e fora direto ao palácio pedir-lhe para interferir na definição do candidato à prefeitura da capital gaúcha. Acossado por duas novas raposas, João Goulart e Leonel Brizola, Vecchio denunciou as manobras dos dois para dominar o PTB estadual e reclamou apoio. Candidamente, Getúlio respondeu:

"Vecchio, faz como eu, não te mete em política." Agora, estava ali, atolado num novo escândalo político, ele que chegara ao poder, pela revolução, em companhia de antigos estudantes da Faculdade de Direito, como João Neves da Fontoura, e amigos da Academia Militar de Porto Alegre, como Góis Monteiro. O mesmo Góis, seu chefe militar na Revolução de 1930, que o derrubara do poder em 1945. João Neves, depois de tantas idas e vindas, passando inclusive pelo exílio, fora seu ministro das Relações Exteriores até alguns meses atrás. Agora, escrevia violentos editoriais em *O Globo* contra o seu governo, dando rédeas ao seu reacionarismo visceral.

O poder é total, pensou Getúlio. Ninguém se divorcia dele. É uma relação indissolúvel. Provoca danos irreparáveis, inveja, feridas sem cura. João Neves nunca me perdoou por, em 1930, na hora de subir o Brasil para assumir o poder com a revolução, ter deixado o Osvaldo na presidência do Rio Grande, quando ele, João, era o vice-presidente eleito do Estado. Para mim, era uma questão de estratégia, de dispor as peças certas num tabuleiro incerto. Mas João não viu assim. Achou que era um golpe contra ele, uma maneira de afastá-lo. Ofereci-lhe, de imediato, o posto que desejasse como ministro. Ele recusou. Acabou aceitando mais tarde. A mágoa nunca passou. O poder costuma abandonar os homens, que permanecem ligados a ele pela nostalgia, pela vontade de retomá-lo, pela incapacidade de sobreviver sem ele. Os homens mais tristes que encontrei eram deserdados do poder. Não existe paixão maior e mais devastadora. O poder é para sempre, mesmo que seja provisório. Ao contrário do que dizem meus adversários, eu nunca quis o poder. Usei-o por uma só causa: arrancar o Brasil do grotesco atraso em que se encontrava.

– Presidente, estou vendo que o senhor é um homem que tem o destino de ser traído pelos seus chefes militares – disse o almirante Guilhobel, ministro da Marinha.

4

A voz de Ângela Maria, apelidada por Getúlio Vargas de Sapoti, por sua cor e pela doçura da sua voz, inundava o Bar 18, saindo de um imenso aparelho de rádio ABC. O advogado Paulo Amato gostava de "Vida de bailarina". Pediu outro uísque, coçou o bigode grisalho, contemplou pela janela a praia de Copacabana e disse que preferia Emilinha Borba. Em todo caso, precisou, não resistia a um "trinado" de mulher, ainda mais quando as tristezas de amor cantadas eram um convite a novos amores. O deputado Euvaldo Lodi apenas sorria.

– Vargas já provou desse sapoti, não?

– Bobagem, Paulo. O velho já não tem cabeça para isso.

– Ora, ele sempre encontrou tempo e cabeça para comer as mulheres do Lourival. Também, quem não gostaria de empalar a Adalgiza?

– Certo, o velho comeu gente. Com o passar do tempo, trocou as balzaquianas pelas garotinhas, como sempre acontece, bode velho gosta de carne nova, mas o mar não anda mais para essas coisas.

– Sei, não – zombou Amato –, como dizem os gaúchos, cachorro comedor de ovelha, só matando. Gegê sempre gostou muito de comer carne. Não lhe faltou cafetão: Lourival, Vergara, Bejo, Teixeira e até o negro Gregório. Aí sempre foi uma bela sacanagem: o Nego levando o chefe para foder a mulher do "Lurival", como ele diz. O velho já se esbaldou muito na Ladeira do Ascurra e na Rua Gustavo Sampaio, acobertado pelo deputado Barreto Pinto, o famoso Pinto Pequeno. Dizem que até a Carmem Miranda ele comeu.

– Agora é diferente. O cerco vem se fechando, e o Getúlio está mudado, ainda mais fechado, mais ensimesmado. Contenta-se em escutar a Mayrink Veiga para ouvir suas divas. Além disso, você não deve acreditar em tudo o que dizem os jornais de oposição. Essas histórias da Ladeira do Ascurra e dos "lourivais" agenciando Adalgizas, Anas Marias e Rosalinas para Getúlio são uma velha filha-da-putice do Rafael Correia de Oliveira, em *O Estado de S. Paulo*, e do Chateaubriand, que não cansa de mentir por estratégia ou por gosto mesmo. O Getúlio fez muito pelo Brasil. O canalha do Lacerda não pode agora enxovalhar tudo isso com seu moralismo de pacotilha.

– Você sabe o que eu penso, Euvaldo. Só tem um jeito. É preciso calar a boca do Corvo. Se isso não for feito, ele vai liquidar Vargas e vocês de cambulhada.

– Isso não seria inteligente, mesmo que cada um de nós tenha vontade de esganar o Carlos Lacerda com as próprias mãos. Eu, depois de todas as calúnias que despejou contra mim, teria todas as razões do mundo para afogá-lo numa privada. Por isso mesmo, não posso fazer uma coisa dessas. Nem eu nem o Lutero, que, além de filho do presidente, está processando o Corvo. Menos ainda o Bejo, irmão do homem, que vive de rabo preso por causa das suas loucuras, vigarices e putarias. Seria como assinar uma confissão de crime.

– Lacerda é muito mais perigoso do que vocês imaginam. Tem talento para a mentira e, em quatro anos, fez da *Tribuna da Imprensa* um esgoto a céu aberto, capaz de afogar qualquer um na merda, até o presidente da República. O Judeu não é páreo para ele.

– Wainer e a *Última Hora* são o nosso único canal de voz. Precisamos mantê-lo vivo. Afinal de contas, foi para isso mesmo que financiamos o seu jornal. Estamos numa relação simbiótica.

– Há momentos em que é preciso simplificar. Lacerda se tornou o grande problema de Vargas. Alguém tem de aliviar o presidente desse fardo. É uma questão de lealdade.

– Acho até estranho você dizer isso. Afinal, trabalha para gente que é amiga do Lacerda. Se não te conhecesse bem, desconfiaria desse conselho.

– Ganhar a vida é uma coisa. Outra é ter uma postura política. Vou te dizer mais, tem gente dentro do Catete que está jogando contra e alimentando a máquina do Lacerda com informações corrosivas.

– Quem?

– Você sabe.

Euvaldo Lodi ficou um instante calado. Depois, num arranco, despediu-se do amigo. Não disse nada, mas tinha um encontro com Bejo Vargas. Paulo Amato não se mexeu. Uma semana antes, fizera a mesma sugestão ao general Mendes de Morais, acusado por Lacerda de vários tipos de corrupção, entre os quais o desvio de verbas públicas, quando era prefeito do Distrito Federal, destinadas à construção do maior estádio de futebol de mundo, o Maracanã. Estava certo de que a idéia havia chegado aos ouvidos de Lutero, tratado por Lacerda de bêbado, incompetente, inútil, vagabundo e eterno descornado, e de Bejo, o inventor da Guarda Negra, certamente o mais explosivo dos Vargas em ação no Catete.

Amato bebeu mais um gole e sorriu. Euvaldo Lodi era um bom de um safado, pensou. Todo-poderoso da Federação das Indústrias e do Serviço Social da Indústria, o Sesi, distribuía verbas para sustentar os interesses de Vargas e ajudara Samuel Wainer a encontrar dinheiro para fundar a *Última Hora*, em 1951, pois Vargas, de volta ao Catete nos braços do povo, precisava de um veículo que o defendesse. Lodi devia saber muito bem que Getúlio adorava um rabo-de-saia e, mesmo que não tivesse "direito à pernada", como alguns ditadores latino-americanos, que se arrogavam o direito de comer as melhores jovens do reino, sempre fora bem servido pelos amigos e não se furtara a levar para a cama as mulheres de alguns dos seus colaboradores mais próximos. A força de Lourival Fontes vinha disso. Ele tinha levado a missão ao extremo e casado com beldades para que servissem ao patrão. Devia ser melhor ir para a cama, pensou, com Getúlio, nanico e meio manco, do que com Lourival, certamente o homem mais feio do Brasil, com um olho torto e a boca mole. Lourival, o canalha que, no Estado Novo, pilotara o Departamento de Imprensa e Propaganda, inspirando-se em Goebbels, não passava de um corno da corte. País de merda, governado por mancos e cornos, contrabandistas e até negros assassinos!

A desfaçatez de Getúlio, considerou Amato, era tão grande, que ele se permitia alimentar o anedotário sobre si mesmo sem se importar com a decência ou com a dignidade dos outros. Lourival, com certeza, não conhecia essa palavra e não reclamava. Às vezes, em farras do Cosme Velho, Getúlio, o introspectivo Getúlio, o sempre tão reservado Getúlio, o homem de muitos sorrisos e poucas palavras, soltava-se e dizia para Bejo: "Conta aquela do Lourival, aquela de quando o Osvaldo veio me contar sobre o que andavam falando de mim e da Adalgiza." Bejo nunca se fazia de rogado e caprichava nos detalhes.

Tornou-se famosa a história de uma advertência de Osvaldo Aranha a Getúlio. Osvaldo, o cérebro da Revolução de

1930, homem de fronteira como Getúlio, um de São Borja, o outro de Alegrete, ambos francos, mas calculistas, um contido, o outro emotivo e temperamental, era um dos poucos que podia chamar o presidente de tu. Intimidade que lhe dava o direito de tocar em assuntos muito particulares. "Getúlio", disse Osvaldo, "andam falando que és amante da Adalgiza do Lourival". "Bobagem, Osvaldo, isso é coisa que o próprio Lourival anda espalhando só para se engrandecer." "Mas é uma mulher e tanto, linda e brilhante", insistiu Aranha. "É o que sempre me diz o Lourival", confirmou Getúlio, esboçando um sorriso.

Enojado com a lembrança, Amato pagou a conta e saiu. Atravessou a avenida para olhar o mar de mais perto. A figura de Vargas não lhe saía da cabeça. Lembrou-se de que, durante o Estado Novo, Lourival Fontes, através do DIP, obrigava os fotógrafos a sempre pegarem Getúlio de baixo para cima. O DIP criou o mito do pequeno gigante. Até na putaria, Lourival dava um jeito para que o patrão, nos bordéis que freqüentava ou nas festas íntimas na casa de Bejo ou num puteiro do Cosme Velho, não tivesse nenhum companheiro de farra mais alto do que ele. Góis Monteiro não escondia de ninguém que Getúlio era um complexado. Sonhava em ser Napoleão para compensar a sua falta de estatura.

Paulo Amato limpou as lentes dos óculos ray-ban, subiu em seu Pontiac preto com uma certeza: a Era Vargas estava com os seus dias contados. Enquanto isso não se consumava, havia coisas a fazer no Rio de Janeiro: ver as belas na praia da moda, no Arpoador, ouvir seus comentários esnobes sobre outros lugares ("O Leblon anda muito mesclado", "o Flamengo já não tem tanto charme"), tomar pileques no Veloso, em Ipanema, ouvir jazz na Vogue ou se esbaldar na Casablanca, na Praia Vermelha, antes de acabar nos braços de alguma garota bem calculada, ouvindo Nélson Gonçalves interpretar "Mariposa". Seguiu cantarolando: "Rio de Janeiro,/ cidade que me seduz/ De dia falta água,/ De noite falta luz."

5

Getúlio continuava madrugador. Hábito de homem da campanha. Desde a tentativa de *impeachment* contra ele, barrada no parlamento, em 4 de junho, dormia ainda menos. A "banda de música", de Aliomar Baleeiro, Bilac Pinto, Afonso Arinos, Raul Fernandez, Prado Kelly, Guilherme Machado, Herbert Lévy e os outros, havia perdido uma batalha, mas não desistiria da guerra. A acusação de que Perón financiara parte da sua campanha, em 1950, havia mobilizado a oposição. Em 1953, ele perdera a colaboração de João Neves. Depois de uma entrevista, denunciando um suposto pacto do ABC, entre Argentina, Brasil e Chile, comandado por Perón e articulado por Batista Luzardo, em nome dele, Vargas, João Neves pedira demissão da pasta das Relações Exteriores. O grosso da crise, pensou Getúlio, datava dali, do instante em que João Neves se bandeara para o outro lado, com armas e munições pesadas. Cada vez mais solitário, acabava de escapar de mais uma tentativa de golpe branco. Mas, de certo ponto de vista, no último mês e meio, depois do fracasso do *impeachment*, a situação até tinha melhorado, embora Lacerda ainda inventasse um escândalo por dia.

O *impeachment* havia encontrado a surpreendente resistência de Eurico Gaspar Dutra, seu ministro da Guerra no Estado Novo e seu sucessor, como presidente da República eleito, depois do golpe de 29 de outubro de 1945 e da interinidade de José Linhares. Dutra era um germanófilo e fascistóide, freqüentador, na ditadura, do Clube Germânia, como Góis, Lourival, Filinto Müller e Francisco Campos, que só chegou à presidência da República porque ele, Getúlio, da solidão em São Borja, lançara, finalmente, o "ele disse", a recomendação aos eleitores de que votassem num milico que sempre lhe parecera meio parvo, embora lhe tivesse prestado bons serviços, principalmente em 1935, quando ajudara a sufocar a Intentona Comunista no Rio de Janeiro.

Dutra, pensou Getúlio, é tão parvo quanto Góis, mas sempre se mostrou boa pessoa e menos ambicioso. Talvez por isso tenha chegado mais longe. Veio-lhe à lembrança uma das tantas piadas sobre o pobre Dutra, um lacônico, um ensimesmado, um simples, um monoglota. O Lourival e Góis gostavam de repeti-la. Dutra recebe o presidente Truman no Brasil. O americano cumprimenta: "*How do you do*, Dutra?" O brasileiro responde: "*How tru you tru*, Truman?" Sentiu vontade de soltar a sua gargalhada. Conteve-se. Pobre Góis, na sua eterna competição comigo, sempre quis ser presidente do Brasil. O lerdo do Dutra é que conseguiu. É verdade que o próprio Góis e eu, pelas circunstâncias, somos responsáveis por isso. O Brasil há de compreender.

Abstêmio por recomendação médica, perseguido por problemas gástricos e pela diabete, Getúlio refugiava-se no chimarrão. Ao madrugar, fazia a ronda dos noticiários de rádio, espichava o ouvido para os comentários da Rádio Nacional, ouvia atentamente o *Repórter Esso* e o *Grande Jornal Tupi* e era um dos primeiros a ler os jornais cariocas. Não esperava pela assessoria de imprensa. Como o velho
 Manuel Vargas, que o havia deixado para sempre em 1943,

era um viciado na leitura de jornais. Lia com atenção redobrada a *Última Hora* e, quase todo dia, mandava um bilhete ao Profeta. "Alerte o Wainer para silenciar nesse assunto da greve dos médicos." Ou "informar o que ficou apurado sobre a denúncia dos automóveis para punir os culpados ou desmascarar o caluniador". Quando a luz do dia invadiu o gabinete, Getúlio preparava-se, nesse início de agosto de 1954, para escrever mais um bilhete, mas para Gustavo Capanema, seu líder na Câmara dos Deputados. Queria empenho redobrado no rebate às críticas da UDN. Depois do escândalo da *Última Hora*, não mantinha, estrategicamente, mais contato com Samuel Wainer, a não ser por recados não escritos, em casos de extrema necessidade. Sentia falta do seu jornalista.

O negro Gregório Fortunato entrou com os remédios. Ao lado de Getúlio, parecia ainda maior. Imenso. O presidente tomava medicamentos para controlar o nível da diabete e da pressão arterial, além das pílulas do Dr. Ross para a prisão de ventre, o que era um indevassável segredo de Estado. Contra a gastrite, que o infernizava havia anos, mastigava pastilhas Pepsamar. O negro conhecia as manias de perseguição do velho, que não comia sem tomar precauções. Sempre tinha um provador, como o Iberê, ou o próprio Fortunato. Morria de medo de ser envenenado, e mesmo nas viagens tomava cuidado. Nos verões passados no Palácio Rio Negro, em Petrópolis, levava os seus cozinheiros e os seus degustadores.

– A guerra suja continua, Negro – comentou, oferecendo-lhe um mate.

– O senhor não devia escutar o falatório das rádios do Chateaubriand. Ele, o Lacerda e o Roberto Marinho não prestam. Eu já disse isso ao Lurival. Tinha era que proibir essa falação.

– Estamos na democracia, Negro. Não se proíbe mais nada neste país. A liberdade, agora, é total. Confiar totalmente no voto dá nisso. Que fazer? Essa é a marcha da civilização.

– Esse Lacerda merecia era um tiro nas guampas.

– Nunca mais diga isso, Negro. Seria o meu fim, não só o dele.

Getúlio ergueu-se e pegou um porta-retratos. Aparecia, vestindo a tradicional indumentária gaúcha, a cavalo, na fazenda Santos Reis. Contemplou a foto, e seu rosto fechou-se como uma máscara mortuária. Gregório alcançou-lhe a cuia do chimarrão. O presidente bebeu um gole do amargo e mergulhou num vendaval de recordações.

– Negro, te lembras ainda da chuva nas coxilhas nas tardes de inverno, nas tardes de agosto?

– Como não? Era bonito de ver. Mas também era triste. Quando eu era guri, tinha medo do inverno. Cheirava a morte.

O Negro não estava errado. As coxilhas do Rio Grande, durante muito tempo, cheiraram a morte. Haviam sido tantas as revoluções, que os campos eram cemitérios a céu aberto. Em 1893, na Revolução Federalista, os republicanos de Júlio de Castilhos e os monarquistas de Gaspar Silveira Martins, pica-paus e maragatos, tinham levado a coisa ao extremo, usando e abusando da gravata colorada, a degola. Nunca houve método mais econômico para eliminar inimigos e não gastar com prisioneiros. Nessa época, o velho Manuel do Nascimento Vargas já era um veterano de escaramuças, tendo aprendido o ofício de matar para não morrer e de não temer a morte para viver mais. Getúlio sorriu. Estava convencido de que toda a sua vida era uma sucessão de acasos. Chamava-se Vargas, embora, não fosse por um acidente de percurso, devesse chamar-se Bueno. Getúlio Dornelles Bueno teria chegado à presidência do Brasil?

Tomou outro gole do mate. Seu bisavô, um certo Francisco de Paula Bueno, abandonara a mulher – Anna Joaquina de Vargas, descendente dos açorianos que vieram povoar o sul do Brasil – com os filhos nos confins do Rio Grande e desaparecera como gaudério pelo mundo de Deus. A bisavó pagara ao padre para alterar a certidão de batismo e renegara o nome do marido. Evaristo Bueno, avô de Getúlio, tornou-se, então, Evaristo Vargas, nome que passou ao filho, Manuel do Nascimento Vargas. Getúlio brincava: "Sou o que sou em nome da mãe." Evaristo Vargas lutara, ao lado de Bento Gonçalves, na Revolução Farroupilha, a guerra civil que devastou o Rio Grande entre 1835 e 1845. Getúlio não podia negar o passado: vinha de uma família de guerreiros, de homens familiarizados com os entreveros pelo poder e com a morte. O pai ingressara como cabo, voluntário, na Guerra do Paraguai. Saíra capitão. Mas quando o filho, senhor do Brasil, décadas depois da vitória sobre Solano Lopes, convidou-o para visitar o Paraguai, numa missão oficial, ele respondeu: "Não, obrigado. Não fui bem recebido na última vez em que estive lá."

– Tinha, ao menos, que se dar um susto nesse Corvo – atreveu-se Gregório Fortunato.

– Cala a boca, Negro. Meu pai sempre me dizia: "Getúlio, tem hora em que o melhor é ficar quieto como porco no milho."

– Sorte sua, patrão. Não tive a mesma felicidade de receber conselhos.

– E da velha Marcolina, aquela que previa o futuro soltando brasas numa cambona com água, te lembras, Negro? – perguntou Getúlio, ignorando a observação de Fortunato.

– Como não? Previu que eu seria famoso. Errou feio.

– Aquela era mais estranha que o meu padrinho Claudino. E olha que conheci pouca gente mais estranha que o meu padrinho Claudino.

– Um que se matou? O lobisomem?

– É.

– Contava-se muita história dele lá na estância. Diziam que tinha matado um cavalo a tiro porque o bicho lhe lembrava a cara do ditador Solano Lopes.

– A Marcolina, que era meio boba, meio charlatã, mas uma sensitiva, previu que a minha vida seria marcada por sete datas, Negro. Sempre o sete. – Getúlio sorriu. – Disse também que eu ainda seria chamado de "Bruxo do Itu".

– É mesmo? – impressionou-se Fortunato.

– Assim mesmo como estou te dizendo, Negro. As datas seriam 1931, 1933, 1936, 1938, 1946, 1951 e 1955. Acho que, por causa da obsessão pelo sete, ficou me devendo algumas datas. E errou tudo por um ano a mais, talvez pelo fato de que não nasci em 19 de abril de 1883, como está na minha certidão de nascimento, mas em 19 de abril de 1882. Quem sabe ainda acerta 1955.

– O senhor, então, acredita nisso?

– Claro que não, Negro. Mas não deixa de ser divertido. A velha me disse que se eu não me chamasse Vargas teria sido militar de alta patente. Sentei praça, aos 15 anos de idade, como soldado no 6° Batalhão de Infantaria, em São Borja, e cheguei ao alto posto de sargento. Fui para a Escola Preparatória de Rio Pardo e não durei lá. Terminei pedindo para ser expulso em solidariedade à injusta punição de alguns companheiros. Completei meu serviço militar no 25° Batalhão de Infantaria. Fomos, então, enviados a Corumbá para lutar contra a Bolívia, na questão do Acre. A guerra não aconteceu. Era só uma forma de pressão do Barão do Rio Branco, pela qual assustou os bolivianos e conseguiu firmar o Tratado de

Petrópolis, ficando o Acre para o Brasil, sem que uma gota de sangue fosse derramada. Como vês, minha carreira militar foi brilhante e rápida. A velha Marcolina disse também que eu seria político e chegaria ao topo, ao cargo máximo de presidente do Rio Grande. Era uma tonta a pobre da Marcolina, com suas brasas chiando na cambona.

– O Lurival diz que o senhor aprendeu muita coisa sobre os milicos lá em Rio Pardo e muito sobre a pobreza do Brasil na tal viagem a Corumbá. Diz que o senhor aprendeu a *negacear*.

– Bobagem, Negro. Milico é que nem mulher. A gente nunca sabe o que vai na cabeça deles. Quanto aos homens, talvez Balzac, Zola e Shakespeare tenham compreendido alguma coisa deles.

– Quem?

– Uma turma aí que já morreu faz tempo, mas que entendeu certas coisas melhor do que muito cientista.

– Esse Shakespeare não era amigo do Roosevelt?

– Não. Esse não.

Lembrou-se de que o pai – influenciado pelo positivismo de Auguste Comte, a exemplo de grande parte dos homens de mando da sua época, como Júlio de Castilhos, o patriarca da República gaúcha, e Borges de Medeiros, dono do Rio Grande por quase três décadas – zombava da velha: "Desgraça pouca é bobagem. Não precisamos de Cassandras por aqui. Já temos os maragatos para espalhar o terror por estas bandas." A nostalgia parecia impregnar-lhe os ossos. Barbosa entrou para fazer-lhe a barba. Gregório fez menção de sair:

– Negro, em boca fechada não entra mosca.

– Mandou, está mandado, patrão.

– Te lembras, Negro, do Baixinho aprendendo a andar a cavalo lá em Santos Reis?

– O maturrango? Claro que me lembro, patrão. Mais maturrango que ele, só o Roberto, já no Itu, montando por um lado e caindo pelo outro. Também, um amazonense e o outro paulista, não podia dar boa coisa para andar a cavalo. Quando chegaram lá, não sabiam nem o lado de montar. Tive que arranjar uma égua de arrastar água pro Roberto. E ele ainda tinha medo de levar um coice.

– É, um entendia era de canoa; o outro, de rádio e de bater à máquina.

– Mas como eram bons de conversa os dois, patrão, que eram, ah, isso eram!

– Como o Baixinho não sabia bater à máquina, o Borghi me mandou o Roberto, que era um ás na datilografia.

– No Itu, os dois sofriam com a carne, o senhor se lembra? Não gostavam de ovelha e ainda tinha pouco gado por lá no começo.

– É verdade, Gregório. Não era só gado que não tinha lá. Não tinha nada. Começamos ali de forma espartana.

– Espartana?

– Vai te informar com o Baixinho, vai, Gregório.

– Aquele sempre sabe as coisas. Mas lá no Rio Grande aprendeu a tomar mate comigo.

– E até pegou gosto Ainda toma uns amargos comigo. Bueno, Gregório, chega de lembranças e vamos cuidar da vida.

O negro saiu e Getúlio pensou outra vez no velho Manuel Vargas, em São Borja, nos campos da sua infância, na trajetória do negro Gregório, dos galpões de estância ao Catete, como seu homem de segurança, algo quase tão excepcional quanto o seu próprio percurso, da pensão do "Seu" Medeiros, em Porto Alegre, ao convívio dos grandes. Sentiu vontade de galopar em seu cavalo Luar. Estremeceu. Sentiu-

 se fraco. O pai parecia nunca vacilar, embora fosse, do seu

jeito, um sentimental. Castilhista, republicano, um dos primeiros a libertar os seus escravos, florianista, legalista, sempre estivera do lado que considerava o certo, o do progresso e da razão. Terminada a Revolução de 1893, era general. Não quis ser deputado, pois não se achava "medalhão" e entendia que a política era ofício para quem entendesse de leis, para bacharéis e doutores. Quando Dona Candoca morreu, o velho mandou-lhe um telegrama: "Estou só no mundo. Candoca me deixou." Era o lamento de um homem duro e guerreiro, contudo profundamente afetivo.

Barbosa sabia quando o presidente preferia mergulhar em seus pensamentos, imobilizando-se totalmente, parecendo-se com o seu próprio busto exposto numa praça do subúrbio, e tratava de barbeá-lo em silêncio. Sabia também que a qualquer momento o presidente podia como que despertar das reflexões e perguntar-lhe "como vão os seus?" ou comentar "a vida é um baralho, seu Barbosa, um baralho de truco". Notou que Vargas estava mais fechado que de costume, quase acabrunhado, deprimido. Quase podia captar as ondas de nostalgia que o envolviam, desenhando círculos azulados em sua mente à deriva, como espirais feitas por pedrinhas jogadas nas águas do rio Uruguai, ou em águas da sua infância e das suas lembranças.

Getúlio via-se menino, na fazenda Triunfo, brincando com seu negro Gedeão; via-se escondido no alto de um umbu para escapar de uma surra, pacientemente ganhando tempo para ser perdoado; via-se ouvindo as lições do professor particular Fabriciano Braga; escutando as conversas do pai com outros fazendeiros ou com chefes políticos: Pinheiro Machado, o gaúcho que servira de fiel da balança entre São Paulo e Minas Gerais na República Velha, mandando no Brasil sem nunca ter sido presidente, até ser assassinado por um louco de nome Manso; Pinheiro Machado, o comandante da famosa Divisão do Norte, puxando conversa com ele – a criança esquisita, o Getúlio menino que o professor Braga achava estranho – e afirmando ao velho Vargas: "Esse guri vai longe, é capaz até de ser presidente da República." Por que, afinal – sobressaltou-se –, estava assim, melancólico, até sorumbático? De onde vinha essa tristeza que o fazia pensar na infância com ternura e cansaço?

6

— Getúlio sempre acreditou que o Brasil tinha começado a mudar em 5 de julho de 1922, quando os tenentes se revoltaram, no Forte de Copacabana, contra a prisão do marechal Hermes da Fonseca, contra o absurdo da política do café-com-leite, a tradicional divisão do poder entre Minas Gerais e São Paulo, contra o arcaísmo da sociedade brasileira – disse o velho, acendendo outra cigarrilha preta. – Considerava um épico da nossa história a caminhada daqueles homens pela praia, dispostos a manchar de sangue as areias de Copacabana. Só dois escaparam com vida: Siqueira Campos e Eduardo Gomes. O amigo morreu cedo; o outro viveu o suficiente para ser adversário até o fim.

– Não eram 18 – observou a velha senhora. – Depois que seu chefe, Borges de Medeiros, reconheceu a derrota da Reação Republicana nas eleições presidenciais e publicou um manifesto intitulado "Pela Ordem", lavando as mãos e abandonando os companheiros vítimas da fraude que elegeu Arthur Bernardes e que queriam pegar em armas, o deputado Vargas teve de fazer malabarismos para justificar uma mudança de posição tão radical, velhaca e absurda.

– Borges sempre foi um reacionário filho-da-puta. Até em 1930 custou a decidir-se a apoiar a revolução. Em 1932, passou para o lado da oligarquia paulista e lutou contra Getúlio.

– Mas Getúlio soube crescer à sombra de Borges e até fraudou eleições para ele.

– Como a senhora sabe tudo isso?

– Passei a minha vida odiando Vargas e tentando saber tudo sobre a sua vida e o destino que deu ao Brasil. Nunca entendi para que isso me serviria, mas não pude me controlar. Tive algumas paixões: a pintura, a escultura, três ou quatro homens, a música e uma paixão negativa, a maldita história de Getúlio Vargas.

– A fraude, na República Velha, era uma praxe. Por outro lado, eram todos administradores honestos. Júlio de Castilhos e Borges de Medeiros fraudavam eleições, mas não roubavam.

– Tanto faz. Eu nunca acreditei em democracia, em voto, nessas balelas todas. Mas dediquei a minha vida a compreender que Vargas sempre foi uma fraude, do início ao fim, desde o primeiro cargo público como promotor em Porto Alegre.

– Fraude? Vargas mudou a cara e as entranhas do Brasil. Getúlio é o sufrágio universal, o voto feminino, antes mesmo da França, a consolidação das Leis do Trabalho, o salário mínimo, a carteira profissional, a regulamentação do trabalho feminino e infantil, a reforma do ensino, a Justiça do Trabalho, os institutos de aposentadoria e pensões, a industrialização do país, a jornada de trabalho de oito horas, férias pagas aos trabalhadores, o fim da monocultura do café, a descoberta e a nacionalização do petróleo, a Petrobras, tudo que se possa imaginar de bom e de novo, neste país, tem a marca de Getúlio Vargas.

– O senhor sempre foi getulista?

– Não. Cheguei a conviver com os seus opositores.

– Pois eu entendi Vargas quando me contaram a história da fraude na contagem dos votos da eleição para o quinto mandato de Borges de Medeiros. Aliás, ouvi essa história, muitas vezes, dos próprios familiares de Vargas, que orgulhosamente diziam: "Getúlio, deputado, era o presidente da Comissão de Verificação. Depois de contados os votos, foram declarar a Borges que o velho tinha sido derrotado. Borges, ao vê-los chegar, abriu os braços e festejou: 'Então, vieram me dizer que ganhei mais uma eleição?' Getúlio e os seus companheiros deram meia-volta e foram tratar de falsificar o resultado para satisfazer o velho Borges." Os adversários, comandados por Assis Brasil, tiveram de voltar a combater nas coxilhas, em 1923, para evitar que Borges morresse no poder. Getúlio só não combateu do lado da ordem, claro, por ter virado deputado federal e sido enviado para o Rio de Janeiro.

– Não posso acreditar. Na época em que o conheceu, ele era ditador do Brasil e essa história não poderia chamar a sua atenção.

– Pois chamou, embora eu só a tenha entendido realmente muitos anos depois, quando uma pergunta se tornou para mim uma obsessão: por que ele fez aquilo comigo?

– Eu sempre quis saber a sua versão – disse o velho, com voz grave, secando o suor do rosto com o lenço branco.

– Pois agora já sabe: Vargas foi o maior filho-da-puta que conheci em minha vida. Pior do que ele, só os irmãos dele, o Viriato e o Bejo, o mais velho e o mais novo, dois canalhas, ladrões e assassinos. O Pataco até que não era ruim. O Protásio nunca passou de um sonso. Fiquei sabendo que, mais tarde, enganou o Getúlio na hora de dividir a fazenda de Santos Reis. Deixou para o nanico a parte alagada, o pedaço imprestável, a bosta do Itu. Não fosse o bajulador do Jango, que drenou e organizou aquilo lá, o Getúlio teria ficado no logro. Glasfira, a mulher de Protásio, não gostava de Getúlio e vivia falando mal dele. Não é que tinha razão?

– A senhora conheceu o Jango?

– Claro. Quando estive em São Borja, ele ainda era quase um garoto. Filho do Vicente Goulart, só podia ser amigo dos Vargas. Eram, como dizem vocês brasileiros, farinha do mesmo saco. Vicente foi amigo de infância do Getúlio. A Era Vargas não passou disso: a família e os amigos no poder. Os gaúchos adoravam, pois foi a vez deles. Os paulistas odiavam, pois foram os grandes perdedores. Só agora com o Fernando Henrique, um falso carioca, é que recuperaram o poder perdido em 1930. Minas, como sempre, se ajeitou. Tudo isso eu fiquei sabendo sem precisar pôr os meus pés no Brasil. A pintura acabou sendo o remédio que usei a cada dia contra o ódio por Vargas. Há coisas que exigiriam umas três vidas para esquecer. Pena que não acredito em reencarnação.

O velho impacientava-se. Isso lhe exigia novas cigarrilhas e novos catarros. Temia que a velha senhora se cansasse e não lhe desse tempo de fazer a pergunta que ocupava a sua vida desde o instante em que havia deixado o Catete e perambulado pelas ruas do Rio de Janeiro em meio ao quebra-quebra. Fazia quarenta anos que também ele se dedicava a Getúlio Vargas, o ditador que tinha combatido, o ídolo e patrão do seu pai, o presidente acossado pelos inimigos covardes que descobrira na reta final, o personagem estranho com quem se havia comprometido por cinqüenta anos, caso a vida lhe desse os cinqüenta anos de prorrogação necessários para cumprir a promessa.

7

O coronel Bejo conversava animadamente com Gregório Fortunato e mais três homens da guarda pessoal de Getúlio Vargas quando Maciel Filho chegou para uma audiência com o presidente. Estava acompanhado de um homem baixo, bem mais jovem, na casa dos 30 ou 35 anos, de ar apático. Bejo pensou que conhecia o acompanhante do Maciel, embora o seu nome não lhe viesse à cabeça. Gregório examinou o recém-chegado de cima a baixo e, passados os cumprimentos, voltou a prestar atenção às palavras do chefe.

– Afinal de contas, de que ainda sou acusado? – perguntou Bejo.

– De tudo um pouco – disse Gregório.

– Negativo. Não tem nada de consistente, como sempre. É tudo calúnia. A verdade é que o Lacerda vai de acusação em acusação sem provar coisa alguma e sem avançar no seu propósito de derrubar o governo, mas sempre causando estrago.

Os três homens afastaram-se. O major Fittipaldi, ajudante-de-ordens de extrema confiança do presidente, acenou discretamente para Bejo. A movimentação era grande no anexo principal do Catete, onde as dezenas de homens da guarda pessoal agitavam-se como formigas. De longe,

 Gregório avistou o afilhado Adão, em visita, certamente, ao

pai. "Um rapagão", pensou. Mais adiante, num bolinho, conversavam fiado o Arquimedes Manhãs, o Roberto Alves e mais uns três homens. "Aqueles dois", pensou Gregório, "não têm jeito mesmo". Arquimedes, ou "Seu Manhãs", como dizia o presidente, não arredava pé dali, já tinha até morado no Catete, mas fora expulso por Dona Darcy, que o pegara só de cuecas mexendo na geladeira. Com o Roberto, o buraco era mais embaixo.

Bejo e Gregório continuaram falando em voz baixa, embora este quisesse apressar o assunto, pois já o esperava o amigo Vítor Costa, diretor da Rádio Nacional. Benjamim Vargas parecia-se bastante com o irmão Getúlio, embora seu olhar fosse mais claro, menos carregado de sombras, mas os dois, de costas, podiam ser facilmente confundidos. Ao contrário de Getúlio, porém, Bejo sempre fora um extrovertido, um legítimo gaúcho da fronteira com a Argentina, seguro de si, quase arrogante, pachola, apesar de tornar-se bonachão por um nada, despachado, violento e farrista.

– Fechei o negócio da estância com o Lutero – disse Gregório, quando ambos já se encontravam no quarto e gabinete do Negro.

– Bico calado, Nego, isso pode, se descoberto, feder muito.

– Como alguém ia saber?

– Como tudo o mais que acontece aqui. Sempre vaza. Tem inimigo na trincheira.

– Quem?

– Não tenho certeza. Mas acho que o Corno. Sabe, nego, o Paulo Amato andou sugerindo um troço para o Euvaldo que era de se pensar: apagar o Corvo. Uma coisa bem montada e que caísse nas costas de algum inimigo do Lacerda, por exemplo, o João Cleofas, que vem apanhando da *Tribuna* todo santo dia, sendo chamado de Judas, por não se decidir a apoiar a candidatura do Cordeiro de Farias, em Pernambuco, como se comprometera.

– Santo Deus! Isso ia ser uma loucura. Não quero me meter nisso. Isso só pode ser provocação.

– Bobagem, Nego. Serviço bem-feito não deixa rastro. Ando com saudade de nossos métodos lá de São Borja. Lembras de quando atiraste, dentro do Tribunal, no major Aureliano Coutinho, o assassino do Otaviano Motta, quando atiraste no homem, no amigo do Góis Monteiro, a mando do Viriato?

Fortunato empalideceu. Bejo sabia como provocá-lo. Aquilo o deixava furioso. Por que Bejo, seu amigo e protetor, sempre o feria assim? O crime ocorrera havia mais de vinte anos. Os matadores, por vingança, tinham sido Periandro, Aquino e Cândido, o filho de Otaviano, o genro e um empregado. Coutinho era o comandante da Coudelaria Nacional, um tipo autoritário e odiado por seus soldados; Motta era de uma família muito ligada aos Vargas, até por sangue, à qual o próprio Fortunato já tinha servido. Coutinho matara Otaviano, um touro de forte, por um motivo fútil: tê-lo encontrado recuperando um bezerro desgarrado de um campo de outro proprietário. Os vingadores eram amigos de Bejo, que garantiu a realização do julgamento e manteve o réu preso no quartel do 14º Corpo Provisório, sob o seu comando. Espalhou-se que o terceiro atirador era Gregório, cujo rosto negro teria ficado encoberto pela fumaça do tiroteio e por um capuz.

– Nunca tive nada com isso – rosnou Gregório.

– Ora, o Góis te chama de negro assassino até hoje por causa disso. Naquele tempo, tu eras pau-mandado do Viriato e não refugavas serviço. Agora estás ficando cheio de frescuras?

O guarda-costas de Getúlio enterrou o chapéu na cabeça e chegou a abrir a boca para rebater. No último instante, suspirou e jogou-se para trás na cadeira, em meio às suas fichas e objetos recebidos como presente de figuras importantes da política nacional. Na última vez em que havia respondido a Bejo, a conversa terminara em insultos. Dissera-lhe que se lembrava muito bem de uma briga em praça pública, um verdadeiro duelo entre Viriato e Bejo, em São Borja, por causa da herança de um tio, que deixara seus bens para Bejo e Pataco. Viriato conseguira meter um homem embaixo da cama do doente para ditar, em nome do moribundo, um novo testamento a um escrivão comprado. Bejo não aceitou a mudança e os dois terminaram de revólver na mão, num final de tarde que nunca mais saíra da memória de Fortunato:

– Bandido, assassino, falsificador – gritara Bejo.

– Arruaceiro, criminoso – respondera Viriato.

– Deviam te meter na cadeia pela morte do Benjamim – acusara Bejo.

– Quem falando, tu que organizou o assassinato do Coutinho dentro do Tribunal e ainda tentou jogar o crime nas minhas costas, não livrando nem a fuça do nego Gregório.

– Não era para mim que o nego trabalhava, Viriato. Era para ti.

– Foi contigo que ele aprendeu a conseguir voluntários para os Provisórios na base do laço e da bordoada.

A briga terminara antes dos tiros, mas Gregório, o negro fiel aos Vargas, criado nos galpões de Santos Reis, onde a mãe fora cozinhar depois da morte do marido, compreendeu que sabia pouco sobre o que ia na mente dos patrões. Depois daquele confronto, Getúlio resolvera dar um jeito na família. Mandou Flores da Cunha, interventor no Rio Grande do Sul, nomear Viriato para o Tribunal de Contas do Estado, afastando-o de São Borja. Agora, passadas duas décadas, Gregório estava ali, diante do mesmo Bejo, de quem se tornara o braço direito e por ordem de quem havia organizado, depois do atentado dos galinhas-verdes ao Palácio Guanabara, em 1938, a guarda pessoal do presidente.

Bejo era o seu protetor, o seu padrinho e o seu amigo. Tinham feito negócios juntos, e tudo os ligava, até a medalha Maria Quitéria, da qual se orgulhava mais do que tudo, que recebera, em sessão solene, no majestoso Salão Amarelo do Catete, em julho de 1954, na presença de Getúlio Vargas, das mãos do ministro da Guerra, Zenóbio da Costa, numa cerimônia que o igualara, num mesmo ato, aos principais colaboradores do presidente: Lourival, Caiado de Castro, Lúcio Meira, Fittipaldi, Hélio Dornelles. Odiava Lacerda ainda mais por ter o Corvo dito que o governo condecorava negros sujos e dava medalhas de lata aos porcos, com o que Lourival concordava sem disfarce, sentindo-se rebaixado por ter sido homenageado junto com um limpador de estrebarias.

– Matar o Lacerda é uma burrice – disse, enfim, Gregório.

– Pode ser – admitiu Bejo. – Mas também não é motivo para ficar com medo e andar encolhido como galinha na chuva.

Bejo saiu. Gregório Fortunato ficou pensativo. Sua vida havia mudado inacreditavelmente graças ao caçula dos Vargas. Mas os problemas andavam batendo à porta. No momento, era sócio de Amando da Fonseca em alguns negócios, embora não confiasse totalmente nele. Entrara com 900 mil cruzeiros na compra de um mercadinho na Avenida Copacabana. Malandro e político, candidato a vereador pelo PTB, Amando parecia-lhe muito ambicioso e pouco claro em alguns acertos. Gregório dedicava-se à proteção de Getúlio e não tinha mais tempo para a mulher e os filhos. Se Amando lhe dava preocupações, Bejo era um problema ainda maior. Uma noite, fazia uns quinze dias, no andar de cima do 18, na parte com pista de dança, repetira uma cena de alguns anos antes na boate Night and Day. Estava empapado de uísque e com uma garota no colo. De repente, começou a contar vantagem aos homens em torno da mesa.

– Sabem o que é melhor do que mulher? Não sabem? Uma boa briga.

O garçom trouxe-lhe mais uma garrafa de uísque. Sem mais nem menos, Bejo começou a falar do ataque dos integralistas ao Palácio Guanabara, do seu papel na resistência aos galinhas-verdes, da filha-da-putice do Filinto Müller, do Góis Monteiro e de todos os fascistas que parasitavam Getúlio. Gregório tentou levá-lo para casa, mas ele não se deixou conduzir. Queria beber e acariciar as mulheres. Foi aí que Fausto Araújo, um tipo fanfarrão que lidava com revenda de automóveis e andava sempre nas putarias com Bejo, agravou a situação:

– Ô, Bejo, eu sempre quis saber como vocês fizeram para invadir Santo Tomé. Essa história é do peru, coisa de quem tem colhões de fato.

– Nem te conto – disse Bejo, vermelho de satisfação. – Aquilo foi de arrepiar. A verdade é que atravessamos o Uruguai de lancha a motor, em outubro ou novembro de 1933, para ir a um puteiro. Tinham nos prometido umas francesas novinhas do lado argentino. Por umas bocetinhas frescas, a gente seria capaz de cruzar o Uruguai a nado. Numa das lanchas, estavam eu, o negro Gregório, com essa mesma cara deslavada aí, o Odon Sarmanho Mota, o Omar, o Dinarte Dornelles e o Ari Vargas, meu sobrinho, filho do Protásio e da Alaíde. Na outra, estavam meus homens, uns 20, em roupa de domingo, à paisana. Tinha uma festa em Santo Tomé, com a inauguração de um cinema com filme sonoro. Iam passar *O cantor de jazz* e o Odon não queria perder. Mas o nosso objetivo era outro. Só que o imbecil do

Inprán não avisou a gendarmeria e fomos recebidos à bala. Inventaram depois que tínhamos invadido Santo Tomé para ajudar Lucas Torres a derrubar o general Justo do poder. Falaram também que queríamos matar o Jovelino Saldanha, que escrevia panfletos contra os Vargas. Disseram ainda que era para contrabandear armas. Tudo isso mereceria uma invasão, mas fomos lá para trepar. Se desse, pegaríamos o Jovelino. Só que demos com os burros n'água e tivemos duas baixas: Odon e Ari foram mortos pelas rajadas de metralhadora que nos atingiram. Perdemos ainda dois lancheiros. Para complicar, os argentinos resolveram teimar e não queriam devolver os corpos do Odon e do Ari. Tive de deslocar os meus homens para o passo em frente a Santo Tomé, e estávamos prontos para atacar. Aí a coisa foi parar nos ouvidos do Getúlio e houve um entendimento diplomático. Foi assim que os argentinos se safaram de uma tunda.

– Que só aconteceu mais tarde – provocou Fausto Araújo, enchendo os copos, enquanto Bejo, inflamado pelas recordações, bolinava a loura em seu colo.

– No fim do ano – precisou Bejo. – Depois de alguns dias aqui no Rio, voltei para São Borja e mobilizei uns 150 homens do meu corpo de Provisórios de 1932; em bom entendimento com Flores da Cunha, que ainda prestava naquela época, achamos que matar argentino devia ser tão fácil quanto matar paulista e fomos dar o troco aos assassinos de Odon e Ari. Só que dessa vez sim estávamos bem amarrados com Lucas Torres, Centeno e Pomar, que lutavam contra Justo. A briga deles com o ditador interessava ao Flores, não a nós, que não tínhamos interesse político na história. Tanto fazia para nós quem mandava na Argentina. Foi uma barbada! Tomamos Santo Tomé, Paso de Los Libres e Alvear à bala, grito e pata de cavalo. Que festaço!

Como não receberam o combinado pelos serviços prestados aos rebeldes correntinos, nossos homens limparam o que puderam, até o Banco de la Nación. Alguns se esbaldaram nos puteiros. Até uns bons automóveis couberam na bagagem. Eu quase trouxe comigo uma china do Lucas. Desisti para não provocar um conflito total entre Brasil e Argentina.

– Cala a boca, Bejo – ralhou Gregório.

– Cala a boca, tu, Nego, ou te devolvo para a senzala. Nunca mais fala assim comigo.

– Vou te levar para casa, Bejo – insistiu Gregório, tentando agarrar o outro pelas costas.

– Por causa dessa brincadeira – Fausto riu –, o mano Getúlio teve de pagar 130 milhões cruzeiros de indenização aos comerciantes de Santo Tomé.

– E eu tive de me mudar para o Rio – respondeu Bejo, dando um safanão em Gregório e quase derrubando a mulher do seu colo. – Mas garanti as minhas boas relações com Lucas Torres, o que só ajudou as relações comerciais entre os países amigos – completou, derrubando uísque no peito.

– E o que o Getúlio disse de tudo isso? – quis saber Fausto.

– Que sabia desde o começo que a história do cinema não era verdadeira e que tínhamos ido lá não só com os rapazes, mas com uma patrulha do 14º armada de fuzis e de metralhadoras para caçar o Jovelino Saldanha, que nos enchia a paciência com os seus panfletos. E que os argentinos, avisados pelo cônsul brasileiro, o Schiavo, tinham resistido.

– Cala a boca, infeliz – urrou Gregório, içando-o pelas axilas, enquanto a mulher tratava de escapar dos golpes.

Bejo conseguiu atingir o negro com um cotovelaço nas costelas. Levantou-se, como pôde, e foi até o balcão. Fausto Araújo ria. Os homens que lotavam a boate assobiavam e soltavam gargalhadas. O cantor interrompeu um sucesso de Francisco Alves e ficou com um jeito entre aturdido e frustrado. Benjamim Vargas amparou-se na borda do balcão e pediu outro uísque. Gregório, enorme e já mais calmo, ressurgiu à sua frente. O intérprete já refeito atacava de *Risque*, imitando Orlando Silva, o "cantor das multidões". Uma poça larga formava-se aos pés do irmão do presidente. Bejo estava todo mijado.

8

Por que ainda suportava aquilo tudo?, perguntou-se Getúlio Vargas, enquanto a voz do almirante Guilhobel repicava nos seus ouvidos: "Presidente, estou vendo que o senhor é um homem que tem o destino de ser traído pelos seus chefes militares." Lembrou-se de uma das suas boas tiradas de espírito alguns anos antes: "Uma parte do meu ministério não é capaz de nada; a outra é capaz de tudo." Sim, fora traído por Góis Monteiro em 1945, sob a alegação de que os americanos, vencidos os regimes totalitários da Europa, não queriam mais tolerar amigos ditadores. Eurico Gaspar Dutra também se tornou um adversário. Góis estava fora do jogo, como ministro do Superior Tribunal Militar, embora ainda o procurasse para adverti-lo dos perigos que corria por causa da fúria da oposição e dos desmandos de alguns dos seus aliados.

Getúlio tinha visitado Góis recentemente, depois do casamento de Manuel Antônio, ocasião em que se falaram rapidamente e combinaram novo encontro, o que só ocorreu na Clínica São Vicente, onde o general foi internado.

Achara-o debilitado e pessimista. Talvez, pensou, tivesse sido a conversa mais franca entre ele e Góis em toda uma vida de partilha do poder. O ambiente da clínica, o fantasma da morte, sua tristeza, os temores de Góis, tudo ajudou para que falassem abertamente, perdendo a noção do tempo e confessando o inconfessável. Gregório ficara de guarda na porta, imaginando uma visita de médico, mas a tarde havia passado sem que os dois esmorecessem. Nem os médicos se atreveram a dizer que o paciente não podia suportar uma visita tão prolongada. Getúlio intercalava os seus grandes silêncios com os jorros de fala que só os íntimos conheciam.

– Acho que estou no fim, Getúlio.

– Qual nada, Góis, ainda vou primeiro.

– Esteve bonita a festa de casamento do Manuel Antônio.

– Sim, foi uma bonita recepção. Não devia ter sido no Guanabara, pois a imprensa explorou isso como uma excentricidade, um luxo, mas a mãe da Vera Maria não abriu mão.

– Hum, as famílias, hum... São nossas razões de ser, mas também nossa dor. Você fez bem em atender a esse desejo. Um filho merece essa atenção. Eu, que perdi um, nunca me curei desse sofrimento.

– O seu, Góis, morreu jovem, mas em serviço, num acidente de avião. O meu Getulinho teve um fim muito triste, com paralisia infantil, numa cama. Era um excelente profissional, estudou Química Industrial nos Estados Unidos, tinha um grande futuro.

– Eu me lembro, Getúlio. Também isso partilhamos: a perda de um filho jovem. O meu tinha 19 anos. Conceição não queria que ele entrasse para a aviação e chegou a conseguir que o declarassem inapto. Mas ele não se conformou e pediu ao Dutra que punisse os médicos e o aceitasse. O Dutra me consultou e não tive escolha, disse-lhe para matricular meu filho. Foi assim que o perdi em 1936. Um dia antes, ouvindo uma ópera, a palavra *figlio* ecoou em mim como um pressentimento. Perder um filho é o pior que pode acontecer a alguém. Eu perdi também meu irmão Cícero, nosso companheiro de revolução, em combate, naquele terrível ano de 1932. Perdi dois irmãos. Getúlio, ainda escrevo cartas ao meu filho morto.

– Nossas tropas, na frente leste, avançavam ao custo de lamentáveis mortes, como a do Cícero – compungiu-se Getúlio.

– Demos nosso sangue e nossa carne por esta nação – disse, muito solene, Góis.

– E também nisso fui caluniado – gaguejou o presidente, confuso com a estranha revelação do general. – Espalhou-se que Getulinho era um fraco, um rapaz medroso que dormia de luz acesa e vivia acabrunhado, agarrado às saias da mãe, tudo porque era um rapaz sonhador, cabeça de vento, sensível, alegre até demais. Publicou-se um panfleto nojento que dizia que Getulinho era um enjeitado que vivia com Abel, o filho do negro Gregório, desprezado pelos pais. Lutero cuidou de Getulinho até o fim. Chegou-se ao cúmulo de dizer que ele tivera uma parada cardíaca quando mantinha, pela primeira vez, uma relação sexual. Por que tanta maldade, hein?

– Estávamos em pleno Estado Novo e, como nada podia sair nos jornais, tudo se transformava em boatos e em bandeiras da esquerda. Você era o ditador, o repressor, o responsável pelo fechamento do Congresso, pelo desaparecimento dos partidos, pelas prisões abarrotadas, pelo DIP, pela tortura, pelas loucuras do Filinto e do Lourival. Por isso, tinha de ser combatido com fúria.

– É verdade que você protestou quando rompemos com o Eixo, alegando que os militares brasileiros não tinham sido ouvidos e temendo as conseqüências. Você e o

Filinto Müller vieram me ver e derramaram reclamações. O Osvaldo, naquela época, achava-se espionado pela polícia do Müller, que, por seu turno, jurava ter os seus telefones controlados pelo Osvaldo. Até o Euclides, filho do Osvaldo, veio me pedir para mandar soltar um amigo dele. Havia desordem demais e confiança de menos. Você, Góis, para muitos, era o fascista, o hitlerista, o militar fanático por disciplina e ansioso por um Estado totalitário no Brasil.

– Logo eu, que nunca admirei Hitler, mas apenas os generais alemães! Eu, justo eu, que me aproximei dos americanos, fui aos Estados Unidos e resisti à pressão alemã.

– E eu era o maquiavélico, o golpista, a raposa política à espreita, sempre querendo mais poder. Eu que declarei guerra aos países do Eixo, mandei a FEB lutar na Itália e fiz desmantelar os focos de simpatia ao nazismo no sul do Brasil. Obriguei os imigrantes a falarem português, acabando com as escolas em língua alemã, e deixei que os americanos instalassem bases no Nordeste voltadas para a África.

– Primeiro você assustou os americanos, Getúlio, e até muitos de nós. Com aquele discurso a bordo do *Minas Gerais*, muita gente pensou que você tinha escolhido apoiar o fascismo. Roosevelt levou um baque e tratou de fazer concessões.

– De repente – disse Getúlio, fazendo-se de desentendido –, o Roosevelt decidiu nos ajudar na siderurgia. Ganhamos Volta Redonda. Mas me lembro, Góis, que você ficou revoltado comigo quando meu discurso saiu publicado, na íntegra, nos jornais.

– Ora, Getúlio, o discurso aconteceu em 1940, logo depois que a Alemanha tomou conta da França, num almoço para generais e almirantes. Avisei-lhe que a sua fala seria interpretada como apoio ao nazi-fascismo e, a seu pedido, marquei o que devia ser eliminado de qualquer publicação, visto que, a bordo, você tinha decidido ler a íntegra da coisa. Qual não foi a minha surpresa ao ver tudo nos jornais! O Osvaldo Aranha ficou fulo da vida. O embaixador Caffery queria o nosso fígado. Acabei cúmplice num caso que tinha previsto e tive de ajudar a encontrar uma saída.

– O Caffery era um pouco lento, e o Osvaldo, de vez em quando, precipitado – ponderou Getúlio, com o seu ar maroto. – Acho que eu não errei naquele lance. A política é mesmo um xadrez e exige uma certa dramaturgia.

– É verdade – disse Góis, ajeitando os travesseiros – que tivemos de jogar com o que estava ao alcance da mão para que a revolução não retrocedesse.

– O Plano Cohen foi uma idéia sua, Góis.

– Foi. Que ninguém nos ouça. Mas funcionou. Na verdade, o plano de uma insurreição comunista, descrito em detalhes para horrorizar a opinião pública, foi mesmo preparado pelos integralistas, que pretendiam jogar o governo contra uma nova ameaça vermelha e apresentar-se como parceiros no estabelecimento de um Estado forte, antes de assumir o poder sozinhos, com Plínio Salgado de Duce, feito um Mussolini tupiniquim. Aquela cena do Olímpio Mourão datilografando uma cópia em pleno Ministério da Guerra foi armada por nós. Ele não passou de um inocente útil. Tomamos o projeto dos integralistas e o viramos, inclusive, contra eles. Você agarrou a idéia com as duas mãos. Era a única forma de acabar com o atoleiro em que o país se afundava.

– Mas você sempre nega essa paternidade, Góis.

– Continuarei negando. Digo que pensar isso de mim só pode ser idéia de espíritos turvos, cujas catadura lombrosianas estampam o recesso das suas almas.

Riram. O esforço levou o general a soltar um gemido. Getúlio inquietou-se. Góis tratou de acalmá-lo. Estava bem, na medida do possível, como pode estar bem, disse, alguém prestes a acertar contas com Deus. Conversavam como os velhos amigos que eram, embora deixassem escapar os antigos ressentimentos de adversários que, de alguma forma, sempre foram, principalmente na visão do general. Tinham sido homens do antigo regime. Vargas fora ministro da Fazenda de Washington Luís, e Góis se fizera em armas combatendo a Coluna Prestes e os tenentes que, depois, ajudaria a levar ao poder, com Getúlio à frente. Revolucionários de ocasião, perseguiam a instauração de uma nova ordem, mas uma ordem a ser seguida por todos, com braço forte e alguns desvios estratégicos.

– Graças ao Plano Cohen, foi possível implantar o Estado Novo e salvar o Brasil dos comunistas e dos integralistas – continuou Getúlio. – Mas, mesmo entre os nossos, houve muita gente que não gostou. O Zé Américo, que já se via no meu lugar como presidente eleito, botou a boca no mundo. O Armando de Sales Oliveira, que não tinha aceitado a minha sugestão de guardar-se para ser candidato em outro momento, mesmo sendo um homem novo, perdeu o governo de São Paulo e teve até de deixar o país.

– O Armando fez um bom trabalho em São Paulo como governador civil e paulista, depois de tanto conflito por causa do João Alberto, mas não compreendeu que a velha oligarquia queria usá-lo para recuperar os seus privilégios de antes de 1930.

– Precisávamos do golpe. A Constituição de 1934 era um entrave ao meu governo, e eu sempre disse que seria o primeiro a revisá-la. Depois, me convenci de que seria necessário rasgá-la. Existem momentos que não estão maduros para a democracia. Uma eleição custa caro e pode ser, em certos períodos, um luxo nocivo aos interesses de uma nação. Sabemos que uma ditadura esclarecida pode ser um meio para um fim, nunca um fim em si mesma – explicou, quase perdendo o fôlego, como se precisasse desabafar. – Os integralistas quase me mataram, em 1938, por terem sido excluídos do plano que eles mesmos haviam matreiramente urdido.

– Eu também teria sido morto se não tivesse entrado por uma porta lateral no meu apartamento da Rua Júlio de Castilhos, em Copacabana. Lembro-me de que o Souza Costa havia me convidado para tomar uma taça de champanhe na casa do Francisco Campos, em comemoração aos seis meses de implantação do Estado Novo. Recebi o telefonema da Alzira, do Guanabara, avisando que o palácio estava sendo atacado. Até o carro da polícia, que obtive para me deslocar, era dirigido por um motorista integralista. Tive de ameaçá-lo com um revólver. Só de manhã, no Ministério da Guerra, soubemos que o movimento havia sido debelado.

– Mas quem realmente correu perigo fomos nós, no Guanabara, até porque meus chefes militares não tiveram pressa em chegar. Enquanto o meu ministro Francisco Campos assistia a uma manifestação em sua homenagem, os integralistas, os mesmos que víamos pelas ruas gritando seu patético "anauê" e exibindo a esdrúxula sigma, atacavam a minha residência. E os meus chefes militares desapareciam. Eu estava mais perdido do que cusco em tiroteio. Ficamos eu e minha família expostos ao inimigo, todos de pijama, portando simplórios revólveres e uma solitária metralhadora. Minha filha Alzira foi mais diligente do que meus generais. O Dutra chegou, mais tarde, com um arranhão na orelha e voltou da mesma forma. Nunca soubemos como pudera vencer sozinho a linha inimiga. O ministro da Guerra, durante as mais de três horas em que estive sob ataque dos assaltantes e da própria guarda do palácio, quase sem defesa, foi o único homem entre os altos funcionários da administração que, com risco da própria vida, procurou salvar-me. Os outros, os que não fugiram, procuraram primeiro garantir a si próprios. O Canrobert Pereira da Costa terminou, de ceroulas, estranhamente preso na Esplanada do Castelo. O Cordeiro de Farias levou umas cinco horas para se despachar e não conseguiu abrir a porta lateral que lhe teria dado outro acesso ao palácio. O Francisco Campos, pelo telefone, transmitiu a Alzira a sua solidariedade. Nada mais. O Bejo, junto com dois amigos, conseguiu entrar no Guanabara. Só as Forças Armadas não encontravam o caminho. Ficamos sob fogo cerrado. Minha filha Jandira quase foi alvejada. O plano do Belmiro Valverde tinha uma ordem explícita: acabar comigo. Houve traição no pessoal da guarda. Mas também houve brava resistência de alguns modestos colaboradores. Como se diz, de onde menos se espera é que não vem! Góis, diga-me, como conseguiu escapar, sozinho, dos galinhas-verdes que deviam se encarregar de você? É um mistério que eu sempre quis desvendar.

– Mas você autorizou o fuzilamento, nos fundos do Palácio Guanabara, dos rebeldes aprisionados – rebateu Góis, rubro de vergonha ou de cólera. – Eu adormeci junto a uma mesa e acordei com a fuzilaria. Nunca me senti tão pequeno. Ali ultrapassamos uma linha e entramos no campo do crime monstruoso.

– Foi coisa do Dutra. Ele deu, diretamente, a ordem de fuzilamento.

– Eu sei. Ele me disse isso momentos depois que os tiros cessaram. Mas ele não o fez sem consultar você. O ministro da Guerra não manda assassinar homens no pátio da casa do primeiro mandatário da nação sem o consultar.

– Não se faça de vestal, Góis. Em 1935, você não ficou tão chocado quando os mortos eram vermelhos.

– Mas quem levou o Fournier, chefe dos rebeldes fuzilados, para a Embaixada da Itália, não fui eu. Foi o integralista coronel Manuel Aranha, irmão do Osvaldo.

– Ora, o Dutra reformou todo mundo, e, apesar do protesto do Osvaldo, que simulou demitir-se das Relações Exteriores, tudo se resolveu. O Fournier, de qualquer maneira, tinha posto você no seu índice de morte. Os italianos o devolveram a pedido do pai dele.

– Houve traição naquilo.

– Morreram muitos idealistas nesses anos todos – repetiu Getúlio, acabrunhado.

– Que fazer? – suspirou Góis Monteiro, recompondo-se. – Já em 1935, tivemos de estimular os comunistas para que pusessem a cabeça de fora e nos deixassem cortá-la em legítima defesa do regime. A Intentona Comunista aconteceria de qualquer maneira, mas nossos agentes infiltrados ajudaram no parto. Erramos? Não. A época exigia medidas fortes, e vermelhos e verdes eram perigos reais se agigantando no horizonte.

– Morreram homens bravos. Enchemos as prisões de gente sem qualquer processo. A coisa quase escapou do nosso controle. Mas, você tem razão, a pressão das forças militares e da população civil para um castigo exemplar aos rebeldes tinha de ser atendida. Só que a Constituição não permitia as medidas aconselhadas. Era preciso suspender parcialmente os seus efeitos para alcançar uma ação pronta e eficaz.

– Era preciso, realmente, uma lição exemplar, sem ambigüidades. Não adiantava um meio-termo. Em 1935, Getúlio, a idéia de ajudar no parto da Intentona foi bem sua.

– Pode ser. Acho que apenas catalisei um processo que estava em gestação. Parecia até filho de burro: não nascia nunca. Naquele momento, a relação de forças era outra: no Rio Grande, o Flores estava agindo de má-fé, cavilosamente, procurando organizar elementos de resistência para fazer-me oposição.

 – Mas você ainda pretendia entender-se com o Flores.

– Sempre achei que seria possível acomodar-me com o Flores. Mas ele continuava irascível e eu não podia ceder às suas imposições e exigências, pois o que ele pretendia era tornar-me simples executor de sua vontade caprichosa e arrogante.

– Apesar de termos feito todo esse caminho juntos, Getúlio, e termos discutido isso tantas vezes, eu nunca entendi por que você não nomeou, logo após a vitória da Revolução, um interventor civil e paulista para São Paulo – comentou Góis, dobrando-se num acesso de tosse. – Por que João Alberto, militar, pernambucano, objeto de tantas acusações e desconfianças?

– Nem você queria outra coisa, Góis. Foi uma decisão do nosso Gabinete Negro, como a oposição o batizou – eu, você, o Juarez, o Osvaldo e o próprio João Alberto. O Whitaker, o João Neves e o Luzardo não queriam essa solução. Por que um brasileiro não poderia ser interventor em São Paulo? Até no Rio Grande do Sul tivemos interventor que não era gaúcho nem muito gaúcho. Fizemos a revolução contra São Paulo e precisávamos quebrar a hegemonia paulista de qualquer maneira. Era preciso liquidar, como dizia o Zé Américo, os carcomidos. Além disso, os tenentes mostraram-se bons administradores, muito mais disciplinados e eficazes que os políticos profissionais. O João Alberto sempre foi uma curiosa figura, um homem ambicioso, ágil e hábil organizador, de pouca cultura e muita inteligência. Não me inquietava e despertava a minha simpatia. Agora, sejamos francos, quando veio a Revolução Constitucionalista, São Paulo já estava no segundo interventor civil e paulista, como você bem sabe, Góis. Naqueles episódios, eu errei muito. Errei ao ressuscitar aquela velha múmia, que exumei do esquecimento, o interventor Pedro de Toledo, que nos traiu; errei, no dia 9 de julho de 1932, quando o movimento eclodiu, ao achar que a crise tinha passado, e ao me iludir com a impressionante atitude de lealdade e de solidariedade do inconstante do Flores.

– Era tarde demais. Esperava-se de você uma solução cristalina, confiável e capaz de impor a ordem. Os revolucionários históricos ficaram contra você. A camorra de baixo quase estragou tudo. Eu não quis ser ministro da Guerra nem aceitei promoção para não quebrar a hierarquia. Não fui ouvido no Gabinete Negro.

– Você achava que eu dormia nas reuniões do Gabinete Negro, Góis.

– Algumas vezes, sim. Noutras, era dissimulação.

– Você me achava distante, um triste. E não poupava os meus erros. Mas cometia muitos. Quando você disse que os militares de São Paulo deviam resistir niponicamente aos ataques dos rebeldes, remetendo-se à invasão da Manchúria pelos japoneses, foi uma catástrofe.

– Uma infelicidade. Os estudantes passaram a cantar "Getúlio sai, sai, São Paulo não é Xangai".

– Não, não, era "Getúlio sai, desta vez Getúlio sai, sai, São Paulo não é Xangai" – corrigiu o presidente.

– Getúlio, sai, desta vez Getúlio sai, sai, São Paulo não é Xangai – entoaram juntos, Góis desafinado e com voz débil; Getúlio bem baixinho. Riram.

– Nem sempre você confiou em mim, Góis. Muitas vezes, achou que eu inventava estratagemas para jogar a população contra os militares, até mesmo quando se tratava de corrigir os salários das Forças Armadas e de melhorar as condições de vida dos soldados. Sempre achei vocês militares estranhos, prontos a desconfiar quando a questão é de força e não de disciplina.

– Havia do que desconfiar, Getúlio. Não fixar, desde o início, um interventor civil e paulista para São Paulo, levou, depois de várias trocas, à guerra civil de 1932. Tudo podia ter acabado ali.

– Podia mesmo. Comecei a ser incompreendido e traído em 1932, antes mesmo de estourar a revolta paulista. Quando do empastelamento do *Diário Carioca* por membros do Clube 3 de Outubro. O Maurício Cardoso abandonou a pasta da Justiça por causa disso. O Batista Luzardo largou a chefia de polícia e acusou o Osvaldo de ser o mentor da confusão. Acharam que eu estava apoiando o assalto a um jornal de oposição. O Flores da Cunha, que sempre foi ligado aos paulistas, começou a balançar para o outro lado. Na hora, deixou os paulistas na mão. O João Neves, ressentido, também se bandeou. Reclamavam a constitucionalização do país. Mas, santo Deus, eu já tinha assinado o decreto convocando a Constituinte.

– Aquilo foi um erro brutal. O país estava um caos. – Góis tossiu. – Quero dizer, muito tenso. Havia insatisfação militar, civil, e rachas internos entre os revolucionários de 1930. Depois da morte dos quatro estudantes, no ataque à sede da Legião de Outubro, não tinha mais volta, era a contra-revolução.

– Talvez. 1932 foi o resultado desses detalhes – considerou Getúlio, mostrando-se cansado. – Ficaram as iniciais dos jovens mortos, M.M.D.C., estopim do 9 de julho. Teve a crise militar dos rabanetes e dos picolés. O povo brasileiro sempre teve criatividade para dar nome às coisas. Picolés, tenentes de 1922 que ficaram gelados em relação ao que veio depois. Rabanetes, tenentes vermelhos por fora e brancos por dentro. Que bolaço! Mas tudo isso era a casca. A verdade era uma só: o desejo contra-revolucionário dos que perderam com o movimento de 1930. Pena que muitos companheiros de primeira hora não entenderam isso.

– Você os aceitou de volta anos depois. O João Neves, depois de bancar o democrata em 1932, apoiou o Estado Novo. Mas, Getúlio, você mandou prender até o velho Borges de Medeiros e o presidente Arthur Bernardes. Os dois foram para a Ilha do Rijo. O Borges acabou exilado em Pernambuco.

– Agora eu é que pergunto: que fazer? Borges, pela primeira vez, pegou em armas e foi para o campo de batalha. Acabou preso de arma na mão. Creio que não me perdoou por não tê-lo visitado quando fui a Pernambuco. Era uma prisão de mentirinha. Mandei para a Ilha do Rijo ele e o Arthur Bernardes, sob a guarda da Marinha. O almirante Protógenes, ministro da Marinha, antigo prisioneiro de Bernardes, passou a ser o seu guarda. Bernardes e Borges, dois homens que fundamentalmente se hostilizaram e prestaram-se depois muito apoio, dois temperamentos afins – de dominadores decaídos e não conformados – puderam afinal conhecer-se... na mesma prisão. Devem ter dialogado sobre a precariedade das grandezas humanas.

– Guarde-me do seu cinismo. Borges, depois, foi candidato, em 1934, na eleição indireta, e perdeu a presidência para você.

– Tudo normal. Nunca tive amigos de quem não pudesse me separar, nem inimigos de quem não pudesse me aproximar.

– Isso vale para mim. Em 1950, você me queria como vice-presidente, mesmo eu tendo sido o responsável pela sua queda em 1945.

– Você não aceitou, mas foi a Canossa – Getúlio sorriu.

– Sim, eu fui. Ainda me lembro do nosso encontro na residência do Danton Coelho. Confesso que me emocionei. Em 1945, quando tive de desfechar o 29 de outubro, fui pressionado para cassar os seus direitos políticos e mandá-lo para o exílio. Não aceitei. Também não quis o poder para mim. Vê-lo foi como voltar no tempo e refazer todo o nosso percurso em nome de um Brasil melhor. Um jornalista tinha me perguntando onde seria o nosso encontro de reconciliação, ao que respondi: em Canossa.

– E ele perguntou mesmo onde ficava isso?

– Claro. Aí foi que eu disse: na enciclopédia.

Riram de novo, lembrando que os repórteres desconheciam a história da visita feita pelo rei Henrique IV, da Alemanha, ao papa Gregório VII, no castelo da princesa Matilde da Toscana, em Canossa, nas proximidades de Gênova, depois de ter sido excomungado pelo sumo pontífice. A fadiga já se estampava no semblante do general. Getúlio sentia vontade de acender um charuto. Gregório permanecia firme na porta. Uma enfermeira entrou e, apesar de constrangida com a presença de Vargas, mediu a pressão do paciente. Getúlio lembrou-se de que só a recusa de Luís Carlos Prestes, já então um mito, o comandante da coluna que varou o Brasil combatendo as tropas legais e revelando o absurdo da miséria do país, permitira que Góis Monteiro se tornasse o comandante militar da Revolução de 1930. O movimento tivera um cérebro político: Osvaldo; um estrategista: Góis; um articulador com Minas Gerais: João Neves; e um líder sereno: ele, Getúlio. Góis Monteiro ajeitou-se na cama e, abruptamente, perguntou:

– Em 1932, se o palácio tivesse sido tomado pelos paulistas, você teria se matado?

– De onde tirou isso? – tergiversou o presidente.

– Quando fui ao Guanabara, a pedido do Osvaldo Aranha, para dizer que estávamos em condições de resistir aos delírios do Bertoldo Klinger, do Euclides Figueiredo e do Isodoro Dias Lopes, vi no seu bolso o cabo de madrepérola de um revólver e, sobre a mesa, um envelope onde estava escrito "à nação brasileira".

– Sempre tive comigo uma certeza, a de que não seria levado por nenhum homem de saia. Não sou dos que esperam o cardeal.

– O fim de Washington Luís nunca saiu da sua cabeça?

– Isso me marcou bem mais do que os cavalos amarrados pelos gaúchos no obelisco da Avenida Rio Branco – brincou Getúlio. – A morte pode ser o último dom de um homem ao seu povo. O poder pode tudo, menos deter a autonomia do homem para morrer.

– Entendo.

– Góis – disse Getúlio, com uma inflexão nova na voz, metálica –, você foi meu ministro da Guerra, meu chefe do Estado-Maior das Forças Armadas, meu chefe militar nos momentos de luta e até meu representante em esferas internacionais, como na Argentina, ainda há pouco. Não posso deixar de perguntar: por que você me derrubou em 1945?

– Porque eu o conhecia, Getúlio. Em 1937, dois meses antes do golpe que demos juntos, você fez um discurso de despedida à nação. Em 1945, quando o João Alberto me disse que você nomearia o Bejo para o lugar dele, na chefia de polícia, eu tive certeza de que você pretendia continuar no poder e anular as eleições marcadas para dezembro. Tínhamos lutado na Europa contra os regimes totalitários. Era a hora da democracia no Brasil.

– O João Alberto queria ser interventor no Distrito Federal – retrucou Getúlio, com um muxoxo. – Até os milicos fascistas viraram democratas em 45 – completou, visivelmente agastado.

– Você queria que os seus adversários mostrassem a boca do baralho, Getúlio. Por isso, nomeou o Bejo para o lugar do João Alberto. Eu tinha dado carona a ele. Soube de tudo por ele, no meu carro. Quando o deixei, já tinha a minha decisão: teria de depor você. Não me arrependo. Cumpri o meu dever com a pátria.

– Aquilo foi mais uma ação de despejo do que um golpe de Estado. Até a água do palácio foi cortada.

– Podia ter sido pior.

Getúlio sentiu vontade de chamá-lo de megalomaníaco, como fizera em outros conflitos, mas reconsiderou; afinal, estava diante de um homem doente, cuja secura escorria pelos cantos da alma, permitindo-lhes dizer com simplicidade o que não teriam revelado nem premidos pela mais sofisticada tortura. Getúlio ouvia o assobio dos ventos do passado. Góis tentava agarrar-se ao presente e só encontrava as bordas da cama. Agora, um estranho cansaço, existencial, embaralhava-lhes a mente. Apesar disso, Getúlio não resistiu a uma última provocação; afinal, Góis bem que merecia, pois, no passado, não se cansava de atribuir-lhe aspirações ditatoriais, complexos, taras e planos hediondos:

– Você foi usado pelos americanos, Góis. Quem me derrubou foi Spruille Braden. Depois da Argentina, o Brasil. Depois de Perón, eu. O Braden mandou o Berle fazer aquele discurso contra o Estado Novo. Ali, os sinos dobraram para mim. Você foi o inocente útil.

– Não admito isso. – O general engasgou. – Braden, então subsecretário de Estado, de passagem pelo Rio de Janeiro, disse ao embaixador Berle para não pronunciar aquele discurso. Ingênuo, o Berle, substituto recente do Caffery, mostrou o texto a você, que não fez nenhuma objeção.

– Lembro-me de que ele me leu algo ininteligível, num português macarrônico, muito mal mastigado, incompreensível. Depois, nos jornais, vi que se tratava de um libelo contra mim e o meu governo. Era tudo o que a oposição desejava, um embaixador metido em política interna do nosso país. Tive de reagir.

– Os americanos nada fizeram contra você, Getúlio. Você usou o Berle para sugerir que as nossas instituições estavam ameaçadas e depois pediu a cabeça dele.

– Você teve uma crise cardíaca, Góis, em 1945, e veio aqui para esta mesma clínica. Saiu de maca de uma recepção na Embaixada dos Estados Unidos. Daquela vez, eu já não podia te visitar.

Calaram-se. O furacão da memória açoitava cada um por seu turno, arrancando suspiros e gemidos de peitos acostumados aos acordes mais graves. Getúlio observou o rosto do amigo e pensou enxergar um quadro esmaecido da natureza humana. Góis fitou o presidente e sentiu-se diante de uma figura cubista. O olhar de Getúlio destruía as figuras, distorcia os objetivos vistos e acumulava ângulos de observação. Ao despedir-se, ambos tinham ficado com os olhos molhados. Um velho soldado e um veterano do poder de olhos úmidos e braços cansados, num abraço terno e demorado. Tinham falado pouco da missão de Góis junto a Perón e das expectativas e decepções dos argentinos em relação ao Vargas democrata. O passado conseguira dissipar o nevoeiro do presente com sua espessa camada de mágoas e de recordações. Góis, quando Getúlio já se achava na porta, ainda disse:

– O aumento de 100% do salário mínimo ainda vai custar muito caro a você. Tenha muito cuidado.

– Farei o possível. Dias desses, trago uma garrafa de licor escocês para bebermos em homenagem ao passado.

Pobre Góis, com suas obsessões! Sempre foi um indeciso, pensou, e, mesmo quando se distraía e conspirava, era a favor do governo, a meu favor. No fundo, adorava as guerras de bastidores. Deu posse, depois de me apear do poder, ao José Linhares, presidente do STF, feito por mim, que atropelei

 a ordem de sucessão no Judiciário e preteri Laudo Camargo,

ex-interventor de São Paulo, para a vice-presidência do STF, entregando-a a Linhares. Quando o presidente Eduardo Espínola se aposentou, o cargo caiu no colo do Linhares, o qual, em seguida, o Góis já andava embrulhando. Soube que indicou para ministro da Guerra o Obino, e enquanto o presidente Linhares encaminhava o convite, tratou de aconselhar ao indicado que recusasse.

Góis custou a perdoar a candidatura de Dutra, que tinha por um molenga e uma cria sua. Esse era mesmo o drama da sua vida: perdera a presidência da República para um coadjuvante ou uma marionete, um comandante que vivia atrapalhado pela própria família e queixando-se dos militares vadios. Quando Dutra era ministro da Guerra, Góis vinha sempre reclamar dos comunistas e dos golpes arquitetados *por lo* que estava com as rédeas na mão, que era manipulado por outro que não o próprio Góis. Eram quase todos assim, como a turma que tinham sido em Porto Alegre, uns se queixando dos outros, uns conspirando contra os outros, brigando e fazendo as pazes.

Agora era José Américo quem falava na reunião do ministério. Getúlio reviu-se, muito jovem, no Bloco Castilhista, defendendo, com os amigos da Faculdade de Direito e da Escola Militar, os ideais republicanos, mais especificamente os interesses de Borges de Medeiros. Os positivistas gaúchos tinham conseguido uma Constituição muito particular, com um executivo forte, quase sem parlamento. A Assembléia Legislativa reunia-se três meses por ano para aprovar o orçamento e propiciar aos deputados afiar a oratória. Nada mais. Foi assim até 1923. Borges governou um quarto de século com poderes quase absolutos, salvo um interregno de um mandato, quando continuou a comandar por trás de um presidente competente, mas fantoche. Getúlio passou levemente a mão no rosto.

Borges aceitara fazer uma pausa em seu reinado, indicando Carlos Barbosa como candidato do PRR. A oposição apostava no médico Fernando Abott. Borges de Medeiros, patrono inconteste do jornal *A Federação* e do Partido Republicano Rio-Grandense, depois da morte de Júlio de Castilhos, não brincava em serviço. Mandou que os jovens do Bloco Castilhista desbaratassem o comício de Pedro Moacyr, grande orador oposicionista, em favor de Abott. Getúlio, um dos redatores de *O Debate*, órgão oficial do Bloco Castilhista, obedeceu. Pedro Moacyr rebateu cada intervenção dos rapazes com uma tirada de espírito, ridicularizando-os. Ouviu-se, então, um tiro. A debandada foi total. Houve pânico. Quem seria o autor do disparo? Cada um mostrou que não havia atirado. Só ele, Getúlio, havia permanecido em silêncio, sorrindo. Nem à filha, Alzirinha, algumas décadas mais tarde, confessara. Agora, ali, naquela insólita reunião do ministério, sentia vontade de interromper Zé Américo e declarar: Sou eu o responsável. Fui eu. Eu atirei para cima.

Ele, o autor de um ensaio sobre Zola, o leitor de Flaubert e de Balzac, o admirador de Saint-Simon, o visitante solitário das livrarias do centro de Porto Alegre, o rapaz introvertido que havia conhecido o transbordante João Neves na Livraria Universal e ficado encantado com a cultura do jovem de Cachoeira, ele, Getúlio, o representante dos estudantes de Direito que discursou para o presidente Affonso Pena, ele, o menos agressivo dos gaúchos da pensão do "Seu" Medeiros, ele, que irritava Viriato com a sua introspecção e moleza, havia acabado com o comício de Pedro Moacyr à bala, ou, ao menos, com um misterioso e solitário tiro para o alto. Antes de superar o chefe, havia bem servido ao velho Borges.

– Haverá sangue. Muita gente vai morrer – disse Zenóbio da Costa.

E daí, pensou Getúlio, quem temia a morte? O que era morrer diante da honra e dos compromissos assumidos? A morte, de fato, havia se apresentado a ele em Ouro Preto, quando ainda era um menino. Conhecia-a de perto e nunca se esquivara ao diálogo com ela. O assassinato de Carlos de Almeida Prado, na antiga capital mineira, tinha sido o seu batismo de sangue. A vida era um tropel de cavalos xucros, uma imensa confusão de imagens e de sons na solidão povoada de uma mente extraviada no seu próprio labirinto. Não contava, era contado pela sua história, numa existência ocorrida em meio ao vendaval quase tranqüilo das revoluções vistas de dentro e de fora ao mesmo tempo.

9

As vozes de Bejo e Gregório ficaram para trás. A tarde caía. Maciel Filho, como velho amigo e revisor predileto do presidente, era, no Catete, gente de casa. Além disso, pela função que exercia, diretor-executivo da Superintendência da Moeda e do Crédito, figurava como um dos homens-chave do governo. Getúlio recebeu Maciel sem nenhuma efusão. Encontro de rotina, dispensava formalidades. Por trás da fumaça do seu charuto, porém, descobria-se um homem cansado, com o lábio inferior caído, formando um pequeno beiço, um sinal claro, para quem o conhecesse, de que estava aborrecido.

– Estamos quase no fim de julho, Maciel. A inflação está num patamar inquietante. Precisamos melhorar as nossas estatísticas. Temos compromissos sociais. Ah, se me deixassem trabalhar, se não passassem o tempo inteiro desviando a minha atenção com futricas, então poderíamos fazer alguma coisa por esse povo sofrido.

– E tudo que já se fez no atual governo, a começar pela Petrobras? Não canso de me lembrar que ter posto a exploração do petróleo sob o controle do Estado foi talvez a mais empolgante realização de um governo brasileiro.

– Em compensação, eu e minha família temos sido atacados sem descanso. Enxovalham a nossa honra, pisoteiam os nossos valores, esquecem-se de que tenho dedicado a minha vida a este país. Criticam-me por ter corrigido o salário mínimo, inventaram esse tal pacto do ABC, execram meus velhos colaboradores, como Luzardo, enlameiam as novas lideranças, como Jango, cuja demissão me custou uma grande amargura, não poupam nem o Osvaldo. Um mar de lama corre sob o Catete, e homens que mudaram o Brasil são carimbados como ladrões e corruptos. Em 1950, quando aceitei ser carregado pelos que exigiam a minha candidatura, sabia que mergulharia no inferno das calúnias e dos complôs. Todos os limites foram ultrapassados. Erva ruim não morre. Vou resistir.

– É uma campanha orquestrada, com um único objetivo: desestabilizar o governo para satisfazer os interesses econômicos internacionais. A questão do petróleo continua atravessada na garganta dos americanos. A limitação da remessa de lucros é um terror que leva os tubarões ao delírio. Querem fazer do Brasil uma nova Guatemala.

– Comigo será diferente. Saberei resistir a qualquer golpe.

– A situação aqui é outra: o Brasil não é a Guatemala.

– Vai chegar o dia em que terei eu mesmo de escrever as minhas memórias para resgatar tudo o que fiz por este país. Faz alguns anos, o Rubens Vidal Araújo passou uns tempos lá em São Borja e escreveu para a *Revista do Globo* um bom apanhado do meu passado. Ficou bom. Agora os tempos são outros, ainda mais duros, e talvez fosse necessário contar mais. Haveria tanto a dizer, a deixar como legado, a esclarecer... Tenho sido tão injustiçado.

– Podemos, dia desses, começar o livro de entrevistas que já pensamos em fazer.

– O Judeu também pensava em fazer isso comigo. Infelizmente, a *Última Hora* precisava mais dele, em meu próprio interesse. Agora, tenho de mantê-lo a distância. E dizer que o Banco do Brasil não deu a ele nada que Chateaubriand e Roberto Marinho não tenham conseguido em dobro: empréstimos honestos com garantias duvidosas. Maciel, o poder é triste. As pessoas imaginam que o poder dá a alguém uma espécie de felicidade permanente, de passaporte para o sucesso, de imunidade contra o mal, mas não é assim, quase nunca é assim. O poder entristece.

– Tenho uma novidade. Talvez seja o momento de falar mais disso para alguém que não deseja outra coisa. Posso mandar entrar uma pessoa? Alguém que você conheceu de calças curtas: Tércio Ramos.

Osvaldo Aranha entrou no gabinete. Maciel Filho pediu ao seu acompanhante um pouco de paciência. Getúlio preferia dar audiências na parte da tarde, mas já não conseguia administrar o seu tempo conforme a filosofia que estabelecera ao longo de um quarto de século de poder. Já não passava as manhãs recolhido, depois de um suco de laranja e de um copo de leite; já não se guardava para um banho ao meio-dia; já não se fazia barbear ao final da manhã. Estava sobrecarregado, e isso se via na expressão cada vez mais sombria, embora dissimulada por uma falsa aura de serenidade. Sentia falta de Roberto Alves, secretário particular e pau para toda obra, que tivera de demitir por insistência de Lourival Fontes, depois que Roberto, num momento de falta de tato, dissera uma boa verdade: "Como tem filho-da-puta neste governo!" Alzirinha aproveitou a entrada de Osvaldo para entregar ao pai uma pasta com documentos. Getúlio gostou de contemplar o rosto carinhoso da filha.

– Aqui está, patrão, o material pedido. – Na frente de um íntimo, como o ministro da Fazenda, permitia-se usar o afetivo "patrão", que inventara nos anos 1930. Sozinha com Getúlio, ia do Gê ao Pai, sempre com a mesma ternura.

– Vamos tirar a limpo isso já, rapariguinha, mas chega de trabalho por hoje, que até boi de canga tem mais repouso.

Aranha depositou um exemplar de *O Globo* sobre a mesa. O seu rosto era um pergaminho onde se poderia, certamente, ler um resumo atribulado e grandioso da história do Brasil e até mesmo do mundo. Afinal, havia presidido, por ser a presidência rotativa, a Assembléia Geral da ONU na sessão de criação do Estado de Israel e convivido com os principais líderes do planeta, aos quais sempre impressionava com a sua energia contagiante. Logo ele, Osvaldo Aranha, a quem muitos pretendiam colar a etiqueta de anti-semita. Praticava a desmesura com medida da grandeza humana.

– Outro ataque do João Neves contra ti – disse.

– O João nunca mudou – observou Getúlio, com certa ambivalência. – Sempre foi um pequeno frasquinho de veneno manejando brilhante capacidade oratória e pequena capacidade de compreensão das situações muito especiais.

– Mudou sim – retrucou Osvaldo, levantando a voz. – Sempre posou de coerente, mas andou ao sabor dos ventos e das suas conveniências.

– Não mudou, não, Osvaldo. O João continua o conservador de sempre.

– Agora deu para retomar a sua mania de memórias para te enxovalhar um pouco mais, retomando histórias de quase meio século atrás – insistiu Osvaldo. – Transformou o

Luzardo em teu capacho junto ao Perón, e o Jango em capataz de uma tal República Sindicalista. Filho da mãe! Outro dia o vi almoçando com o Marinho, no Jockey Club. Que vergonha!

– O João Neves inteiro está no *Acuso* – murmurou Getúlio, acendendo um Poock, que alternava com os havanas.

Ficaram alguns instantes em silêncio. Osvaldo lembrava-se do panfleto de João Neves da Fontoura, publicado em 1933, como algo repugnante. Com uma linguagem gongórica, que passava por grande oratória, João Neves dava-se o bom papel e assacava contra Getúlio, Flores da Cunha e ele, Osvaldo. Acusava Getúlio de comodista incorrigível, de calculista frio, de sedento pelo poder e de ter sido um fardo durante os preparativos da Revolução de 1930, sempre pronto a trocar de lado quando lhe acenavam com algumas parcas concessões. O líder revolucionário pintado por João Neves era um fantoche vítima de abulia, perdido no seu labirinto, precisando que o carregassem – impossível esquecer aquela imagem – "ladeira acima, aos trancos e barrancos, para metê-lo no Catete, de onde agora nos insulta e persegue". Para João Neves, Getúlio Vargas era um fraco, um indeciso, um manipulador. Góis Monteiro, pensou Osvaldo, achava a mesma coisa, mas era mais dependente de Getúlio e não sabia escrever. Por isso, sempre se calava, salvo em entrevistas espalhafatosas, das quais sempre se arrependia.

No *Acuso*, João Neves tentava demonstrar que não havia sido governador do Rio Grande do Sul ou ministro da Justiça por não postular cargos. Mas havia aceitado uma consultoria no Banco do Brasil – Osvaldo sorriu. O panfleto era um balde de merda sobre a cabeça dos antigos companheiros: a revolução tinha fracassado; os novos donos do poder demitiam funcionários de carreira e empregavam parentes; Juarez

Távora, convertido em vice-rei do Nordeste, mandava em meio Brasil e reinava para os seus, tendo entregado o Ceará ao irmão, e Pernambuco a Lima Cavalcanti, um compadre da sua família; nem o Judiciário escapava do desmonte; as perseguições políticas dizimavam antigos aliados: Arthur Bernardes devia ser segregado em Paris; Antônio Carlos, o homem que aceitara lançar a candidatura de Vargas, seria congelado na Embaixada de Buenos Aires; o novo Brasil era uma caricatura fascista, com Francisco Campos de camisa cáqui e os inimigos julgados por um Tribunal Revolucionário; o ataque ao *Diário Carioca* fora a reação dos tenentes contra a liberdade de imprensa, com apoio do ditador e por obra do ministro da Guerra; todos se locupletavam, todos se lambuzavam com o poder e nada mudava. Era o regime do terror. O Tribunal Revolucionário, urrava João Neves, não tinha sequer adotado os métodos soviéticos. Era mais arbitrário.

O pior do panfleto era contra o próprio Osvaldo, inicialmente ministro da Justiça, depois da Fazenda. Osvaldo era a eminência parda do ditador, o primeiro a enxovalhar as instituições e a derrubar antigos amigos e aliados. A frase que pregara na porta do Ministério da Justiça, "não há direito adquirido contra a nação", aparecia, na pena de João Neves, como uma confissão ditatorial. Outra frase sua, "a revolução não foi feita para perdoar, mas para punir", convertia-se num brado ao autoritarismo fascista. João Neves abria-se: "Fui esquerdista até o dia da revolução." E era Getúlio quem só visava ao poder? Neves pôs-se, então, a conspirar e envolveu Borges de Medeiros, Raul Pilla e tantos outros líderes gaúchos na sua aventura em favor do reacionarismo paulista disfarçado de luta pela reconstitucionalização. O resto do panfleto era uma diatribe contra Flores da Cunha, que, depois das fanfarronadas tradicionais, ficara do lado do ditador, sacrificando os amigos da democracia e acarretando milhares de mortes. A morte, pensou Getúlio, era a outra face do poder.

– O *Acuso* do João Neves foi a coisa mais nojenta que vi nesses anos todos – enfureceu-se Osvaldo. – Uma canalhice. João foi promotor público depois de ti, deputado federal depois de ti, foi preterido por Borges, que te escolheu como seu sucessor, foi líder parlamentar depois de ti e não te perdoou por teres me deixado no governo, quando ele era o vice-presidente do Estado. Sempre o achei um caso patológico. O câncer generalizou-se.

– Sabe, Osvaldo, a verdade é que o Maurício, o Collor, o João, o seu Luzardo, até o falastrão do Flores, tantos outros, não entenderam o que era fazer uma revolução, não compreenderam que seria preciso sujar as mãos e atravessar um longo túnel para construir a democracia. Ainda estamos na metade do caminho.

– Não entenderam, ou não quiseram entender, o óbvio: não se faz revolução com democracia.

– Achavam que bastava tirar o Mandão do Catete para que tudo, num passe de mágica, num toque de varinha de condão, se ajeitasse.

– Nós é que tivemos de suportar a merda até os ombros, pau e bala, enquanto nossos amigos gaúchos conspiravam abertamente.

– Vencidos os paulistas, traídos pelo Flores, João Neves achou que eu ia metê-lo na cadeia e fugiu para o estrangeiro – soprou Getúlio.

– Fugiu foi da polícia do Flores. Um pouco mais e ia morrer de fome por aí, sem dinheiro nem para o aluguel, feito um mendigo em banco de praça, mas tu o perdoaste.

– Fazia mal ao João ficar longe do Hotel Glória. Ali, sempre foi um revolucionário e um progressista. Mas foste tu, Osvaldo, como ministro da Fazenda, que lhe deste um polpudo emprego de advogado do Banco do Brasil.

– A teu pedido, Getúlio. Ideologicamente falando, o João me convence, embora seja muito ruim do ponto de vista estratégico, não consegue fechar a boca em certas horas – pontuou Aranha. – O *Acuso* foi uma brincadeira de péssimo gosto e de nefasta exploração.

Getúlio sacudiu a cabeça e soltou uma baforada. Gostava do panfleto de João Neves, do seu tom vibrante, inflamado, cruel. Invejava de forma positiva o talento do colega de juventude. Honestamente, gostaria de ser o autor do *Acuso*. Quando Miguel Teixeira lhe falara das agruras e das dívidas do amigo-inimigo, de volta do exílio, cujo pai morrera sem que o filho pudesse comparecer ao enterro, considerou que era hora da reaproximação. Ainda se lembrava da figura triste do tribuno, outrora tão garboso, materializando-se no seu gabinete. Esperava, certamente, uma reprimenda, um acerto de contas, um sermão. Disse-lhe simplesmente: "Como vais, João? Por onde andaste?" Mais tarde, deu-lhe um ministério, chegou a oferecer-lhe a embaixada dos seus sonhos, em Paris, e ganhou um articulador político, um dos responsáveis pelo seu retorno nos braços do povo em 1950.

– Tu ainda o ajudaste a entrar na Academia Brasileira de Letras – cobrou Osvaldo, agitando as mãos.

O semblante de Getúlio desanuviou-se. Ele abriu um largo sorriso. Era sempre assim, não resistia a uma travessura. Os homens, mesmo João Neves, não resistiam a um cargo. Até cuidar dos esportes teria agradado a Neves no retorno aos braços do poder. Só lhe restava zombar. Uma vez, havia perguntado a Aporelly, o Barão de Itararé, seu crítico implacável e hilariante: "Que acha do Estado Novo?" A resposta não podia ter sido melhor: "É o estado a que chegamos." Por isso, achava *A Manha*, o jornal do humorista, o único veículo sério e imperdível do país.

– Ora, Osvaldo, quando o Olegário Mariano veio me dizer que o João Neves era candidato e o Ataulfo de Paiva alegou que ele não se elegeria por não ter obra, tive de falar a verdade: tem sim, tem o *Acuso*, que é uma obra-prima de um gênero praticado por gente como Voltaire, o panfleto político. João foi eleito. Pagou na mesma moeda. Botou-me na ABL. A minha obra era bem pior que a dele.

– O João já te negou duas vezes, Getúlio.

– Algo me diz que não haverá uma terceira. Leve sacudir do galho não faz cair gravetos, mas vento norte pode deixar marcas. Temos estilos diferentes: eu cheguei ao poder por uma revolução e saí, em 1945, por uma quartelada. O João chegou ao poder depois da revolução e saiu pelas suas entrevistas.

– Agora estás sendo injusto.

– Eu sei. Dizem que instituí a censura, mas o Zé Américo, o Góis e o João não ficaram sabendo disso.

– Bom, a censura existiu de fato.

– Era necessária. Uma vez, em 1941, mandei o exército ocupar o *Diário Carioca*, que foi suspenso por 48 horas pelo DIP. A caldeira, que ameaçava explodir, encontrou sua válvula de escape. A época exigia mão forte. Talvez hoje não seja diferente. Quando entregávamos entrevistas prontas aos jornalistas, havia menos falsidade e menos futrica.

Disse isso e lembrou-se do último encontro com João Neves, numa atmosfera de penumbra, ao final de um dia de frustrações e de nostalgia, quando da sua demissão do Ministério das Relações Exteriores. Chegava a ser engraçado que João e Osvaldo se estranhassem, afinal os dois eram americanófilos e liberais. O afastamento de João Neves havia começado quando ele, Getúlio, se recusara a implementar o acordo Brasil-Estados Unidos, que previa engajamento do Brasil nas guerras norte-americanas, e decidira não enviar tropas para combater na Coréia contra a invasão comunista. João sentira-se desautorizado, assim como o ministro da Guerra, Estillac Leal, se achara, antes, ultrapassado pela assinatura do mesmo acordo, negociado por João Neves, e acabara pedindo demissão. A denúncia do pacto ABC, a partir de um panfleto recolhido por Flores, em Santana do Livramento, durante o casamento de uma neta do general, era somente um pretexto. A conversa, pensou, fora curta e seca, com um sabor áspero de erva cortada:

– Vais me deixar outra vez, João?

– Vou ficar com os meus ideais.

– Com os seus ou com os dos americanos?

– Prefiro-os, especialmente aos de Perón.

Por trás da sua grande cultura e aparente sobriedade, pensou Getúlio, João Neves era um excessivo, um dramático, um cordial: agia, rigorosamente, pela emoção, embora os seus inimigos jurassem que pensava com o bolso e com os cheques de empresas norte-americanas das quais se tornara advogado.

– Sempre mimaste os teus adversários, Getúlio. O preço tem sido alto. Precisavas ser mais rancoroso. Pelo jeito, te faltou oportunidade de aprender.

– O poder exige uma certa poesia, Osvaldo. Como dizia meu velho pai, referindo-se ao nosso Vargas Neto: é poeta, mas, às vezes, fala a verdade. O poder, Osvaldo, às vezes, fala a verdade.

– O problema são as falsas verdades dos que viram a casaca, Getúlio. E as inverdades dos adversários que nunca estiveram do nosso lado, mas nunca saem de cima da gente.

– Um adversário competente deve ser conquistado, Osvaldo. O único que nunca me apeteceu é o Lacerda. Esse é que nem boi picado de cobra. Mesmo deitado, pode dar chifrada.

– A crise já devia ter amainado – disse Osvaldo, subitamente mais grave, a cabeleira branca refletindo um fio de luz, o rosto crivado de rugas e os olhos atravessados por um laivo de tristeza. – O principal ficou para trás. O turco Jafet quase te derrubou com o esquema das cotas de importação liberadas pela Cexim. O Banco do Brasil tinha virado quase um balcão de concessões em troca de propinas ou de simples favores. Mas isso já não existe mais, e, se existiu, foi por um desarranjo da máquina, coisas que acontecem ou podem acontecer em qualquer governo. Passou.

– A oposição tem o dom de transformar o passado em presente e de fazer dos erros dos outros uma fonte inesgotável de acertos seus. Isso não muda. Faz parte da natureza dessas coisas. Eu nunca duvidei, Osvaldo, de que governar nestas condições seria um calvário e uma provação. Mas não deixarei que os corvos de ocasião façam de mim uma carniça viva, isso jamais – suspirou Getúlio, contemplando sua antiga caneta de pena.

10

O mar estava calmo. Para uma tarde de inverno, era um dia excepcional. Paulo Amato achou que nenhuma cidade podia ser mais bela do que o Rio de Janeiro. De manhã, tinha acompanhado Carlos Lacerda a uma reunião no Hotel Serrador e fartara-se de luxo. Admirava, cada vez mais, o jornalista que passara de homem de esquerda a liberal convencido com o mesmo entusiasmo. Samuel Wainer, pensou, enquanto enfiava os pés na areia de Copacabana, nunca passará de um *nouveau riche*, um pobretão que subiu, sem estilo, e nem o charme da desconcertante Danuza Leão o arrancará da sua sina de esquerdista fracassado.

A posição de Wainer, ponderou, tornara-se insustentável. Lacerda era a aposta cada vez mais promissora. Andava cercado de oficiais da Aeronáutica e afinava, sem cessar, o seu verbo cruel. Wainer retrocedera de *Diretrizes*, veículo de esquerda, fechado pela censura do ditador, para a *Última Hora*, jornal capacho de um presidente com os dias contados. Lacerda avançara da condição de delator dos amigos à polícia de Filinto Müller para a de diretor da *Tribuna da Imprensa*, o principal órgão de oposição. O pai de Carlos Lacerda estivera com Getúlio no começo. Wainer estaria com Vargas no fim. Amato havia cruzado com Samuel depois da CPI da *Última Hora*, no Hotel Paineiras, e vira um homem acabado, roído pela competência dos oponentes.

Wainer gabava-se de ser o Profeta e de ter anunciado o retorno do messias: Getúlio Vargas. Havia transformado uma cobertura insossa sobre a questão do trigo, para os jornais de Assis Chateaubriand, num lance de sorte e, graças a uma inconfidência do piloto que o levara a Bagé, no Rio Grande do Sul, desviara-se para São Borja, onde encontrou Getúlio na hora certa, no momento de semear o retorno ao poder. Muitos outros jornalistas haviam chegado cedo demais ou representavam veículos sem força nacional. Samuel Wainer descera para a colheita. A ele, ao convertido tardio, Vargas declarou: "Voltarei, mas como líder de massas, não de partidos." De que adianta?, pensou Amato, Lacerda será o profeta do apocalipse. Ao menos, quase riu alto, é o que ele imagina, o imbecil. Resta saber se desfrutará do paraíso. Lacerda errara na sua primeira grande previsão: "Vargas não deve ser candidato. Se for candidato, não deve ser eleito.

Se for eleito, não pode tomar posse. Se tomar posse, não pode governar." Talvez ainda pudesse salvar a última parte da exortação: se tentar governar, deve ser deposto.

Para Lacerda e seus amigos, havia preparado dois espessos dossiês sobre os irmãos e os filhos do presidente. O material revelara-se arrasador em três casos: Viriato e Benjamim Vargas; e Lutero Sarmanho Vargas. A tragédia de Getulinho era coisa menor. A vida de Pataco Vargas, insossa; a de Protásio era mais rica em acontecimentos, mas, ainda assim, incapaz de abalar as estruturas do reino. Amato sentiu a água lamber-lhe os pés e experimentou uma deliciosa sensação de paz. Para um homem solitário, amante das prostitutas, morador na Rua Pinheiro Machado, num bom apartamento, até que a existência andava sorrindo. Caminhou ao longo da praia. Tinha isso em comum com o velho Gegê: gostava de meditar em caminhadas junto ao mar, como se, com os pés, palmilhasse o corpo esguio de uma mulher, uma bela prostituta.

Vargas, desde a época do Estado Novo, dava intermináveis passeios nas imediações do Catete. Ou subia ao belvedere do Guanabara, de onde perscrutava o insondável com o seu olhar vago. Era um espetáculo vê-lo no seu trote de petiço, meio manco, seguido, de língua de fora, pelo negro Fortunato ou por outros asseclas de menor intimidade. Às vezes, o Negro e o ditador caminhavam lado a lado e conversavam em voz baixa. Getúlio parecia confiar mais no seu quase ex-escravo, pensou, do que em muitos dos seus ministros. Riu sozinho: também, com essa escumalha, pensou. Alguns políticos tentavam acompanhar Getúlio nas suas caminhadas, mas eram, quase sempre, repudiados. Ficavam de cara murcha pelos costados, à espera de um sinal que nunca vinha. Osvaldo Aranha era um dos poucos a ter esse direito assegurado. Mas pouco o usava.

No mirante do Guanabara, Alzirinha aprendia a ser "o bolso de colete do pai". Na sacada da "capela" do Catete, transformada em sala de recepções a visitas oficiais, ela e Fortunato revezavam-se nas conversas com Getúlio. Ali, porém, alguns eram recebidos para confabulações. Samuel Wainer adora espalhar, lembrou-se Amato, que esteve mais vezes com Vargas nas suas cavalgadas no Itu do que inúmeros generais da corte. Tinha voado pelo menos 73 vezes até São Borja para acompanhar o Bruxo – Chatô preferia dizer o Monstro – nas suas divagações. Depois de esmagada a Intentona Comunista, repetia Lacerda, Getúlio tivera um espetáculo muito particular nas suas pequenas andanças no Flamengo. Podia contemplar, nos seus passeios meditabundos, o *Pedro I*, navio-prisão ancorado na Baía de Guanabara, dentro do qual jaziam, torturados e na podridão, juristas, médicos, jornalistas, militares e todos aqueles que haviam sido designados como inimigos. Cansado, Paulo Amato voltou para o asfalto. Tinha um encontro com Mendes de Morais, Lutero Vargas e Euvaldo Lodi na Churrascaria Gaúcha, em Laranjeiras. A cobra já estava fumando.

Amato pediu um uísque duplo enquanto esperava os amigos. Viu um Citroën escuro encostar. Dois homens comentavam o próximo Fla x Flu a ser jogado no domingo. Ele abriu uma pasta com vários recortes de jornal. Protegeu, com uma capa verde, os dossiês que entregaria a Lutero. Voltou aos jornais. *Tribuna da Imprensa*, *O Globo* e *Diário Carioca* resumiam as principais acusações contra o governo Vargas. O *Diário Carioca*, desde que o então ditador Vargas escolhera para interventor o seu genro, o almirante Ernâni do Amaral Peixoto, marido de Alzirinha, tornara-se um raivoso adversário de Getúlio. José Eduardo Macedo Soares, proprietário do *DC*, nunca digeriu ter sido preterido em favor de um milico, cuja maior credencial era comer a filha do Chefe. Jurava que seria o escolhido, e quando perdeu a barca para o Palácio do Ingá, perdeu também a compostura. Sobrou-lhe, porém, divertiu-se Amato, irreverência: seu jornal passou a tratar Amaral Peixoto de Alzirão ou Alzirante.

Não é que lhe caía bem o apelido? Pior eram as calúnias espalhadas em tom de anedota. Numa delas, Alzirante enjoava na travessia de barca para Niterói e vomitava todo o convés. Em outra, recebia proventos por estar em deslocamento militar quando ia do Ingá ao Catete. Em algum momento da vida, preocupado com a obesidade, Alzirão contratou um ex-campeão de boxe, o Klausen, para se exercitar. Mas, como não perdia mesa de jogo, só viu aumentar a sua barriga. O professor, influenciado pelo aluno, seguiu pelo mesmo caminho. Foram apelidados de "pesos inchados".

Amato examinou os papéis e sentiu-se tomado por uma estranha sensação de contentamento e de aflição. Sorveu um gole na esperança de acalmar-se. Oscilava entre a euforia e o pânico. Que família, essa dos Vargas!, exclamou para si mesmo. No passado, Vargas e Dornelles lutavam em hostes opostas. Dinarte Dornelles fora chefe maragato. Os Vargas sempre foram pica-paus. Facilmente, iam matar-se nas coxilhas. Só quando Getúlio virou presidente do Rio Grande é que o velho Modesto Dornelles, na hora de bater as botas, ordenou a paz. O pai de Dona Darcy, Antônio Sarmanho, suicidou-se, em 1921 ou 1922, depois da crise do banco que gerenciava, o Pelotense. O deputado Getúlio Vargas não teria conseguido ajudar o sogro. Mais tarde, quando o Banco Pelotense faliu, Vargas, já no Catete, nada fez para que o Banco do Brasil agisse. Teria começado aí a desilusão de Dona Darcy, agravada mais tarde com as traições do esposo e com a morte do filho Getulinho, ou, ao contrário, ela teria convencido o marido a lavar as mãos para vingar o pai?

Todas as famílias poderosas são iguais, filosofou Amato. Igualmente podres, cheias de cadáveres nos armários. Ele releu o dossiê de Viriato Vargas. Sorriu cinicamente. O coronel Viriato, irmão mais velho de Getúlio Vargas, era um matador compulsivo. Havia começado bem cedo nesse *hobby*, assassinando, em 1897, quando estudava Farmácia, em Ouro Preto, o jovem paulista Carlos de Almeida Prado, numa briga de rua. Viriato não agira sozinho, mas com a ajuda do irmão, Protásio, estudante de engenharia, e dos amigos gaúchos Balthazar de Bem e Fernando Kaufmann. Prado havia cometido um grave erro: cantar, com seu bando, um refrão malicioso: "Castilhistas e maragatos são farinha do mesmo saco, lambedores de botas, comedores de tripas." Dizer a verdade, pensou Amato, custou-lhe caro. Morreu quatro dias depois de ser atingido por um tiro no pulmão.

Bom começo para um profissional, ponderou Amato. Ferido num braço, Protásio foi preso. Kaufmann também. Viriato, com a ajuda do estudante de medicina Benjamim Torres, escapou. Andou pelo Mato Grosso e refugiou-se em Assunção, no Paraguai. Balthazar fugiu para o Rio Grande. Júlio de Castilhos, do alto do seu moralismo positivista, pediu ao juiz Augusto de Lima que fosse justo, ou seja, livrasse a cara dos Vargas. Pinheiro Machado também intercedeu. Manuel Vargas foi a Ouro Preto e voltou para casa com os filhos. Lima considerou que não havia provas para inculpar Protásio, apesar de todas as testemunhas que presenciaram o crime. Kaufmann foi absolvido em julgamento.

Anos mais tarde, já no Catete, Getúlio mentiu: disse que estivera em Ouro Preto, mas que não chegara a se matricular no Ginásio Mineiro. Na época, ainda um adolescente, fora protegido por ser menor. Conseguiu-se até estabelecer que não acompanhara o incidente. A verdade tem curvas.

Maneco arrancou a sua própria versão do ocorrido: "Vovô corrompeu a justiça e comprou de volta os filhos em Ouro Preto. Não havia mais nada a fazer." Alzirinha romantizou o episódio: Viriato e Almeida Prado brigaram por uma namorada. Talvez por isso Getúlio tivesse a mania de repetir sobre situações muito diferentes e graves: "*Cherchez la femme, cherchez la femme.*"

Os Vargas, concluiu Amato, bebendo seu uísque, ficaram em dívida com Castilhos, o que paradoxalmente só lhes rendeu dividendos. Viriato, de retorno a São Borja, preferiu ser rábula e ganhar dinheiro fácil. De quebra, filiou-se ao PRR. Nos anos seguintes, apoiado por seus capangas Antônio Petry, João Gago e João Falkenback, este um mestiço de índio, alto, cabelo muito liso, viril, terror das mães de família, que temiam pelas suas donzelas, Viriato conquistou votos de arma na mão para o seu partido, do qual se tornou presidente local, e empregou bons degoladores, como os irmãos Mazzuca, João do Burro e Caduri Leal, conhecidos de todos pela crueldade e pela disponibilidade para matar, sempre prestativos e com bons preços. A vida no interior não tinha graça sem cavalos, mulheres e armas na mão. Viriato era apenas um rapaz da fronteira, brincou Amato. A solidão e o uísque melhoravam-lhe o humor e o tornavam mais falante consigo mesmo.

Os Vargas deram acolhida, em São Borja, ao médico Benjamim Torres, o mesmo que tinha dado fuga a Viriato, em Ouro Preto, e escondido Getúlio. Mas o mineiro teve a péssima idéia de aparecer com uma bela esposa. Ganhou consultório e clientela. Já a sua mulher, Pepita, começou a receber presentes de Viriato, um cordeirinho abandonado, um vestido vermelho trazido de Buenos Aires, filhotes de pássaros recolhidos nos campos. Torres teve a idéia, ainda pior, de não gostar. Tentou bancar o mesmo jogo e deu presentes à mulher de Viriato, Maria Balbina. Não funcionou. Então, recuperou a memória e lembrou-se do que realmente tinha acontecido em Ouro Preto. Viriato aparecia como o assassino covarde de Carlos de Almeida Prado. O tempo fechou. Torres, acusado de trair os Vargas e de passar informações ao líder da oposição, Rafael Escobar, foi jurado de morte. Passaram a circular panfletos anônimos: "Notícia do defloramento de oito moças de família por Viriato Vargas", atribuído a Torres, e "Torpezas de Benjamim Torres e defesa de Viriato Dornelles Vargas", escrito pelo interessado.

Em 12 de março de 1915, Viriato mandou resolver a coisa do seu jeito simples e expedito: Antônio Petry, com um pé enfaixado, e João Gago entraram na Farmácia Motta. Quando Torres inclinou-se para examinar a ferida, Petry puxou o revólver e varou-lhe a cabeça com um tiro. Os assassinos fugiram como num bom *western*, atirando para cima e gritando, numa correria que arrancou a cidade do torpor e varreu de indignação os mais ingênuos, mas foram presos na fazenda do mandante do crime, o previsível e gabola Viriato Dornelles Vargas, que, acossado, mudou-se para Santo Tomé, pois Borges de Medeiros, num surto justiceiro, ordenou que a sua polícia esclarecesse o caso. Os Vargas ficaram sentidos com o cacique do Rio Grande. Getúlio, sob outra alegação, até se afastou dele por um tempo, só voltando ao curral quando o bom senso de Antônio Chimango percebeu que eram farinha do mesmo saco e ficavam melhor juntos.

Quando Viriato passava, as velhas benziam-se: "Endiabrado! Capeta!" Isso só porque, antes de apagar Torres, Viriato inventara um pretexto para eliminar o velho caudilho João Francisco, companheiro de Manuel do Nascimen-

 to Vargas nos combates de 1893, um mito do castilhismo,

uma lenda gaúcha da melhor estirpe: violento, cruel, bem-sucedido, vencedor de batalhas sangrentas, um centauro dos pampas curtido nas guerras de fronteira e nas artes da temeridade; além disso, dono de um abatedouro de gado altamente produtivo. O João Francisco precisa conhecer o destino dos seus bois, disse, uma noite, Viriato. Mandou Falkenback tocaiar o amigo do pai. João Francisco, embora ferido, safou-se com vida.

Viriato gabava-se de não ter medo de nada, nem do Louco do Cati. Dizia, abertamente, que não temia a faca de João Francisco, cantada em trovas populares, e continuava decidido a apossar-se dos bens do caudilho, sob a alegação de que o velho atrapalhava o contrabando na fronteira uruguaia. Num lance inesperado, mandou matar José, irmão de João Francisco, que, depois do enterro, bandeou-se para Santo Tomé e, mais tarde, para São Paulo, onde arrendou terras do escritor de livros infantis Monteiro Lobato, que nele, gracejou Amato, inspirou-se para a figura da Cuca ou do Bicho-Papão. Na partilha dos bens dos Francisco, levaram a melhor Chico Flores, caudilho de Santana do Livramento, e Firmino Paim, líder do PRR na sua região. Viriato teve o seu quinhão em jóias e gado. Mas queria mais. Sempre mais. Nunca se cansava de querer mais. Achava o dinheiro mais afrodisíaco que o poder e divertia-se com as próprias enrascadas. Os seus fins justificavam os meios, e os seus meios eram eficazes, embora controvertidos. Apesar disso, teve de agir com discrição durante alguns anos.

A próxima vítima agradaria a muita gente: aos Flores, a alguns amigos da ditadura provisória, até mesmo a alguns refugiados políticos, velhos beneficiários do antigo regime e, claro, ao próprio Viriato. Naqueles tempos conturbados, os interesses cruzavam-se e separavam-se com a mesma rapidez e violência. Alianças e amizades rompiam-se ou refaziam-se num mesmo impulso, o dos interesses e instintos à flor do corpo. Um jornalista obstinado, Waldemar Ripól, buscava, entre os exilados brasileiros no Uruguai, material para um livro denunciando os crimes e atrocidades de Chico Flores, irmão de Flores da Cunha, e amigo de Viriato dos tempos de Ouro Preto. Muito sobre a rapinagem contra João e José Francisco ia sair da privada. Rivera, pequena cidade fronteiriça, fervilhava de gaúchos inconformados com os rumos da Revolução de 1930, entre os quais Firmino Paim, antes um correligionário, secretário de Estado e amigo de Getúlio, colegas de faculdade e na redação do diário republicano *O Debate*, mas conservador em demasia para apoiar qualquer mudança de *status quo*.

A cidade uruguaia, separada de Livramento somente por uma rua, tornara-se uma espécie de colônia de ressentidos, de caudilhos em férias compulsórias, de saudosos dos tempos de Gumercindo e Aparício Saraiva, quando, a pata de cavalo, ia-se de um país a outro em montoneras redentoras, cheias de ideais por dentro e de sangue e degola por fora. Paim sonhava com o retorno ao passado, embora idealizasse reformas, adaptações que o tornariam melhor sem a necessidade de sepultá-lo. Queria mudar não mudando e conservar transformando. Cunhou, do seu modo, a expressão "modernização conservadora", ou "para a frente sem tirar os pés do chão". Condenava em Getúlio, de quem havia sido emissário despistador junto aos americanos, durante o processo revolucionário, o passo maior do que as pernas. Alimentava Ripól com as suas mágoas perigosas (havia sido despistado por Getúlio) de quem ficou pelo caminho. A memória era o seu pior e mais agudo inimigo.

O plano de eliminação do incômodo foi de uma simplicidade atroz: Viriato e os seus cúmplices infiltraram um negro miserável na casa de Ripól. O sujeito passou de mendigo a faz-tudo na residência do brasileiro. Chegou a mudar a cama do benfeitor para o pátio, a fim de aliviá-lo do calor do verão castelhano. Uma noite, quando a brisa soprava mais fresca, pegou um machado e fatiou a cabeça do abelhudo. Antes, ao cair da tarde, varrera tudo meticulosamente, regara as plantas e cevara um mate gaúcho para o novo amigo e patrão. A noite desceu com os dois mateando em silêncio. A cuia ia de uma mão para outra numa cumplicidade perfeita de quem mal se conhecia, mas falava, sem sotaque, a língua do pampa. O método da infiltração tinha a marca de Viriato e fora usado – com Falkenback no lugar do negro Cícero ou Lobo, havia dúvida sobre a identidade do executor – anos antes, contra, justamente, o temível João Francisco. Consistia em economia de meios, recurso a instrumentos caseiros e rapidez na execução.

Lutero e Bejo certamente apreciariam aquele material bem organizado e didático, embora de quinta mão, pensou Amato, que incluía ainda a notícia do envolvimento do próprio Getúlio Vargas, décadas antes, num crime contra índios do Rio Grande do Sul. Ninguém escapava na família, pensou, inquietando-se com o atraso dos outros. As informações, de acordo com a fonte, mudavam de data para melhor enterrar ou absolver os Vargas. Que importava isso? Tomou o cuidado de eliminar um detalhe que considerou piegas: nos três anos em que passara foragido em Santo Tomé, apesar de estar muito próximo da terra natal e de encontrar os parentes em idas clandestinas a São Borja ou em passeios da família à Argentina, Viriato morria de saudades dos pais e chorava ao falar em Dona Candoca. Ao retornar, abraçou-se à mãe e chorou como um menino.

Ao avistar Manuel do Nascimento Vargas não conteve a emoção: "Sua bênção, pai." Viriato Dornelles Vargas adorava crianças e os pequenos bichos do campo.

11

Eu vi a morte de frente, em Ouro Preto, pensou Getúlio. Antes, em São Borja, ela me chegava pela boca dos outros, nos galpões, em relatos floreados, ou nas descrições mais secas de algumas batalhas, feitas por meu pai. A morte de um homem tem algo de indescritível. Eu tinha visto, guri, o mugido triste dos bois, quando o peão desferia o golpe certeiro. Ouvi tantas histórias de degola! A morte de um homem é diferente. Pensei, muitas vezes, na morte do estudante e nunca me curei dessa marca de juventude. Eu era um menino. Aquilo me fez homem de um golpe.

A cena, tantas vezes reconstruída na sua mente, durante as caminhadas na Praia do Flamengo ou nas horas de reflexão no mirante do Guanabara, aviva-se no seu espírito como uma chicotada. Por que não esquecia aquele incidente, afinal de contas uma briga de jovens voluntariosos e igualmente inconseqüentes? Por que não esquecia a expressão de incredulidade nos olhos de Carlos de Almeida Prado quando a bala lhe arrombou o corpo? Por que não se conformava com a frieza de Viriato e o pânico dos outros, visível no semblante rígido de Protásio? Como tinham chegado, de provocação em provocação, àquele desfecho? As imagens saltavam do passado sempre aos borbotões, o bilhar Helena, a Rua São José, as ladeiras de Ouro Preto, o Campo dos Raimundos, a República dos Gaúchos, a comida local, as igrejas, os anjos mulatos e barrigudos de Aleijadinho, a paisagem ao mesmo tempo bucólica, cativante e estranha para ele, um guri dos pampas, como pano de fundo.

E uma primeira briga, desaforos trocados, a arrogância atrevida e desconcertante de Almeida Prado, a fanfarronice gaudéria de Viriato, o estímulo sonso dos amigos, o seu silêncio aturdido, entre cúmplice, tímido e deslumbrado. Por que não interviera? Não seria ouvido? Seria considerado covarde? Ralhariam com ele por ser guri e medroso? A iminência do conflito ativara em seu corpo um gosto atávico pela violência? Vieram-lhe os gritos de "morra a maragatada", as misturas ofensivas, "chimangos e maragatos, mingau no mesmo prato", a fúria dos gaúchos, as provocações internas de Kaufmann, as alfinetadas de Balthazar, o descontrole de Viriato, a agressiva teimosia de Almeida Prado, ostensivo na afirmação da sua condição de paulista acostumado a impor-se, no fundo um jovem tão mimado quanto Viriato, embora com estilo diferente. Para Almeida Prado, Viriato era um grosso. Para Viriato, Prado era um almofadinha.

Tinha sido uma briga de galos pelo domínio do território. Getúlio sabia que aprendera ali tudo sobre o silêncio e nunca se abriu sobre o acontecido, nem com a rapariguinha Alzira, que lhe fazia perguntas sobre tudo e não aceitava qualquer resposta. Aprendera também sobre a força das relações e a relatividade da justiça. Soube que tudo dependia de influências e de status social. Perdeu a fé nos homens, com um tiro, e passou a só acreditar na força dos grupos sociais. Compreendeu também que cada homem carrega a sua cultura no corpo inteiro, provocando simplificações e injustiças: Viriato era o Rio Grande; Almeida Prado, São Paulo. Não que tivesse entendido tudo num instante, mas, de tanto relembrar aquela briga, sem nunca fazer comentários, aprendeu aos poucos o que não pudera absorver num estampido. O restante descobriu lendo *O Ateneu*, de Raul Pompéia, internado em Rio Pardo. O pai dizia ao filho: vai ao encontro da vida. Vai aprender a lutar. A vida era um impiedoso jogo de relações num tabuleiro fechado.

Enquanto permaneceu na casa de Benjamim Torres, o olhar de incredulidade de Prado o acompanhou. Pela primeira vez, andou a um dedo da depressão. Estava a dois passos de Protásio quando Viriato e Balthazar atiraram. Sabia que o paulista os teria matado sem hesitação. As circunstâncias não importavam. Desencadeado o conflito, mata-se para não morrer. Nisso, absolvia Viriato. Diante do inexorável, morre-se de peito aberto, enfrentando os adversários e a própria morte com galhardia, não encontrava outra palavra para definir o destemor do ferido. Nisso, admirava Carlos de Almeida Prado. Não vira uma sombra de medo nos seus olhos, apenas incredulidade, como se não admitisse um fim tão provável, não com ele, como se ridicularizasse a morte que já se infiltrava nos seus ossos, como se desacreditasse a morte e a insultasse, ordenando que fosse ceifar os oponentes.

Prado foi morto. Pompéia suicidou-se. A morte, não se incomodava com um lugar-comum, era uma finitude sem fim. Quando os seus ministros traziam-lhe projetos inconsistentes, usava a frase do "Seu" Medeiros, dono da pensão, em Porto Alegre, onde, estudante de Direito, havia morado, a República Infernal. Ante os inadimplentes, "Seu" Medeiros rechaçava as explicações e bradava: "Preciso de fundamentos." Para si mesmo, no silêncio do seu labirinto pessoal e intransferível, lembrava-se do olhar de incredulidade de Carlos de Almeida Prado e dizia: "Não pode ser comigo." Encontrava forças para reagir. A morte não era o último degrau da existência, mas um estribo para quem ousasse não a temer.

No romance que escreveu e destruiu, um personagem reflexivo, Geraldo, escrevia num diário: eu vi a morte nos olhos de um quase menino e ela não me apavorou; sim, ela me estarreceu, mas não pelo horror, por outra coisa, um brilho intenso, uma ausência de tudo num olhar repleto de incredulidade. Eu vi a morte nos olhos de um homem, numa cidade estranha, e ela parecia piscar um olho para mim. No último instante, uma fagulha acendeu-se no fundo daqueles olhos que a escuridão só encobriu alguns dias depois. A morte, contudo, já estava lá, no segundo exato que uma bala dobrou o rapaz e arrancou dos seus lábios um leve tremor.

Por que havia destruído aquela versão do romance? Por amor à literatura, dizia. Queria imitar Raul Pompéia e sentia-se muito longe de um bom resultado. Admirava Euclides da Cunha, Émile Zola e Balzac, mas só Pompéia merecia a sua inveja. As marcas mais intensas da sua vida eram os olhos incrédulos de Carlos de Almeida Prado ferido, dos quais nunca falava, e as páginas de *O Ateneu*, que relia, já velho, em noites de espera e medo. Sua vida era, bem pensado, uma soma de circunstâncias improváveis: era um Bueno que assinava Vargas; um Getúlio que nada tinha de santo nem de romano. O pai escolhera os nomes dos filhos – Viriato, Protásio, Espártaco e Getúlio – por razões muito variadas: admiração por heróis romanos, homenagem a um amigo, lembranças de um companheiro de guerra... Benjamim foi uma escolha de Dona Candoca.

A morte, pensou Getúlio, era tão circunstancial como esses nomes, circunstancial e inominável. Depois de 1930, acostumou-se a ela. Esteve, sem grande proteção, nos focos agitados pelos insurretos de 1935. Compareceu, de peito aberto, ao quartel onde oficiais foram assassinados, durante a noite, pelos próprios colegas, num dos atos mais covardes da história do Brasil. As imagens do Campo dos Afonsos e da Praia Vermelha nunca o abandonariam: "Era um espetáculo desolador: começava a rendição, os prisioneiros dos rebeldes emocionados pelo espetáculo, o quartel ainda em chamas, a crepitação do incêndio, o fumo espesso, as cinzas batidas pelo vento e uma chuva miúda que caía tornavam o ambiente ainda mais desagradável." Matar colegas a golpes de baioneta era uma página fétida das Forças Armadas brasileiras.

Ainda se lembrava do susto de Góis Monteiro e de Dutra, acusando-o de expor-se aos golpistas: por que saíra do Palácio? Consideravam a sua resposta uma tirada de espírito: "Era o único lugar onde não podia ficar." Não passava de um gesto de bom senso. Vira a morte de muito perto em outras ocasiões menos épicas. Uma pedra, na estrada de Petrópolis, desabara sobre o seu carro, quebrando-lhe as duas pernas e matando o militar que o acompanhava. Darcy também teve uma perna fraturada. O diário não o deixa mentir: "Chovia e ventava. Melhorou um pouco o tempo. Subimos a serra, entramos na zona dos viadutos, passamos por um volumoso tronco de madeira, desviando-nos dele. Recomeçou a chuva e o vento. Repentinamente, no seio da noite trevosa, um estrondo como de uma explosão. Senti um choque formidável sobre as pernas que me imobilizou. Parou o auto, verificamos a catástrofe: uma pedra rolara da montanha, atravessara a capota do auto e atingira em cheio o comandante Celso Pestana, que caiu fulminado, sem um gemido. Eu estava na ponta da esquerda, e ele na minha frente, a Darcy no meio, e o menino à direita, não sendo atingido."

O menino era o filho Getulinho. Pestana, o novo ajudante-de-ordens, substituindo, naquele dia, um colega com a mãe doente. As coincidências fatais o impressionavam.

Por quê? Não sabia. Sabia, apenas, do horror experimentado. "Foram vinte minutos de angústia. Eu, imobilizado num canto, tendo sobre as pernas o banco quebrado e o corpo do malogrado oficial. Darcy, deitada sobre o banco, com a cabeça no meu ombro, ensangüentada, com a perna fraturada, gemia lamentosamente sob a pressão daquele duplo choque." Ali, conhecera o pânico nos olhos de uma pessoa amada e sentira o quanto eram frágeis diante da força da natureza. O poder não dava imunidade contra o destino. Igualava todos na escuridão do fim. A força da mulher era inquebrantável. Pedro Ernesto, com um tal aparelho Carrel e o líquido Dakin, modernidades extraordinárias para a época, evitara a amputação da perna da sua "boneca de Paris", quando os outros médicos já não viam outra saída.

No ataque dos integralistas ao Guanabara, quando ele empunhara o revólver, Darcy o chamou à razão: "Entra, que não adianta." Não se dobrou ao argumento de que o posto assim o exigia: "Tens filhos." Com certeza, salvou-o. Mas, em 1942, quando se dirigia ao estádio do Vasco da Gama para um dos seus costumeiros discursos do Dia do Trabalho, conduzido por Euclides, seu motorista de confiança, o choque com outro carro, na esquina da Praia do Flamengo com a Silveira Martins, impusera-lhe três meses de cama. A oposição fez circular o boato de que tinha enlouquecido com uma batida na cabeça. Filinto Müller gostou da idéia, e a ala fascista do governo, que era notória, não podia negar isso, começou a escolher o seu sucessor. Montou-se plano de governo e divisão dos cargos. Dutra e Góis bem que se refestelaram. Ele tivera de cortar a cabeça de Filinto e perder outros colaboradores.

No Uruguai, vira o presidente Gabriel Terra ser alvejado, de raspão, com um tiro, numa ação mais patética do que mortal. Gregório Fortunato salvara-o, usando o próprio corpo, de dois atentados. Sabia que a sua polícia havia torturado um desses ativistas políticos, mas se recusara a intervir ou a pedir detalhes. Cada um era, mesmo no extremo, ou principalmente nele, responsável pelos seus atos. Não podia ser clemente com aqueles que arriscavam a vida para matá-lo. Ah, se não fosse o Gregório, já teria batido as botas. No Estado Novo, o Negro localizava os inimigos, antecipava-se aos fatos, capturava-os e entregava-os ao impiedoso Filinto Müller. Daí em diante, Getúlio não queria saber de mais nada. Era melhor não saber. Não sabia. Não.

Num comício, em Volta Redonda, durante as obras da Companhia Siderúrgica Nacional, o Negro aparou um tiro de 38 no ombro esquerdo, obra de um tal Gilberto Vasconcelos, sargento demitido do Exército reformulado para os novos tempos. Ainda que não tivesse parado de falar, Getúlio pressentiu o atentado. Na multidão, um olhar o buscava numa calma aflita e enlutada. De repente, suas palavras estavam pastosas e lentas. A morte andava ali. Só Gregório continuava impassível e soberano. Suas narinas abriam-se e fechavam-se numa lentidão calculada. Ofegava de tanto controle e sem ver nada via a bala procurando-o, assim como Getúlio sentia o olhar do assassino beijando-o na face. O tipo era admirador de Dutra e acabou solto por Filinto. Getúlio lembrava-se do orgulho do negro por ter salvado a ele, o chefe, o patrão, já a sua razão de viver. Mesmo ferido, ou por isso mesmo, Gregório Fortunato estava exultante. Havia um brilho intenso nos seus olhos de mártir.

Outra vez, um integralista de 28 anos, da Mocidade Águia Branca, tentou matá-lo com uma bomba caseira, quando conversava com Villa-Lobos. O maestro dizia: “A música brasileira é universal.” Como podia ser universal o que era particular de um povo? Villa-Lobos sorrira: “A arte não é lógica, presidente. É existencial.” Nesse momento, o fanático entrou em ação. Gregório cuidou de tudo. Tinha mesmo faro para os atentados, sabia manter-se bem informado e era mais disciplinado e dedicado à guarda pessoal do que Bejo, mais interessado em festas e mulheres. Foi idéia do Bejo, claro, criar uma guarda pessoal depois do ataque dos galinhas-verdes ao Guanabara. Mas ele não tinha paciência para cuidar do dia-a-dia das operações.

Aos poucos, Gregório tornou-se imprescindível. Tinha personalidade, o Negro. Sabia, inclusive, punir os traidores. Diocesano Martins, membro da guarda, que também pensou em eliminá-lo, sofreu as conseqüências dos seus delírios. Detalhes não interessavam. A Gregório, sim. Lembrava-se de ter ordenado aos seus homens: "Vamos punir um traidor." Foram buscar o sujeito em Carangola. Trataram dele com toda a "ciência" até fazê-lo assinar a confissão. O patrão, claro, não precisou saber de nada, a não ser por fuxicos dos inimigos, sempre prontos a inventar marolas e a exagerar as coisas simples e necessárias.

Getúlio sabia que a morte era sua velha companheira, e, se não a temia, sofria quando ela levava os bons deste mundo. Três mortes, duas delas acontecidas longe dos seus olhos, nunca lhe sairiam da mente: a da mãe, a do pai e a do filho. Dona Candoca e o velho Manuel Vargas tinham cumprido o ciclo da vida e entregado a alma depois da curva do vento, como dois umbus de sombra frondosa e amiga. Getulinho, ao contrário, havia quebrado a ordem natural e provocado o sentimento mais triste que pode devastar o coração de um pai: a perda de um pedaço de si mesmo na flor da existência, aos 25 anos de idade. Estava só sem os três. Sabia que pouco tempo havia dedicado ao filho caçula, e isso só lhe redobrava a culpa e a dor.

Ao menos, voltara a tempo de um encontro com Roosevelt, em Natal, e estivera na cabeceira do seu leito de morte. Necessitava da fortaleza dos braços da mãe e da paciência certeira do pai: "Devagar com o andor, guri! Não aperta muito, Getúlio!" Pensava nisso sempre que um movimento de recuo se impunha. "Devagar se vai ao longe e ainda se volta, guri", ensinava o pai, repontando o gado na fazenda Triunfo. As datas não o deixavam em paz: a mãe falecera em 29 de outubro de 1936. Ele não pudera comparecer ao funeral. Foi chorar baixinho na Ilha do Rijo, depois na Ilha de Brocoió, amparado por Darcy. Nove anos depois, num 29 de outubro, os antigos amigos o derrubaram do poder.

Agradava-lhe ver o velho mordomo Zarattini conversar com o cozinheiro Braga. Estavam no Catete desde os tempos de Arthur Bernardes e pareciam desafiar a morte com suas existências tranqüilas. Dizia a Albino, zelador do Catete desde a presidência de Nilo Peçanha, alto, magro, meio triste, que lhe entregara a faixa presidencial esquecida pelo deposto Washington Luís, "o senhor, pela elegância com que trata o tempo, é quem merece uma faixa perpétua". O homem sorria, fingindo entender. Tratava de dar-lhe esclarecimento: "Só o tempo não morre, 'Seu' Albino." Osvaldo achava que, esmagada a revolução dos paulistas, da canalha paulista, como dizia nos seus arroubos, morria o último reduto do passado. O passado, ele bem o sabia, estava ainda à sua frente.

Só não pensava em coisas tristes quando caminhava pelas ruas de Petrópolis, fugindo do Palácio Rio Negro, com os bolsos cheios de balas e de moedas para as crianças que encontrava pela cidade. Fazia o mesmo no Rio de Janeiro, escapando dos seguranças e enfiando-se pela Rua do Catete, depois pela Paissandu, até o Palácio Guanabara, tentando ser anônimo, mas nunca repelindo os meninos e meninas

 que o interpelavam e dele se tornavam amigos por alguns

minutos. Adorava ser reconhecido na rua, embora sonhasse com momentos de anonimato. Sentia vontade de percorrer, novamente, as livrarias, como um leitor qualquer e de ir espiar as mulheres na condição de um simples *voyeur*. O poder nada era diante do charme gotejando do corpo sinuoso e perfeito de uma mulher toda aberta.

Lembrava-se sempre daquela que havia chamado de Bem-Amada e que se tinha impregnado nas suas mãos feito um cheiro único, perfume de mulher, cheiro de sexo, secreção de mulher jovem, aroma de terra molhada. Quantas vezes, quando o chamavam de ditador insensível e de maquiavélico, abandonava o leme para naufragar nos penhascos da Bem-Amada, entregando-se como um menino às delícias do aguaceiro! Que lhe importavam os mexericos dos que o condenavam por levar para a cama a esposa do terrível chefe do DIP ou sabe-se lá quem. Se aceitasse os cálculos dos inimigos, teria sido muito mais feliz nos braços de um número inacreditável de fêmeas extraordinárias.

A lista esgotava facilmente o alfabeto. Da sua boca, nenhum nome jamais saiu, a não ser um segundo antes do gozo. Nenhum nome jamais saiu oficialmente, embora o seu segredo fosse de polichinelo e todos soubessem do seu grande amor pelas "pernas do Brasil", as "pernas espirituais", cujas planícies extensas, num corpo delicioso de apenas 1m50cm, lambia como um gato modorrento. Gostava de vê-la rebolar só para ele e sentava-se numa poltrona para contemplá-la, de camarote, dançar nua ou de *baby-doll* e meias pretas ao lado da cama. Então, num arranco, chamava-a de "minha petiça" e chupava-lhe os seios e a boceta até sentir que ela se esvaía num orgasmo mais parecido com uma convulsão.

Tirava algumas tardes só para enrabá-la, o que só podia fazer em temporadas de recesso, para não prejudicá-la no seu luminoso trabalho noturno. Exigia que pintasse os cabelos de acaju para combinar com os olhos verde-oceânicos. Depois de lambê-la dos pés até a virilha, enfiando os dedos sob o *collant* preto, mordia-lhe o pescoço até ouvi-la perder o controle e dizer palavras enroladas e sem nexo. Terminada, enfim, a batalha, suados e melequentos, contava-lhe anedotas que ela repetia, com falso jeito inocente, por onde passava. Sempre foi fiel às múltiplas identidades da Bem-Amada.

12

— Vamos entrar – convidou a velha senhora.

– Bem, vamos – hesitou o homem, erguendo-se com dificuldade, como se temesse perder o fio da meada.

– A vida de Getúlio Vargas é um livro confuso. Ninguém sabe direito o que ele significou – observou a mulher, caminhando na direção da Rua do Catete.

– Os biógrafos de Getúlio Vargas dividem-se em duas categorias: os puxa-sacos e os ressentidos – vociferou o ancião. – Até 1945, três bajuladores fizeram esse trabalho sujo: André Carrazoni, Barros Vidal e Paul Frischaeur. Os dois primeiros tinham alma de sabujo e escreveram por amor. Frischaeur, um austríaco metido a grande escritor e a democrata convicto, foi bem pago pelo DIP para limpar a história do ditador. Cometeu um livro repugnante, obra-prima do servilismo, com todas as loas possíveis ao tirano do Estado Novo. Depois, vieram os rancorosos, entre os quais um historiador medíocre, Affonso Henriques, que dedicou a vida a perseguir o fantasma maldito de Getúlio.

– Esse negócio de biógrafo de aluguel é coisa de ditador da pior espécie. Trujillo também teve o seu. No Estado Novo, o corno do Lourival tratou de multiplicar os livros ridículos sobre o ditador – cacarejou a velha senhora. – *Getúlio para crianças*, *O sorriso do presidente*, *O sorriso*, *O pai dos pobres*, *Trabalhadores do Brasil*, *Tio Olga*, *Os grandes dias do presidente Vargas*, *O fato moral e social da década getuliana*, *Perfil do presidente Vargas* e por aí vai. Um lixo digno de qualquer tirano. Em nenhuma dessas obras aparecia o João Neves dizendo que Getúlio tentara trair a Aliança Liberal e negociar com Washington Luís por baixo do pano; ou que Góis Monteiro sempre o achara um insensível, um egocêntrico, um caso doentio de autoritarismo, um calculista estranho aos valores morais quando se tratava de garantir o sucesso de uma das suas estratégias. Góis Monteiro e João Neves, dois homens que conheceram Getúlio desde rapaz, não se escondiam para descrevê-lo como um maquiavélico, um usurpador que se apropriava da coisa pública para assentar cada vez mais o seu poder pessoal. Góis declarou que Getúlio era um homem infeliz, que vivia um drama interior terrível e procurava derivativos e saídas para os seus desgostos íntimos, introvertido, fechado em si mesmo, depressivo, complexado.

– O DIP excedeu o que o próprio Getúlio esperava – ponderou o velho, assoando demoradamente o nariz vermelho.

– Bobagem. Fez o que ele desejava. O Getúlio recebia o Lourival toda quinta-feira e estava a par de tudo. O DIP batizou de Getúlio Vargas a maior avenida do Rio de Janeiro, cuja construção exigiu a derrubada de mais de quinhentos edifícios. Idealizou uma estátua gigante do "pai dos pobres", que não foi construída por outras razões. Convenceu os sambistas a se tornarem pelegos e a tecer loas ao Estado

Novo. A Portela ganhou sete títulos seguidos, de 1941 a 1947, com temas do tipo "carnaval da guerra", "Brasil glorioso", "motivos patrióticos" e até "honra ao mérito". Domesticou-se tudo, até a alma dos cariocas. Inventaram a *Hora do Brasil*, um programa obrigatório de rádio para que Getúlio pudesse mentir à vontade, sem interferência de ninguém. Getúlio aprovou tudo. Usou e abusou de tudo isso. Sempre foi assim, um espírito seletivo. Dizem que quase morreu afogado num tal Rio Pardinho. Foi salvo por um colega, acho, Gil de Almeida. Em 1930, com a revolução, botou Gil, que era comandante da região militar em Porto Alegre, na cadeia. Pedro Ernesto, revolucionário de primeira hora e interventor no Rio, o médico que salvou Darcy de ter uma perna amputada, cuidou de Getúlio, depois que uma pedra quase os esmagou no caminho de Petrópolis, e salvou a vida de Lutero – quando o maluquinho sofreu um acidente de carro na Praça Paris –, o Pedro Ernesto acabou no xadrez por comunista, com direito a maus-tratos e tudo. Getúlio nunca foi amigo de ninguém. Seus companheiros não eram diferentes. Osvaldo Aranha namorou o fascismo. Depois, quando os americanos lhe encheram os bolsos, virou um campeão do liberalismo. Alguns, ao menos, sempre foram coerentes: Francisco Campos, o Chico Ciência, defendia o fascismo até em discurso em praça de cidade de interior. A Polaca, a Constituição do Estado Novo, ele copiou sozinho da Carta polonesa. Um primor! Os milicos, então, eram quase todos doentes pelo Mussolini e acreditavam tanto quanto o Plínio Salgado em Deus, Pátria e Família. Deus, nem tanto. O DIP foi apenas o instrumento ideológico de um grupo muito afinado. Getúlio sempre se beneficiou disso tudo. Tudo foi por ele e para ele.

– Ele esteve sempre à frente do seu tempo. Foi um progressista em tudo – atreveu-se o velho.

– Que asneira! – esbravejou a senhora, com seu sotaque cada vez mais carregado. – Getúlio era até retrógrado. Achava que as filhas deviam ser prendadas e preferia mulheres servis, ainda mais as que o serviam como cortesãs e amantes.

– Getúlio mudou o Brasil – repetiu o velho. – Criou os ministérios da Educação e do Trabalho, industrializou a nação, arrancou o país da monocultura do café, tirou meio Nordeste da pré-história e reinventou a sociedade brasileira.

– Ridículo. Chega de palavrório. Em casa, Getúlio adorava ser visto como o homem que viera de longe, morara em pensões, até mesmo quando era deputado federal no Rio, e venceu. Na prática, seus anos de governo foram marcados por tudo que há de mais arbitrário. Criou um Tribunal de Segurança Nacional que lhe permitiu massacrar os adversários. Estimulou a Intentona Comunista de 1935, e quando os idiotas vermelhos tentaram sua revoluçãozinha, estraçalhou-os, obteve o estado de sítio, preparou o terreno para o golpe de 1937 e limpou o terreno para si mesmo. Os seus esbirros meteram mais de dez mil pessoas em masmorras de fazer inveja aos campos de concentração de Hitler – despejou a velha, exaurindo-se de tanto lembrar, enquanto se aproximava da janela, contemplando as palmeiras. – O Diocesano Martins, tido por traidor, parou na "cadeira americana", um mecanismo de tortura que atirava infelizes contra paredes, e teve a mulher e a filha, nuas, expostas, na sua frente, aos olhos dos torturadores, com o chefe dizendo "ajudem a menina a tirar a roupa" e, diante da obstinação do torturado, "as mulheres vos pertencem". Isso era costumeiro. O mais barato era enfiar a cabeça dos presos políticos em baldes cheios com a merda dos seus algozes. Uma especialidade brasileira.

– Eu estive nas cadeias do Estado Novo – disse, num rompante, mas com a voz seca, o velho. – Estive na Casa de Detenção e na Colônia Correcional de Dois Rios.

– Como?

– Estive mais de três anos nas prisões de Vargas.

A velha senhora permaneceu alguns segundos incrédula. Examinou o velho como se estivesse diante de uma múmia. Tudo nele lhe pareceu exótico. Havia um texto naqueles olhos profundamente azuis encravados numa crosta de rugas. Mas qual?

– Pelo jeito, o senhor comeu merda e gostou – explodiu, enfim, quando entraram no Salão de Despachos do antigo Palácio do Catete e viram-se sob o teto dominado por Baco. – Getúlio Vargas foi antes de tudo um fraco. Podia ter feito tudo e não se atreveu. Teve o Brasil na mão e parou no meio do caminho.

– Eu estive lá – repetiu o velho. – Eu estive lá, no fundo do poço, e vi tudo. Ninguém me disse. Eu vi.

13

— Seu pai me serviu com lealdade – disse o presidente, examinando o homem ainda jovem introduzido no gabinete por Maciel. – Veio comigo, no trem, em 1930. Largou o *Correio do Povo* para me seguir. Só voltou para Porto Alegre em 1945, quando o Góis nos deu férias.

– Eu sei. Era Deus no céu e o senhor aqui na terra – respondeu Tércio Ramos, imediatamente arrependendo-se, com medo de aborrecer Getúlio Vargas.

– Senti muito quando ele morreu, o velho Aparício Ramos. – Getúlio sorriu, como se o pesar voltasse, apesar dos oito anos passados.

– Recebemos o seu telegrama. Mamãe o guardou como uma relíquia – disse, mais uma vez sentindo que se excedia. Preferiu não dizer que o telegrama presidencial havia, de algum modo, justificado a morte do pai e diminuído a importância do luto.

– Quase todos os dias, ele me dava notícias dos pagos, esse Rio Grande que se carrega na alma. Na época em que trabalhou na seção do DIP aqui do Catete, era ele quem me trazia resumos do *Correio do Povo*. Era um bom companheiro de mate.

– Papai viveu dividido entre a saudade do Rio Grande e a devoção ao senhor – observou, com uma estranha firmeza, enquanto as dúvidas do pai sobre o Estado Novo ecoavam dentro de si como um alívio.

– A morte dele foi uma estupidez. Uma vingança absurda contra o Estado Novo. No fundo, contra mim.

– Os assassinos achavam que ele tinha ajudado a pôr o Carlos Neiva na prisão.

– Isso foi mais uma bobagem do DIP. O Aparício nunca se meteu nessas coisas. Ao contrário, sempre me pediu para soltar muita gente. Nem sempre pude atendê-lo. Essa história nunca foi bem esclarecida. Neiva era um pseudônimo. Até hoje me pergunto o que os comunistas que mataram o seu pai queriam mesmo vingar.

– Acho que não o suportavam por ter servido fielmente ao Estado Novo e ao senhor.

– Mataram um inocente – murmurou Getúlio, fechando levemente os olhos, imaginando, talvez, o jornalista que, fascinado pela Revolução, deixara mulher e filho em Porto Alegre e partira com ele para a frente de batalha. O combate não aconteceu, mas o voluntário não dera mais baixa. Recordava-se dele, prestativo e silencioso, uma sombra pelos corredores, auxiliando os seus secretários pessoais, Gregório da Fonseca, Ronald de Carvalho, Artur Jorge e Luiz Vergara, antes de ser usurpado por Lourival Fontes e de Alzirinha aprender o serviço.

– Meu pai não foi o único a tombar pelo regime – arriscou Tércio, com alguma solenidade. – Temos de contar a história desses homens.

– O senhor, então, quer ser escritor?

– É.

– Eu também sonhei com isso um dia. Não tive talento nem tempo para uma tarefa tão grande. Mas estou na Academia de Letras – balbuciou, pensando nas situações estúpidas em que se metera aconselhado por Lourival. Um pouco mais e o DIP teria feito dele uma caricatura sem o talento dos chargistas que o atacavam sem descanso. Por que, afinal de contas, havia deixado que o aviltassem tanto? Por que havia permitido que sua figura de ditador se elevasse acima do razoável e do necessário?

– A Academia, no modelo francês, também recebe personalidades – justificou Tércio, constrangido pelo presidente.

Getúlio acendeu um dos seus charutos pessoais, da Real Fábrica Punch, de Cuba, e ofereceu um para o visitante, que sentiu vontade de aceitar somente para contemplar o selo com o rosto de Vargas.

– O senhor andou por outros caminhos – alfinetou Getúlio.

– Eu era muito jovem – resumiu, calando as razões que o haviam jogado na militância comunista ainda na clandestinidade.

– Não importa. – Sorriu, de novo, agora com simpatia, o presidente. – Wainer também foi comunista e esteve preso. Coisas do Lourival ou do Filinto. Parece que o Lacerda também. Mas deve ter sido por outra coisa, menos digna.

– Certamente...

– Por que o senhor voltou ao Rio de Janeiro?

– Perdi alguém aqui há quase 15 anos. Venho em busca de rastros.

– Compreendo, compreendo – repetiu Getúlio, entre decepcionado e nostálgico, submergindo em alguma breve lembrança de coisas passadas, quem sabe, no Alto da Boa Vista, no Cosme Velho ou num apartamento discreto de Copacabana. – Julho pode ser um bom mês para revisitar o passado. Cada mês serve melhor para um tipo de coisa. Há mês de casar, de encontrar paixões, de morrer... O Brasil teve dois 5 de julho, o de 1922 e o de 1924, o de Siqueira e Eduardo Gomes, o de Isidoro Lopes e Juarez Távora, amigos e inimigos, amigos-inimigos, e um 3 de outubro, o de 1930. Admirei Isidoro nos anos 1920; ele comandou uma revolução contra mim em 1932. Fiz uma revolução com Juarez; hoje, ele está na linha de frente contra o meu governo. Do Eduardo, nem falo. Julho, para mim, é tempo de coragem. Outubro, de mudança. Agosto, mês de desgosto.

– Quero escrever a sua biografia definitiva – soltou Tércio, corando ao perceber a violência da sua ingenuidade.

– Não gosto de biografias.

– Tem razão. As que fizeram do senhor são muito ruins.

– O senhor me lembra bastante o Samuel Wainer – respondeu Getúlio, rindo abertamente, esquecendo-se das preocupações de meia hora antes. – Fiquei muito contente quando se esgotou a edição do livro do Frischaeur – completou Getúlio, piscando um olho.

– Se a censura ainda existisse, seria preciso usá-la contra as suas biografias – provocou, sentindo-se, graças ao sorriso afável no rosto cansado do presidente, muito à vontade.

– Em condições não muito diferentes, fiz de Samuel Wainer meu Profeta. Talvez o senhor possa fazer o meu epitáfio.

14

— Se eu receber ordens, prendo os generais e acabo com isso tudo, mas vai ter sangue – disse o general Zenóbio da Costa, cada vez mais aflito e menos convincente.

– A Marinha não pensa em levantar-se nem em depor o presidente, mas já se manifestou ao lado da Aeronáutica – esclareceu o almirante Renato Guilhobel.

– Estou de mãos amarradas – resumiu o brigadeiro Epaminondas Santos.

– Mas como? – protestou Alzirinha, elevando a sua voz grave e inesperada, às costas do pai.

Havia muita gente nos corredores. Amigos dos gaúchos no poder, como Osmar Moreno e Rubens Borges Fortes, entre tantos outros que apareciam ou desapareciam, podiam circular livremente no palácio. A sala do segundo piso, agora, estava cheia, numa quebra impressionante do protocolo e da autoridade do presidente. Uma ameaça de burburinho seguiu-se à primeira intervenção de Alzirinha. O contínuo Wilson, dois jornalistas, um deles absolutamente desconhecido, Antônio Balbino, ex-ministro da Educação e candidato ao governo da Bahia, e até o seu motorista, todos se acotovelavam no espaço reduzido. Os ministros espremiam-se na mesa de despachos, baixa, para a altura de alguns e, no fundo, pequena para a enormidade daquilo tudo. Vargas, fugindo ao hábito, não fumava.

– Isto não pode continuar assim – cochichou Lourival Fontes a Mascarenhas de Moraes. – Está ficando uma vergonha.

– O presidente está perdido – observou o motorista de Balbino, no ouvido do patrão. (Um dia antes, Getúlio dissera ao amigo baiano: "É o fim, estou sendo vítima de uma grande podriqueira.")

Na noite anterior, Getúlio havia mandado um recado a Samuel Wainer: devia publicar na edição de *Última Hora* do dia seguinte, 23 de agosto, o seu alerta: Só morto sairei do Catete. Maneco e Danton Coelho foram a pé até o edifício do jornalista, na Avenida Rui Barbosa, passar a mensagem. Danuza, grávida de seis meses, antes de deixar o marido abrir a porta, teve o pressentimento de que algo ruim estava para acontecer. Era uma mulher bonita e bastante sensível. A gestação caía-lhe muito bem. Sofisticada e moderna, era alvo da sórdida campanha contra o marido, rotulado, nas rodas de amigos de Lacerda, de "corno da Bessarábia". Dizia-se que o Judeu não tinha condições de segurar um mulherão daqueles. Samuel recebeu os emissários do patrão com serenidade e uma ponta de melancolia. Danton foi o primeiro a falar:

– Precisamos da *Última Hora*. Precisamos de você. Temos de lançar a palavra de ordem da resistência.

– O patrão quer saber se você está disposto a jogar o jornal no último combate e assumir as conseqüências – completou Maneco, visivelmente perturbado.

– Meu jornal foi criado para defender Getúlio. Se tiver de morrer por ele, assim faremos – respondeu Wainer, circunspecto.

– Bote na capa a seguinte manchete: "Só morto sairei do Catete" – informou Danton, emocionado.

– Isso pode virar contra Getúlio. Se tomar outra decisão, ficará desmoralizado – ponderou Wainer.

– Isso deve ser visto como uma palavra de resistência, de muita determinação – explicou Danton.

– É a ordem – cortou Maneco.

Getúlio lembrou-se de que pela manhã, ao ver as letras garrafais na capa do único diário no qual podia confiar, sentira uma pequena alegria. Havia muita força naquelas palavras. Poucos dias antes, havia perguntado a Alzirinha: "Quando Maneco volta da lua-de-mel na Europa?" Diante da resposta evasiva, "pelo dia 20", respondera, "talvez não chegue a tempo para o enterro". A filha tinha reagido com a sua generosa má-criação: "Não amola, pai." Estava com a manchete de Wainer diante dos olhos quando Lourival entrou e disse-lhe: "É isso mesmo. A resistência deve ser clara e total." Darcy veio perguntar-lhe: "Que pretendes dizer com isso?" Ao ouvi-lo balbuciar "depende", chorou.

A alegria havia durado pouco. A *Tribuna da Imprensa* anunciava: "Brigadeiros reunidos – Decisão Unânime – Renúncia de Getúlio." Os homens de farda, outra vez, tratavam de apunhalá-lo. O pior vinha em seguida: "Todos os criminosos sabiam que Lutero era o mandante" e "Gregório Fortunato era o verdadeiro presidente da República". Nos últimos 19 dias, por força daquela sórdida campanha, precisava ler aquele barril de merda chamado *Tribuna da Imprensa*. Lacerda acusava o negro Gregório de vender cargos públicos, intermediar negócios junto ao Banco do Brasil, traficar influência em vários níveis, com o beneplácito dele, Getúlio, e com a participação de familiares e de ministros seus. Mais uma vez, seu filho Lutero aparecia como mandante do atentado contra Lacerda que resultara na morte do major-aviador Rubens Tolentino Vaz.

Uma pequena nota, perdida num canto do jornal, reteve a sua atenção por um bom tempo: "O Sr. Álvaro Moreyra pronunciará, dia 25, uma conferência intitulada 'Um pouco de Ronald de Carvalho', no Museu Nacional de Belas Artes." Se a tempestade passasse, poderia ir até lá. Ronald fora seu amigo e secretário, nos anos 1930, até falecer num acidente de automóvel. Tinha, certamente, direito de também se lembrar, em público, do grande Ronald de Carvalho, "aquela flor de cultura e de inteligência", que suportara a agonia com estoicismo. Talvez não fosse bem recebido. Ficou pensando no poeta morto. Se acreditasse em Deus, diria: "Talvez nos encontremos em breve." Mas não acreditava em nada. Menos ainda lendo as infâmias do vergonhoso jornal de Carlos Lacerda.

Só morto sairei do Catete. Seu grito parecia engolido pelos títulos cada vez mais violentos e menos comprometidos com a verdade da *Tribuna da Imprensa*. Considerava-se homem de três pensões – Medeiros, Monroe e Wilson – e de quatro palácios: Piratini, Catete, Guanabara e Rio Negro. Morreria num palácio. Estudante em Porto Alegre, no começo de tudo, havia morado na modesta pensão do "Seu" Medeiros. Podia ter morrido lá de peste bubônica. Chegara a ser isolado. Deputado federal, residiu nas pensões Monroe e Wilson, no Rio de Janeiro, onde até o banheiro era partilhado com os demais hóspedes. Presidente do Rio Grande do Sul, conheceu, pela primeira vez, a vida de palácio, no Piratini. A Revolução de 1930 o levou ao Catete e, como residência oficial, nos anos 1930, ao Guanabara, passando parte do verão em Petrópolis, no Rio Negro.

Tinha sido tudo, repetia-se, promotor público, capaz de pedir a absolvição de um coitado em vez de a sua condenação, deputado, governador, ministro da Fazenda, presidente provisório, presidente constitucional, ditador e presidente eleito pelo voto direto. Vinha de uma família abastada, indiferente ao luxo, acima das necessidades e da ostentação. Por que o acusavam de proteger corruptos e o empurravam para a morte num palácio? Só queria ver o Brasil produzir, produzir e produzir. Uma manchete de Carlos Lacerda, de 2 de agosto, doía-lhe mais do que tudo: "Somos um povo honrado governado por ladrões."

15

— Uma mulher não some no mundo, caralho, sem deixar rastro – disse Tércio Ramos ao motorista do táxi que tomou na esquina das ruas Silveira Martins e Catete. O homem riu.

– Some, sim, claro que some – respondeu o sujeito. – É o que mais acontece. Mulher, quando se vai, não deixa nem rastro de perfume. Ainda mais quando surge um novo cabra no campinho. Eu mesmo já passei por isso. Levei um par de chifres de dar inveja aos zebus do sertão.

' Está caçoando de mim? – ofendeu-se Tércio.

– Não, de modo algum, compadre, estou só falando a verdade verdadeira: mulher não deixa rastro.

Na Rua Farani, uma frase na parede de uma casa impressionou Tércio: "Lutero ladrão." Duas casas adiante, "morte à *Última Hora*". O motorista ainda explicava a sua teoria sobre a falta de rastros das mulheres, mas Tércio já não ouvia. Pensava em Zelinda. Tinha sido uma história breve, a deles. Ela era mais velha, no esplendor dos seus 25 anos de idade e na maturidade das suas convicções incontestáveis. Ele, com seus ridículos 20 anos, descobria o amor e o sexo verdadeiros, com afeto, sem prostituição. O pai dele, funcionário do DIP, mergulhava em terríveis crises de consciência e embebedava-se pelo Estado Novo. Odiava o grandalhão Filinto Müller e o torto Lourival Fontes, mas vivia metido com eles. Colecionava histórias de tortura, de mortes e de traições. Não admitia, porém, qualquer crítica a Getúlio Vargas.

– A vida de hoje é uma putaria – disse o motorista. – As mulheres estão dando que nem chuchu na cerca.

– Nem todas.

– Quase todas. Nas praias, estão cada vez mais peladas. Uma bandalheira. Todas agora querem ser Marta Rocha.

– Pelo jeito, com bem mais de duas polegadas a mais.

– Nem me fale dessa injustiça. A mulher brasileira é disparado a mais bonita do mundo. A Marta Rocha não ser Miss Universo por duas polegadas a mais é uma piada de mau gosto. Prova de que os gringos deste mundo não entendem de mulher.

Zelinda não gostava de concursos de beleza feminina. Sonhava com uma nova condição para a mulher e condenava o machismo dos brasileiros. A mulher, dizia, não podia ser objeto, servil, empregada doméstica dos maridos, mãe dos filhos, do esposo, do pai, do avô, boa para cama e mesa. Uma discurseira sem fim. Usava os cabelos castanhos muito curtos e vestia calça de homem. Gostava de ir ao Maracanã em dia de Fla x Flu. Foi justamente depois de um treino do Flamengo que ela o convidara a acompanhá-lo até o seu quarto de pensão, na Avenida Rio Branco.

– Vem comigo.

– Não vai ficar mal para você?

– Depende de você.

– Não quero apressar nada.

– Mas eu quero.

– Agora?

– Você tem medo de ser violentado por mim?

Subiram as escadas em dois movimentos: ela saltando os 46 degraus de mármore, de quatro em quatro, risonha, muito magra e sinuosa, cativante e bela, virando-se para trás e fazendo caretas com um ar de inocência excitante; ele, retraído, lento, devastado pelo desejo e pelo medo, tentando encontrar uma justificativa para escapar. No quarto, abarrotado de livros, sentiu-se ainda mais constrangido.

– Três navios brasileiros foram afundados pelos submarinos do nazi-fascismo em menos de uma semana – disse Tércio, baixinho. – Perdemos o *Cabedelo*, o *Buarque* e o *Olinda*. É um triste fevereiro este de 1942.

– Pense no Carnaval – sugeriu ela, aproximando dele sua boca triangular.

Aquela lembrança, porém, bem sabia Tércio, era uma ilusão ou um amálgama, os restos do dia em que voltara, com outra, ao quarto de pensão onde vivera o seu grande amor com Zelinda até quase dois anos antes do Carnaval de 1942. A conversa que brotava na sua mente reunia a vontade que sentira de reviver a garota e os anseios políticos que já o dominavam naquela época. Estava com uma, pensava na outra.

– O Brasil vai ter de entrar na guerra do lado dos aliados.

– Vamos cuidar agora de outro mastro – disse ela, descendo as mãos pelo corpo dele.

Zelinda chupara-lhe o pau com muita delicadeza. Era a primeira vez que uma moça direita chupava-lhe o pau. Duvidava que a sua mãe tivesse, alguma vez, engolido o pau do marido, do seu pai, do velho e zeloso Aparício, que só faltava chupar o pau de Getúlio Vargas e lustrar as suas botas com a língua. Mesmo as putas exigiam um preço especial pela chupada. Não por pudor, mas para ganhar mais dinheiro. Negócios, negócios. Gozou na boca da garota e nunca se sentiu tão feliz na vida. Uma sensação de paz o invadiu como no tempo em que ia com o pai, na Semana Santa, soltar pandorga no alto do Morro Santana, em Porto Alegre. Aí veio o choque. Não foi o cigarro que ela acendeu, enquanto esperava por uma atitude dele, uma nova ereção, que o aturdiu. Não foi o fato de que ela tirou a roupa sem a menor cerimônia, como se fosse vestir a camisola e dormir, que o sacudiu. Não foi sequer o gesto fingido de vergonha dela, cobrindo os seios pequenos com os braços, que o despertou. Foi simplesmente uma frase, ou uma seqüência de frases secas, uma canção de despertar:

– Getúlio Vargas é um ditador sanguinário e nojento. Um porco. Alguém devia ser competente e corajoso o suficiente para estourar-lhe os miolos.

Quase as mesmas frases que Zelinda lhe repetia. O motorista do táxi, um Austin, parou de falar. Tércio Ramos estranhou o silêncio. A noite estava fresca, ele sentiu vontade de andar por ruas dos seus 20 anos. A cidade, subitamente, pareceu-lhe convidativa e tranqüila, ao contrário da sensação experimentada pela manhã. Podia tomar um chopinho em algum lugar. Quem sabe, ligava para alguns amigos e perguntava por Zelinda. O chofer, estranhando a sua imobilidade, saiu do mutismo:

– Chegamos, compadre.

– Como?

– Eu disse que chegamos.

– Ah, obrigado, amigo!

– Se precisar dos meus serviços, compadre, eu me chamo Nélson.

16

Lutero, Euvaldo e Mendes de Morais chegaram quase juntos à Churrascaria Gaúcha. Amato os recebeu com fortes apertos de mão. Lutero parecia excitado, muito nervoso. Estava com os olhos inchados. Euvaldo Lodi procurava acalmá-lo. Lutero observou que era um erro estarem ali. Mendes disse que nada deviam a ninguém. Não havia razão para se esconderem. Amato, explicou Euvaldo, era um advogado conhecido, com livre trânsito em muitos meios, bem relacionado com João Neves da Fontoura e Osvaldo Aranha, mas também com Afonso Arinos e Sobral Pinto. Prestava serviços indiretos ao Momsen e a Fernando Veloso, este sim advogado dos interesses dos inimigos de Vargas.

– Mas é o nosso homem no ninho do Corvo – murmurou Lutero.

– O Ernâni Mesquita não era advogado do Momsen e do Wainer ao mesmo tempo? – perguntou Lodi.

– E o Wainer não jura que foi o Momsen quem montou a arapuca contra a *Última Hora*? – Lutero empertigou-se.

– Amato não tem relações diretas com o Lacerda – relativizou o general.

– O Gregório já os viu juntos – insistiu Lutero.

– Vocês dão muita trela a esse negro safado – explodiu o general.

Amato ofendeu-se.

– Estão desconfiando de mim? – protestou.

Lutero desculpou-se. Achava simplesmente que podiam encontrar-se em lugares mais discretos.

– Você não tem sido discreto à noite – disse Lodi.

Amato colocou os dossiês sobre a mesa.

– Esta é a munição do Lacerda contra vocês.

O material sobre Bejo Vargas era volumoso e misturava histórias pessoais, festas e negociatas. Constava de dez capítulos.

1) O caso Rosa. Bejo, encharcado de uísque, teria disparado contra uma jovem de 21 anos, Rosa Conde, à saída do Palace Hotel, em Copacabana. Depois de insultá-la e de ter sido agredido pelos irmãos da moça, Bejo teria sacado a arma e atingido Rosa na perna. Apesar de a família da garota ter contratado um advogado competente, Evandro Lins e Silva, para cuidar do caso, Getúlio teria mandado arquivar o processo. O mesmo que fizera, segundo contaria Góis Monteiro anos mais tarde, com o processo do crime contra Aureliano Coutinho, em São Borja.

– Mas isso foi em 1942 – exclamou Lodi.

– Calma – pediu Amato.

2) A fortuna de Bejo. O irmão do presidente teria acumulado riquezas incompatíveis com os seus ganhos, um palacete em Petrópolis, casas em São Paulo, prédios no Rio de Janeiro, carros de luxo, boates, como a Night and Day, e terras. Bejo teria negócios com banqueiros do jogo do bicho e com donos de prostíbulos, tendo sido, ou sendo, sócio de Zica, contraventor conhecido, dono de uma casa de putaria na Ladeira do Ascurra.

3) Bejo contrabandista. O caçula dos Vargas, em sociedade com Zica, mas também usando gente do Catete, inclusive o negro Gregório, contrabandeava carros da Argentina,

enchendo o Rio de Janeiro, ultimamente, de caminhonetes Dodge. O negócio rendia mais por não existirem impostos e o transporte dos veículos ser feito por membros da guarda pessoal de Vargas, com passagens pagas pelos cofres públicos.

4) Bejo dependente de morfina. Benjamim encerraria suas bacanais consumindo doses cavalares de morfina, o que já teria feito até dentro do Catete.

5) Bejo contra Monteiro de Barros. Bêbado, teria provocado William Monteiro de Barros, num bar, perseguindo-o, de carro, pelas ruas, e disparando vários tiros contra ele. Depois, teria invadido a casa do adversário. A polícia teria espancado o agredido e não o agressor.

6) Bejo contra as mulheres. Na sua boate, Bejo teria esbofeteado, na pista, Vera Guimarães, que se recusava a dançar com ele.

7) Bejo traficante de influências. Ressurgiam todas as denúncias de ajuda a Samuel Wainer na criação da *Última Hora* e mais um esquema de criação de falsos cargos públicos, além de comissões para todo tipo de ajuda governamental, inclusive no caso da Cexim.

– Faltam três – precisou Amato.

8) Bejo manipulador de eleições. O terrível Benjamim usaria verbas públicas para comprar votos. O próximo beneficiado seria João Goulart, candidato a senador.

9) Bejo, Paulo e Niomar. A pedido de Paulo Bittencourt, dono do *Correio da Manhã*, ainda no Estado Novo, Bejo mandara a guarda pessoal palaciana surrar Hélio Sodré, o ex-marido de Niomar Muniz Sodré.

Paulo e Niomar apaixonaram-se. Ela, mulher sedutora, misto de cortesã e de grande dama moderna, protetora das artes, queria a guarda do filho do primeiro casamento. O marido não pretendia ceder. Os homens de Bejo seqüestraram o teimoso e, na rodovia Rio–Petrópolis, fizeram-no conhecer os métodos persuasivos de convencimento aprendidos com instrutores alemães. A tunda teria sido tão grande, que a solução para o caso foi imediata e cortês.

– Mentira – indignou-se Lutero. – O marido dela trabalhava para o Filinto e não ia entregar o filho assim. Houve, depois do incidente, um acordo e ele entregou a criança quando quis.

– Isso é coisa muito pessoal e velha – reclamou Lodi.

– Só tem mais um – impacientou-se Amato.

10) Bejo articulador de fundos ilícitos para a guarda negra. Ele e Euvaldo Lodi desviariam recursos do Sesi para o financiamento da guarda pessoal. A comissão de Bejo seria de dez por centro sobre todos os valores. Lodi repassaria parte das somas concedidas para os seus investimentos pessoais. Danton Coelho também atuaria como captador de recursos e comissionado. Candidatos do PTB e do PSD contribuiriam para ter, em caso de necessidade, capangas disponíveis e cabos eleitorais nos subúrbios fluminenses. Gregório Fortunato aparecia como peça-chave do esquema, embora recebesse migalhas em comparação com o lucro dos manda-chuvas. A guarda pessoal cobraria, também, taxa de proteção de bicheiros. Não pagar significava perder o "alvará" de funcionamento e, no limite, a vida. Os métodos persuasivos eram aplicados com bons resultados e ótimos dividendos.

– Que lambança – repugnou-se Lodi. – Boa parte disso é de domínio público, vem da época do Estado Novo, quando tudo era diferente, ou nunca existiu. Mas a outra parte pode feder muito.

– Amato, você copiou os jornais do próprio Lacerda, chupou alguns livros censurados pelo DIP, ou que podiam vir a ser, pela sordidez, e inventou outra parte. Isso é uma salada sem pé nem cabeça.

– Faltou contar que o Bejo comeu a filha do Mussolini, a Eda Ciano, na areia de Copacabana, na frente de quem quis ver. – Lodi riu. – E que o Getúlio acabou achando graça. A italianinha fascista pelada, branca de dar pena, e o Bejo só de cuecas metendo nela como se fosse numa cabra. Parecia que estava, como dizem os gaúchos, barranqueando uma ovelha lá em São Borja. Enquanto os comunistas diziam que Getúlio namorava o fascismo, Bejo enrabava Mussolini na praia. Foi nossa maior prova de autonomia.

– E que, no Quitandinha, tio Bejo insultou o Roberto Marinho, deu-lhe umas bofetadas e jogou umas garrafas em cima dele – disse Lutero. – Coisa que devia fazer hoje, para esse safado não ficar dando corda e espaço na Rádio Globo para o maldito do Lacerda.

– Ou que comeu todas as atrizes que teve vontade e era, no Castelinho, um fauno cercado de ninfetas lambendo-lhe o saco, e que adorava comer o cuzinho delas – falou Amato. – Eu sei que tem mais. Que chifrava a Dona Ondina com a Braga e virou bígamo. Sei, sei... Isso, no Brasil, é até elogio. Que fez, em conluio com o Amaral Peixoto, caminhões públicos transportarem areia de Copacabana para a construção do Hotel Quitandinha, em Petrópolis, e patrocinou cassinos ilegais. É interminável a ficha do Bejo.

Lutero não quis examinar o seu dossiê. Guardou-o, aborrecido. Amato ainda se referiu a dois casos envolvendo Getúlio Vargas, que teria, junto com um tal Soriano, lá por 1919 ou 1920, matado um cacique inhacorá e, em 1923, assassinado Ildefonso Pinto, secretário de Obras de Borges de Medeiros. Mendes de Morais espantou-se. Lutero foi categórico: "Era outro homem com o mesmo nome do meu pai. Isso foi esclarecido na época."

– Não interessa – disse Amato. – Lacerda transforma o velho em novo, e o esclarecido em nova confusão. Ele não escreveu ainda hoje que vai provar que você é um ladrão? Não disse que você era negocista desde a ditadura? Não o acusou de ter superfaturado a construção do Pavilhão Barata Ribeiro, do Instituto Médico-Pedagógico Osvaldo Cruz, onde você era cirurgião-chefe, elevando os custos de 5 milhões para 20 milhões de cruzeiros e embolsando parte da diferença?

– E eu não o estou processando justamente por calúnia e difamação? Para Lacerda, sou mentiroso, desfaçatado, degenerado, meliante e ladrão. Diz que tenho negociado até a água consumida pelo povo, que sou mau médico, que enriqueci ilicitamente, que fui criado na irresponsabilidade e no desleixo, que vivo no fausto, no deboche e no luxo, que sou bêbado contumaz e pau-mandado de meu pai no caso da *Última Hora*. Sei de tudo isso. Só tenho um carro velho e estou montando uma clínica, com quatro amigos, com dinheiro que me emprestou o tio Bejo. E sou rico? Mas o Tranjan me assegura que vamos ganhar a ação contra esse vagabundo.

– O problema é que o doutor Sobral Pinto, com a sua autoridade de advogado de reputação ilibada, está pesando para o lado dele – provocou Amato.

– Ilibada é a boceta da mãe dele. O Sobral é um escroto e decrépito – enfureceu-se Lutero. – Tomou uma surra, quando era novo e o pau endurecia, apanhou na rua, na frente de todo mundo, por andar comendo a mulher do próximo, mas vive cantando de moralista.

– O Sobral falou, outro dia, que só não aconselha você a se suicidar porque o suicídio é uma grande covardia. E o Lacerda continua dizendo que você se esconde embaixo da cama para fugir das suas responsabilidades e por ser, justamente, covarde – cutucou ainda mais Paulo Amato.

– Corvo filho-da-puta!

– Esse Lacerda é um artista. Vocês viram a manchete da *Tribuna* de outro dia: "Processo contra Lacerda alarma a imprensa livre de todo o continente"? Nunca vi mais sujo e mentiroso – disse Lodi.

– "Pessoalmente, nada tenho contra o Sr. Lutero Vargas; quanto ao deputado Lutero Vargas, tenho a dizer que o considero um ladrão" – leu Amato, dobrando o exemplar da *Tribuna da Imprensa* que trazia na pasta.

– Lacerda é implacável, Lutero.

– Ele vai ter de provar isso – Lutero quase chorou.

– É o que ele diz que vai fazer. Assegura que foram criados mil novos empregos na Guarda Municipal, para acolher cabos eleitorais, e que você ganha 20 mil por mês na Prefeitura para mandar gente rapidamente para o céu – persistiu Amato.

– Chega – pediu Lutero.

– Vamos dar um jeito – consolou-o o general. – Também estamos sendo pisoteados por esse pulha. Corrupção, oportunismo, roubo, compra de votos, cada um de nós recebe um punhado de lama na cara. Fazemos parte do sindicato do crime. Isso não pode continuar assim.

– Você acha que ele vai publicar tudo isso de uma vez só, Amato? – inquietou-se Lutero.

– Vou botar água no chope para que o tiro dele saia pela culatra. Mas o homem é fogo e vai usar isso para aumentar a pressão a cada dia. Tenho certeza de que vai abrir as torneiras de acordo com a necessidade de criar uma atmosfera irrespirável para o governo. É a sua operação torniquete, a sucursal do inferno. Agora, se descobre que botei a mão no tesouro dele, estou frito.

– Não basta o que ele já vem dizendo de mim? – queixou-se Lutero.

– A fervura do Lacerda, que ninguém me ouça, só se apaga com fogo – disse Amato, baixando a voz.

– Ele bem que merece uma carga de chumbo na cara – resmungou Lutero.

Ninguém mais comia. Amato desculpou-se, entregou todos os papéis e pediu para retirar-se. Levava consigo a bomba: a compra da Fazenda São Manuel, pertencente a Getúlio, feita por Gregório Fortunato, o negro pobre das fazendas dos Vargas, o quase escravo, o peão convertido em poderoso chefe da guarda pessoal, a Maneco, portador de uma procuração do pai. Desceu um silêncio pesado. Depois de alguns minutos de perplexidade, Lodi perguntou:

– Não seria o caso?

– Deixe de bobagem – repeliu Lutero.

– Como fazer? – interrogou o general.

– É, seria loucura – concluiu Lodi.

– Seria preciso alguém de muita confiança – avançou Lutero.

– Você conhece alguém?

– Eu, Euvaldo? – espantou-se Mendes de Morais. – Bem, não. Sim, o Rosa Branca. Só que eu nunca pediria um serviço desses a ele.

O general Ângelo Mendes de Morais seguiu para a sua casa, na Rua Senador Pedro Velho, junto com Lodi. Depois de uma breve hesitação, Lutero retornou sozinho ao Catete. No caminho, pensou na sua infelicidade. Ninguém tinha vivido sua desilusão. Ninguém tinha passado pelo que ele havia passado. Por que o fardo que lhe cabia pesava mais? Lembrou-se do triste fim de Getulinho e sentiu remorsos. Encontrou Danton Coelho, Bejo Vargas e Gregório Fortunato no anexo do palácio. Ao vê-lo, Danton exclamou:

– Parece que tem nova bomba do Lacerda contra você nos próximos dias. Algo a ver com uma bebedeira sua na

Cinelândia, um vexame recente, e com o seu velho acidente da Praça Paris. Vai desencavar até a história da sua mulher.

– Acho que o Euvaldo e o general têm razão: isso não pode continuar assim. Alguém tem que calar esse Corvo maldito – rugiu Lutero, socando a parede e machucando a mão direita.

– Não repita isso, pelo amor de Deus – arrepiou-se Gregório.

– Fiquei sabendo que ele vai entrar fundo numa devassa total dos teus negocinhos, Nego – retrucou Lutero, instintivamente. – Até de corno vai te chamar. Vem chumbo pra cima de ti e do Amando.

– Eu não tenho medo desse corvo imundo – defendeu-se Gregório, pálido e com o lábio inferior tremendo.

– Tem gente que só matando – disse Danton, calmamente.

– É o que sempre me diz o Climério – deixou escapar Gregório, mal contendo a raiva.

– Isso ainda vai acabar muito mal – interrompeu Bejo. – É inevitável e necessário. Tão certo quanto a vitória da Joiosa no Grande Prêmio Brasil.

– Isso depende de quem montar e de como vai segurar as rédeas – divagou Lutero. – O Corvo tem mais um barril de merda requentada para jogar em cima de ti, tio Bejo.

– Imagino. Pior para ele. Está cada vez mais atolado. Dia desses, alguém péla a coruja dele numa biboca dessas.

– A Joiosa vai apanhar de relho do Qüiproquó!

– O Gregório sabe tudo de cavalo – Bejo riu.

– E do Jockey Club – zombou Lutero.

– Quem tem boas razões para fazer apagar o Lacerda é o Cleofas, que tem sido chamado de Calabar todos os dias – lembrou Danton. – O Lacerda publicou uma declaração do Gilberto Freyre, o antropólogo, sabem?, o "pornógrafo do Recife", como diziam os seus inimigos carolas, uma declaração sobre o Cleofas, digo, que já dava motivo para uma sangria. Cleofas foi chamado de ricaço egoísta, politiqueiro sinuoso, falso, desleal e traidor.

– Não é que você tem razão, Danton? Um cabra que nem o Cleofas não pode levar desaforo para casa por muito tempo. É um bom cavalo nessa carreira. Afinal, jumento dado não se escolhe o pêlo.

– Não é questão de crina de cavalo, mas de crista de galo e de respeito pelo que se tem de mais sagrado, a honra pessoal, de homem. Alguém vai ter mesmo que baixar a crista desse corvo – rosnou Gregório. – E não pode demorar muito.

17

"Minha família sou eu", disse Getúlio. "Tudo o que eles fazem é como se eu tivesse feito. Sempre fomos assim: um corpo só." Talvez, especulou, isso fosse típico das famílias de fronteira ou do gregarismo dos velhos clãs. Nas guerras, integravam corpos, os provisórios – ele mesmo havia sido posto à frente do 7º, em 1923; Benjamim comandara o 14º, em 1932 – e assim tinham vivido. Um mesmo corpo. Eram uma família de muitos galhos. Manuel do Nascimento Vargas e Candoca tiveram cinco filhos, cinco varões, e uma menina que não vingou. Viriato, advogado, homem de combates, chefe de partido, intendente de São Borja, membro do Tribunal de Contas do Rio Grande do Sul, falecido em 1953; Protásio, engenheiro, fazendeiro, deputado estadual; Espártaco, dentista, funcionário público; Getúlio; e

Benjamim, farmacêutico, na mocidade, e pau para toda obra pelo resto da vida.

Viriato tinha sido um vulcão. No enterro do irmão mais velho, Getúlio sentira-se invadido por uma imensa onda de afeto, aguçada pela longa e dolorosa separação. Benjamim era um furacão amainado pelo coração. Getúlio amara-os com os problemas que criavam e nunca os teria deixado expostos à sanha dos inimigos. Não nos atacam, disse, nos caluniam. A biografia dos irmãos na pena dos adversários era outra: Viriato, coronel e caudilho do cangaço gaúcho, avaro e sádico; Protásio, político sem competência, ridicularizado até pelo sobrinho Maneco e por Jango em panfletos impiedosos na política local; Espártaco, uma incógnita; Benjamim, contrabandista, larápio, contraventor, capanga, chefe da guarda pretoriana, parasita. Faltava ele, Getúlio, a esfinge. A tudo e a todos, os Vargas resistiam, à infâmia, à sordidez, aos conspiradores e aos chantagistas. Cabia-lhe "conspirar pela ordem" e zelar pelos seus. Sabia disso desde aquela primavera de 1930.

Casou com Darcy Sarmanho, neta de um companheiro de guerras do seu pai, e nunca a desamparou. Conhecera-a, de fato, num baile de Carnaval, na mansão dos pais dela, e ficara deslumbrado. Vestida de "boneca de Paris", pele muito branca, olhos escandalosamente azuis, Darcy o seduzira na mesma hora. Dançara com ela a noite inteira e, passada a Quarta-Feira de Cinzas, enfrentara o coronel Sarmanho e pedira a garota em casamento. Tiveram de esperar dois anos para que ela completasse 15 anos, a idade legal de casar. Ficou célebre a história do presente que pediu ao namorado de viagem a Porto Alegre: um almanaque do *Tico-Tico*. Menos conhecida é a resposta dele ao coronel Sarmanho: "É assim mesmo que a quero, pura e inocente. Eu a formarei ao meu gosto." Para o general Manuel do Nascimento Vargas, foi ainda mais claro: "Quero criá-la para mim."

Juntos, enfrentaram revoluções, golpes de Estado, a morte de um filho e a descoberta do mundo. Juntos, conheceram presidentes de muitas nações, reis e rainhas, a grande burguesia e a velha aristocracia. Ao lado dela, ele tinha feito a revolução com os tenentes, dado o golpe de 1937 com os generais e chegado ao poder, em 1950, com o povo. Tinha lutado contra a velha oligarquia em nome da nova burguesia; virado ditador com apoio da nova aristocracia; para, enfim, ser combatido pelas classes médias, que ajudara a criar, quando se entregou totalmente aos sem eira nem beira, aos mais desfavorecidos, aos descamisados, aos pobres e aos miseráveis, aos "trabalhadores do Brasil".

Com ela, tinha evoluído de filho rico da nova classe a pai dos pobres. Mas Darcy Vargas sempre preferiu a sombra, a discrição, mesmo quando sofreu e sentiu a falta do seu homem, extraviado em novos amores. Descobriu o assistencialismo, fundou a Legião da Caridade, a Casa do Pequeno Jornaleiro, a Casa do Pequeno Trabalhador, a Legião Brasileira de Assistência e a Cidade das Meninas. Tiveram cinco filhos: duas mulheres e três homens. Jandira, casada com o piloto da aviação naval Rui Costa Gama, deu-lhes a alegria do primeiro neto: Getúlio. Doente, "com traços esquizofrênicos sem ser esquizofrênica", segundo um psiquiatra, Jandira sempre esteve à sombra; Lutero, cirurgião, deputado, voluntário na Segunda Guerra; Alzira, formada em direito, casada com Ernâni do Amaral Peixoto, sua secretária e importante colaboradora (quando ela lhe falou do casamento, assentiu, feliz por ela, mas pensou, imediatamente, na falta que ia lhe fazer); Manuel Antônio, engenheiro agrônomo e fazendeiro; e Getulinho, químico industrial, morreu de poliomielite.

Mais uma vez, os inimigos adulteravam aquelas biografias simples: Jandira, uma incógnita; Lutero, um gângster, corrupto, ladrão, traumatizado por uma separação mal resolvida, bêbado, traficante de influência, putanheiro, obcecado pelo pai, a quem amaria e odiaria com a mesma violência, rato de boates; Alzira, mulher do Alzirão (como se o genro não tivesse uma trajetória própria), manipuladora, autora dos melhores discursos do pai, fazedora de ministros, Richelieu frustrada, chegavam até ao cúmulo de dizer que não gostava de sexo, de homem, de casa, mas só de política (diziam que formavam o casal perfeito, o Alzirante só gostando de jogo, a Alzirinha, de intrigas); Maneco, um trapalhão; Getulinho, a vítima de uma família consumida pelo poder. Ele vivia nessa espiral. Os fatos retornavam, as versões tomavam o lugar da verdade, a mentira impunha-se como única realidade possível.

A voz de Getúlio apagou-se. Agora, era só lembranças. Delas, estavam excluídos todos os que não tivessem vivido com ele a grande aventura do século XX brasileiro. O Profeta Samuel Wainer achava que ele era um animal político, sem reminiscências nem estado de alma. O pulha do Chatô, o capitão do cangaço jornalístico, vivia dizendo, enquanto lhe dava seus famosos tapinhas na bunda, dos quais nem o austero Dutra escapava: "Os Vargas não perdoam, esquecem." Sim, era pura reminiscência: segredos íntimos de Estado, da alma; não, não perdoava, mas também não esquecia: arquivava. Na solidão do poder, quando o Salão dos Despachos, no primeiro pavimento do Catete, se transformava num burburinho de visitas e de conversas, nos finais de tarde, ele se evadia pelas memórias.

Nenhuma tormenta conseguiu afastá-lo das mulheres, as bem-amadas. Cada momento importante, traumático, excessivo, exigia dele uma fuga ao encontro do amor. Sempre dizia, nos seus discursos, que só o amor construía um futuro sólido. Acreditava nisso. Mas acreditava também que só o amor, o sexo, construía um presente satisfatório. Estava velho e já não podia, como em outras crises, correr sempre para os braços de uma amante. Diziam que tinha voltado ao poder com as forças combalidas e senil. Ainda conseguia domar algumas potrancas de peito empinado. O cheiro do sexo feminino ainda o punha em ebulição. Detestava atrasos e telefonemas (ouvia mal e as linhas eram péssimas). Só os tolerava da parte das mulheres, especialmente as de voz rouca.

Em 1937, depois do golpe de Estado pelo qual instituíra o Estado Novo, que seria a mais violenta ditadura brasileira, foi relaxar nos braços da Bem-Amada. Sentia-se vibrante e, ao mesmo tempo, afetivo. Deu três no espaço de duas horas. A Bem-Amada brincou: "Quero golpe todos os dias." À noite, jantou na embaixada argentina. Antes de sair, disse ao secretário: "Bem, *capitán Vergara, mañana será otro dia.* Prepare-se para entrar corajosamente no Estado Novo do nosso grande e inspirado constitucionalista, mestre Chico Campos." Quando já estava na porta, recebeu um telefonema do embaixador Ramon Carcano:

– Talvez o senhor prefira adiar o nosso jantar, presidente?

– Não, não. O país está em ordem e podemos manter o nosso compromisso.

– Tem outro problema, presidente.

– O cozinheiro não apareceu para trabalhar?

– Ah, o senhor está bem-humorado! O cozinheiro está aqui. Assim como dois deputados, que nos pediram asilo político.

– Quem são?

– Os senhores Abguar Bastos, do Pará, e Café Filho, do Rio Grande do Norte.

– Diga-lhes que nada lhes acontecerá e que podem voltar para casa tranqüilos.

Minutos depois, novo telefonema do embaixador. Os deputados não confiavam na sua promessa e mantinham o pedido de asilo.

– Temo que, diante disso, tenhamos de cancelar o nosso jantar, presidente. Não posso causar-lhe tamanho constrangimento.

– Embaixador, não se preocupe. Sirva os dois na cozinha. Amanhã mesmo terão os vistos para saírem do país.

Foi o que aconteceu. Café Filho passou uma temporada na Argentina. O bolha do Góis o criticava por tê-lo encontrado, ao meio-dia, feliz, de bom humor, comendo lagosta, depois de ter baixado um pano negro sobre a democracia. Queria o quê? Tinha algo contra as lagostas? O Góis não relaxava nunca. Gostava de sofrer. Góis ficara indignado porque Dutra, interpelado por um general inquieto com boatos de instabilidade política, respondera: "O que há é que dentro de dez minutos teremos uma nova Constituição." Quando soube da anedota, comentou: "O Chico Ciência gastou bem algumas horas para que em dez minutos se tivesse uma constituição para alguns anos."

Nos dias seguintes ao do golpe, a necessidade da Bem-Amada tornou-se uma constante, um alívio para a tensão da mente e a agitação do corpo. Estava com apetite. Era sempre assim. Nessas ocasiões, sentia que o sêmen lhe saía como uma massa líquida e incandescente. A política mexia com os seus hormônios e com as suas fibras. Em 1938, depois do ataque ao Guanabara feito pelos integralistas, os seguidores da caricatura brasileira de Mussolini, Plínio Salgado – que chegara a cogitar para ministro da Educação –, a emoção o levou a um profundo desejo de reencontro com a vida. Anotou no seu diário: "Fui ver a Bem-Amada. Fui acompanhado somente por um amigo, como de costume. As emoções sofridas e recalcadas precisavam de uma boa descarga sentimental." Flores da Cunha, o amigo mais inimigo, dizia que ele não era dúplice, mas multíplice. As bem-amadas, às vezes, também. Embora existisse uma acima de todas.

Algumas tardes depois de esmagada a loucura dos fascistas tupiniquins – de quem admirava a disciplina dos jovens nos desfiles, embora lhe parecessem de mau gosto os salamaleques tropicais ao *Duce* Plínio Salgado –, passado totalmente o susto, deu uma das suas "saídas alegres". Comeu uma galinha-verde. Estava muito contente e com a veia debochada dos homens da campanha gaúcha, o que só lhe acontecia nos bordéis, numa vitória tardia sobre a sua tímida juventude, quando se mantinha distante, quase indiferente, enquanto os outros se esbaldavam. Permitiu-se uma grosseria. Disse à moça que o seu instrumento tinha nome: Plínio. Arrependeu-se diante da lágrima que viu rolar.

Só o gosto pelo jogo, tão característico dos homens de fronteira, do Flores, por exemplo, nunca pegara. Exceto o golfe. Mas aí já era um esporte. Ou dominó com a família. Ou ouvir alguma partida de futebol em casa. Seu amigo e auxiliar Arinos estava cada vez mais botafoguense e tentava, às vezes, contagiá-lo com o seu entusiasmo pela bola. Na época do Clube dos Caçadores, em Porto Alegre, enquanto os outros "carpeteavam", ele, distraidamente, fazia uma aposta, apenas para não ser considerado esquisito demais. Seu jogo, todos sabiam, era outro: o xadrez político.

A presença da morte despertava-lhe o instinto da vida. Com seu cunhado e oficial de gabinete, Válder, irmão da Darcy, depois com o Baixinho, sempre dera muitas saídas alegres. Existiam muitos lugares agradáveis, com jovens de confiança, à espera de um revolucionário golpeado de todos os lados. Um homem cansado necessitava recarregar as suas energias nos braços de fêmeas carinhosas e úmidas. Era da natureza masculina. Sentimental, contudo, sentia falta da Bem-Amada e, exaurida a energia vulcânica, retornava ao prazer mais suave. Não raro, confessava, feito um adolescente, até mesmo ao papel: "Escrevi e enviei auxílio ao meu amor ausente." A presença feminina o alegrava e mobilizava, aguçando-lhe o senso de humor e incandescendo-lhe a circulação. Acontecia-lhe de anotar: "À mesa, sentei-me entre madames Filinto Müller e Lourival Fontes", Consuelo e Adalgiza.

As mulheres o fascinavam e nem sempre agiam como ele esperava. No xadrez amoroso, era menos astuto. Cobria-as de pequenos presentes. A jornalista integralista Rosalina arrancava-lhe favores e o abastecia com informações sobre a política de direita da América do Sul. Sempre que partia em viagem, era recebida oficialmente para as despedidas, com direito a anotações formais no diário, no qual, em seguida, apareciam observações sobre saudades, melancolia e os amores ausentes. Todo mundo falava, "à boca pequena, mas com ouvidos grandes", do seu caso com Rosalina. Um aristocrata português, que parecia conhecê-la bem, vulgarizou uma anedota que o aborrecia, embora fosse engraçada: "O Getúlio quer se separar da mulher, deixar Dona Darcy, que maçada! Quer ficar com a Rosalina Coelho Lisboa. Não precisa nada disso. Por cima da Rosalina só não passou, até agora, o bonde da Light."

Maria Theresa, neta do presidente Prudente de Morais, tinha cheiro de café. Queimado. Mais tarde, fez-lhe oposição política. Ele gostava desses vulcões que se atreviam a contrariá-lo, quando usavam saia e roupas íntimas delicadas. Adalgiza, viúva do pintor Ismael Nery, esbanjava o requinte do tudo e do nada. Antecipava a sua amizade com Frida Khalo e escandalizava a todos com a sua capacidade de ser, então, a mulher do torto, do corno, e, ao mesmo tempo, uma mulher carinhosa e em busca do melhor das pessoas. Adalgiza fisgara o horrendo e autoritário Louro, com sua cabeleira desgrenhada e seu estrabismo, por volta de 1938, e com ele saíra do anonimato. Casaram-se em 1940, numa grande festa na casa de Osvaldo Aranha, no Cosme Velho, que foi padrinho do noivo. Bonita, acostumou-se a viver com um tipo baixinho, obcecado por filosofia e literatura, mas que odiava música, cinema, teatro e gostava mesmo era de cachorro, a ponto de ter uma cadela chamada Blitz, o que já lhe revelava a alma nazista.

Getúlio admirava o amor das mulheres, capaz de transformar-se em dedicação canina. Quando Lourival cumpriu uma ordem sua e deixou os jornais publicarem a notícia sobre o afundamento de navios brasileiros por alemães, Dutra, deslumbrado por Hitler, exigiu a cabeça do chefe do DIP. Queria que se dissesse que o torpedeamento havia sido um engano. Tivera de demitir Lourival. Por algum tempo, o "coitado" sucumbiu no esquecimento e na depressão, abandonado pelos amigos, e, mesmo recebendo o conforto de artistas como Portinari e o escritor José Lins do Rego, sentia saudades das pompas do poder. Adalgiza cuidou dele, curou as suas mágoas e lutou para que fosse resgatado. Getúlio deu-lhe, então, um abstrato posto de representante de alguma coisa nos Estados Unidos e, por fim, um cargo de embaixador no México, onde poderia melhorar em artes e conviver com gente tão estranha quanto ele próprio.

Todas as mulheres lhe arrancavam impressões inesquecíveis. Sobre Margarida, a filha do poeta Felinto de Almeida e da escritora Júlia Lopes de Almeida, anotou, em 1932, depois de uma curta possibilidade de observação: "Após o banquete do Itamaraty, houve uma audição musical em que ouvi a *diseuse* Margarida Lopes pela primeira vez. As festas diplomáticas são elegantes e corteses, mas frias, sem entusiasmo." Dias depois, visitou a exposição de escultura de Margarida. Os grã-finos pareciam-lhe "gente bem vivida, um tanto egoísta, mas de um sólido bom senso".

Muito se falava da sua relação com Adalgiza ou Rosalina. Ele manteve em segredo o longo amor com Mariana Nascimento, vinte e dois anos mais jovem, loura, espevitada, da sua altura, 1m59cm, que adorava, na alcova, ser chamada de Tess, nome de uma personagem de um filme norte-americano. Ela era a sua bonequinha de seda, homenagem ao melhor filme brasileiro que ele tinha visto. Nos braços dela, esquecia golpes e contragolpes e não pretendia mexer nenhuma peça no xadrez da nação. Ela tocava piano com perfeição e, nua, interpretava Villa-Lobos com ar brejeiro. Irritava-o, porém, quando insistia em chamá-lo de "meu pequeno Napoleão". Tess podia tudo, e as brigas terminavam, como deve ser, sob camadas de lençol. Cheirava a lavanda e, carioca da gema, chiava como uma chaleira. Excitava-se quando ele, muito viril, deixava escapar: "Tu vens aqui." A bonequinha de seda, um dia, apresentou-lhe a sua carta de demissão, irrevogável, amistosa, cheia de gratidão. Queria viver um amor às claras com um empresário americano. Os Estados Unidos sempre lhe davam desgostos. Não era de hoje.

Sofria quando o seu amor clandestino por alguma mulher acabava, sentindo-se órfão de um sentido que o preenchia e o elevava acima da estupidez da política. O diário era o seu único interlocutor: "Após as audiências, retiro-me e vou a uma visita galante. Saio um tanto decepcionado. Não tem o encanto das anteriores. Foi-se o meu amor, e nada se lhe pode aproximar." Gostava dessa visão romântica das relações, apesar de ser um homem prático e da impossibilidade das grandes paixões de asas abertas ao vento. Assim como na política, o amor, para ele, era decidido em lances subterrâneos. Pouco mais de uma semana depois da anotação anterior, a dor persistia: "Saí apenas à tarde para ir ao ponto de encontro falar ao telefone com a Bem-Amada." Uma vez, registrou: "E assim passou-se, para mim, o ano de

1938, tendo uma ponta de amargura por alguma coisa longínqua, que era a minha fina razão de viver." Quando um caso recomeçava, vibrava com a "notícia consoladora". E mergulhava nas mesmas sensações juvenis.

Uma vez, depois de uma briga, a Bem-Amada foi procurá-lo no Catete. Estava chorosa e arrependida. Queria, contudo, mais atenção e carinho. Ele sentiu vontade de abraçá-la e de mimá-la. Ou de censurá-la pelo atrevimento. A moça tremia dos pés à cabeça e esperava uma palavra de afeto. Ouviu uma resposta que lhe sepultou as esperanças e deu-lhe o tom para sempre:

– Adoro o teu corpo e o teu jeito, mas, na minha vida, a Bem-Amada deve ser como um espírito.

A relação com Darcy começou a esfriar em muitos momentos. Ele tentava lembrar-se do primeiro o amor e não conseguia. Ora era um motivo, ora era outro: o tempo, o cansaço, os filhos, o fato de que, ainda que parecesse estranho ver nisso um problema, ela era a sua mulher e o desejo gosta do novo e do proibido. Recordava-se de ter sido, nos anos 1930, alertado por Lulu Aranha, o irmão de Osvaldo, de que Darcy organizava festinhas no Guanabara, com danças para as filhas e seus namoradinhos, recordava-se de ter reclamado compostura e dignidade. Havia exagerado e ofendido Darcy. Talvez ali algo se tivesse rompido ou modificado. Fora um pai rigoroso, embora terno, e quando Alzira saía com Zazi, filha de Osvaldo, queria ser informado. Vindinha e Darcy riam da corujice dele e de Osvaldo. Pensando bem, Darcy o tinha modernizado, feito com que deixasse de ver a mulher como moldada exclusivamente para a vida doméstica.

O poder, o amor e a morte. A isso se resumia a vida. Ao menos, a sua. Um imenso combate pelo amor, à sombra da morte, com as armas do poder. Não temia a morte. Sofria com a sua expectativa. Não temia o amor. Sofria com a sua ausência, com o seu desaparecimento no tempo, com o seu enclausuramento numa juventude irremediavelmente perdida. Não temia o poder. Sofria com as metamorfoses dos homens tragados pela sua vertigem. Gilberto Freyre falara-lhe, um dia, dos mitos, do uróboro, a serpente que morde a própria cauda. O poder era assim para alguns, um escorpião. Mas ele era caracol. Temia apenas a perda do controle do tempo.

– O senhor se arrepende de algo? – sussurrou Tércio, cansado de contemplá-lo em seu nevoeiro.

– De nada. E de tudo. De não ter feito melhor, de não ter, ainda, cumprido a minha promessa de tirar os pobres da miséria em que vivem. De estar no meio do caminho.

– Nada mesmo?

– Bem, há uma coisa. Eu não devia ter aceitado a idéia do Bejo de criar uma guarda pessoal. No início dos anos 1940, isso já me parecia absurdo. Embora composta de homens dedicados e fiéis, que eu tinha pena de mandar embora, era para mim um motivo de constrangimento. Eu não gostava de andar cercado de capangas. Jamais.

– Por que diz isso?

– Não sei.

18

Gregório Fortunato andava nervoso. Tudo se complicava no momento em que mais podia se afastar da miséria e do passado. De repente, sentia o assobio dos ventos tristes da infância nos ouvidos. Todos lhe diziam coisas vagas, e, ao mesmo tempo, com tom de ameaça ou de ordem. Roberto Alves tinha aparecido com um bom negócio, um empréstimomo do Banco do Brasil para um japonês de São Paulo. A comissão, sobre 5 milhões de cruzeiros, permitiria custear a sua campanha para deputado e ainda render para quem abrisse os cofres do BB. Ele não sabia o que era mais estimulante nessas falcatruas: ficar com a sua parte, ajudar um amigo ou exercer influência junto a homens tão poderosos. Ele, o negro dos galpões de São Borja, era a ponte entre homens influentes, a chave para resolver grandes problemas, o financiador de candidaturas. Talvez a doida da Marcolina não estivesse tão errada: tinha chegado longe, para um crioulo de estância.

Euvaldo Lodi tinha vindo aporrinhar-lhe o saco. Na verdade, viera falar com Bejo e aproveitara para tirar-lhe o sono com aquela conversa de coragem, lealdade e iniciativa. Gregório não sabia bem o que Lodi pretendia, mas chegava a imaginar que o deputado desejava realmente a eliminação de Lacerda. Estavam todos loucos, descontrolados, insuportáveis. Em cada canto, sob as palmeiras do jardim do Catete, nas ruas, por onde andava, alguém lhe falava da importância de silenciar o Corvo. Não o faria nunca. Lodi perdia o seu latim, se é que, de fato, pensava nisso:

– Alguém precisa degolar esse famigerado, Gregório – disse-lhe Lodi, no quarto do primeiro piso do Catete.

– Ninguém é louco para isso, deputado.

– Não é questão de loucura, mas de colhões.

Cretino, esbravejou Gregório, depois que o deputado se foi. Um dia antes, o general Mendes de Morais, longe do Catete, viera com a mesma falação, chamando-o, de novo, de "ministro da Defesa". Gregório sentia dor de cabeça de tanto pensar no assunto: não entendia o que os outros queriam dele. Roberto Alves o aconselhava a ter calma e paciência com o "manco da fala fina", segundo o apelido inventado pelo próprio Lacerda, ou o "General da Banda", como o chamavam os homens da GP, por causa da música do Rosa Branca, um malandro ligado, de alguma maneira, a Morais. Mas Roberto era menos refratário aos avanços de Lodi, que não parava de falar em "bombardear Lacerda" ou "enfiar o corpo num poço".

Era tudo estranho, nebuloso, encardido. Queriam e não queriam, cutucavam e encolhiam-se, atiçavam-no e recuavam. Pareciam animais refugando no brete, mas ansiosos por mergulhar num pântano. Ele pensou em falar de novo com Roberto Alves sobre aquilo. Precisava ser aconselhado. Temeu só piorar as coisas. Via tudo turvo. Com Climério, o assunto vinha naturalmente. O compadre parecia não esperar outra coisa, estimulava, puxava o assunto. Eram amigos desde rapazes em Santos Reis, tinham lutado juntos, sob o comando do coronel Bejo, em 1932, falavam a mesma língua. Climério viera para a GP a convite dele, Gregório. Tudo os aproximava. Mas, ultimamente, a língua de Climério o assustava:

– O negócio, compadre, é liquidar o Corvo. O doutor Getúlio merece que alguém o livre desse tormento.

– Quem ia se atrever a mandar matar o Corvo, Climério? Ninguém é doido. Nem o Lurival teria coragem para isso.

– Podia ser o doutor Lutero. Ele está processando o Lacerda. Ninguém ia acreditar que tivesse sido ele, que ia ser facilmente inocentado. A polícia ia pensar de cara que alguém estava querendo comprometer o doutor Lutero e ia livrar a cara dele.

– Deixa de embromação, homem, isso não tem pé nem cabeça.

De onde o Climério tirava aquelas idéias bestas? Gregório viu Getúlio Vargas caminhando no grande jardim em companhia de Tércio Ramos e sentiu pena do presidente. Já não era o mesmo homem. Pareceu-lhe menor. Mais acabrunhado. Já não o chamava para irem visitar mulheres em casas luxuosas em algum recanto da cidade. Sentiu vontade de proteger aquele pequeno homem tão poderoso e tão frágil diante da violência dos inimigos. Tudo se complicava. O dinheiro para o japonês do Roberto Alves saíra pela metade. Em vez de um milhão de cruzeiros, faturaram de propina apenas 300 mil. Seu Arquimedes Manhãs jurava que o negócio, mesmo assim, tinha sido bom. Será que o veado do Lacerda sabia de alguma coisa concreta dos seus negócios? Sabia algo das relações da Cy? Por que Lutero tinha vindo com aquela história de que o Corvo ia chamá-lo, a ele, Gregório, de corno? Corno era o Lutero. Ou pior do que isso.

Tudo se complicava. Ele não conseguia mais dar conta de todos os problemas e negócios. A GP, que os filhos-da-puta insistiam em chamar de Guarda Negra, era, cada vez mais, dirigida pelo secretário Valente. Estava difícil administrar o pessoal, com tanta gente interferindo e mandando novos homens para serem incorporados. O general Mendes de Morais e o deputado Euvaldo Lodi achavam que aquilo era a casa-da-mãe-joana. O Danton Coelho não ficava atrás. Viviam mandando qualquer um servir no Catete. O Bejo andava com a cabeça nas nuvens, delirando, planejando maluquices cada vez maiores. Jango, apesar de mulherengo e boêmio, ainda era o mais equilibrado de todos aqueles amigos do presidente. Os outros, quanto mais eram criticados por Lacerda, mais se pareciam com bois mordidos por cobra. Gregório percebia a baba no canto da boca daqueles bichos feridos.

Sentia-se pequeno para resolver tantos problemas grandes. Desconfiava das palavras de cada um e só tinha uma certeza: não faria nada que pudesse trazer prejuízos a Getúlio Vargas. Que não contassem com ele para matar

Carlos Lacerda e, de ricochete, ferir o próprio presidente Vargas. Burro, ele não era. Climério até que tinha razão: Lutero era o mais indicado para aquele serviço sujo, pois estava protegido pela sua própria briga com o Corvo. No começo, os mais idiotas iam pensar que só podia ser coisa dele. Depois, a polícia e a Justiça o descartariam exatamente por ser o principal interessado. Então, que se virasse. Só que Lutero era incapaz de matar alguém. Melhor assim, não faria bobagem.

Havia homens que detestava e gostaria de ver bem atolados, como o Lourival Fontes e o general Mendes de Morais. Ambos o tratavam como se fosse um trapo, um bicho, um zorrilho. Não passavam de dois racistas da pior espécie. Só que o general sabia também ser bonzinho e adulador. Por que não matavam Lacerda e não acabavam no fundo de uma prisão? Lourival apareceu no jardim. Olhou para Gregório com ar de suspeita:

– Você acha que está pensando, Negro? Um crioulo que nem você não pensa. Vá roubar mais um pouco por aí que te evitará fundir a cuca.

Gregório tinha visto tudo ao longo dos anos, conhecia aqueles homens como a palma da sua mão, tinha subido com eles, e, de algum modo, era a memória indesejada de todos eles. Nunca esqueceria o barulho das metralhadoras chovendo sobre o Rio Uruguai quando Bejo decidira pela invasão de Santo Tomé. Nunca se apagaria da sua memória o clarão surgindo na outra margem como um rastro de morte. Não havia como esquecer a vingança, a força, os saques, o sangue fervendo no corpo de cada homem, todos transfigurados pelo gosto da aventura e pelo sabor inexplicável do perigo. Bejo era o seu comandante, por quem ele não se arrependia de arriscar a vida. Os outros, gente como Filinto Müller, Lourival Fontes e Mendes de Morais, eram oportunistas que vinham colher na lavoura dos Vargas e pouco deixavam em troca, a não ser uma lealdade de pacotilha.

A vida o havia colocado junto do poder, e ele já não podia recuar. Por mais que o maltratassem, e apenas alguns o faziam, era, agora, outro homem, tão ou mais influente do que Lourival Fontes, e não o temia. Sentia nojo. Sentia pena. Nenhum deles morreria pelo presidente. Nenhum deles havia exposto a própria vida pelo presidente. Estava com ampla vantagem em relação a todos aqueles parasitas. Além do mais, nas horas difíceis, Getúlio só confiava em Bejo, a quem recorria e com quem trocava idéias. À noite, era fácil encontrá-los juntos, no gabinete do presidente, mateando e charlando até tarde. Getúlio admirava o destemor do irmão, que retribuía com a sua imensa admiração.

19

"Precisamos salvar os judeus das garras da corja do Filinto Müller", disse-lhe Zelinda. "Está acontecendo uma grande vergonha." Tércio não conseguia acreditar naquelas palavras fortes, atiradas como lambadas nas suas costas de filho de um colaborador fiel do Estado Novo. Ela implicava com tudo: "Não suporto aquele bigodinho nazista do Filinto e aquela sua gravata com alfinete de pérola!" O pai explicava-lhe, depois de cada porre, que o regime precisava ser duro por causa das muitas ameaças que sofria, permanentemente fustigado por comunistas e fascistas. Mostrava-lhe que Vargas era um homem bom e amoroso, adversário ferrenho da violência, embora não pudesse ignorar a violência diariamente voltada contra ele e contra o seu governo.

Zelinda punha tudo de pernas para o ar. Nua, com seu corpo branco e duro, usava uma linguagem carregada de imagens fortes e de termos violentos, que o desconcertava e interpelava. Parecia-lhe, às vezes, possuída por um demônio da contestação. Falava-lhe dos sofrimentos de Luís Carlos Prestes, confinado numa cela minúscula, de comunistas torturados, do exílio de Armando de Sales Oliveira, que considerava um reacionário, mas nem por isso um cachorro a ser chutado, dos escândalos e roubalheiras do Estado Novo, que chamava de velho e carcomido, farsa da República Velha travestido de revolucionário. Discursava contra a censura, vociferava contra os estragos feitos pelo Tribunal de Segurança Nacional, lamentava até as perseguições a *O Estado de S. Paulo*, que chamava de jornal dos sanguessugas.

Quanto mais falava, mais se embrenhava em denúncias, em nomes, em traições, em histórias que lhe pareciam impossíveis, a não ser pelo fato de que, vez ou outra, coincidiam com aquelas que o pai contava quando naufragava no uísque. Zelinda odiava, sobretudo, três homens: Francisco Campos, o Chico Ciência; Filinto Müller, o Canibal; e Lourival Fontes, o Torto. Podia atravessar uma noite descrevendo os seus métodos de tortura e os assassinatos que haviam encomendado. Para ela, Chico Ciência representava, com sua astúcia mineira, a farsa constitucional do regime, o engodo levado ao grau máximo de hipocrisia e de sofisticação. Fascista até a medula, Chico Ciência era um bacharel medíocre que punha o Direito a serviço da força. Vendia-se barato, admirava Mussolini e Hitler, fazia Vargas imaginar que era César e, com sua cópia da "polaca", pois nem o trabalho de inventar uma carta brasileira se dera, permitira que se enterrassem todas as liberdades no Brasil. Não existiam mais partidos nem organizações livres. O Congresso estava fechado, e o DIP usava as suas instalações. O Brasil era uma prisão.

Se Chico Ciência era a máscara constitucional do regime, o falsário com pompa de grande jurista, Müller, o mais fascista de todos, o cão sem escrúpulos, o "longa mão" sem remorsos nem estados de alma, era o braço policial do Estado Novo, o Chefe de Polícia nascido para o cargo, impiedoso, sádico, eficiente, cruel e aberto defensor da organização das massas pela força: um gângster nazista de carteirinha. Quando os seus homens invadiam a casa de um opositor, indignava-se Zelinda, tudo era permitido: saquear, violentar as mulheres, humilhar os detidos, torturar e matar. O método mais usado para quebrar a resistência de um comunista era abusar de mulher e filha diante do prisioneiro. Filinto Müller especializou-se em barbárie e tornou-se quase indispensável. Zelinda, a cada noite, repetia que Filinto tinha sido expulso por Miguel Costa da Coluna Prestes por ser covarde e ladrão. Filinto era um homem objetivo que considerava "judeus, japoneses e chineses rebotalho da espécie humana", em especial os judeus.

Lourival Fontes era o cérebro, o censor do regime e o cafetão-mor. Sergipano pobre, entrara na política pela porta do reacionarismo mais profundo, editando as revistas *Política* e *Hierarquia*, tendo como colaborador Plínio Salgado. Depois, fora representante dos usineiros nordestinos, a camada mais conservadora dos carcomidos, no Instituto do Açúcar e do Álcool. Daí saltara para a direção do Departamento de Propaganda e Difusão Cultural, embrião do DIP. Coube-lhe inventar o mito Vargas e dar sustentação ideológica ao Estado Novo. Usa todas as técnicas experimentadas por outras ditaduras, esbravejava Zelinda, e ainda inova: está domesticando a cultura popular brasileira, comprando artistas e entregando os recalcitrantes à polícia de Filinto.

Disposto a fabricar o culto à personalidade de Vargas, Lourival confessava a sua admiração por Mussolini e conseguira até, enfurecia-se ainda mais Zelinda, com ajuda de Francisco Campos e de Osvaldo Aranha, "empenachar" o velho liberal Olegário Maciel, presidente de Minas Gerais, ou seja, fantasiar o coitado de camisa cáqui, de fascista tupiniquim, pois para Lourival o fascismo era uma providência e uma solução. Isso era o regime Vargas, gritava, histérica, assustando Tércio, que temia um escândalo e uma denúncia. Zelinda não desistia: "Um regime que tem um César anão e manipulador, um constitucionalista farsante e plagiário, um esbirro torturador e um mestre de propaganda, criador de todas as mentiras oficiais, é ou não uma ditadura miserável? Quem se mantém no poder graças a isso? Vargas. Quem distribuiu as cartas? Vargas."

Quando Zelinda se punha a falar dos generais do regime, era melhor tapar os ouvidos. Góis era um salafrário fascistóide sempre pronto a dar cargos aos seus parentes em Alagoas; na casa de Góis, continuava Zelinda, para desespero de Tércio, mucamas negras serviam como escravinhas; Dutra era um cagalhão de direita que nem a mãe sustentava, tendo a velha enviado uma carta a Getúlio reclamando ajuda; Cordeiro de Farias e sua mulher Avani, estrebuchava Zelinda, eram palhaços corruptos que haviam enchido os bolsos indevidamente quando o milico tinha sido interventor no Rio Grande do Sul. Avani exigia que lhe oferecessem jóias em troca de proteção oficial. Todos para Zelinda eram bandidos, até Osvaldo Aranha, a quem acusava de contrabandear café para a Argentina.

A fúria de Zelinda aumentava quando se referia à Intentona Comunista de 1935 e aos 720 revolucionários mortos só no centro de Recife, enquanto o governo calculava, para todo o país, 19 mortos e 167 feridos. A garota ficava muito agitada e detalhava uma carnificina, um massacre, a face carnívora de um Brasil acostumado pelo DIP a crer na sua cordialidade. Aos borbotões, lembrava as prisões dos líderes Rodolfo Guioldi, secretário-geral do Partido Comunista Argentino, e de Harry Berger, vindo diretamente da Rússia. Entremeava os nomes estrangeiros com os de brasileiros, Hercolino Cascardo, Hermes Lima, Roberto Sisson, Agildo Barata, e voltava aos estrangeiros, a Berger, cujo verdadeiro nome seria Arthur Ewert, ex-deputado na Alemanha, torturado, envenenado nas prisões do regime, levado à loucura, transformado de homem robusto num embrulho de 30 quilos. Isso era o regime de Vargas.

Mas era mais, sempre mais, uma torrente de crimes, uma torneira de sangue, uma máquina de assassinar, e já vinham os nomes de Adalberto Fernandez, o Miranda, traidor dos comunistas, delator e capacho da ditadura, vivendo como um nababo nas prisões onde os outros sofriam e morriam. E com o nome de Miranda vinha o de Elsa, mulher dele, uma menina, assassinada como traidora pelos comunistas pelegos. E vinha o caso do americano Victor Alain Baron, filho de um jornalista importante, motorista de Luís Carlos Prestes, assassinado pelos torturadores do regime de Vargas, depois de passar pelo capacete elétrico, pela cadeira americana, pelo pau-de-arara, tendo a cabeça mergulhada em baldes de merda, os testículos amarrados e comprimidos, as unhas arrancadas com alicates, levado surras homéricas e tido os dentes quebrados a socos, até ser jogado do terceiro andar da prisão.

Tércio não queria ouvir mais. Mas Zelinda queria falar e varava tardes e noites falando, remendando, retomando, mesmo que, em 1935, fosse uma menina e certamente nem estivesse ainda no Brasil. E voltava a história de Berger e da sua mulher Elisa, de quem os torturadores queimaram os bicos dos seios com charutos, em homenagem ao gosto de Vargas pelos havanas, achava Zelinda, estuprando-a quantas vezes quiseram. E vinha a prisão de Prestes, no Méier, no Rio de Janeiro, e o isolamento do grande líder da Coluna, tratado como um cachorro nojento, socado no vão de uma escada, reduzido a uma sombra de si mesmo. Tércio tentava dormir. Zelinda o sacudia. E falava da prisão, em 1936, do senador Abel Chermont, chefe da conspiração de 1930 no Pará, preso, junto com outros, entre os quais João Mangabeira, e das denúncias que Abel fizera, um senador preso, humilhado e torturado, surrado com cano de borracha, submetido à fome e ao frio, acusado de praticar subversão graças às "regalias do mandato".

Zelinda tinha memória para números e sabia que no estrangeiro se falava em mais de dez mil presos, mas o regime de Vargas admitia 638 pessoas, 628 homens e 10 mulheres, os cretinos, os filhos-da-puta, os cães do inferno. E, então, vinha o estado de sítio, o Tribunal de Segurança Nacional e o golpe de Estado. E Getúlio não sabia de nada, não sabia? Sabia de tudo, jurava Zelinda, sabia e deixava, sabia e beneficiava-se. Borges de Medeiros e João Neves tinham sido contra a instalação de qualquer tribunal de exceção, mas Borges era carta fora do baralho, e Neves acabou sendo um esteio da ditadura. O TSN foi implantado em 24 de agosto de 1936 e só foi extinto depois da queda de Vargas, em 1945. E vinha o espancamento de Prestes e o seu julgamento pelo TSN. E vinha o papel de Sobral Pinto, advogado carola, defendendo Prestes, inicialmente contra a vontade do comunista, tendo, enfim, conquistado a confiança desse homem cujas idéias eram o oposto das suas.

Zelinda falava de grandeza, de humanismo, de generosidade. Tércio pensava no pai, bêbado, no horror que lhe inspirava o comunismo, nas justificativas para salvar o Brasil dos extremistas de direita e de esquerda. O TSN condenou Armando de Sales Oliveira (que só voltou do exílio em 1945 para morrer num sanatório chamado Esperança), Flores da Cunha, João Mangabeira, Júlio Mesquita, dono de *O Estado de S. Paulo*, e uma infinidade de homens, em processos truncados, com inquéritos forjados, sentenças impostas pela ditadura. Prestes recebeu uma pena de 16 anos e 8 meses de prisão. Passaria quase metade desse tempo encaixotado embaixo de uma escada, mas disso Zelinda ainda não sabia ou nunca saberia. E vinham o Pavilhão dos Primários, Dois Rios, Casas de Correção e de Detenção, prisioneiros sem processo, gente empilhada, gente tuberculosa, gente vomitando os próprios órgãos, gente morrendo coberta de piolhos, gente vivendo como ratos.

E vinham, outra vez, a censura (e Zelinda sumira ainda antes da ocupação da redação de *O Estado de S. Paulo*, em 1940, invadido, a mando do interventor Ademar de Barros, porque o jornal escrevia "interventor federal" e a palavra mordaça com letras minúsculas). Zelinda misturava o horror de antes do Estado Novo com as masmorras da ditadura oficial. Quando Tércio a corrigia, ela exclamava: "Se era assim antes do Estado Novo, então pense em como é agora! Pense, pense!" E desandava a falar de novo, mergulhando no caso de Olga Benário, a mulher de Prestes, uma linda e esguia alemã de olhos azuis, judia, brilhante, revolucionária, entregue, grávida, pelo regime de Vargas, em 1936, aos nazistas. Olga seria fuzilada, em 1942, no campo de concentração de Ravensbruck. Anita, a filha de Prestes e de Olga, foi salva e entregue à avó. Zelinda não sabia muito. Sabia pouco. Sabia o que nem sabia e até o que só aconteceria mais tarde. Colava informações esparsas, preenchia os espaços vazios, buscava novos dados. Sabia perguntar: "Por que Vargas deixou levarem Olga? Por que insistem em dizer que ela não era casada com Prestes e por isso foi deportada?" Não duvidava um segundo de que Vargas sentira prazer em expulsar o grande amor do seu maior adversário. Segundo uma amiga, Olga morreu odiando apenas duas pessoas: Hitler e Vargas. Zelinda ainda era uma menina. Sabia bem menos de política do que podia imaginar.

Só havia uma maneira de silenciá-la. Ele a sufocava com os braços e trepava com ela como se fosse a última vez. Vencia-a pelo cansaço. Imaginava que depois da última gota de porra a polícia de Filinto viria buscá-los. Imaginava Chico Ciência obrigando-o a ler mil vezes a "polaca" para nunca mais descumprir a Constituição. Imaginava Lourival expulsando o velho Aparício dos gabinetes do DIP como traidor. Imaginava os generais do regime mandando fuzilá-lo nos fundos do Guanabara. Bêbado, o pai lembrava-se da cena, o fuzilamento dos galinhas-verdes. Getúlio, com seu ar de esfinge, ainda não tinha saído a pé para o Catete. Sabia que os homens estavam postados lá fora, às suas costas, para o último ato. Nada ouvia. Estava ausente, desligado, em outro lugar. Nem quando os tiros ecoaram, em estampidos secos e ritmados, sua face se crispou. Aparício dera um passo em direção à janela. Imaginava que os integralistas ergueriam o braço num último "anauê". Viu apenas um grupo de homens trêmulos desabarem como sacos de batata, sem glória nem coragem, sem demasias nem grandes gestos . Em seguida, os executores puseram-se a recolher os cadáveres com a mesma falta de transcendência das vítimas: juntavam lixo com as mãos sujas e tristes. Os vivos, com certeza, não pensavam muito diferente daquilo que levara os outros à morte.

CHOVIA MUITO naquela tarde de março – uma chuva empurrada por um vento muito frio para a época –, quando, depois de puxar a cortina avermelhada para espiar o aguaceiro caindo sobre a Avenida Rio Branco, exibindo-lhe as nádegas firmes e muito brancas, Zelinda insistiu:

– É uma ditadura terrível. O Chico Campos copiou a constituição fascista da Polônia. Ninguém tem direito a opinião alguma. As prisões continuam abarrotadas de intelectuais. Tudo aqui é uma farsa. A miséria continua a mesma. O Chico Ciência sempre disse que o melhor regime para um povo como o brasileiro é o da força, que precisamos de um César, que ansiamos por um César, que as massas precisam ser conduzidas com mão forte. E o nosso César, no seu entender, é Getúlio Vargas.

Levantou-se, remexeu nas prateleiras de livros e finalmente encontrou, embaixo de um romance de título estranho, *Parque industrial*, o que procurava, um folheto assinado por Campos. Leu com a voz embargada: "As massas encontram-se sob a fascinação da personalidade carismática. Esta é o centro da integração política. Quanto mais volumosas e ativas as massas, tanto mais a integração política só se torna possível mediante o ditado de uma vontade pessoal. O regime político das massas é o da ditadura. Há uma relação de contraponto entre massa e César. A relação entre o cesarismo e a vida, no quadro das massas, é, hoje, um fenômeno comum. Não há, a estas horas, país que não esteja à procura de um homem, isto é, de um homem carismático, ou marcado pelo destino para dar às aspirações da massa uma expressão simbólica, imprimindo a unidade de uma vontade dura e poderosa ao caos de angústia e de medo de que se compõe a demonia das representações coletivas. Não há hoje um povo que não clame por um César."

– Você não quer a mesma coisa com a ditadura do proletariado?

– É diferente – disse ela, aborrecida.

– O Chico Ciência vai sair do governo.

– Tudo fachada. Se sair, vai atuar nos bastidores, vai seguir organizando essas leis de mentirinha. Vargas não dá ponto legal sem ele. Duvido que um dia saia.

– Então você acha que o DIP existe para fazer de Vargas o nosso César?

– O DIP é um monstrengo que nos suga a alma e o sangue.

– Ouvi a Alzira dizer que o DIP surgiu para estimular o turismo no Brasil. Só isso.

– Não seja bobo – disse ela, abraçando-o como se protegesse um menino. – Os capangas de Vargas vendem aos judeus o direito de se refugiar no Brasil. São as cartas de chamada. Ninguém entra sem uma. Filinto e seus capangas sempre controlaram a chegada dos imigrantes. Isso continua. Quem não comprou a carta no ponto de partida não entra. É deportado. Ou faz algum tipo de acordo para ficar, submetendo-se a exigências imorais. Continua tendo muito judeu sendo devolvido. O Itamaraty está atolado nessa coisa vergonhosa. É o tráfico da morte. Sabe quem assinou as resoluções contra a entrada de judeus no Brasil? O ministro das Relações Exteriores, o Osvaldo Aranha.

– Não pode ser, Zel. Seu Osvaldo disse ao meu pai que o nosso regime é uma transição. Ele escreveu ao subsecretário dos Estados Unidos, o Summer Zelles, esclarecendo que o Estado Novo concilia uma "forma ditatorial com uma democracia social" e que o Brasil vai se manter fiel ao sistema pan-americano.

– O Osvaldo é um hipócrita. Temos gente no Itamaraty. Aranha vive dizendo e escrevendo que os israelitas são perigosos, avessos à agricultura, incapazes de se misturar com outras raças. Já falou literalmente que o judeu "em massa constituiria iniludível perigo para a homogeneidade futura do Brasil".

– Iniludível?

– Ele gosta de palavras assim. É diplomático.

– Já vi o "seu" Filinto com a mulher, Dona Consuelo, e as filhas, Maria Luiza e Rita, e não posso crer que seja um torturador.

– Torturador também tem mulher e filhas inocentes, meu amor.

Quando ela se calou, por um instante, Tércio perguntou-se como podiam estar juntos, como se entendiam, separados por um universo tão grande de coisas incompreensíveis, e teve medo. Sentiu medo de perdê-la. Mas sentiu medo, acima de tudo, de perder-se com ela numa aventura que lhe escapava inteiramente. Nas falas de Zelinda, as datas marcantes de Getúlio Vargas eram banhos de sangue, massacres de inocentes, esperanças abortadas, golpes tramados em porões, cabeças cortadas: 1932, 1935, 1937, 1938. Ela vibrava com a eliminação dos galinhas-verdes, mas denunciava a exploração de tudo e de todos como pretexto para a afirmação ditatorial de Vargas. Desde a tarde em que a conhecera, em Copacabana, enterrando os pés na areia, surgira entre eles um sentimento absurdo, cada um chocando o outro com as suas revelações, cada um se espantando com o mundo do outro. Tudo devia separá-los. Como sempre, tudo os aproximava.

– Você sabia que o Landesgruppe...

– Landes o quê?

– Landesgruppe é o nome das células do Partido Nazista pelo mundo afora. Já são mais de oitenta.

– Que tem?

– O Landesgruppe brasileiro é o maior de todos fora da Alemanha. O Partido Nazista do Brasil é o maior partido organizado em nosso país.

– Duvido. O Deops deve estar de olho neles.

– Vou te mostrar uma coisa. Conhece esta revista?

– *Revista Acadêmica*? Nunca tinha ouvido falar.

– Olha aí na capa o pessoal que faz: vai de Mário de Andrade a Jorge Amado, Graciliano Ramos e Érico Verissimo.

– E daí?

– Olha a data.

– Agosto de 1938. É velha.

– Olha o que tem nela.

– "Quais os dez melhores contos brasileiros?" E daí?

– Não, idiota, o artigo sobre "a expansão totalitária", de Spencer Coy.

– Nunca ouvi falar nele.

– Abre e dá uma lidinha, aqui, ó, aqui.

– "Os alemães têm, pois, 'uma missão a cumprir: retomando suas antigas colônias em'..."

– Em *Schutzherren*, mas segue, segue...

– "Manter os indígenas em um estado político e cultural inferior, afastando-os, mediante uma legislação social inflexível, do cristianismo, da instrução e da civilização."

– Os indígenas, meu amor, somos nós. Quer mais? Vira a página. Lê aqui, os mandamentos do alemão no estrangeiro: aderir à organização nacional-socialista local, respeitar a sua disciplina, trazer, pelo menos, dois novos membros, só comprar produtos alemães, boicotar mercadorias judaicas, educar os filhos em escolas alemãs, aceitar exclusivamente operários ou domésticos do partido nacional-socialista. Está bom assim ou quer mais?

– Não te entendo: Getúlio Vargas está fazendo o contrário disso. Mandou desbaratar os ninhos alemães do Brasil e integrar todo mundo à nossa cultura.

– Devia, então, começar pelos seus ministros.

 – Não exagera. Vem cá, vem...

– Só estou dizendo que o nazismo é merda racista que já mostrou as suas cartas e todo mundo sabe o que os judeus vão padecer nas mãos deles. Nem aqui, com censura e tudo, é segredo para ninguém.

20

A hora de decidir não estava longe. Getúlio ajeitou-se na cadeira de palhinha. Por mais que os seus ministros falassem e quisessem o melhor para ele e para o Brasil, nada podiam resolver. No fundo, esperavam dele a palavra de ordem, exceto Osvaldo e José Américo. Ainda ressoavam nos seus ouvidos, fora de ordem, as manifestações de cada um dos ministros e as surpreendentes falas de Alzira e de Maneco. A filha estava disposta a morrer por ele, pelo seu governo, pelos ideais de todos eles. Tinha a fibra dos Vargas, e o medo parecia-lhe totalmente estranho. Postada entre ele e Osvaldo, despejou com galhardia:

– Desculpe, papai. Escute, general Zenóbio, isso que o senhor está dizendo é mentira. Não é verdade que sejam 80 os signatários, até agora só assinaram 13. O manifesto está fechado no cofre do general Nicanor. Os outros assinarão depois. Nenhum dos que assinaram, a não ser o general Lott, é comandante de tropas, são todos de gabinete. E, assim mesmo, o general Lott não comanda no Rio. Portanto, é uma revolução de gabinete, e o senhor sabe disso.

– Como? Não sei se a entendi bem – confundiu-se Zenóbio.

– Estou falando que isto aqui não é uma simples jogada política. São vidas que estão em jogo, inclusive a minha, e por isso dou-me o direito de falar. Isto não passa de uma conspiração de gabinete e não um movimento que atinja as Forças Armadas. O senhor sabe tão bem quanto eu que na Vila Militar nada foi alterado desde a sua visita lá, hoje à tarde, e sem a Vila pode alguém pretender dar golpes neste país?

– Não. Mas... Vai ser uma luta fratricida.

– Não venha com lorotas.

Houve um instante de estupor. Um frenesi percorreu a espinha dos mais exaltados. Alzirinha pôs fogo nas almas mais incendiárias e transformou o Conselho de Ministros numa reunião de grande família. Getúlio teve vontade de rir. A rapariguinha não tinha papas na língua e estava afrontando os milicos cheios de ressalvas e de boas razões para deixá-lo, como sempre, na mão. Zenóbio não sabia mais o que fazer na saia-justa em que se encontrava e certamente gostaria de sair pelo ralo. A situação tomava quase um ar cômico. Getúlio esperou o próximo golpe. Conhecia a filha. Ia sobrar, ainda, para mais alguém. Foi aí que ela se virou, afoitamente, para o almirante Guilhobel e soltou um petardo:

– O senhor sabe, tão bem quanto eu, que os navios não estão em condições de atacar ninguém. A única tropa que o senhor tem é a dos fuzileiros navais.

– É verdade – protegeu-se o ministro da Marinha.

– Eu estou lhe dizendo que tenho certeza de que os fuzileiros navais não sairão, a não ser que sejam atacados.

– Eu também sei disso.

Não fosse o trágico de tudo aquilo, seria realmente de rir. Getúlio percebeu que a rapariguinha estava nocauteando os seus chefes militares, um a um, impiedosamente, abrindo brechas enormes nas defesas mal estabelecidas dos senhores de farda. O mal-estar era visível. Cada um tentava antecipar o lance e encontrar a boa resposta, que revelasse determinação para a resistência e, ao mesmo tempo, anulasse o efeito dessa possibilidade que lhes parecia suicida. Alzira buscou os olhos do ministro da Aeronáutica e largou, enquanto seu marido, Ernâni do Amaral Peixoto, estremecia, mais uma bomba de efeito moral:

– Brigadeiro, o senhor sabe tão bem quanto eu, ou muito melhor do que eu, que a única unidade em condição de marchar, ou de fazer alguma coisa com independência de vôo, é Santa Cruz, e esta unidade está sob o comando do coronel Osvaldo Pamplona, que foi ajudante-de-ordens do papai, e portanto é fiel.

Epaminondas remexeu-se na cadeira, espremido entre Apolônio e Zenóbio. Getúlio sorriu claramente. Devia, talvez, punir a todos, caso se safassem daquela crise, pelo que confessavam: as Forças Armadas brasileiras eram patéticas, ridículas, incapazes de defender o presidente da República, não só pela divisão em que se encontravam, mas pela falta de recursos; a Aeronáutica tinha apenas uma unidade com independência de vôo. Ele estava bem fodido. A reunião de crise descambava para uma cena pastelão de roupa suja sendo lavada na sala de visitas:

– É verdade – respondeu Epaminondas. – E sei também que quem está fazendo essa mexida toda é o Eduardo Gomes. Mas eu não tenho como prendê-lo, porque não tenho tropas. Se o general Zenóbio me der tropa, eu prendo. Só não posso prendê-lo embaixo da minha cama.

– Não me venha com achincalhes – protestou Zenóbio.

– Eu venho com fatos, general. Com fatos.

Foi aí, então, que Guilhobel virou-se para Getúlio e disse: "Presidente, estou vendo que o senhor é um homem que tem o destino de ser traído pelos seus chefes militares." A afirmação era muito grave, mas Vargas pensava em Eduardo Gomes, o herói de 1922, o mesmo Eduardo Gomes que se demitira quando viera o golpe de Estado de 1937, o preferido das classes médias reacionárias, o amigo de Lacerda, o candidato da UDN que perdera as eleições em 1945 em função do apoio dele, Getúlio, a Dutra, o Eduardo Gomes considerado patrimônio nacional, incorruptível, destaque da FEB, o Eduardo Gomes que ele, Getúlio, derrotara de novo, facilmente, nas eleições de 1950. Pobre Eduardo, pensou, uma vida em segundo lugar. Enquanto Vargas pensava, Zenóbio, fustigado pela chicotada de Guilhobel, balbuciava uma pergunta com tom de retirada estratégica:

– O que o senhor disse?

– Estou dizendo ao presidente que o destino dele é ser traído pelos chefes militares. É o que está acontecendo neste momento.

A palavra traição aparecia de novo, assinalou Getúlio para si mesmo. Poucos dias antes, quando a crise invadira o Catete como uma maré negra, derrubando muros e arrastando algas, enxovalhando as paredes e enlameando as cortinas, quando Nero Moura se demitira do Ministério da Aeronáutica, a palavra traição fora brandida dentro do seu gabinete com muito mais indignação e transparência: "Não sei onde está a verdade, mas o cargo é seu. Quero lhe declarar que o Zenóbio ou está traindo ou é muito incapaz, porque, em vez de reunir os três ministros militares, está nos dividindo. Ele não me chamou para a reunião que fez no Ministério da Guerra, com os ministros militares e os chefes de Estado-Maior, porque sabe que não vou topar nenhuma das manobras." Numa barafunda de acusações explícitas, a palavra traição estava de volta.

Aquilo não era mais uma reunião ministerial. Era um comício dentro do Catete. Zenóbio bufava. Guilhobel e Epaminondas pareciam suspensos no ar. Mascarenhas fingia demonstrar uma tranqüilidade soberana, um estoicismo militar que considerava a qualidade dos grandes e dos fortes. Mas a fachada aprendida em manuais de caserna se esboroou quando alguém comentou, às suas costas, num tom abafado, "milicos sujos". Ele se virou num arranco. O comentário não se repetiu. Lentamente, retomou a sua posição, procurando diminuir o impacto do sobressalto. A provocação, ainda mais rouca, chicoteou-lhe novamente os ouvidos: "Milicos sujos." Ele se controlou. Evitou uma segunda tentativa de identificação do agressor. A voz ainda disse: "Acho que ele quer prender todo mundo aqui dentro."

Os ministros tinham perdido a compostura e insultavam-se abertamente. Caiado de Castro, com a mão em concha no ouvido direito, tentava, desesperadamente, reunir os fragmentos que lhe chegavam como bofetadas. Confuso, interpelou Zenóbio: "Que foi? O que o senhor disse?" Zenóbio irritou-se com aquilo e desferiu-lhe uma patada, aos gritos: "Eu disse que te dou uma tropa para comandar e você vai fazer alguma coisa, vai prender quem tiver de ser preso." Caiado enrubesceu: "Ah, pois não, eu aceito." Maneco tomou aquilo como um sinal: "Vamos ou não resistir? O Rio Grande está pronto para lutar pela legalidade. Estamos prontos para morrer por isso." Zenóbio ainda buscou forças para ser ouvido: "Estou disposto a agir. Agirei. Só fiz ver as conseqüências." Às suas costas, Danton Coelho remoeu, entredentes, "mulato covarde, traidor", e, alto, vibrante, "temos de resistir, é nosso dever, pelo presidente, pelo Brasil, pelo futuro".

Nos ouvidos de Getúlio ainda ressoavam as palavras simples dos ministros Mário Pinotti e Edgar Santos, declarando-lhe fidelidade e reafirmando que só a ele cabia a decisão, mas que a democracia precisava ser respeitada. Ressoava também o discurso firme de Apolônio, dando sustentação ao regime democrático e à figura do presidente eleito para cumprir um mandato de cinco anos. Mas também ressoavam nos seus ouvidos, embaralhadas – em frações de segundo que lhe pareceram horas ou dias, fazendo-o, vez ou outra, perder a paciência, tamborilar os dedos, espiar o relógio-armário ou fitar vagamente a cópia de Diana, a caçadora, no teto –, as palavras melífluas de José Américo: o momento exigia objetividade, frieza, isenção e coragem. Dias antes, no gabinete presidencial, depois de alguns volteios e verificações do terreno, sugerira a Getúlio que se licenciasse.

Com os olhos aparentemente soltos no vazio, Getúlio estudava as pequenas alterações na face de José Américo. Os lábios tremiam-lhe muito levemente quando ele falara, de novo, em evitar vexames e em garantir a segurança do presidente sem atingir a sua autoridade. No gabinete, tivera coragem de falar na licença como um laboratório, uma experiência que talvez levasse Getúlio a não querer mais voltar ao poder. Este simulara aceitar e até dissera já ter pensado nessa hipótese, mas sabia que as coisas eram mais complicadas. Zé Américo, no adiantado da noite, exprimia com o clarão de um dia de sol a sua vontade de não resistir e de convencê-lo a retirar-se: a exposição dos ministros militares, assegurava, era uma demonstração sobre a insegurança do governo; a necessidade de negociar minava a autoridade do governo; lutar seria bonito, mas inútil. Zé Américo temia a revolução e acenava com o espantalho da guerra civil.

– Resistir será a ruína total, o desastre irreparável, em nosso país esgotado, sem consistência democrática, sem condições de suportar tamanho abalo. Vou ser franco e objetivo, visto que o momento reclama ser conclusivo e terminante: sem paz não há governo, a sua função essencial é solapada, pois todas as reservas destinadas a uma ação criadora são devoradas pelo incêndio. Escudado no testemunho dos ministros militares, clamo ao presidente que afugente com um grande gesto os espectros que nos rondam, sombrios e ameaçadores.

O grande gesto, Getúlio sorriu, era a sua renúncia, melhor, o licenciamento, o primeiro passo na direção da renúncia. Zé Américo, que ele tinha trazido de volta ao governo para acalmar a direita e os americanos, preocupados com a sua guinada à esquerda, pronunciara a grande frase, pedindo o grande gesto. Nada de anormal, no fundo, visto que o genro, Amaral Peixoto, também era favorável à licença. Apesar disso, teria, certamente, preferido ouvir dos velhos companheiros declarações de guerra ao inimigo. Zé Américo, o chefe da oposição, em 1945, estava com vergonha de pertencer a um governo atacado pelos seus amigos.

– Um grande gesto de desprendimento, acompanhado de um manifesto à nação, expondo os motivos dessa decisão.

– Canalha – resmungou Danton.

Getúlio revirou, na mente, a expressão "grande gesto". Tinha feito o grande gesto, no dia 1º de maio de 1954, aumentando o salário mínimo em 100%, contra os interesses dos tubarões. Havia feito o grande gesto tentando controlar a remessa de lucros ao exterior. Tinha feito o grande gesto criando a Petrobras, monopolizando o petróleo nacional, mas a UDN conseguira enfiar na cabeça dos brasileiros que o projeto do governo era pouco nacionalista, até entreguista, e que somente graças aos udenistas, os verdadeiros nacionalistas, a exploração do petróleo tinha sido garantida aos brasileiros. Tinha feito o grande gesto lutando pela cooperação das classes, criando o Banco Nacional de Desenvolvimento Econômico, a Eletrobrás, ampliando a rede de bancos estatais, propondo o Serviço Social Rural e um seguro agrícola. Graças ao seu grande gesto, o petróleo era realmente nosso.

Tinha feito o grande gesto da Revolução de 1930, e, a partir dali, o seu grande gesto consistia em ter arrancado o Brasil das trevas da monocultura do café e das fraudes eleitorais para torná-lo uma nação industrializada e progressista. Tinha feito todos os grandes gestos, inclusive, em 1945, o da criação de dois dos três principais partidos em atuação na política brasileira, o PTB, para os trabalhadores, e o PSD, para as elites, um para os de baixo, outro para os de cima. Manejava o "equilíbrio de antagonismos", do qual lhe falava Gilberto Freyre, de acordo com as necessidades de um país à espera de grandes gestos. Na vida, fizera até mesmo o grande gesto do golpe de Estado, quando não vira outra maneira de levar o país a bom porto. Tinha feito o grande gesto de modernizar o país e de salvá-lo dos sanguessugas alimentados a café e leite. Tinha feito, enfim, como não se cansava de repetir, o grande gesto de declarar guerra ao Eixo e de ter arrancado dos norte-americanos o auxílio necessário para a implantação da Companhia Siderúrgica Nacional, em Volta Redonda, o salto para o futuro.

– Um grande gesto...

– Um grande gesto – explodiu Danton –, cavar trincheiras, pegar em armas e morrer lutando.

– Morrer peleando e não escondidos embaixo das camas – sustentou Maneco, erguendo o braço direito com o punho fechado.

Ernâni do Amaral Peixoto pediu calma a Alzirinha, prestes a aderir à onda de entusiasmo. Getúlio buscou, por um segundo, o olhar de Arinos. Maneco cutucou Danton e reclamou: "Mas isso tudo é uma nojeira. Eles não querem resistir e ficam inventando marolas. Vão enfiar a viola no saco e bater em retirada. É repugnante." Lutero aproximou-se: "Os puxa-sacos vão lavar as mãos. Só vão ficar os amigos de verdade. É com esses que temos de contar para a resistência." O motorista de Balbino inclinou-se para o contínuo Wilson e cochichou-lhe no ouvido: "Acho que ele está sendo traído também pelos seus ministros civis."

21

O dia de Paulo Amato havia sido carregado. A visão da miséria começando a espalhar-se por alguns morros da sua juventude o angustiava. Quanto mais se afastava do epicentro da pobreza, mais se sentia ligado a ele, como se, a qualquer momento, pudesse ser alcançado pelo passado e devorado pelos monstros da indigência. Sentia um medo terrível dos seus fantasmas. Achava-se no fio da navalha, dançando numa linha tênue entre o amanhã e o ontem. Queria experimentar a tranqüilidade de um futuro sem retorno, mas, a todo instante, era sacudido pelas imagens viscosas da sua trajetória. Diante das tristezas do Brasil, deixava vazar as suas contradições e punha-se a sonhar com o grande salto para a felicidade.

Num breve encontro com Carlos Lacerda, ficara surpreso com a eletricidade que brotava do jornalista. Tivera a impressão de que se achava diante de um homem à beira de um colapso nervoso, agitado por emoções violentas e contraditórias, convencido de encarnar uma missão e de ser o porta-voz de uma causa sagrada. Acreditara perceber uma aura, uma luz estranha, algo abrasivo em torno da figura de Lacerda. Imaginara que aquele homem devia ter problemas sérios para dormir ou manter-se calado. O trabalho intelectual nunca cessava em sua mente perturbada por uma espécie de frenética vontade de impor-se a todos.

Lacerda não parava de comentar o *habeas corpus* concedido pela Justiça a Ricardo Jafet, ex-presidente do Banco do Brasil, acusado de ter financiado ilicitamente a criação da *Última Hora*. A decisão judicial parecia ter o efeito de bomba atômica sobre o corpo de Lacerda. Tudo nele estava pulverizado e, ao mesmo tempo, em ebulição. Na Câmara, Frota Aguiar rasgara o inquérito, simbolizando o fim de uma suposta injustiça contra Vargas. Gustavo Capanema, o líder do governo, continuava a fazer malabarismos para defender Getúlio. A "banda de música" o fazia desafinar.

Havia perplexidade no ar. Lacerda misturava fatos daquela manhã com acontecimentos de até uma semana antes. Sua mente era um liquidificador de partículas atômicas. Ia de Jafet ao seu depoimento da 14ª Vara Criminal, onde julgava ter provado os crimes de Lutero. Sentia que a sua hora chegara. Num breve instante de repouso, falaram do crime dos Cadillacs, *faits divers* que agitavam a cidade, a execução por um tal Sílvio Coelho do presidente da Predial Corcovado, André Jules Cateysson. Mas Lacerda não se afastava da sua obsessão por mais de cinco minutos. Estava entusiasmado com as provas encontradas por Amaral Neto, presidente do "Clube da Lanterna", contra Lutero, denunciado, agora, por sonegação fiscal, num estranho caso de falta de selo em correspondência de negócios, o que implicava déficit para o Estado, alta multa para o contraventor e mais bosta no ventilador.

– É o fim deles, Amato, é o fim – exclamava.

Sobre a mesa, ainda se achava uma das edições mais violentas da *Tribuna da Imprensa*: "Dever dos católicos – combater os jornais de Wainer – Viva o papa, morra *Última*

Hora." Era o grito dos congregados marianos. Nada mais lhe interessava, nem a vitória do Fluminense, por 3 a 0, sobre o La Coruña, no Maracanã, nem o fato de que Marta Rocha representaria o Brasil num desfile, em Long Beach, nem uma festa do Jockey Club, com Jorge Veiga e Nora Ney, tudo o que fervilhava na cabeça de Amato. Em certo momento, muito agitado, Lacerda inclinou-se para a frente, quase colando o seu rosto ao de Amato, e disse:

– Só restaria para eles me matar, pois vou acabar com a raça deles. Acho que eu seria capaz de montar um atentado contra mim mesmo para enterrá-los de vez. Chegou a hora da onça beber água.

Ainda aturdido com a declaração de Lacerda, Amato foi ao 18 encontrar alguns amigos. Ao saltar do carro, avistou Climério Euribes. O capanga de Gregório e de Lutero aproximou-se um tanto constrangido, como se temesse ser visto. Já tinha dito a ele que não podiam conversar em lugares tão conhecidos. O sujeito parecia não entender. Baixo e atarracado, era como um petiço ao lado do caniço que era Amato. A conversa durou, no máximo, dois minutos:

– O compadre está mordendo a isca, doutor.

– Você acha mesmo?

– Me pediu para indicar um homem de confiança.

– Você tem um na manga da camisa?

– Tenho. Mas ouvi dizer que o general pensou no Rosa Branca. Seria melhor não misturar as coisas.

– Quem lhe disse isso?

– Eu sei. O general pediu ao Rosa Branca para cuidar do caso.

– Quem você vai indicar?

– O Alcino.

Amato não se demorou muito no 18. A noite estava agradável, e ele precisava recuperar-se do choque causado pela brincadeira de Lacerda. Resolveu ir à boate Beguin, no Hotel Glória, onde as madrugadas nunca lhe pareciam perdidas ou caras demais, justificando o investimento e as horas de sono deixadas para a velhice. Talvez encontrasse companhias mais agradáveis por lá.

22

— Eu não invento nada a respeito da Era Vargas – disse a velha senhora.

A imponência do palácio, situado no coração urbano de uma grande cidade, fazia o velho pensar sobre o exercício do poder à época do último governo de Getúlio Vargas. Tudo parecia ao alcance dos transeuntes. Situado no quadrilátero formado pelas ruas do Catete e Praia do Flamengo, em paralelo com Silveira Martins e Ferreira Viana, o Palácio das Águias ainda impressiona com as suas paredes cobertas de granito e os seus salões com assoalhos de marchetaria. Os dois velhos tinham vindo do parque de 24 mil metros quadrados, desenhado pelo arquiteto Paul Villon, com suas mangueiras, tamarineiras, goiabeiras, abacateiros, palmeiras-imperiais, o que sempre fazia Getúlio pensar em São Borja e nas diferenças e semelhanças com as árvores da sua infância.

Passaram pelo Salão dos Despachos, no primeiro piso, com portas para o jardim, e a velha observou os famosos lustres a gás adaptados para a eletricidade, um sobre cada cabeceira da mesa. Por que não teria acontecido ali a última reunião do ministério de Vargas? Certamente pelo adiantado da hora, respondera o velho. Haviam permanecido um bom tempo, já no segundo pavimento, no Salão Azul, entre a Capela e o Salão de Baile, relembrando os fatos e contemplando o estilo Luís XVI dos ornatos do teto e do relógio Victor-Paillard. O velho comentou algo sobre a presença do *art nouveau* no ambiente, mas a velha o interrompeu, recordando-se de uma cena de embaixadores esperando, ali mesmo, no Salão Azul, a cerimônia de entrega de credenciais ao presidente, no Salão Nobre, este como expressão máxima da pompa e do poder, com as suas pinturas de Apolo e dos deuses do Olimpo, no painel do teto assinado pelo obscuro pintor brasileiro Armando Vianna. O velho impressionara-se com as 192 lâmpadas em forma de vela, como se estivesse vendo pela primeira vez tudo aquilo.

Naquele estranho e lento passeio na máquina glamourosa do tempo, haviam passado por vagões cheios de brilho e de um antigo fulgor. No segundo piso, vencidas as imponentes escadas, desembocaram, na verdade, no Salão Nobre – embora tenham chegado a ele pela capela e pelo Salão Azul –, de frente para a Rua do Catete, comentando que lá em cima, no lado de fora, as cinco águias ainda pareciam prontas a voar para o morro do Mundo Novo. A velha brinca com os reflexos dos dois nos quatro espelhos menores da parede com face para o lado externo do palácio, depois se fascina com os dois espelhos enormes que se contemplam, um em cada extremo das paredes internas que separam o Salão Nobre do Pompeano e do Azul. Toma o braço do velho e o convida para uma dança de apenas três passos.

No Salão Pompeano, com suas paredes de um vermelho intenso, remetendo ao Vesúvio, vulcão que soterrou Pompéia, os dois viajam pelas maiores datas da história brasileira, fixadas em medalhas no teto: 21 de abril, 7 de setembro de 1822, 13 de maio de 1888, 15 de novembro de 1889. Vai-se, num mesmo estirar de pescoço, da Independência à Abolição dos escravos e à proclamação da República.

– A história é muito perigosa – comenta o velho.

– Perigosa?

– Dá torcicolo.

Demoram-se no Salão Veneziano, ou Amarelo, com seu espelho solitário.

– Quebraram-se dois outros espelhos – observa a velha, com um dedo nos lábios.

– A senhora está lendo isso, bem aí – o velho não se contém.

– Claro – admite.

– Mas o problema é que Villares e Parreiras cometeram essa pintura mural aí da frente para substituir um deles, essa cena galante.

– O senhor acha galante essa atmosfera brumosa, essas árvores esquálidas, essas flores de cor viva neste canto, enfim, essa coisa nevoenta?

– Gosto daquele passarinho, de bico erguido, tão magrinho, solitário, naquele galhozinho ainda mais magrinho. Não sei, me diz algo, gosto.

– Não gosto mais desse tipo de arte – define a velha.

– Aqui, neste salão, o Zenóbio condecorou o Gregório com a Maria Quitéria – diz o velho.

– O negro bem que se lambuzou – cacareja a velha.

O Salão Mourisco, inspirado no Alhambra, usado pelos barões de Friburgo como sala de fumar e de jogos, exige outra parada atenta e entrecortada de comentários. É um exemplo de ecletismo estilístico e, de alguma forma, uma síntese da mestiçagem típica da cultura brasileira. As suas pequenas "musicistas árabes" e "a africana de bronze" apaixonam o velho.

– São instrumentos de corda? – pergunta o velho, examinando as musicistas com um estranho sorriso nos lábios.

– Não está vendo?

Aquela engrenagem do tempo congelado em solo tropical remetia a carruagens, vitrais, sagrado e profano, mitologias greco-romanas, gênios renascentistas traduzidos por epígonos desencarnados, aristocratas esquecidos, militares ressentidos e presidentes sufocados pelo calor, sentindo o cheiro do largo trazido pela brisa do mar.

– Só repito o que Góis Monteiro, o chefe militar e principal esteio do ditador, disse ao jornalista Lourival Coutinho – diz a velha, retomando a sua definição da Era Vargas. – Decorei tudo de tanto ódio: "Em maio de 1938, o presidente estava no auge do seu poderio. O DIP praticava sua arte com todo o esmero na propaganda e nas mistificações, sem conta, do governo. A censura só deixava publicar o que convinha a este. Dispondo o Sr. Getúlio Vargas de um poder absoluto, as generosidades e liberalidades para aqueles que o serviam bem, sobretudo os inimigos contritos, não tinham limites, em detrimento dos valores reais. Havia uma espécie de abulia ou de inconsciência. Os crimes praticados pelos serviçais, os pretorianos ou janízaros, se avolumavam. Para eles não havia punição. O adversário que não se submetia, cedo ou tarde teria o pescoço torcido. Os *nouveaux riches* pululavam, pois a fraude e a gatunagem excediam as expectativas, como também o crescente progresso nas demasias sociais, que culminavam com lucros e ganhos indevidos e devaneios orgíacos de que só desfrutavam os privilegiados, parentes, aderentes, sócios de parentes."

– Li isso em outro lugar – comentou o velho, tentando lembrar-se do significado da palavra janízaro. – De qualquer maneira, o Góis apoiou o Getúlio até o fim. Era um falastrão. Adorava dizer que fora o único general do Exército brasileiro a derrubar e a empossar o mesmo presidente. Nunca passou de um coadjuvante de luxo.

– Foi mais do que isso – disse a velha, observando com o cenho franzido, já no Salão dos Banquetes, o pequeno quadro de Parreiras. – Foi o pilar do regime.

– Vargas foi injustiçado – vociferou o ancião. – Atribuíram-lhe coisas que não podia saber. Em 1936, por exemplo, quando deportou a mulher do Prestes, ninguém no mundo sabia dos campos de concentração. É preciso lembrar que Getúlio venceu uma oligarquia e, com o voto secreto, acabou com o voto de cabresto, com os currais eleitorais e com a política do café-com-leite, a divisão do poder entre Minas Gerais e São Paulo. O Estado Novo foi uma circunstância na vida de um homem que sonhava com a liberdade para todos. Como disse um dia Osvaldo Aranha, a arrancada de outubro de 1930 era um enorme deserto de homens e de idéias. Vargas teve que semear em terra árida.

– Mais fácil lembrar de outra imagem – riu a velha. – O Brasil é uma estância da qual Getúlio é dono e o povo, o rebanho. Dutra foi, durante algum tempo, apenas um capataz. Quem disse isso foi o Maneco. Era assim que os Vargas pensavam e agiam. A boiada tinha de ser conduzida ao abatedouro.

– Eu vi isso, já disse, vi com os meus próprios olhos. Uma tarde, vi um homem ser mergulhado num tonel com a merda dos outros presos. Quando foi retirado, a bosta escorria-lhe pelos cabelos e banhava os seus lábios. Entre as tantas cenas brutais que me deram a ver, essa foi a mais cruel. Nem mesmo quando vi um homem receber um revólver com uma bala e a ordem de tentar a sua sorte, até que estourou os miolos, no segundo clique do gatilho, me impressionei tanto. Acho que nessa época, quando o sujeito teve de rebentar a própria cabeça, eu já estava mais escolado, insensível. Agora, aquele homem sendo içado e novamente afundado no tonel com merda ficou na minha cabeça por muito tempo. A merda entrava-lhe pelos cantos da boca e ele foi bebendo aquilo em gotas de horror e repugnância. Vomitava e lambia o próprio vômito misturado com a merda dos outros. Os torturadores riam. O fedor empestava tudo, mas ninguém parecia se importar. O banho se repetiu até que o homem apagou. Mais tarde, soube que aquilo era comum e já tinha até sido descrito em livros. Mas havia um detalhe que emprestava àquele momento de horror um toque muito especial: a mulher e as duas filhinhas, uma de 8, a outra de 12 anos, tinham sido "convidadas" para assistir ao espetáculo. Era uma variação original dos estupros acompanhados pelos maridos.

– Muito instrutivo. Mas não sei se o senhor aprendeu algo.

– Eu vi tudo: homens que serviam de cinzeiro e tinham o corpo coberto de marcas de cigarros e de charutos apagados lentamente; mulheres estupradas e judeus sem dinheiro espancados até a morte. Na época, falava-se em três lixões da morte: um em Duque de Caxias, outro em Dois Rios e um terceiro em Nova Iguaçu. Os corpos saíam das prisões em caminhonetes abarrotadas e eram queimados nos lixões. Em Santa Catarina, me contaram, existiu até um campo de concentração, só que nele foram trancafiados os alemães, depois que o Brasil ficou do lado dos aliados, que apoiavam Hitler

– Muita gente mereceu o destino que teve – disse a velha.

– Getúlio, com certeza, não sabia disso. A polícia de Filinto tinha um *slogan* criado pelo DIP: "Conosco, os suspeitos têm a palavra." O problema é que perdiam a língua. Depois que davam o serviço, tinham a língua e os testículos arrancados. Getúlio, obviamente, nunca soube disso. Hoje, posso jurar, de coração, que Getúlio não conhecia os horrores praticados pelos chacais que atuaram em nome dele antes e durante o Estado Novo.

– Como não? O Filinto, sempre ajudado pelo sobrinho, o Yvens de Araújo, queimou os arquivos quando deixou a chefatura da polícia, em 1942, antes de ser nomeado chefe de gabinete do ministro da Guerra. O deputado Café Filho, o mesmo que foi depois vice-presidente de Getúlio, pediu muitas vezes informações sobre o estado das coisas na "ilha maldita". O Vitorio Cannepa, amigo de Vargas, assumiu a direção da Casa de Correção, em 1937, e fez um relatório revelando a situação lamentável em que se encontravam os presidiários. Antes do Estado Novo, os jornais mostravam cenas de horror, como cinco presidiários açoitados com uma vara, o "camarão", sob os olhos dos demais companheiros, que espiavam pelas grades das celas. Um cão uivou e foi varado por uma bala. Uma banda tocava uma marcha para a ocasião. Vi isso, ainda recentemente, no livro de uma historiadora, Elizabeth Cancelli. Antes, Agildo Barata denunciara que na Casa de Correção os presos eram depositados para contrair tuberculose, o que aconteceu com o integralista Severo Fournier. Tudo se sabia. A tortura começou bem antes de 1937, bem antes do Estado Novo e da sua violência oficial. Tudo se sabia. Sobral Pinto cansou de mandar cartas ao ministro da Justiça e a Getúlio sobre o horror das prisões do regime, inclusive sobre a vida atroz de Berger e de Prestes em vãos de escadas. Sobrou até para ele: Sobral, o advogado carola, também amargou uma cadeia.

– O Getúlio não sabia de tudo. Certamente não sabia do que eu vi no Complexo da Rua Frei Caneca, não sabia de tudo o que se passava na Casa de Detenção, na Casa de

Correção, no Hospital Militar e no Manicômio Judiciário. Não sabia do que eu vi: unhas arrancadas com alicate, surras de chicote, alfinetes enfiados embaixo das unhas, gente morrendo de fome, duchas de mostarda na vagina das mulheres, praticadas muitas vezes pelo próprio marido preso, testículos queimados com maçaricos, dentes arrancados com tenazes, arames na uretra e nos ouvidos, tuberculosos cuspindo sangue sobre os demais, homens levados à loucura por causa da tortura psicológica, acordados no meio da noite com notícias falsas da morte dos filhos ou da prisão da esposa. Era muito comum a prática do suicídio assistido, chamado pelos carcereiros de "vôo da liberdade".

– Eu também vi tudo isso, meu caro, por outra razão. Vi como observadora, numa espécie de turismo pelos porões do Estado Novo. Foi um curso completo sobre a atuação da Delegacia Especial, principalmente da Polícia Especial, a mais preparada e bem equipada das forças repressivas de Vargas, e sobre o Serviço Secreto, o Serviço de Inteligência e de Informação, composto de cães humanos preparados para devorar inimigos ideológicos do regime. Pude ver tudo, inclusive o sofisticado e eficiente sistema de delações e a perseguição aos comunistas, considerados por Vargas, em discurso à nação, "forças do mal e do ódio que campearam sobre a nacionalidade, ensombreando o espírito amorável de nossa terra e de nossa gente", e aos judeus. Batista Luzardo, o primeiro chefe de polícia, trouxe técnicos americanos para formar a polícia de Vargas no combate aos inimigos vermelhos. O FBI ajudou até no controle dos estrangeiros. Os acordos de cooperação envolveram também a Itália, a Inglaterra e a Alemanha. O vínculo com a Gestapo determinou a deportação de Elisa Ewert. Filinto e o embaixador alemão Schmidt Elskop, em conversa no Rio de

Janeiro, acertaram o estreitamento dessa cooperação. O Brasil pôs o tenente-capitão Cláudio Alvarenga e o capitão da Marinha Henrique Penisch, na Embaixada de Berlim, como agentes de combate ao comunismo e de ligação entre as polícias brasileira e alemã.

– Como viu tudo isso? Por que guarda tudo isso na memória?

– Não posso esquecer. Sofri um choque para a vida. Eu desci aos infernos, por livre e espontânea vontade. Aprendi tudo, desde a Lei nº 38, de 4 de abril de 1935, que definiu os crimes contra a ordem política e social, até os decretos regulando a expulsão de estrangeiros, como o 298, de 27 de abril de 1938, tratando da expulsão de estrangeiros por crime de natureza política, sexual ou envolvimento com tóxicos. Aprendi tudo de cor, até o número de casos julgados pelo Tribunal de Segurança Nacional, 6.998 processos, 10 mil pessoas atingidas, 4.099 condenações, penas de uma multa até 27 anos de prisão, com direito a tortura ou morte. Aprendi tudo sobre a construção do homem novo e a essência da brasilidade. Aprendi tudo sobre a Circular secreta 1.127, de 7 de junho de 1937, que recusava visto em passaporte de judeus. Ou sobre a Circular 1.323, que proibia a concessão de visto temporário a estrangeiros de origem semítica, excetuados, pela Circular 1.328, judeus canadenses, franceses, ingleses e americanos. A Circular 1.498 cancelou os vistos temporários para israelitas e seus descendentes.

– E dizer que Osvaldo Aranha assinou todas essas portarias contra a entrada de judeus! – exclamou o velho. – Quando Cora Meyer mandou uma carta a Dona Luíza, mãe de Aranha, pedindo ajuda para salvar sua família das "garras dos alemães", o filho, sempre tão dependente, a ponto de consultar Dona Luíza antes de pedir demissão de ministério, saiu com um não taxativo, alegando que nossas leis eram rigorosas e não admitiam exceção.

– Justamente. O mesmo Aranha que depois virou a casaca e ajudou a criar o Estado de Israel. O Osvaldo que considerava o problema migratório essencialmente "racial" e chamava de míope quem não concordava com esse ponto de vista. O Osvaldo que se manifestou oficialmente contra a presença de japoneses, poloneses, judeus e até de alemães no Brasil. A Circular 1.498, assinada por ele, é de 6 de janeiro de 1941 e diz simplesmente que "ficam suspensas as concessões de vistos temporários e permanentes aos israelitas e seus descendentes". Esse é o Osvaldo, o mesmo que pediu demissão quando o Góis e o Dutra mandaram fechar a sua "democrática" Sociedade dos Amigos da América.

– E que não impediu a repressão aos judeus no Brasil. Li isso num belo livro: *O anti-semitismo na Era Vargas*.

– Claro que não impediu. Aprendi tudo sobre a repressão aos judeus na Praça Onze. Mas aprendi tudo também sobre a perseguição aos alemães e aos japoneses, depois da ruptura com o Eixo, sobre as novecentas escolas alemãs fechadas, os livros proibidos, as pessoas presas, em Porto Alegre, sem processo nem julgamento. Aquilo que não aprendi na época, aprendi depois. O Estado Novo queimou as bandeiras dos Estados da nação.

– O Brasil proibiu alguns livros que criticavam o nazismo. Acho que um se chamava *Anti-Hitler*, de um certo Herman Rausching... – admitiu o velho.

– E mais *Nazismo sem máscaras*, de Bauer Reis, e *Contra o hitlerismo*, de D. Magalhães. Proibiu para agradar a Embaixada da Alemanha. Até Osvaldo Aranha reclamava comedimento da imprensa nas críticas a Hitler. *Diretrizes*, de Wainer, e *A Pátria*, onde Lacerda escrevia, foram censurados por chamarem, entre outros, Goebbels de "agentes nazistas". Que mascarada!

– Por que não esqueceu?

– Como esquecer um país com o seu ditador disfarçado de cordeiro. Sabe o que disse, sobre o Tribunal de Segurança Nacional, o Ataulfo de Paiva, no discurso de posse de Vargas na Academia Brasileira de Letras? "Instituístes um Tribunal de Segurança, porque, é claro, crimes não podem ficar impunes. Onde, porém, o instalastes? Numa fortaleza? Num couraçado? Cercando-o da garantia do isolamento e da proteção das metralhadoras? Nada disso. Foi localizado numa escola de bairro residencial, bem à vista de freqüentadíssima passagem, por sinal, à sombra amena de formosos oitis e *ficus benjaminea* da linda Avenida Osvaldo Cruz, cujo nome evoca o saudoso patrício que também aqui se sentou."

– Como se lembra de tudo isso?

– Eu nem sabia o que eram os formosos oitis. Fui procurar. Hitler não teve, certamente, um orador tão canino e empolado ao seu dispor. Mudaram o estatuto da Academia para que Getúlio entrasse. O João Neves foi o grande articulador. O Felinto de Almeida, pai daquela artista Margarida, cujas audições musicais Getúlio ouviu tantas vezes, esboçou uma reação. Depois, votou em Vargas. Apenas cinco abstiveram-se. O DIP ainda divulgou que tinha sido por aclamação, ou com só um voto em branco. Getúlio entrou na vaga de Alcântara Machado, membro do Senado extinto pelo golpe de 1937. Tomou posse dois anos depois, quando lhe foi conveniente, para desviar a atenção de um manifesto, publicado por mineiros ilustres, entre os quais Arthur Bernardes, Afonso Pena Júnior, Virgílio de Melo Franco, Adauto Lúcio Cardoso, Afonso Arinos de Melo Franco, Bilac Pinto,

Mílton Campos e Dario de Almeida Magalhães, se bem me lembro, contra o Estado Novo. A maioria foi demitida dos cargos públicos exercidos. E até mesmo de empresas privadas. Virgílio tinha sido o secretário de Osvaldo Aranha no processo revolucionário de 1930. Foi assim que Getúlio ocupou a cadeira cujo patrono é Tomás Antônio Gonzaga, um mártir da Inconfidência Mineira, um herói da luta pela liberdade.

– Lembro-me de que Ataulfo citou Raul Pompéia no seu discurso.

– Sim, falou de uma história que lhe contara Ernâni do Amaral Peixoto. Diante da casa do suicida Pompéia, Getúlio teria ficado ensimesmado. Dizia assim, num palavreado horroroso: "Revistes a passagem pelo mundo, fugaz e dolorosa, de um extraordinário engenho, cérebro de fogo que se queimou a si mesmo, que só pôde achar descanso pingando com uma bala de revólver o ponto final de uma existência atormentada."

– Houve resistência de parte de alguns imortais.

– Foram comprados, subornados, amordaçados. Lourival Fontes e Luiz Vergara juntaram os discursos de Vargas, escritos por eles mesmos, num *Mein Kampf* brasileiro, *A nova política do Brasil*, e o transformaram em gênio literário. Dizem que Alcântara Machado, como não morria ninguém, chegou a declarar: "Se não há vaga que permita a entrada de tão ínclito brasileiro para as nossas hostes, cumpre que um dos nossos imortais deixe registrado seu nome na história suicidando-se, e eu estou pronto para isso..."

– Como não esqueceu?

– É a minha vida. Aprendi demais sobre o humor brasileiro. Nada mais significativo do que o DIP ter funcionado na Rua da Misericórdia. A tortura, meu caro, foi a marca de todos os governos de Vargas. Até no último, democrático, militares descontentes foram presos e torturados.

– Muitos escritores ajudaram a revelar essa ignomínia. Graciliano Ramos foi um deles – emocionou-se o velho. – No Congresso dos Escritores, em 1945, pediu-se a volta da democracia. José Américo, também escritor consagrado, foi decisivo com a sua entrevista ao *Correio da Manhã*. Mas Graciliano acabou revelando a essência do Estado Novo.

– Ah, o Graça, tão digno, tão cheio de princípios, tão cheio de si. Foi lamber as botas do ditador e agradecer pela nomeação para um pequeno cargo federal. Está escrito no livro da Alzirinha, *Getúlio Vargas, meu pai*. Ainda presenteou a filha do ditador com livros com dedicatória. Era, talvez, por isso, ou também por isso, que Getúlio achava possível comprar todos os homens com um cargo.

– Getúlio podia ser cruel nesse sentido. – O velho meio despertou das suas lembranças mais dantescas. – Em 1950, o PSD, criado por Getúlio, lançou como candidato à presidência da República Cristiano Machado, de Minas Gerais. Getúlio concorreu pelo PTB e ficou com os votos. Criou-se o verbo "cristianizar". Getúlio cristianizou o pobre. Depois, em compensação, deu-lhe o cargo de embaixador do Brasil no Vaticano. Um senhor achado!

– Achados de um homem acostumado a dispor da vida dos outros como bem entendia e que, quando as coisas fediam, afirmava não saber de nada. Só a "polaca" ele sabia de cor.

– Foi a própria Alzira quem mostrou que a "polaca" tinha coisas boas, como o artigo 159, que impedia a acumulação de cargos públicos em qualquer esfera, e o 177, que permitia ao presidente reformar civis ou militares se fosse conveniente para o poder público. Embora isso pudesse ser uma faca de dois gumes, teve efeito moralizador e foi bem usado por Vargas. Apesar disso, em 1945, muita gente entrou na Justiça para reaver os seus privilégios.

– Sem dúvida – debochou a velha –, uma bela e equilibrada maneira de acabar com cabides de emprego ao preço de uma longa e brutal ditadura, com uma Constituição perfeita para o exercício do poder total pelo César de São Borja. Getúlio foi um mestre das cartas de última hora. Para a Constituinte que elaborou a Carta aprovada em 1934, inventou a "representação classista" e transformou em eleitores um bando de sindicalistas pelegos, trazidos para o Rio de Janeiro com tudo pago, numa verdadeira excursão ao paraíso. Passou, facilmente, de revolucionário sem vontade de largar o poder a presidente constitucional, numa manobra de fazer inveja a qualquer bruxo da política mundial.

– A senhora exagera. Getúlio não era tão maquiavélico assim. Isso não passa de uma lenda espalhada por dementes como o Affonso Henriques ou o David Nasser, este a serviço do Chateaubriand e do sensacionalismo tão em voga, que Samuel Wainer considerava uma vergonha para o jornalismo brasileiro. Nasser chegou a escrever um livro apócrifo e mentiroso, *Fui guarda-costas de Getúlio Vargas*.

– Ah, exagero, é? Em 1954, depois de inventar um novo líder de massas, Jango, que Lacerda chamava, na *Tribuna da Imprensa*, de "Joãozinho boa-pinta, bailarino de cabaré" ou, nos bares, de "perna dura, pau e bunda moles", arranjou uma maneira de torná-lo uma carta para o futuro. Jango incendiou o Brasil com a história do aumento do salário mínimo em 100%. Tinha meio Brasil contra ele. Getúlio chamou o coronel Amaury Kruel, militar da sua inteira confiança, e pediu-lhe que produzisse um abaixo-assinado contra Jango em função do despropósito da sua proposta de aumento do mínimo. Em três ou quatro dias, Kruel arranjou oitenta assinaturas e lançou o "Manifesto dos Coronéis". Dois dias depois, Getúlio demitiu Jango. Estava feito o herói. Estava construída a figura do líder de massas execrado pelas elites. Essa manobra valeu a Jango a vice-presidência do Brasil alguns anos depois e, por causa da renúncia de Jânio Quadros, a presidência da República.

– Absurdo isso – reclamou o velho, voltando às cigarrilhas.

– Não se pode fumar aqui. Absurdo? Quem revelou isso foi um getulista de quatro costados, um dos homens de ligação de Getúlio com Perón, o jornalista Rubens Vidal Araújo.

– Não sei se isso foi tão assim mesmo ou, em caso afirmativo, se foi um golpe genial. Em 1º de maio de 1954, Getúlio aumentou o salário mínimo para 2.400 cruzeiros e assinou a sua sentença de morte. Dali em diante, a oposição não mais o deixou em paz. Os insultos de Lacerda contra Jango nunca me impressionaram. Em 1945, o mesmo Lacerda publicou a sua obra-prima, *O Rato Fiúza*, um panfleto contra o candidato do Partido Comunista à presidência da República. Para mim, ali está o Lacerda inteiro.

– Sei, o próprio Vidal fala que uma revista norte-americana, *Current History*, publicou que dificilmente Vargas se manteria no poder até o final do seu mandato. O *New York Times* pensava a mesma coisa. Tinham razão, a situação era calamitosa, e Vargas, velho e gagá, tinha perdido o comando. O Lacerda chegou a escrever que o verdadeiro presidente era o negro Gregório Fortunato.

– A camarilha – o velho tossiu – já estava agindo. Tinha chegado a nossa vez de pagar a conta. O Bundy andava mexendo os seus pauzinhos.

23

Bejo Vargas estava confortavelmente instalado numa mesa da boate Beguin. Jango fazia-lhe companhia. Amato examinou as duas figuras com carinho. Falavam e riam com uma naturalidade que os tornava ainda mais carismáticos e fascinantes. Bejo vestia um terno cinza. Jango, um casaco azul-claro e camisa branca. Pareceu-lhe ainda mais jovem e irreverente. Emanava dele uma simpatia natural e contagiante. Lembrava um fazendeiro em férias, sempre com um gesto arrebatado, uma fala engraçada, um jeitão de caipira. Tudo isso disfarçava uma timidez entranhada na sua alma de gaúcho da fronteira, gente que nunca elimina definitivamente o lado reservado de suas personalidades contraditórias.

Bebiam uísque. Esperavam a apresentação de Dolores Duran. Falavam de mulher. Passou Virgínia Lane com alguns homens. Bejo explicava o seu novo interesse pelas louras e jovens. Jango rebatia com a defesa de uma filosofia ainda em construção, o "mulherenguismo democrático" ou gosto por todos os tipos de mulher, desde que existisse beleza. Bejo alegava que as louras têm bocetas mais úmidas, alagadas. Jango retrucava que as morenas têm xoxotas quentes, apertadas. Preparavam-se para uma noite longa e quente. Chegaram a falar no Grande Prêmio Brasil – Jango desconfiava das boas chances de El Aragonês – e do

"Crime dos Cadillacs". Bejo jurava que a polícia estava enterrada no caso, bem mais do que sabiam e diziam os jornais.

– Não volto para casa sem comer alguém – disse Bejo.

– Desde que não seja eu – brincou Jango.

– Nem eu – defendeu-se Amato.

– Homem eu capo – sentenciou Bejo.

– Mulher é o que não falta aqui, Bejo.

– O problema, Jango, é que eu já comi todas essas aí.

– Por que não capa o Lacerda? – provocou Jango.

– Bem que eu gostaria de capar aquele corno. Capar e atirar o troço para os cachorros.

– Eu já saí de revólver para dar um tiro nos cornos desse filho-da-puta – confessou Jango. – O Getúlio me convenceu a ter calma. Teria sido uma bala bem gasta.

– Você ia mesmo matar o Corvo?

– Matar e depenar, Amato. Ele deve a sua vida ao Getúlio. Por mim, ele já estava enterradinho da silva.

– Sabe o que eu acho? – Bejo riu. – O Lacerda é veado, é fresco, é pederasta. Já viram o jeito dele caminhar? Aquilo é coisa de veado, no duro. Essa mania de andar sempre cercado de milicos é coisa de fresco.

– Veado! – exclamou Amato.

– Veado, sim – falou Bejo. – Acho que ele gosta de esconder um caniço, de sentar numa lingüiça, de aconchegar um cabo de relho. Esse é o problema dele.

– Não duvido – considerou Jango. – Nunca vi um macho se impressionar tanto com as putarias dos outros homens.

– Esse ainda acaba no IML – sentenciou Bejo.

– Não me espantaria se isso acontecesse. Lacerda tem vocação para ser guardado em necrotério.

– O que Lacerda disse de ti, Jango, é coisa de veado – repetiu Bejo.

– Desculpe perguntar, Jango, mas é verdade que você comeu uma atriz no meio de uma praça?

– Foi a Linda Batista, Amato – surpreendeu-se Bejo.

– A cantora?

– Claro, Amato, a cantora – atropelou Bejo. – Quem mais seria?

– Ué! – exclamou Jango. – O Bejo não comeu a filha do Mussolini na areia de Copacabana? Por que eu não poderia me divertir um pouco numa praça de São Borja, ainda mais com uma potranca daquelas? Prestei até um serviço à comunidade.

– O banco da praça não era meio incômodo? – provocou Bejo.

– Não. A Linda era magrinha e cavalgava bem.

– Moça de boa família, claro, treinada na equitação, freqüentadora do Jockey Club.

– Ora, Bejo, tem muita carioca que sabe montar, ainda mais numa noite de luar, sem pertencer à elite.

– Safado – gritou Bejo, batendo-lhe nas costas e pedindo mais uísque.

– Não era dia claro?

– Isso, Amato, já é má literatura da *Tribuna da Imprensa* – impacientou-se Jango.

– O Lacerda gostou dessa história – disse Amato.

– Ninguém sabia de nada lá em São Borja – murmurou Jango.

– Mas o Alvimar Cabelera, da UDN local, contou tudo aos repórteres do Lacerda – insistiu Amato.

– O resto foi inventado – indignou-se Jango.

– Inclusive aquela história de que você foi encontrar uma mulher casada em Santo Tomé e, quando o marido dela chegou, teve de ser enrolado num tapete persa e transportado assim de volta para São Borja?

– Amato – disse Bejo, segurando-lhe com leveza o pulso direito –, você nunca passou por essas situações normais da juventude?

– Não pergunto por mal. Acho fantástico. Só isso.

– Acho que o tapete não era persa – precisou Jango, antes de mergulhar num silêncio revelador de boas lembranças.

– Aquela história de que você esquecera uma mala com cinco milhões de cruzeiros embaixo de uma cama de hotel, em São Gabriel, e foi para uma festa em Santa Maria, tendo se lembrado do dinheiro quando foi para a cama com uma moça e voltado a tempo de recuperá-la, é lenda, não?

– Lenda, não, Amato, propaganda do DIP – interrompeu Bejo.

– Foi em Rosário – corrigiu Jango.

– Você dirigiu de ceroulas para retomar a *plata*, não é?

– Claro que não, Amato. Como entortam as coisas. Não foi nada disso. Eu ainda estava dançando com a moça. Mas tive de arrancar um sujeito só de cuecas de cima da minha mala, o novo hóspede do quarto.

Amato estava boquiaberto com a simplicidade do outro. Jango exercia sobre ele um magnetismo absoluto. Algo que vinha da sua energia tranqüila e da sua absoluta empatia com tudo. Mesmo sentindo-se inoportuno, não conseguia parar de perguntar. Queria conferir mil anedotas, aproveitar que o predileto de Vargas estava numa noite descontraída, certamente tentando esquecer os problemas, evitando falar dos dilemas do seu PTB, transformando tudo em piada, defendendo-se da realidade com risadas cristalinas ou brejeiras.

– É verdade que você já passou duas semanas dentro de um cabaré, sem pôr o pé na rua, atracado com duas mulheres diferentes por dia, em turnos, uma para a noite, outra para o dia?

 – Claro que não. Foi o Bejo.

– Eu não. Sofro de claustrofobia. Boceta é lugar muito escuro para ficar tanto tempo sem tomar ar. É contigo, Jango.

– Isso é absurdo. Primeiro, porque nunca encontrei um bordel com tanta diversidade assim, capaz de fornecer quatorze mulheres do meu gosto em duas semanas. Segundo, porque nunca passei mais de oito dias num cabaré.

– Seu mentiroso, seu pachola – divertiu-se Bejo.

– De jeito nenhum, Bejo. Só digo a verdade.

– Você comeria até a Evita, se ela não tivesse morrido tão cedo. Já imaginaram o Perón com um par de chifres?

– Não fala isso, Bejo.

– Está certo. Vamos cuidar dos vivos, melhor, das vivarachas, como diz o velho Flores.

– Esse sim, pelo que me contam, era putanheiro e calavera – exclamou Jango.

– Putanheiro, calavera e louco – acrescentou Bejo. – Quanta maldade o Osvaldo fez com ele. Mandava livros em inglês para o Flores ler na prisão. O Flores não entendia uma palavra.

– Agora ele está bem, o coitado.

– Coitado, Jango? O Osvaldo ajeitou a vida dele. Antes de fazer essa tal reforma econômica de agora, deu umas informaçõezinhas de cocheira para ele. O Flores comprou dólares, com dinheiro emprestado, acho que até do Banco do Brasil, ou de amigos, e encheu as cartucheiras, saldando as dívidas que havia contraído, como gostava de dizer, por "causa dos cavalos mancos e das mulheres ligeiras".

– Dizem que Osvaldo Aranha também comprou o seu quinhão – cutucou Amato.

– Não ponho as mãos no fogo por ninguém – disse Bejo –, a não ser pelo Getúlio. Nem pela Evita.

– Nem pelos "anjos do lodo" – provocou Jango.

– Nem pela Evita, caralho!

Jango silenciou. Evita Perón era um nome intocável. Sua morte, em 1952, fora um choque inesquecível. Admirava Perón, quase tanto quanto admirava Getúlio, e não brincava com o que era importante para ele. Amato imaginou que Bejo não pusesse as mãos no fogo por Osvaldo Aranha por conhecê-lo bem ou por se lembrar do relatório de Lawrence Mitchell, adido militar dos Estados Unidos no Brasil, que, em 1938, havia caracterizado Osvaldo como "esperto, prático e direto em seus métodos", depois de afirmar que o alegretense havia ganhado muito dinheiro em sete anos, seja na administração gaúcha ou como ministro da Fazenda. Mitchell não tinha papas na língua e assegurava que o bom latino e orgulhoso Aranha não dispensava oportunidades públicas de obter lucro pessoal. A informação vazou e só não criou um incidente diplomático porque Osvaldo Aranha, corrupto ou não, era o melhor aliado dos americanos num governo brasileiro apinhado de fascistas ou de não menos corruptos.

Dolores Duran ainda não tinha começado a cantar, quando Bejo, de repente, como que enfarado de tudo, franziu a testa e voltou a falar de Lacerda. Prometeu entregar a Wainer um dossiê feito no tempo do DIP sobre as traições e vilanias do Corvo. Ia provar que o outro era um hipócrita, um falso moralista, um vendido e tudo o mais. Jango fez um gesto com a mão esquerda, como se quisesse afastar os maus fluidos. Bejo insistiu, bebeu mais e ficou, subitamente, com os olhos turvos, enterrado numa melancolia evidente e inesperada.

– Precisamos salvar o mandato do Getúlio – disse. – Tem muita gente querendo que ele não vá até o fim. Muito general.

– Lembra da história que o próprio Getúlio contou para o Vidal, sobre os generais que não queriam a sua posse depois da eleição de 1950?

– Aquela do Estillac?

– Não, não.

– Ah, aquela dos milicos brigando pelo Ministério da Guerra.

– Aquela, Bejo, do jornalista, no Itu, que falou para o Getúlio: "Tem seis generais que não querem a sua volta." Sabe o que o Getúlio respondeu?

– Está certo, sei, era essa que eu ia falar agora. Acho até que o Arinos e o Roberto Alves estavam por perto. Ou o Arinos e o Gregório, que eram unha e carne. Enfim, um deles estava por perto. Getúlio disse: "Em compensação, existem doze coronéis que querem ser generais."

– Aí o sujeito perguntou o que os generais fariam no dia da posse do Getúlio. Qual foi a resposta?

– "Continência, claro."

– Então, Bejo?

– O quê?

– Então vamos falar de xoxota.

– Não é a mesma coisa!

– Ah, com certeza não é.

Bejo recaiu na sua melancolia. Ficou chupando o uísque como se tomasse uma limonada. Paulo Amato concluiu que era melhor ficar quieto. Enfiou as mãos nos bolsos do seu casaco verde e pensou no que viria em seguida. Tinha recebido uma cópia detalhada do plano de operações. Havia sido aconselhado a decorá-lo e a incinerá-lo. Quando Vargas renunciar, "a ditadura terá como chefes, inicialmente o vice-presidente em exercício ou os presidentes da Câmara, Senado ou Supremo Tribunal; o brigadeiro Eduardo Gomes e os generais Juarez e Cordeiro de Farias. Posteriormente, o general Juarez, com participação eventual de Cordeiro e talvez Eduardo Gomes (pouco provável)". O documento previa uma terceira fase tendo Juarez Távora como único chefe. A ação estava em marcha.

Constava de várias etapas e mecanismos em duas esferas: militar e civil. A operação militar tinha começado com o incentivo à organização da Cruzada Democrática, com o objetivo de dominar o Clube Militar, a Escola Superior de Guerra, o Estado-Maior das Forças Armadas, o Estado-Maior do Exército e o Ministério da Guerra. Até aí, a coisa tinha funcionado bem. A Cruzada mostrou-se eficiente nas mãos dos generais Cordeiro de Farias, Castelo Branco, Coelho dos Reis e dos coronéis Geisel e Mamede. Os milicos conseguiram derrubar Estillac Leal e, com o Manifesto dos Coronéis, o general Ciro Cardoso do Ministério da Guerra. Mas Vargas dera-lhes um tranco escolhendo Zenóbio como substituto, alijando Mascarenhas de Moraes e jogando Cleofas contra Cordeiro de Farias nas eleições de Pernambuco.

– Em que está pensando, Amato?

– Nada, não, Jango.

Vargas perde uma e ganha outra, diziam os analistas da Operação. Ficara sem São Paulo e o Clube Militar, recuperado pela direita, em 1952, por meio dos generais Alcides Etchegoyen e Nelson de Melo, depois Canrobert Pereira da Costa. Etchegoyen havia sido saudado pelo *New York Times* como líder de um grupo disposto a colaborar militar e economicamente com os Estados Unidos, "em defesa do Hemisfério Ocidental", junto com Góis Monteiro, Eduardo Gomes e outros oficiais progressistas. Estillac tinha sido rotulado de nacionalista com mania de conspiração, um paranóico que achava realmente que os estrangeiros pretendiam roubar o patrimônio brasileiro. Amato pensou que o Brasil era um país de ficção, a todo instante falava-se em novo Plano Cohen, em maquiavelismo de Vargas, em patriotismo dos militares verdadeiramente comprometidos com a nação. Alguns, mesmo entre os militares opositores de Vargas, envolvidos na conspiração, sonhavam com uma república tipo peronista. Haveria surpresas. Getúlio já era um fantasma de si mesmo, embora não o soubesse. Em breve, teria de voltar para o exílio em Itu. Aí tudo se esclareceria.

Mas Vargas, segundo os articuladores do golpe, ainda controlava o processo eleitoral no Rio Grande do Sul e no Rio de Janeiro, com um primo no Palácio Piratini e um genro no Ingá. A avaliação do papel da Cruzada é boa e o financiamento será aumentado. O Sesi promete dobrar a sua contribuição, passando a 200 mil cruzeiros mensais. Se Zenóbio é um entrave no Ministério da Guerra, Fiúza de Castro é um trunfo no Estado-Maior do Exército. Com aquela cara de estúpido, com aquele ar de néscio, Amato sorriu, com aquela lentidão de raciocínio, o Fiúza era um traidor eficiente. No jogo da infiltração, o esquema mostrava-se perfeitamente azeitado. Havia traidores por todos os lados e por todas as razões. O Corno vazava informações de medo dos comunistas encastelados no governo. Temia que Vargas se perdesse à esquerda. Pobre Corno, devia ter outras razões para cuspir no prato. Tudo seria jogado no controle da opinião pública. Aí, a chave era Carlos Lacerda. O importante era mover cada peça matematicamente: um lance militar, um lance civil, avançar uma casa com a Cruzada e outra com o Lacerda.

O relatório sobre a situação das Forças Armadas não deixava dúvidas: "O Exército é o elemento vital e a força real, pois as demais forças não têm valor material nem 'moral', nada significando para o conjunto. São subsidiárias e caudatárias. A Marinha é pequena e quase inexpressiva, sem repercussão no seio do povo, que dela tem apenas ligeiro conhecimento, embora se lhe reconheça algum valor tradicional." Amato orgulhava-se da sua memória. A Aeronáutica, completou, não passava de uma esquadrilha de opereta. A FAB era considerada de "valor nulo", servindo apenas de claque de Marlene na guerra contra Emilinha Borba pelo título de Rainha do Rádio. Mas isso já era um caco a pôr na sua conta. A preocupação maior, disseram-lhe, é com a capacidade real de Juarez para comandar o país. Acham que talvez não passe de um revolucionário de microfone, tendo sido na Coluna Prestes um "saco B". Acreditam que ele sabe "criar e organizar situações, convencer e conduzir pela oratória, mas não comandar uma ação efetiva. Se tudo correr bem, Juarez congelará Eduardo Gomes no Ministério da Aeronáutica e bem orientado dará as cartas interinamente".

O momento era de implementação da Operação Corvo. Lacerda terá de ser cada vez mais incisivo, histérico e violento. Por um lado, deve-se apertar o torniquete das forças da traição, da guerra de nervos e da mentira organizada. É decisivo atolar Zenóbio em contradições que lhe enfraqueçam a credibilidade. Por outro lado, Lacerda deve empurrar Getúlio para a renúncia. A opinião pública cederá. Caberá, essa era a ordem mais brutal, ajudar na produção do fato crucial. A peça Lacerda tornava-se realmente a chave de tudo. Nenhuma organização de luta podia ser desprezada. A hora era de fornecer instrumentos à "Banda de Música" e pilhas ao "Clube da Lanterna". Amato rememorou a ordem essencial: a Cruzada Democrática e a *Tribuna da Imprensa* precisam estar convencidas de que o poder só será tomado "mediante um golpe branco à base de traição e guerra de nervos, unicamente". Supunha-se, portanto, jogar a carta Lacerda. Contra ou a favor dele. Só havia uma coisa a fazer: dar-lhe munição, verdadeira ou falsa, contra a família Vargas.

Jango perguntou a um garçom a que horas começava a apresentação. A boate estava cheia. Uma atmosfera de sensualidade já impregnava o ambiente. Amato ainda pensava numa frase de Vargas, durante a campanha eleitoral de 1950, "os que me apontam como um perigo às instituições são dignos de pena", quando Bejo secou o copo e disse, com voz macia:

– Não vamos falar de xoxota, não. Vamos comer algumas xoxotas.

A voz de Dolores Duran encheu a sala. Bejo levantou-se e atravessou o salão. Sentou-se ao lado de uma mulher loura. Jango colocou os braços sobre a mesa e, por um segundo, aconchegou a cabeça. Quando a ergueu, Amato pensou ver uma lágrima no seu olho direito. João Goulart olhava o futuro. Talvez pensasse em Evita, talvez pensasse em Perón, talvez pensasse em Getúlio dizendo, sob as árvores da estância: "Levai-me convosco." Amato deixou-se impregnar pela música. Em poucos dias, pensou, todos entrariam numa nova etapa da vida. A aranha estava acabando de tecer a sua teia. Pouco mais de uma hora depois, estava fazendo o que mais gostava: bolinando uma garota no seu colo. Mas já não se encontrava mais no Hotel Glória. Preferia meninas mais simples e diretas, como Leneide.

– O que você quer, benzinho?

– Tudo. Tudinho.

– Serviço completo é mais caro.

– Está bem. Hoje eu só quero o teu cuzinho.

– Ui, paizinho. Vai doer.

– Por quê, amorzinho?

– Você sabe muito bem. Não se faça de bobo.

– Quero que você diga.

– Não posso.

– Por quê?

– Tenho vergonha.

– Eu tapo os ouvidos, minha donzelinha.

– Tapa mesmo?

– Tapo.

– Vai doer por causa desse tronco que você vai enfiar em mim.

– Acha mesmo?

– Ai.

– Ainda nem comecei.

– Não?

– Não.

– Ai.

24

Quando Lutero chegou ao Hotel Glória, Amato já andava praticando o seu esporte predileto. Jango continuava no mesmo lugar. Apenas mais bêbado. Lutero tentou comparar Dolores Duran e Elisete Cardoso, que vira na Vogue. Mas também estava muito bêbado e somente enrolou algumas palavras, algo como "é crime machucar assim". Sentou-se e ficou imóvel, aparvalhado. Parecia muito próximo de um estado de catalepsia. Balançou o corpo umas duas vezes, e Jango temeu que ele fosse emborcar sobre a mesa, derrubando copos e garrafas. Depois de algum tempo, com certo esforço, mascou algumas palavras:

– Isto aqui está fervendo.

– Já esteve melhor.

– Pode ser.

– Estou dizendo.

– Por que o Lacerda me chama de pediatra? Nunca fui pediatra.

– É só para te provocar – disse Jango, baixinho, espantado com a abrupta mudança de assunto.

– Eu não tenho culpa de nada. Não sou culpado de nada, Jango.

– Eu sei, Lutero, eu sei.

– A vida nem sempre foi boa comigo, Jango.

– Eu sei, Lutero, eu sei. Tu nunca vais esquecer, não é?

– Não.

Tinha diante de si o filho do presidente. Quando Lutero deprimia, Jango sentia-se desconfortável. Afinal, quem era o herdeiro de Getúlio? Lutero? Não. Era ele, Jango. Getúlio pensou em lançá-lo ao governo do Rio Grande do Sul quando ele tinha apenas 32 anos. Só não o fez porque a legislação não permitia. Mas, com certeza, Getúlio preparava-o para ser, um dia, presidente da República. A conjuntura obrigava a pensar num candidato imediato, e Juscelino era um nome adequado. Mas Jango continuava sendo o predileto de Vargas. Lutero era um homem massacrado pelas suas dores e ressentimentos. Nem mesmo a expressiva votação para deputado, em 1950, o arrancara da mágoa em que vivia.

Homem sensível, que gostava de acrobacias aéreas e de fugas noturnas, tinha vivido na França, na Alemanha e nos Estados Unidos. Participara, como médico, da atuação brasileira na Segunda Guerra Mundial. Mas era, no fundo, um frágil. Vivia de pequenas lembranças: a participação na resistência aos paulistas, em 1932, o convívio com o pintor Cândido Portinari, à época a serviço do DIP, pintando painéis para o Ministério da Educação e o retrato de Getúlio; o encontro com Di Cavalcanti, em Paris, onde fora aprender desenho e pintura com o objetivo de especializar-se em cirurgia plástica; a experiência como oficial de gabinete de Gustavo Capanema; o aprendizado de cirurgia na clínica de

Pedro Ernesto; os encontros com Mussolini e Roosevelt. A esquerda o acusava, ainda nos anos 1940, de ter ido para Berlim servir de ligação entre Getúlio e Hitler. Ele sofria por isso.

Havia, contudo, enviado cartas ao pai, impregnadas de um certo entusiasmo com o que vira na Alemanha, especialmente sobre as organizações esportivas. Depois que o Brasil declarou *persona non grata* o embaixador alemão Karl Ritter, Lutero escreveu ao pai para acusar Muniz Aragão, embaixador brasileiro em Berlim até 27 de outubro de 1938, de fazer negócios com "marcos judeus", de participar da "trama judaica" que criticava e de entregar o conteúdo das relações comerciais do governo brasileiro a um comerciante alemão, um sócio de Olavo Aranha, um parente de Osvaldo. Lutero era facilmente impressionável e ficou tonto com os discursos do *Führer* e com suas estratégias para obrigar o povo a ouvi-lo, mas aprendeu que a política se joga na ambigüidade. As relações entre Rio de Janeiro e Berlim ficaram tensas a partir de 1938, mas parte do *staff* de Getúlio continuou por vários anos ainda a manifestar simpatia por Hitler.

O DIP explorou a sua passagem pela Alemanha quase como uma confissão de adesão de Getúlio ao nazi-fascismo. Publicou um retrato seu ao lado de um soldado alemão. Divulgou a sua visita a Benito Mussolini, que lhe fez a saudação fascista e se derramou em elogios a Getúlio. O embaixador Leão Velloso escreveu a Vargas para informá-lo da conversa de Lutero com Mussolini: "Tive o prazer de acompanhá-lo em sua visita ao Chefe deste Governo e de ouvir nessa ocasião, conforme ele lhe repetirá, palavras muito lisonjeiras com referência a V. Exa." Aproveitou para avisar que a Itália estava prestes a entrar em guerra ao lado da Alemanha. O rei e o papa já se encontravam a reboque de Benito Mussolini.

Até o encontro de Lutero com Bruno, o filho do *Duce*, na Ilha do Sal, no arquipélago do Cabo Verde, foi transformado, dependendo do ponto de vista, em comemoração ou em denúncia. Isso tudo ia e vinha na cabeça do filho do presidente. Volta e meia, Lutero queixava-se de que Getúlio não acreditara que Roosevelt fosse recebê-lo quando viajara para os Estados Unidos. Era uma das suas dores maiores. Depois de meia garrafa, a visita ao presidente norte-americano voltava como uma cicatriz avivada pela chuva.

– Por que meu pai achou que Roosevelt não ia me receber? – perguntava aos amigos.

– Porque era o presidente de uma potência e, certamente, tinha uma agenda maluca e falta de tempo para receber os filhos dos presidentes de países amigos – ouvia como resposta.

– Eu perguntei ao meu pai se ele tinha alguma mensagem para Roosevelt.

– Tinha?

– Acho que ele só falou aquilo para eu parar de chateá-lo: "Se ele te receber, pergunta pelos armamentos de que o Brasil tanto necessita para defender-se."

Aí o rosto de Lutero iluminava-se, assim como quando se lembrava da primeira imagem que guardava do pai, num passeio a cavalo para tomar posse da estância Santos Reis. Getúlio com o filho Lutero, de 4 anos de idade, no colo, cavalgando ao lado do velho Manuel do Nascimento Vargas e do irmão Protásio. Sobre o encontro com Roosevelt, o fulgor na face de Lutero era quase o mesmo que se acendia nos seus olhos quando abria o álbum da memória para rever a sua imagem mais telúrica. Os seus olhos turvados pela melancolia enchiam-se de um brilho intenso e fugaz. Ele passava de um mundo a outro. Vibrava como se, de repente, toda a sua vida fizesse, enfim, sentido. Tornava-se o intermediário de Getúlio Vargas com Franklin Delano Roosevelt. Sua alegria era a de um menino encantado com os seus brinquedos novos quando contava que o grande Roosevelt o tinha recebido "como um velho amigo".

– Como um velho amigo, sabe? Um velho amigo. Perguntou a minha profissão, a minha especialidade, indicou-me vários centros médicos para visitar. Perguntou pela saúde de meu pai. Quis saber como andava o Brasil. Como um velho amigo. Foi assim que ele me recebeu.

Então vinha o momento especial, o ápice da conversa, o *happy end* para o qual tudo convergia, a resposta afável e desconcertante de Roosevelt à mensagem de Getúlio Vargas:

– Meu filho, diga ao seu pai que eu não sou Jesus Cristo com o poder de multiplicar os pães, porém estou atento e não esqueço e assim que os tiver os remeterei.

Não dava para saber se Lutero orgulhava-se mais da promessa de Roosevelt ou da pequena reprimenda em Getúlio. Quando o ouvinte imaginava ter chegado ao fim o seu pequeno épico com o homem que reerguera os Estados Unidos, Lutero despejava a última fagulha:

– Como um velho amigo, sabe? Um velho amigo. Quando o general Watson entrou para acompanhar a mim e ao embaixador Carlos Martins até a saída, Roosevelt falou: "Espera um pouco mais, Watson, enquanto falo com o filho do meu amigo Vargas."

Assim era Lutero: um homem simples que podia passar horas lembrando-se de que ajudara Portinari, indicando-lhe a cor da tez de Getúlio Vargas, ou que freqüentara os saraus de Carmem Saint-Exupéry. Enfurecia-se ao recordar que o DIP nada havia noticiado quando dera conferência na Academia de Medicina de Nova York ou recebera o diploma de membro do American College of Surgeons, que considerava o ponto alto da carreira de qualquer cirurgião. Havia chegado a Berlim, onde estudou escultura e estagiou em clínicas de cirurgia ortopédica, um dia antes das comemorações do aniversário do *Führer*, mas jurava ter sido um acaso.

Lutero era fiel às suas poucas e singelas memórias. A experiência na Itália, como segundo-tenente médico da FAB, fazia parte dos seus bons serviços prestados ao Brasil e a si mesmo. Como o menino que nunca deixara de ser, porém, lembrava-se com entusiasmo de um vôo que fizera ao final do conflito de Salt Lake City a Washington, de Oeste a Leste, enfatizava, no nariz de um avião de bombardeio. Anos mais tarde, escreveria tudo isso nas suas memórias dilaceradas. Suportava mal as críticas, odiava Carlos Lacerda com todas as suas forças e bebia ainda mais para sufocar a impotência diante do inimigo. Os porres não conseguiam aplacar a cólera e serviam somente para alimentar, ainda mais, a máquina difamatória dos adversários.

Fustigavam-no por ter indicado para presidente do Instituto de Aposentadoria e Pensões dos Empregados em Transportes e Cargas o próprio motorista, José Cecílio, cuja demissão teria sido, enfim, exigida por Jango, quando ministro do Trabalho. A oposição espalhava que Cecílio era quase analfabeto. Afirmava que ele teria respondido a Jango: "A mão que me nomeou foi a mesma que nomeou você. E ela pode me demitir. Mas eu não peço demissão." Lutero sentia-se um injustiçado, um perseguido, uma vítima por ser deputado, candidato à reeleição e filho de Getúlio Vargas. Sabia, de qualquer maneira, que a munição mais pesada contra ele vinha da sua relação com Samuel Wainer. Isso fazia com que perdesse a cabeça, desse vexames, mergulhasse em túneis negros de depressão e vazio. O resto, o mais importante, perdia-se no tempo e nas incongruências do coração. De tanto querer esquecer, fizera da sua memória um instrumento perfeito de tortura.

– Ela não te sai da cabeça, não é, Lutero?

– Como ia sair?

– Não sei. A gente esquece.

– Eu não esqueço.

– Pensa nela todos os dias?

– É.

– Com amor?

– Com ódio também. Com muito ódio.

– É verdade que vocês se casaram num 20 de setembro em homenagem à Revolução Farroupilha?

– Foi no dia 20 de setembro de 1940. Mas ela nem sabia nada a respeito dos nossos farroupilhas.

– A mulher da tua vida!

– Uma paixão sentida desde o primeiro segundo.

– Como deve ser.

– A descoberta de tudo, uma sensação de leveza e de perfeição ao mesmo tempo.

– A felicidade.

– A alegria de estar com alguém. Uma pessoa como sentido de tudo.

– Um sonho.

– Meu pai nunca aprovou esse casamento.

25

Getúlio sabia que o começo do fim tinha uma data: 3 de janeiro de 1952. Dia da publicação do Decreto nº 30.683, que limitava em 10% as remessas de lucro para o exterior. Os tubarões brasileiros e norte-americanos o haviam jurado naquele momento. A reação tinha sido devastadora.

Edward Miller, subsecretário de Estado americano, botara a boca no mundo e ameaçara suspender todos os financiamentos ao Brasil. Poucos intelectuais o defendiam agora com a ênfase necessária. Ia longe o tempo em que um Azevedo Amaral cometia exageros e bobagens dizendo que o Brasil tinha a felicidade de possuir um líder natural forjado por um "complexo processo de transmissão de caracteres hereditários".

Os intelectuais perdem força. Os jornalistas é que dão o tom, dissera, no almoço, a Arinos, a Queiroz, a Maciel, a Sette Camara, Sá Freire Alvim e Genolino. Bons tempos também eram aqueles em que Assis Chateaubriand promovia campanhas, como a "dê asas à juventude", e um cardeal batizava um avião com o nome de Getúlio Vargas. Bons tempos aqueles em que se encantava com a astúcia, os planos, as idéias e a inteligência de Chatô! Preferia esquecer uma parte do que um dia escrevera sobre o dono dos Diários Associados. "Está sempre precisando de dinheiro. Deve ter sangue judeu, mas os judeus querem o dinheiro para entesourar, e ele, para empregá-lo todo em suas empresas jornalísticas. Nunca lhe dei dinheiro, mas acho que ele vale o que pede." O valor do Chatô era agora como um *crack* da bolsa de valores ao contrário, algo como uma crise de superprodução. Chatô tornara-se um chacal ou um vampiro e sugava a todos, ora por uma causa nobre, a arte, arrancando quadros e *plata* dos ricos para um grande museu, na base da chantagem, ora pela sua voracidade.

Só faltava a palavra de Osvaldo Aranha. Deve ser isso que Einstein chama de relatividade do tempo, pensou Getúlio. A noite espichava-se e contraía-se como uma gaita velha, da qual já não escapava nenhum som. As pessoas no recinto oscilavam como dançarinos bruxuleando à luz de uma lamparina. Perdiam a densidade, perdiam o contorno, recuperavam, aqui e ali, alguns traços inconfundíveis, voltavam a dobrar-se, a contorcer-se, a tremular como fantoches num teatro na penumbra. Sua mente galopava para a frente e para trás, levantando a poeira do passado e insistindo em perceber o futuro. Tudo lhe pareceu, de um golpe, vão, obsoleto, risível. Somente o tempo se mostrava real na sua instabilidade dançante. Naquele instante eterno, nada mais podia alcançá-lo. Deixou-se flutuar por entre as imagens que oscilavam diante dos seus olhos. Tudo o que tinha vivido entrou-lhe por todos os poros, pelos olhos, pelas narinas, pelos ouvidos, por todos os buracos do corpo, feito uma anestesia geral.

Tentou pensar na morte e no poder. Não avançou. Só o tempo lhe arrebatava os sentidos. No tempo, fluido e, simultaneamente, permanente, ele era um e todos, uma avalanche, um fio de água, um regato entre as pedras, riachando, salpicando as margens, abrindo caminho entre os pastos, alçando-se da savana verde para montanhas de concreto armado. Ora estava na casa baixa da Praça 15 de Novembro, ora abraçava os filhos, ora o espiavam os olhos vivos e negros de Maneco, rodopiando, mudando de cor, brincando de ser e não ser. A rapariguinha deslumbrava-se com seu uniforme azul de 1923, Lutero pedia um avião, Jandira só queria casar e ser feliz, Getulinho tinha ido na frente abrir a porteira.

Já vinha o Cordeiro de Farias, em nome do Góis, dizer-lhe que estava deposto. Já se erguiam, em 1945, as vozes do povo gritando "queremos Getúlio" e repudiando os milicos golpistas. Já o "queremismo" ganhava o entusiasmo dos comunistas e virava um *slogan* brandido com disciplina e paixão: "Constituinte com Getúlio." Num pulo, impedido de candidatar-se, o ditador seguia para o exílio. Noutro, voltava como democrata para salvar o povo dos saqueadores estrangeiros. Numa cena, mandava Prestes para a cadeia, na outra se via com ele num palanque, defendendo a democracia. Numa imagem, Prestes era o grande ausente, na outra o "Cavaleiro da Esperança". Nas duas situações, estava por perto como a mudança possível.

Numa cena, Prestes emergia dos seus calabouços, na outra ele desaparecia em seu exílio no pampa. Tinha nascido na fazenda Triunfo, e lá estava enterrado o seu umbigo. Podia retornar ao Brasil profundo para sentir a força da natureza. Nessa época, já o chamavam de tudo, disso e daquilo, de tudo e do seu contrário. Em breve, as definições se multiplicariam. Balbino o chamaria de "semeador de florestas"; Segadas Viana o acusaria de "governar de costas para o Atlântico"; a direita o chamaria, como sempre, de "caudilho" e de "tecelão de pelegos", "populista", "ditador em busca de uma república corporativa ou sindical"; Costa Porto, num arroubo de apologia poética, lembraria o parnasiano Bilac para rotulá-lo de "um demônio que ruge e um deus que chora"; Afonso Arinos se contentaria em defini-lo como "um sujeito estranho, diferente, misterioso, de quem nunca ninguém soube".

Não tinha fim. Sobre ele, ninguém se calava nem calaria. Achavam-no introvertido, introspectivo, fechado. Maneco sairia a campo para dizer o contrário. Chatô, em discurso de posse na ABL, diria que existiram muitos Getúlio; Alzirinha falaria de um "bloco monolítico"; Antônio Carlos de Andrada, de "uma nuvem que aparece e some"; Affonso Henriques o congelaria na expressão "maquiavélico"; Jango sempre o teria por um "flexível"; para Abelardo Jurema, ele era um "psicólogo" que lia a alma no rosto das pessoas no curto espaço de tempo de uma audiência, "um mago, o homem que via mais que qualquer outro", o demiurgo; Tancredo Neves o viu como um mal compreendido para quem o poder era uma força super-humana; Cordeiro de Farias, como "um homem indiscutivelmente ambicioso de poder, no bom sentido"; Maneco, sempre em busca da última e rigorosa definição, o veria como um "porta-voz". Para Góis, seria o maníaco pelo poder, de quem o general nunca pôde se afastar.

Para o antigo companheiro de aventuras políticas Juraci Magalhães, de separações e reencontros, de divergências e novos abraços, ele era um "castilhista", um amante dos regimes firmes, para quem a democracia era coisa secundária, tanto que lhe teria dito de Borges de Medeiros, quando o cacique do positivismo gaúcho e o seu iniciador na vida pública se bandeara para o lado dos paulistas, em 1932: "Engraçado! Apoiei a ditadura do velho Borges durante 25 anos e não tive nada a reclamar. Ele agora reclama porque sou ditador há dois anos." Gregório Bezerra, revolucionário de 1930, insurreto de 1935, prisioneiro do Estado Novo, militante comunista, encarcerado pela ditadura de 1964, expulso do Brasil, com mais 14 ativistas, em troca da libertação do embaixador norte-americano Elbrick, achava que Getúlio fizera, até 1945, "um governo reacionário, que foi o Estado Novo, fascista, que matou muita gente. E ele foi ditador mesmo, um ditador muito pessoal, só via a quem ele dirigia, a quem ele comandava. Depois veio a virada, uma virada forte, muito boa, de 45 para cá".

Para o DIP, ele seria sempre o "pai dos pobres", o sorriso largo da simpatia, da honra e do amor ao trabalho. Hugo de Faria, chefe de gabinete de Jango no Ministério do Trabalho, veria Getúlio como o homem que aprendera no "ostracismo da derrota" e sofrera perseguição política brutal quando governava legalmente e respeitava as regras do jogo.

Para os biógrafos, Getúlio sempre será a esfinge. Oceano da memória, poeira do tempo, rebentação precoce ou tardia, crepúsculo ou alvorada da revolução, ponteiro sinuoso numa vida feita de saltos para a frente ao sabor de infinitas e silenciosas digressões. Afinal, Getúlio aprendera ao longo da vida a autodisciplina, o autocontrole, o domínio absoluto das emoções, a ponto de passar aos outros uma falsa impressão de frieza e de insensibilidade. Estudava cada movimento de um interlocutor e, sempre matreiro, evitava o golpe precipitado.

Homem de fronteira, missioneiro, gente considerada arisca, que esconde o pensamento com falas mansas, Getúlio era caborteiro, bagual de um só lado de aproximação. Só faltava a manifestação de Osvaldo Aranha. Talvez já estivesse falando. Sim, já estava falando. Podia ouvi-lo perfeitamente, embora estivesse e já não estivesse ali. Tocava a gaita do tempo com dedos frios e distantes. Soltava as rédeas da vida e esporeava o Luar na direção do Sul. O Sul era o seu norte. Queria agarrar o passado pelos chifres, pelas crinas, pela cola. Que viessem os amigos e os inimigos, os amigos-inimigos e os fatos e as suas versões. "Cuidado que esse é rabão", exclamava o gauchão, o general, o inexplicável Flores da Cunha, com seu riso histérico, o mesmo que o definiu como o "multíplice incontornável" e "o homem providencial sem Deus". Por que Flores não o havia compreendido quando dele mais precisara?

Agora o velho Flores estava domado. Era o João Neves quem, outra vez, jogava os arreios campo afora, espalhando as cordas pela terra lavrada, reclamando de tudo, do descaso com os Estados Unidos, do tempo que havia durado o seu "ministério de experiência", da própria expressão "experiência", da importância dada a Jango, das relações com Perón, o qual reclamava, por seu turno, da desatenção e do não cumprimento de acordos. Era Flores quem, ainda outra noite, em reunião no apartamento de Alzirinha, na Avenida Rui Barbosa, clamava por respeito à legalidade e ao seu mandato de presidente eleito e aclamado pelo povo. Por que Flores não o havia compreendido quando dele mais precisara?

Flores tinha sido um caso sério. Numa carta a Protásio, havia muitos anos, examinara os atos e a personalidade do general. Falara de "exuberância de temperamento", de um ser impetuoso, de sua obsessão pela questão sucessória e de "fuxicos de uma comadre mexeriqueira". Censurara em Flores a intromissão na política de outros Estados, a sede de conchavos, a instabilidade das suas opiniões e os seus "arroubos de pitonisa". Flores metera na cabeça que ele só queria se prolongar no poder. Logo ele que sonhava em voltar para casa e pedira a Osvaldo que lhe trouxesse dos Estados Unidos projetos de casas rústicas de campo. Sabia qual era o sonho do outro: Ouvir "'Seu' Flores, o candidato deve ser você". Era o mesmo problema do João Neves. Queria, mas não dizia. Então, futricava. Flores, para fazer compreender que não estava contente, começou a dar coices.

Era o velho costume de dissimular a ambição pessoal como interesse nacional. Flores costurou daqui e dali, armou a Brigada Militar, ficou com vinte mil homens carregados de munição até os dentes, incitou São Paulo, cutucou Minas Gerais, estimulou o apetite de Antônio Carlos, em 1934, fazendo-o acreditar que podia ser presidente, articulou uma aliança com Bahia e Pernambuco contra o governo central, comprometeu Juraci Magalhães nas suas trapalhadas, meteu-se em todas as confusões, até que só lhe restou, em 1937, pegar um avião e fugir para o exílio castelhano. Getúlio preferia, certamente, não lembrar que mandara

Bejo eleger-se deputado no Rio Grande do Sul para vigiar o caudilho, com ajuda eleitoral da "vítima", do objeto a ser fiscalizado. O irmão levou a missão ao extremo. Quando soube que a polícia de Flores ia prender um contrabandista de quem era amigo, revoltou-se. Atacou o governador na tribuna da Assembléia Legislativa.

Foi golpe contra golpe. Flores viu nisso a longa mão do homem do Catete. Pressentia o grande salto para a ditadura. Getúlio percebeu na contenda de Bejo um bom pretexto para acossar o oponente, ou, melhor, para fazê-lo pôr de vez a cabeça de fora. Rapidamente, a coisa acabou no braço, em brigas de rua. O pessoal de Bejo, liderado pelo seu tenente de 1932, o negro Gregório, saiu distribuindo pancadas. A turma de Flores respondeu com a mesma desenvoltura. Numa dessas disputas, na Rua da Praia, coração de Porto Alegre, balas perdidas acharam as costas e a cabeça de Gedeão Campos, um estudante distraído a ponto de encontrar-se no lugar errado na hora das balas certas. Bejo pediu o *impeachment* de Flores. Era só uma questão de tempo. Chegou a hora em que Getúlio mandou o arcebispo, na falta de um cardeal, visitar Flores e aconselhá-lo a renunciar. Depois de muita bravata, Flores, nas palavras de Alzirinha, "voou tranqüilo para o Uruguai".

Só restava meter na cadeia todo mundo que ficou. Num extremo de requinte, foram encanados até Camilo Alves e Chico Flores, responsabilizados pela morte de Ripól. Nada se perdia. Sempre chegava o tempo do acerto de contas. Quando Flores da Cunha fugiu, o Grande Hotel e o Clube dos Caçadores perderam um animador. Tornou-se mais triste a noite de Porto Alegre e ficaram mais silenciosas as mesas de bacará. Flores era um homem de hábitos particulares, que despachava, no Piratini, de cuecas, longas ceroulas, quando se tratava, claro, de algum político das suas velhas relações. Bejo conseguira envolvê-lo num escândalo de saias. Espalhou que o general era amante da jovem Regina Maura, 20 anos, mulher de Procópio Ferreira, cuja filha tinha a mesma idade e atuava na mesma peça, em cartaz na capital gaúcha.

O amante era outro. Procópio, minutos antes de uma apresentação, informado do par de chifres que portava, surrou a moça perseguindo-a pelo teatro. Chegou-se a pensar que aquilo fazia parte do espetáculo. Flores pagou o pato. "E não o comi", dizia. Dona Irene desistiu de tentar castrá-lo. Getúlio sabia, passados tantos anos, que havia muito pouco de verdade naquilo tudo, mas, no meio de tanta mentira, algo se salvava e era o principal. Espalhavam que Flores lhe teria proposto, em 1935, durante as comemorações do centenário da Revolução Farroupilha, uma ditadura partilhada: um no Rio Grande; o outro no Brasil. Ele fizera o necessário sem Flores, que, ao escolher o exílio, o ajudara a neutralizar Góis, com sua mania de Napoleão, cujo plano era humilhar o Rio Grande e tomá-lo militarmente, jogando um gaúcho contra a sua terra. A ditadura militar sonhada por Góis ainda demoraria a chegar. Ao poder, nenhum dos seus companheiros de estrada chegaria. Infelizmente, cabia-lhe sacrificá-los. Nunca lhes negava guarida no retorno.

Flores recebeu o que procurara. Góis teve de contentar-se com os bastidores. Eram temperamentos diferentes. Flores explodia, bramia, gesticulava e, finalmente, derramava afetos. Góis tramava, enredava-se, dissimulava mal os seus anseios. Góis, com a personalidade de Flores, pensou Getúlio, teria sido um perigo, um enorme perigo, principalmente para si mesmo. Flores amargou o exílio e a prisão. Góis nunca se afastou realmente do poder e soube apanhar as sobras que lhe eram devidas. Nem Osvaldo Aranha, o mais preparado de todos, colheria mais do que o possível. Pena que alguns, como Flores, não tivessem o tato de Osvaldo. Caminhos e caminhantes, pensou, têm muitas encruzilhadas.

Derrubado por Góis, em 1945, exigido pelas massas, na campanha "queremista", eleito senador por dois estados e deputado por nove, preferira o exílio de Itu. Antes, dera os seus votos para eleger Dutra. O "Ele disse" ainda retumbava na cabeça dos seus inimigos: "Agredido, injuriado, traumatizado pelo choque dos ódios e das paixões políticas, venho dizer-vos que esqueci tudo e encontrei no amor pela minha pátria forças para me renovar. Estou presente e venho cumprir a minha palavra." Dutra "merece, portanto, os nossos sufrágios". A vida de parlamentar revelou-se um suplício. Ele quis manter-se como um espectador. Foi acusado de receber os salários por sessões que não freqüentara, de não ter assinado a Constituição de 1946 por ser um "dimocrata", um ditador disfarçado de democrata. Maltrataram-no e tentaram ridicularizá-lo. Ele se lembrava bem de um discurso que fizera, aparteado por Vitorino Freire e Bernardes Filho:

– Minhas palavras não foram bem compreendidas, já disse, repito. Não quis acusar nem criticar, não quis alarmar nem demolir; só tive um objetivo: concentrar as energias de todos os homens, de todos os partidos, para enfrentar as dificuldades nacionais.

(...) – V. Exa. me permite um aparte? – pediu Freire. – Tendo permanecido no governo durante 15 anos e sendo as promoções atos normais, V. Exa. promoveu o Exército inteiro; não apenas o atual presidente da República.

– Estou fazendo a enumeração das provas de amizade da minha parte.

O presidente da Casa pediu que as galerias não se manifestassem. Aquilo soou como mais uma ironia. Getúlio controlou-se e prosseguiu:

– Tive a satisfação de promovê-lo de tenente-coronel a coronel, de coronel a general-de-brigada e ainda de general-de-brigada a general-de-divisão.

– O general Eurico Dutra também promoveu V. Exa. a chefe do Estado Novo – debochou Bernardes Filho.

– Durante muitos anos, ele foi meu ministro da Guerra, desempenhando com muita lealdade e tanta bravura essa função, que foi chamado o "Condestável do Estado Novo".

Vinham-lhe aos ouvidos as palavras do seu próprio discurso de 1943, na inauguração da nova sede do Ministério da Fazenda, tratada pelos inimigos como obra suntuária: "O nosso maior inimigo ainda será a divergência interna." Nada parecia mudar. O monstro tentacular da repetição voltava a enlaçá-lo. Mesmo o "Condestável" não o tinha recebido bem quando voltara em 1951, depois de ter vencido uma eleição direta com 3.849.040 votos (48,7% do total), contra 2.343.384 de Eduardo Gomes (29,7%) e os 1.697.193 do "cristianizado" Machado. Foi aí que a UDN tirou da manga o golpe da falta de maioria absoluta. Dutra não apoiou essa tentativa de rasteira, mas foi encontrá-lo de cara amarrada e beiçudo.

Foi Góis quem promoveu o encontro, um almoço na sua casa, na Gávea. Teria preferido no Hotel Paineiras, no Corcovado, onde se hospedava, ou na casa de Epitácio Pessoa Sobrinho, onde recebia muita gente. Mas não seria conveniente. Num dia de muito calor, almoçaram com Góis. De um lado, Dutra, emburrado, de poucas palavras, dando de ombros a cada pergunta; de outro lado, ele, Getúlio, descontraído, sorridente, pedindo opinião sobre tudo e declarando que queria vê-los com freqüência.

– Estou compondo meu ministério. Quero ouvi-lo sobre as pastas militares.

– Que poderia eu dizer? Imagino que já tenha as suas escolhas.

– Tenho pensado no Estillac ou no Fiúza para o Ministério da Guerra.

– Eu não escolheria o Estillac – observou Dutra, secamente.

Ele desejava era o apoio dos dois. Sabia que, para quebrar as tantas resistências existentes, tinha de contar com os homens cujas carreiras, de algum modo, progrediram à sua sombra, embora Dutra, legalista por "deformação" profissional, não tivesse apoiado a Revolução de 1930 e só tivesse vindo, realmente, para o seu lado por amizade com Bejo, depois de 1932. Feita a conversão, Dutra se transformara num dos seus homens de confiança e, do fundo do seu mutismo, sempre lhe transmitira apoio. Já em seguida, depois de eleito, mandara ao marechal um recado por Alzira: "Gostaria de ser recebido como amigo." Não era homem de vinganças nem voltava como revolucionário. Mas não queria tampouco ser golpeado, fraudado como em 1930. A filha havia jurado que, civilizadamente, ele iria ao encontro do marechal agradecer-lhe os cumprimentos pela vitória. "Tem certeza de que ele vai, Alzira? Tem certeza? Não vou passar vexame?" Ah, o marechal Dutra é um casmurro desconfiado! Continua o mesmo; quando pergunta pelo tempo, já é um discurso.

DUTRA ENCOLHEU-SE como pôde e, depois de algumas observações vagas, foi embora. Góis fez o seu discurso costumeiro sobre o perigo de dividir as Forças Armadas. Espantou-se quando lhe confessei que aceitaria as indicações de Ademar de Barros e citei, para a Fazenda e o Banco do

Brasil, Lafer e Jafet. Mostrava-se, em aparência, acima de tudo, soberano, desejando somente ficar no aconchego dos seus fazeres, mas eu sabia que tudo era pose e que ele acabaria entrando no meu governo, o que, de fato, aconteceu, mesmo que em caráter provisório. Éramos parte da mesma engrenagem. Podíamos e devíamos conviver. Góis era o contrário de Dutra, que não conseguia fingir nem adotar uma expressão facial estratégica. A alma de Dutra escondia-se num vão com a profundidade de um pires. Era, de certo modo, uma qualidade.

Góis achava-se muito esperto. Mas falava demais. Pensava tudo ao mesmo tempo, queria sempre se dar o papel de herói ou de pilar e não chegava a sair da confusão dos seus raciocínios. Uma vez, numa festa organizada por Alzira para o subsecretário Sumner Welles, quando se negociava a participação do Brasil ao lado dos aliados, Góis, transpirando uísque, deixou escapar, quase na frente do embaixador Caffery, que Dutra ia pedir demissão do Ministério da Guerra. Foi preciso organizar um jantar no Ingá para convencer Góis, que tinha convencido Dutra a demitir-se, a convencê-lo a manter-se no cargo. Precisava deles, apesar de tudo, como eram, imaginando que já era tarde para transformá-los.

Aquele encontro parecia ter ocorrido na noite anterior. Mas já se tinham passado anos e a fúria das "divergências internas" o havia alcançado como um ciclone. Havia pouco, três anos e meio apenas, cantava-se "bota o retrato do velho no mesmo lugar". Agora, a lama dos escândalos escorria como se viesse de um "cano de esgoto", na expressão de Zé Américo no último despacho entre os dois. *Última Hora* carregava no próprio nome o destino de ser um dobre dos sinos. Em 27 de novembro de 1936, no almoço com Roosevelt na casa de Ernesto Fontes, no Alto da Boa Vista, o presidente americano, num espanhol fluente e colorido, dissera-lhe para seguir conduzindo o Brasil ao seu destino, a bom porto. Como não prestar atenção nas palavras daquele homem que lhe parecera de "uma simpatia irradiante, de um idealismo pacifista sincero", cujo defeito físico parecia "aperfeiçoar-lhe as qualidades morais e aumentar o interesse pela sua pessoa"?

Identificara-se com a clareza de Roosevelt, "despido de hipérboles *criollas*", e o dissera a Sumner Welles e a Cordell Hull, ministro das Relações Exteriores dos Estados Unidos, alguns dias depois, quando estes, de volta da Argentina, passaram pelo Rio de Janeiro. Roosevelt sempre lhe causara a mesma impressão. Por que os brasileiros de sua longa trajetória oscilavam tanto, obrigando a considerar como unidade neles a contradição, como se fossem ruelas dos centros de velhas cidades sem planejamento? Flores, ao menos, era meio pândego. Os outros, muitas vezes, não tinham sal. Viviam para a carreira. Não sabiam que se vive para o tempo. E que o tempo é como mulher: precisa-se adivinhar como passa.

No Brasil, em geral, para explicar uma crise política ou a tragédia de um homem, bastava *cherchez la femme*, dizia Getúlio. Até a Revolução de 1930 passara por isso. João Pessoa provocara a ira de João Dantas ao revelar cartas comprometedoras de Anaíde Beiriz. José Pereira rebelara Princesa quando policiais maltrataram as damas do seu território. Os motivos políticos eram mais profundos, como a exclusão dos aliados de Pereira das listas eleitorais articuladas por Pessoa, ou a degola, pelas Comissões de Verificação, dos adversários. Mas o estopim eram as mulheres. Dantas matara Pessoa, em Recife, quando o presidente da Paraíba e vice da Aliança Liberal, esbulhada por Washington Luís em favor de Júlio Prestes, preparava-se para encontrar uma das suas musas e entregar-lhe uma jóia. Sem isso, talvez o 3 de outubro de 1930 nunca tivesse acontecido como revolução. Só Prestes não se afastou das suas convicções, nem por Olga, nem por um amor assassinado.

Lembrava-se bem da mensagem de apoio e congratulações enviada por Prestes pelo restabelecimento, em 1945, das relações com a União Soviética e do seu final: "Cumprimenta respeitosamente Vossa Excelência." Era o mesmo Prestes da Coluna, o herói imbatível que comandara quase todos os homens que, depois, de direita ou esquerda, seriam dirigidos por ele, o Getúlio de 1930, a maioria tendo pendido para a direita, mas, como Prestes, sempre admirando os regimes fortes. Bastava pensar em Cordeiro de Farias e em Filinto. O mesmo Prestes com quem, uma noite, falara ao telefone. Um no palácio, o outro na cadeia. Prometera-lhe liberdade e anistia para os seus. Recebeu, mais tarde, o apoio do qual nem precisaria mais, na campanha pela "Constituinte com Getúlio". Prestes foi o único homem que, mesmo depois de saber do destino da mulher amada, apoiou o seu carrasco, ele, Getúlio Vargas.

Não o condenava por isso. Prestes havia sido lúcido. Sabia, como todos os de boa-fé, que, em 1936, era normal que uma militante comunista fosse extraditada, ainda mais quando nada se sabia sobre os campos de concentração. Na verdade, a Justiça autorizara a expulsão de Olga, Rao, o ministro da Justiça, confirmara e ele apenas ratificara. Era uma vingança do Filinto contra Prestes pela humilhação que este lhe infligira ao expulsá-lo da Coluna. *Cherchez la femme...* De sua parte, não era nada pessoal. Havia expulsado outras mulheres, entre as quais Elisa, mulher de Harry Berger. Talvez Prestes fosse o único ser político no Brasil capaz de ombrear com ele em convicção e domínio dos sentimentos. Nunca o temera – mas a lenda em torno de seu nome, sim. Agora o criticavam por tudo, inclusive por ter engaiolado

Prestes. Lembrava-se de ter elogiado Filinto pela captura. Querem o quê?

Era preciso neutralizar os inimigos. Prestes figurava como o principal agitador, o símbolo de uma ideologia da qual o Brasil tinha de ser poupado. Como teria sido o Brasil com Prestes no lugar de Góis Monteiro? Teriam evitado 1935 e 1938? Prestes era digno de admiração, embora tivesse perdido o trem da história por não ter idéias próprias. Era um filho do seu tempo. Foi seu destino. Suportou em vão as estruturas nas quais dizia acreditar. Teria Olga feito o mesmo? Não. O amor, numa mulher, é sempre mais visceral. Sabia disso por experiência própria. Sem perdão!

Tudo se enlaçava e o aturdia, o passado e o futuro, o recente e o distante, em associações livres e que vinham por enxurradas. A simples visão de velhos colaboradores, como Arinos, que o seguia desde o começo dos anos 1940, fazia-o mergulhar em recordações. Tudo o incomodava, principalmente as acusações mentirosas aos seus familiares. Alzirinha andava toda preocupada. Viera com um bilhete, dizendo que o havia encontrado sobre a mesa de trabalho dele. Como podia ter esquecido aquilo entre os papéis, no gabinete? Aquilo se prestava a interpretações dúbias. Agora a filha alimentava minhocas na cachola. Tinha mais gente metida naquela "descoberta", certamente o Fittipaldi, que vivia observando tudo de canto de olho, pressentindo coisas, farejando tragédias, tudo por ser leal como alguém realmente da casa, ou até mais do que alguns. A rapariguinha viera com aquele ar de sabichona, mas, ao mesmo tempo, de sincera inquietação, quando ele estava fazendo a barba.

– Olha só o que eu achei, papai!

– Ora, rapariguinha, onde é que achou isso?

– Quer me fazer sofrer do coração nesta idade?

– Onde achou isso, rapariguinha?

– O senhor faça o favor de ter mais cuidado com as suas coisas, porque, quando não sou eu que estou cuidando, o senhor as vai espalhando por aí. E assim como foi o "olho bobo" de um amigo, podia ter sido um inimigo.

– Quem manda seres bisbilhoteira? – perguntara, rindo.

– Quem manda deixares esses papéis ao alcance dos bisbilhoteiros?

– Não é o que estás pensando, minha filha. Não quero o sacrifício de ninguém. Pretendo resistir para que a minha atitude fique como um protesto. Mas não posso aceitar nem que me humilhem, nem tanta iniqüidade. Não te preocupes mais, minha filha, não pretendo me suicidar.

O bilhete, que guarda, já era um manifesto generoso de resistência: "Deixo à sanha dos meus inimigos o legado de minha morte. Levo o pesar de não ter feito pelos humildes tudo o que desejava." Sofria também pelo desespero de Lutero. A relação com o filho sempre tivera os seus períodos brumosos. Nunca haviam superado todos os mal-entendidos. Lutero ressentia-se de um equívoco, achar que o pai não tinha aprovado o seu casamento. Haviam discutido aquilo inúmeras vezes e nunca chegavam a um acordo. Era mais uma das razões da tristeza de Darcy. Talvez um dia precisasse mostrar a Lutero o que anotara em seu diário no dia 18 de setembro de 1940: "Conheci hoje a noiva de Lutero, uma moça alemã que ele conheceu naquele país e por quem se tomou de amor, mandando buscá-la, com o nosso consentimento. Preferiria que casasse com brasileira, mas, em assuntos desta natureza, a oposição pode trazer a infelicidade. E tive boa impressão da futura nora." O casamento, podia jurar ao filho, não fora o problema.

A vida era assim, encontros e desencontros, mágoas bobas e rupturas para sempre que poderiam ser facilmente superadas. Sem razão, lembrou-se de Paim Filho, que, em 1930, fora para o exílio conspirar contra o novo regime. Em 1940, jantava e via filmes com ele, o ditador, "em palácio", como se dizia na época. Tudo passava mesmo. Nisso tudo, somente não tinha entendido quando Chico Campos, numa entrevista posterior à de Zé Américo, renegara o Estado Novo. Era como um pai, um padrinho, rejeitando um filho querido, um filho planejado, um filho embalado carinhosamente. O Chico Ciência, o Chico Taxa, o Chico Constituição, o seu jurista mais profundo e sério, o Chico distraído que esquecera a "polaca", a carta do Estado Novo, numa pasta verde, em cima de uma mesa, dando-lhe um susto tremendo, obrigando-o a pedir a Ernâni que recuperasse o material prontamente, o Chico havia saltado do barco!

Osvaldo Aranha falava, agora, em decisão de "foro íntimo". O baixinho Arinos continuava segurando o queixo. Havia pouco, a pedido de um ministro, solicitara ao general Caiado de Castro que fossem servidos sanduíches a todos. Caiado, com a mão em concha, perguntara: "O quê?" "Como sanduíche?" "Fale com o Zarattini". A resposta, para quem ouvia brados à resistência, era tragicômica: "Não tem pão na despensa." O que estaria pensando o baixinho, o "garoto", como também dizia Getúlio, de tudo aquilo?

26

Ao sair do Catete, depois de mais um encontro com Getúlio Vargas, Tércio avistou Gregório e Bejo numa conversa, aparentemente, muito animada, ao menos pela gesticulação de cada um deles. Não parou para ouvi-los. As lembranças de Getúlio despertavam as suas. Afastou-se pensando em Zelinda. Onde andaria? Quando ela desaparecera, pensara que estivesse presa ou que tivesse sido morta pela polícia de Filinto. O pai o ajudou a afastar essas possibilidades. Nas prisões, não estava. Por fim, concluiu que estivesse em missão clandestina nalgum ponto do país. Depois, sugeriram-lhe que estava em treinamento na União Soviética.

Enquanto Amato se distancia, Bejo diz a Fortunato:

– Então, depena-se ou não esse Corvo?

– Não duvido de nada – respondeu Gregório.

No Largo do Machado, Tércio passa por Lutero e Amato. O filho do presidente mostra um exemplar da *Tribuna da Imprensa*. Tércio conhece, como todo mundo, a manchete: "Lutero apontado à nação como sonegador." Fala de um tal Waibo Chammas e de uma multa de 875 mil cruzeiros. Seja o que for, é mais um golpe certeiro contra a família Vargas. Tércio não conhece Amato. Ouviu quando o estranho comentou:

– Não tem jeito. Acho que agora a coisa vai.

– Por mim, já teria ido. Não se perdia nada.

Tércio segue para Laranjeiras, impressionado com as marcas, por toda parte, da insatisfação com a carestia, a corrupção e a alta da inflação, que, apesar do alarido da UDN, andava em torno de módicos 11%. Se alguns passantes comentam a vitória do Flamengo sobre o Fluminense, no domingo, por 2 a 0, e o erro dos tricolores, que menosprezaram o clássico, ou se espantam com a vitória de El Aragonês, montado por Rigoni, sobre Joiosa, e o tombo de Efusivo e Titecina, vários se referem ao "torniquete Lacerda" e ao cheiro de merda no ar. A população faz eco aos jornais e sente a crise econômica mais forte do que realmente lhe parece. Numa esquina, ouve um homem muito alto dizer a outro: "O Jango sai mesmo para senador. O PTB é uma fábrica de bosta a pleno." O outro responde: "O PSD, em compensação, é uma usina de merda de segunda." Riem. O primeiro completa: "Estercos Vargas."

Amato toma a direção do mar. Nem Lutero nem Tércio podiam saber ou imaginar que o advogado carregava no bolso uma carta para um certo PJ, uma mensagem telegráfica. Lutero foi direto ao parque do Catete. Gregório voltava do anexo. Trocaram duas frases:

– Viste a *Tribuna*, Nego?

– Vi, sim.

– Será que ninguém vai mandar esse veado para o inferno?

Tércio pegou um táxi para Copacabana. Procurava o passado, e este era uma geléia intragável. Meses de procura por Zelinda, a ruptura com o pai, o ódio, repentino, pelo Estado Novo, a descoberta da esquerda, a militância no Partido Comunista, a desconfiança dos camaradas, o uso de um pseudônimo, o medo da polícia, sua desconfiança em relação a Zelinda: ela não o teria usado para saber coisas do DIP e do governo Vargas? O passado era uma bomba de sucção: a clandestinidade, o desespero do pai, tiroteios em madrugadas, lições de marxismo e, por fim, a prisão, de onde sairia por influência do pai, num pedido direto de Getúlio Vargas. Depois, o retorno ao Rio Grande, a depressão, o desinteresse por tudo, o fim do Estado Novo, a morte do pai.

Na Praia do Flamengo, Amato encontrou-se com Lourival. O chefe da Casa Civil estava com pressa e um tanto temeroso. Parecia mais velho e ainda mais feio. A noite caía e ficaram dentro do carro de Amato. Lourival disse-lhe que não podia mais ver Lacerda. Afirmou que as coisas tinham passado dos limites. No governo, havia udenistas, como o próprio Osvaldo, e Zé Américo, por isso o trabalho de Lacerda, até certo momento, fora útil para ajudar na correção de rumos. Porém, era preciso ir devagar. Amato sorriu. Fez um trocadilho:

– A fonte secou, então?

– Política não se faz com moralismo, mas com tutano – respondeu Lourival.

– Claro que não, se faz com idéias – debochou Amato.

– Sem brincadeiras, Amato. Você bem sabe que o pessoal do Momsen está jogando um jogo cada vez mais pesado. O Joaquim Nabuco, o Valentim Bouças, o genro do Bouças, o Fernando Veloso, enfim, estão dando a bunda para essa gente toda da IBM, da Hollerith, da Standard Oil, do diabo. Pica para eles!

– Agora?

– A política nunca é uma linha reta. Sempre é uma espiral.

Amato riu, um pouco da imagem simplória do outro, um pouco mais dos seus repentinos escrúpulos. Lembrou-se de que Chatô gostaria de entregar metade da administração do Brasil à Standard Oil, se esta nos repassasse 13% dos seus impostos pagos e 50% dos lucros auferidos. Era uma maneira de provocar os nacionalistas, os mesmos que se tinham horrorizado, anos antes, quando o mulato Otávio Mangabeira, deputado da UDN, numa homenagem no Congresso a Dwight Eisenhower, herói da Segunda Guerra Mundial, havia beijado a mão do general norte-americano. O Brasil vivia, outra vez, o terror ante uma ameaça imperialista. Já se falava do deslocamento de 31 navios, com 23 mil homens, para a costa brasileira, pronto a se instalar em frente à Baía de Guanabara.

Lourival ainda falou sobre a insatisfação dos americanos, desde a reforma do ministério de 1953, da falta que João Neves fazia para acalmar os ianques e das pressões mal dissimuladas do embaixador James Scott Kemper. Amato achou melhor nada responder. Limitou-se a falar da incongruência de udenistas integrarem um governo metralhado pela UDN. Foi a vez de Lourival ficar quieto.

27

Osvaldo falava de "foro íntimo" enquanto Getúlio se perguntava se Samuel Wainer, o Profeta do retorno, seria o homem da sua última hora. Afinal, nada daquilo estaria acontecendo sem o escândalo da *UH*. Que crimes eles haviam cometido? Os historiadores, certamente, escreveriam dezenas de livros sobre o caso da *Última Hora*, mas tudo podia ser resumido em duas páginas. Samuel Wainer, o Profeta que descera em Santos Reis num sábado de Carnaval de 1949, num Beechkraft, semeando desenvoltura e colhendo declarações históricas, tornara-se o único jornalista em quem podia confiar. Nada mais adequado do que ajudá-lo, sem ilegalidades, a fundar um jornal que defendesse um governo do povo condenado ao desprezo.

Desde o começo da sua relação com Samuel, Chatô, que ainda era o seu patrão, achara que podia manipular os dois. Queria engordá-lo como um porco para assustar a burguesia e na hora certa impor a candidatura do reacionário Canrobert Pereira da Costa. O tiro saiu pela culatra. Aliado a Adhemar de Barros, o cacique do PSP, o homem da "caixinha", o primeiro "rouba, mas faz", a quem transformara, do nada, em interventor em São Paulo, depois de uma conversa numa estação de águas, Getúlio aceitou Café Filho como vice na sua chapa e ganhou de lavada a eleição. Aí perguntou a Samuel Wainer: "Profeta, tu nunca pensaste em fazer um jornal?" O resto, tudo o mais, era o resultado da resposta de Wainer, a aventura de um sucesso jornalístico capaz de levar ao fracasso dos seus protetores por excesso de competência.

Um filme ruim. Escudado no nome de Vargas, Samuel visitou meio mundo e arranjou, com alguns drinques no Jockey Club e dois ou três jantares chiques, dinheiro para lançar a *Última Hora*. Visto de longe, era um negócio tão contraditório quanto tudo o que marcou a Era Vargas. Wainer comprou, com empréstimos e nenhum centavo no bolso, a gráfica Erica, de Horácio de Carvalho, dono do *Diário Carioca*, jornal ferreamente antigetulista e responsável por ataques pessoais violentos ao Alzirante, acusado pelo deputado Brígido Tinoco, ex-PSD, de explorar a jogatina no Estado do Rio, em acordo com um banqueiro do jogo do bicho, um certo Bianchi, doador de 300 mil cruzeiros diários para a caixinha do PSD, e de locupletar-se como genro de Estado. Falava-se de tudo um pouco, num jornalismo bandoleiro e assassino. De repente, tirava-se da cartola o bicheiro Arlindo Pimenta e fazia-se dele amigo de Péricles Góis Monteiro, ex-governador de Alagoas. E eram crimes, roubos, mortes...

Samuel entrou nesse ninho como uma serpente pequena, embora seus guizos já fizessem muito barulho. O *Diário Carioca* seria a voz mais contundente na denúncia de um acordo de Vargas com Perón, no que chamou de "A república de João Belchior". Como o Grupo

Horácio de Carvalho estava em dificuldades financeiras, Wainer assumiu suas dívidas junto ao Banco do Brasil e à Caixa Federal e ainda se comprometeu a imprimir o *Diário Carioca* durante dois anos. Não houve crime financeiro, mas um incesto. Wainer salvou o *DC*, que tudo faria para ajudar a enterrar o governo Vargas. Montante da operação: 64 milhões. Uma barbada para quem só tinha talento como capital e obsessão como motor.

Avalistas e financiadores: o banqueiro Walter Moreira Salles, credor da Erica, emprestou 10 milhões de cruzeiros a Samuel; Ricardo Jafet, presidente do Banco do Brasil, banqueiro paulista, aliado de Adhemar de Barros, financiador de parte da campanha de Vargas (com 8 milhões de cruzeiros, sendo que Lafer, depois ministro da Fazenda, teria dado mais 8 milhões), e Euvaldo Lodi emprestaram mais 10 milhões cada um. O Banco do Brasil emprestou mais 26 milhões e incorporou as dívidas da Erica junto à Caixa, num total de 65 milhões de cruzeiros, tendo como garantia o parque gráfico adquirido por Wainer. Um bom negócio circular e entre amigos-inimigos que permitiu o nascimento de um extraordinário jornal, com uma equipe jornalística que marcaria época, inclusive Adalgiza Nery, poeta, depois romancista, que assinava a coluna "Retrato sem Retoques". Juscelino Kubitschek, ambicioso governador de Minas Gerais, fez o Banco Hipotecário de Crédito Real descontar 3 milhões em promissórias da *UH*. Era só rodar. Rodou. Como rodava a cabeça de Getúlio agora.

O resto do dinheiro necessário veio de contratos publicitários com o Sesi, o Sesc e a Antarctica. Para a *UH*-São Paulo houve também um empréstimo do conde Matarazzo, inimigo de Chatô. Nada de mais na paisagem brasileira baseada numa velha máxima: aos amigos e aos inimigos tudo ou nada, conforme a circunstância. Só *O Globo* conseguira cinco empréstimos do Banco do Brasil, em pouco mais de dois anos, num total de mais de um milhão de dólares, sempre dando como garantia uma velha impressora Gross. Toda a nossa imprensa vive, pensou Getúlio, do dinheiro público. Chatô abocanhara 162 milhões de cruzeiros do Banco do Brasil enquanto se massacrava Wainer. Samuel era o inimigo a ser abatido porque voava. Lacerda e os seus aliados denunciaram facilidades para Wainer e o acossaram, fustigaram, combateram, fuzilaram. Num surto de moralismo, Samuel e a *Última Hora* tornaram-se beneficiários indébitos do dinheiro público. Tráfico de influência.

Crime de Samuel? Em pouco tempo, passar de jornalista pobre a dono de jornal e, pior ainda, superar a concorrência. *UH* nascera de conversas com Getúlio e Alzirinha. Mas a obtenção do dinheiro obedecera a uma estratégia sutil: o nome difuso do presidente por trás do projeto, sem jamais uma referência explícita. Depois de uma perseguição implacável, Samuel teve, em 1953, uma péssima idéia genial: que se instalasse uma Comissão Parlamentar de Inquérito para investigá-lo. A oposição adorou. O *Livro branco da imprensa amarela*, apresentado por ele na CPI, não o salvou da fúria lacerdista nem de 15 dias de prisão por não revelar os nomes dos seus financiadores. O Brasil vivia de manchetes.

A CPI teve os seus momentos hilariantes. O conde Matarazzo foi objetivo: "O dinheiro era meu e não preciso dar satisfação disso a ninguém." Getúlio considerava aquela frase antológica. E o conde ainda debochou de Aliomar Baleeiro: "Senhor deputado, o senhor conhece por acaso algum dono de jornal que seja pobre?" Nada impediu que

Samuel fosse massacrado pelos veículos de Roberto Marinho, de Assis Chateaubriand e de Carlos Lacerda. Foi um bombardeio do *Correio da Manhã*, do *Diário de Notícias*, do *Diário Carioca*, de *O Globo*, da Rádio Globo, da TV Tupi. Wainer, com a revista *Flan*, levava perigo ao reinado de *O Cruzeiro*, de Chatô. No bom jogo do gato e do rato, Wainer perdia por estar mais apto a vencer.

Simples assim. Wainer pagava as suas dívidas da *UH*. Estava praticamente em dia. Lacerda armou, inventou, articulou e convenceu a todos de que o Banco do Brasil comprava papel para a *UH*. Na última vez em que Getúlio vira o seu Profeta, sentiram ambos imensa tristeza. Era hora da separação. Getúlio mandou Aranha, ministro da Fazenda, executar as dívidas da *Última Hora*. Precisava simbolizar uma distância impossível. Osvaldo deu 24 horas para que tudo fosse pago. Samuel pediu a Alzirinha que convencesse Getúlio a conceder-lhe oito dias. Recorreu a Matarazzo e Jafet e pagou. Escreveu a Getúlio, devolveu um livro e chorou a ruptura que nenhum dos dois desejava. Mandei-lhe de volta o presente com uma boa justificativa: "No Brasil não há divórcio", escreveu Getúlio.

Lacerda e os seus amigos do Momsen acusaram Wainer de *dumping* e de favoritismo. Viam só uma medida moralizadora: fechar a *UH*. Principal prova material contra Samuel e os Vargas: Lutero teria sido o principal avalista dos empréstimos, tendo dado fiança para o empréstimo de 22 milhões de cruzeiros para a compra da gráfica. Getúlio podia ouvir as vozes no Parlamento. Aliomar Baleeiro dizendo que Matarazzo recebia de volta tudo o que emprestava a Wainer através de benefícios do governo e envolvendo Lutero em vários outros casos de ajuda a Samuel, inclusive servindo de intermediário com

Matarazzo; Bilac Pinto falando dos escândalos da Cexim e resumindo tudo como venda pelo Catete de autorizações para negócios com dólares regulados pelo Banco do Brasil, o que levou à demissão de Jafet. Num único lance, Bilac cobria de lama Euvaldo, Jafet, Lutero, Getúlio. Ninguém escapava.

E já Adhemar aparecia no mesmo saco, salvando Wainer de execução das dívidas da *UH* e já Baleeiro acusava Samuel de falsidade ideológica, pois não seria brasileiro, mas natural da Bessarábia, e a lei brasileira proibia que estrangeiros fossem proprietários de veículos de comunicação. Já Samuel aparecia como tendo falsificado a lista de passageiros do vapor *Canárias* para incluir nela os seus pais. E já Samuel era apresentado como o pobretão transformado em dono de um jornal sediado num luxuoso prédio da Avenida Presidente Vargas por obra da mão amiga do dono do poder. E já Waibo Chammas, sobrinho de Jafet, era apresentado como sócio da *UH* São Paulo. E tudo isso provaria que eram todos farinha do mesmo saco. E já o general Anápio Gomes, presidente do Banco do Brasil, denunciava Lutero como avalista da *UH*.

E já voltava a denúncia do deputado Raimundo Padilha, de que, em 1952, lera na Câmara uma carta de Severino Taciano da Costa Barros informando ter sido procurado, no Hotel Serrador, por Virgílio de Goes, filho de Coriolano de Goes, o famoso Goestapo, então presidente da Cexim, para, mediante pagamento de 20 milhões de cruzeiros como propina, receber autorização para transferir o patrimônio da empresa McCoy Exportation, como desejava sua família, para o Brasil. De que adiantava Osvaldo Aranha, como substituto de Horácio Lafer, no Ministério da Fazenda, pensava Getúlio, ter resolvido o problema, asfixiado a Cexim, controlado a entrada de mercadorias supérfluas, jugulado "a criação de dificuldades para a venda de facilidades"? De que adiantava, se tudo retornava como atual? Certamente Getúlio não pensava tudo aquilo enquanto Aranha falava em "foro íntimo", mas, sim, pensava sim, todos pensavam naquilo, a mente de cada um era uma turbina em chamas.

Tudo se confundia numa posta de vômito e política. E já voltavam as denúncias da *Tribuna da Imprensa*, feitas em 1951, de que Gregório Fortunato comprava caminhonetes Dodge em Porto Alegre para vendê-las no Rio de Janeiro, e que tinha truta naquilo, sonegação de impostos e outras *cositas mas*. E já vinha o caso Hugo Borghi, financiador do "queremismo", depois expulso do PTB, acusado, depois ainda, de manter trabalho escravo e de todas as corrupções possíveis, inclusive, sempre depois, de oferecer 50 milhões de cruzeiros ao negro Gregório para que ele o ajudasse, com o apoio de Getúlio, a ser eleito governador de São Paulo, tido por pagador até dos móveis do Partido Trabalhista Brasileiro, Borghi foi finalmente readmitido na chamada corte e enxovalhado com ela. E já vinham os escândalos do pinho, do algodão, com chacotas sobre o papel de Arquimedes Manhãs como "representante da irrigação artificial", série de denúncias absurdas do feijão no instituto do arroz, do cimento e de muito mais. E tudo era sujeira, roubo, desvio e putrefação. A oposição era uma máquina paranóica em surto permanente e cada vez mais intenso e nefasto, "purulando, purulando".

E já vinham os jornalistas e outras denúncias, sempre a Cexim e uma tal firma inglesa, Babcock & Wilson, que teria pago 2 milhões de cruzeiros de propina para conseguir licenças de transação com dólares. E já vinha, noutro patamar, o escândalo do castelo de Corbeville, a *Tribuna da Imprensa* mostrando fotos consideradas indecentes da festa do costureiro Fath, na França, com a presença de Dona Darcy e de Alzirinha. E já vinha Samuel tentando impedir a catástrofe e querendo a intervenção de Getúlio para que as senhoras não fossem ao desfile de apresentação dos tecidos brasileiros Bangu, pois haveria exploração maldosa do fato. E já vinha *O Estado de S. Paulo* chamar a festa de indecente e dizer que nem Chatô havia protegido a família do presidente. E já vinha Rafael Correia de Oliveira falar em libertinagem e pornografia.

Nas fotos da *Tribuna*, Jacques Fath aparecia de torso nu, de sunga, um fauno, enquanto mulheres de "combinação" mostravam as pernas. Era um desfile! Até Danuza Leão, que ainda não era mulher de Wainer, participaria como modelo. E já vinha a *Tribuna da Imprensa* com quatro páginas sobre a "bacanal de Corbeville". Tudo lorota, tudo visto por uma delegação brasileira de pessoas refinadas que lotaram um avião para o evento de alta-costura. Lacerda, sabia Getúlio, inventara o jornalismo bandido; Chatô, o jornalismo cangaceiro. Nunca mais fomos os mesmos depois da CPI da *Última Hora*, pensou Vargas. Nem queimar milhões de sacas de café para salvar o preço do produto, noutros tempos, o havia exposto tanto à execração pública. Nunca saberia que o Supremo Tribunal Federal, numa extrema-unção, absolveria inteiramente Wainer e a *Última Hora*.

E já retorna até um suposto escândalo no Canadá, onde Alzirinha e Ernâni teriam se envolvido em um acidente de automóvel e Getúlio teria pago uma indenização com dinheiro público. E já Borghi explorava a jogatina e estava no escândalo do Quitandinha junto com Ernâni.

E já Getúlio tramava golpes, e uma frase "libertemos Getúlio", brandida por seus amigos, era uma senha para a vontade de fechar o Congresso e voltar ao Estado Novo. E, já em 1953, o *New York Times* berrava contra o espectro do peronismo e Alzirinha era chamada por Canrobert de Sherazade, e a ela, sob essa máscara falsa, eram atribuídas as tramóias que desestabilizavam o país.

A cabeça de Getúlio era o Brasil, e cada brasileiro, certamente, pensava naquele instante um naco do seu pensamento. O país se diluía numa mistura candente de pequenas verdades e grandes mentiras, sendo que tudo se prestava ao verdadeiro e ao falso. Numa ciranda de fragmentos, tudo estava lá, tudo estava nele, que já não sabia se pensava o que pensava ou se apenas deixava cair o lábio e pressentia o que todos pensavam, numa balbúrdia de cacos, em cada canto longínquo da nação. Era uma enxurrada de críticas, de "casos", de frases, de interpretações, de "verdades históricas" incontornáveis, só que tudo se evaporava como vinha, embora pudesse um dia se cristalizar nas páginas de um colecionador doentio de fatos desconexos e retornar na colagem esquizofrênica de um autor refém do seu personagem. Era a roda da vida e a vida num turbilhão. No entanto, não havia movimento, a não ser as esferas azuladas que lhe saltavam do entorno dos olhos como pedrinhas no Ibicuí.

E já vinha, refluindo em bolhas alternadas, azuis e vermelhas, o atentado da Rua Tonelero. Todos falavam nele, Getúlio, tudo se exprimia nele, sem que ele pudesse impedir essa babel inexistente, mesmo que tivesse pedido, fazia alguns minutos, que os ministros fossem objetivos e não perdessem o foco da discussão. Veio-lhe, então, inteiro, como uma golfada de fel retardado, um fragmento do seu discurso de posse, em 1951: "Ao deixar o Governo, o apodo, as invectivas e a calúnia fizeram de mim o objeto e a vítima do ódio e da injustiça. Malsinaram atos, intenções e propósitos e desfiguraram a verdade ao sabor das suas prevenções e malignidades. Nunca ditei uma palavra de amargor e sufoquei sempre as penas e as mágoas que me causavam a fúria e a impiedade das suas setas envenenadas." Tudo se repetia. Foi aí, bem aí então, que Osvaldo Aranha, em poucos minutos, talvez segundos, que lhe haviam parecido, ao menos, 24 anos, ou, talvez, 72, disse:

– Creio, do meu ponto de vista, que só existem três soluções. A primeira é a resistência pessoal, ao preço da própria vida e à qual obviamente eu me declaro, desde logo, solidário; a segunda, seria um balanço em nossas forças para rechaçar qualquer ação contra a Constituição; a terceira, mesmo se me custa falar disso, é a solução da renúncia, mas esta é uma decisão de foro íntimo em cuja apreciação não me cabe entrar.

Tancredo Neves, com seu jeito de camundongo, que tanto provocava o deboche de Lourival, "camundongo mineiro", interveio, "trêmulo de dignidade", em voz baixa, e sugeriu uma consulta aos governadores e a resistência a qualquer custo. A proposta foi considerada inconstitucional e descartada. Zenóbio levantou-se e anunciou:

– Vou botar a tropa na rua – saiu apressado.

Getúlio despertou da sua longa viagem e disse, simplesmente:

– Como não chegaram a nenhuma decisão, declaro que aceito uma licença. Mas se vierem me depor, encontrarão o meu cadáver.

 – Aceita? – balbuciou Osvaldo.

Getúlio não respondeu. Levantou-se e, com passo firme, embora os vincos na sua testa revelassem toda a sua tensão, retirou-se de cabeça erguida. O deputado Augusto do Amaral Peixoto, sem reconhecer o interlocutor, em meio à confusão e à surpresa geral, desabafou: "É uma saída, creio." Tércio permaneceu em silêncio. Estava terminada a reunião do ministério. Passava das 4 horas de 24 de agosto de 1954.

Parte II

COROA(S)

"...para entrar na História."

1

— Estão chegando – diz Climério, postado na esquina da Hilário de Gouveia com a Tonelero, passando a mão nervosamente no rosto bexiguento.

– Vai ser agora, então – confirma Alcino, apertando o chapéu na cabeça, indiferente ao casal que namorava, mais adiante, contra uma árvore.

– Não vá errar de novo, a rua é muito mal iluminada.

– Ele está com o menino junto e com o sujeito de camisa amarela – diz Alcino, atirando no chão o toco do cigarro que segurava entre os dedos, como vira Bogart fazer num filme.

– É o milico dele. Não vai dar. Vamos bater em retirada, vamos dormir.

– Vá você. Eu fico. É o de branco, o de óculos mesmo? – pergunta, apertando os olhos miúdos na cara de cigano.

Climério não responde. Afasta-se pela Hilário de Gouveia, na direção da praia. Passa por um Pontiac escuro. Lacerda e seu filho Sérgio, de 15 anos, depois de uma breve conversa com o motorista, descem do carro branco, estacionado no meio-fio, e não na rampa de acesso à porta do edifício, protegida por dois canteirinhos de flor, conforme as normas de segurança estabelecidas. Vêm de uma palestra no externato mariano São José, na Tijuca, onde o jornalista e candidato a deputado federal pela UDN repetira seus ferozes ataques aos Vargas.

– Esqueci a chave – diz Lacerda.

Pede a Sérgio que vá chamar o porteiro. O major-aviador Rubens Vaz, escalado para protegê-lo, num esquema de rodízio voluntário entre quatro amigos da FAB, despede-se. Alcino abotoa o jaquetão, avança uns 20 metros, atravessa a rua e, quando Carlos se dirige para a entrada da garagem, à direita do edifício Albervania, de número 180, dispara o seu Smith & Wesson 45. Passa da meia-noite. Já se está em 5 de agosto de 1954. O tiro ecoa nas ruas tranqüilas de Copacabana. Uma janela se abre. Lacerda dobra-se ligeiramente. Vaz, desarmado, contorna o pequeno veículo e enfrenta o pistoleiro. O combate é difícil. Magro e escorregadio, Alcino tem a vantagem da arma na mão, mas Vaz é corajoso, forte, treinado, e tem a posição de ataque. Alcino dispara novamente. Caem. Mal se ergue, o pistoleiro atira mais uma vez. Outro tiro, vindo de outra posição, mais distante, da esquina da Hilário de Gouveia, arranca lascas do muro. Alcino foge para a Paula Freitas, que desemboca na Tonelero, no lado oposto ao da Hilário, uns 30 metros apenas do local de onde travou o seu combate com o homem de amarelo.

Há movimento na rua. Um carro aproxima-se. Carlos Lacerda ressurge e também atira, com seu 38 cano curto. Alcino já está na Paula Freitas. Um guarda municipal, vindo do 4º DP, muito próximo dali, ordena que pare. O sangue ferve-lhe, embora se sinta gelado. Nada mais há a perder. O 45 pesa-lhe na mão. Derruba o policial com um tiro na coxa. A porta do táxi à sua espera, um Studebaker preto, não abre. Ele entra pelo vidro de trás e sussurra: "Pé na tábua." O motorista não o conhece, pois aguarda Climério, mas entende a situação e acelera. As balas do guarda Sálvio Romeiro atingem a traseira do veículo placa 5-60-21. Nélson Raimundo acelera e eles se perdem no labirinto carioca.

O atentado, planejado para acontecer no colégio da Tijuca, está consumado. No chão, banhado de sangue, o corpo do major Rubens Tolentino Vaz, 32 anos, destacado para dar proteção a Lacerda em substituição a um colega. Junto ao cadáver, Carlos Lacerda, aparentemente ferido no pé esquerdo. Próximo dali, já brilham as luzes do carro do jornalista Deodato Maia, do *Diário Carioca*, acompanhado pelos colegas Armando Nogueira, morador do prédio ao lado, e Otávio Bonfim. Os estampidos cessaram totalmente. Um inspetor, na frente do Distrito Policial, pergunta a Climério: "Foi tiro?" Não lhe sai a voz. Por fim, diz: "Acho que sim." Afasta-se.

As três pessoas, um casal e um homem, que conversavam na frente do prédio 186 da Rua Tonelero, aproximam-se e ajudam Lacerda a tirar o corpo de Vaz da sarjeta e a estendê-lo sobre a calçada. O jornalista não pára de repetir: "Meu amigo Vaz está morto." Quando se recompõe, diz ao filho: "Vai telefonar." Rapidamente, surgem muitas pessoas. Lacerda, com a cabeça do amigo morto no colo, é levado, no carro de uma argentina, para o hospital Miguel Couto, onde teria o pé entalado e enfaixado. A confusão é total. Em seguida, as rádios já falam da morte do major-aviador Rubens Tolentino Vaz, da Diretoria de Rotas Aéreas, pai de quatro crianças. Lígia, de apenas 28 anos, mulher de Vaz, recebe, por intermédio de amigas, a notícia do atentado numa clínica do Rio Comprido, onde, de manhã, o filho Ronaldo, de 3 anos, seria operado das amígdalas. O brigadeiro Eduardo Gomes, diretor das Rotas Aéreas, é um dos primeiros a chegar ao hospital Miguel Couto e, antes de mais nada, declara aos repórteres em polvorosa: "Para a honra da nação, espero que este crime não fique impune."

Lacerda parece iluminado. Já esbraveja uma certeza: o governo está envolvido naquilo. Sua cabeça lateja com ferocidade. Ele telefona para a redação da *Tribuna da Imprensa*. Dá ordens. Escolhe manchetes. Desiste. Há uma estranha felicidade em sua tristeza acentuada pela dor do ferimento. Oscila entre a indignação e a hiperatividade mental. Abraça Eduardo Gomes e não se contém: "A morte de nosso amigo será a nossa vitória. Perdemos um herói. Ganhamos o país para o nosso povo." O brigadeiro não encontra nenhum reparo a fazer. Restava provar o que já se esboçava como dado incontestável e aguardar a renúncia de Vargas. Seria só uma questão de tempo. Quanto tempo?

Nas primeiras entrevistas aos jornais, Lacerda descreve uma fuzilaria, com três pontos de ataque: um pistoleiro em frente ao seu prédio, outro na Hilário de Gouveia e um terceiro vindo da Paula Freitas. Ao jornal *O Globo*, mostra-se como herói paternal: "Agarrando meu filho, saquei por minha vez do meu revólver e atirei enquanto procurava abrigar Sérgio, correndo em direção à garagem. Ali chegando, disse-lhe que corresse para cima, e dispunha-me a voltar, quando meu filho abraçou-se comigo, procurando impedir-me de enfrentar os assassinos." Um dia depois, em seu próprio jornal, precisa as condições do tiroteio: "Imediatamente, outros tiros foram disparados de outra direção, numa fuzilaria infernal."

A versão se modificaria com o passar dos anos. A história rói a memória lentamente e engorda com as suas lascas menos nobres. Agora, é muito cedo para ajustar os detalhes. Nos dias seguintes, a polícia caçaria três homens. Havia tantas testemunhas, que o atentado se apresentava quase esclarecido de antemão: jornalistas, policiais, moradores da rua, passantes, namorados, sobreviventes, adultos, crianças... A obscuridade viria com as investigações e com os interesses.

Quando Alcino e Climério foram presos, sobrou uma inquietação: "Falta o terceiro homem."

Paulo Amato deu partida no seu carro, estacionado na Hilário de Gouveia, e voltou para casa, deslizando ao longo da Avenida Atlântica. Pelas três da manhã, faz uma rápida ligação: "Saiu melhor do que a encomenda. Lacerda está vivo, como combinado com o pessoal. Morreu um milico. Isso não estava no plano. Só que vai ajudar muito." O interlocutor pede confirmação. Amato repete que a idéia de só ferir Lacerda tinha dado resultados ainda mais promissores. "O plano saiu como na mensagem que enviei no outro dia. Até melhor." Desliga. Agora o trouxa do Lacerda vai incendiar o país e obrigar Getúlio a renunciar, diz, em voz alta, como se precisasse ouvir ele mesmo a boa notícia. Abre um champanhe, preparado para a ocasião, e bebe serenamente.

A cidade entra num fervilhar de ligações telefônicas histéricas. Gregório Fortunato dormia em seu quarto do Catete. Lutero estava em Porto Alegre; Euvaldo Lodi, em Buenos Aires; Bejo andava pela noite; Mendes de Morais, em casa; Danton, também, embora alguém jurasse ter visto a mulher dele em algum ponto da Rua Tonelero. Todos dormiam, trepavam, bebiam ou viajavam enquanto o Brasil naufragava graças ao gatilho de Alcino João do Nascimento. Quando o seu telefone tocou, Gregório virou-se de lado e ressonou. Só atendeu, pesado de sono, na terceira vez:

– É o Brandão, desculpe a hora. É grave. Feriram o Lacerda e mataram, com dois tiros no peito e um nas costas, um major da FAB.

– Me deixa dormir.

– Estou falando sério. Muito sério.

– Tá bom.

O delegado Brandão Filho, da Ordem Política e Social, não ouviu mais nada. Gregório desligou e continuou a roncar. Meia hora depois, o ministro Tancredo Neves também foi acordado com o telefone tocando:

– Carlos Lacerda foi ferido num pé – ouviu, meio dormindo.

– Ainda bem. Podia ter sido pior. Vamos dormir.

– Morreu o oficial da Aeronáutica que o acompanhava.

– Que diabos! Não pode ser. Vamos nos atolar em complicações sem fim. Isso é como cair do 24º andar de um edifício.

Ainda de pijama, mas buscando as suas roupas, Tancredo trata de ligar para o Catete. Sua cabeça já organiza idéias, estratégias e declarações. Calma, calma, você ainda não sabe o que realmente aconteceu, diz o ministro. Um pressentimento desorganiza-lhe a racionalidade do bom conselho que se dera: algo muito grave aconteceu e não será fácil desmontar a máquina de propaganda que se porá em movimento, seja qual for a verdade dos fatos. Calma, calma, talvez tudo não passe de um crime comum.

Ninguém parece ter vontade de estancar a sangria. Depois que o pistoleiro Alcino saltou do seu táxi, Nélson Raimundo desesperou-se. Climério não conseguiu acalmá-lo. Após muitos exames da lataria do carro, o motorista não teve dúvidas: apresentou-se no 4º Distrito Policial, no Catete. Transferido para o 2º DP, não se leva mais de 15 minutos para saber que tem ponto na esquina da Silveira Martins com a Rua do Catete, na frente do palácio, ou, melhor, que é barbeiro na Rua do Catete, 146, fundos, e faz bicos como motorista, pegando veículos emprestados, tendo recebido um recado pelo "Seu" José do café, dali da frente do Catete, de que o Climério precisava dele, contará depois, para "levar um tipo e dar um tiro na perna dum". Às seis horas, Tancredo Neves já divulga uma nota oficial assegurando que o governo, custe o que custar, "punirá os culpados". O mar lambe suavemente as areias da Baía de Guanabara.

2

A quinta-feira, no Palácio do Catete, amanhece turbulenta. Tancredo Neves já exibe um ar cansado. O vice-presidente Café Filho, décadas antes acusado de ser comunista e de ter participado da Intentona de 1935, normalmente mais discreto, aparece muito agitado. Ninguém se mostra disposto a ponderações. Cada um fala em "tomar providências". Café invade o gabinete de Lourival Fontes e dispara:

– O presidente tem de tomar medidas urgentes, sem vacilações nem contemporizações.

– Ele ainda não acordou – responde Fontes, inquieto.

– Só há uma coisa a fazer: demitir o Âncora.

– O chefe de Polícia nada tem com isso.

– Mas é assim que funciona. Precisamos dar satisfações à imprensa, à oposição e à população.

Café Filho retira-se na mesma agitação. Lourival pensa em dar uma saída para respirar. Getúlio, já no gabinete, reclama a sua presença. Encontra-o com o lábio inferior caído. Péssimo sinal. Tem os jornais sobre a mesa e a cuia de chimarrão na mão direita:

– Estão querendo nos atolar num pedregal, "Seu" Fontes?

– Isso vai ser esclarecido rapidamente, estou certo disso.

– Quem pode ter interesse numa barbaridade dessas?

– Não sei. Mas precisamos estar prevenidos. Vão tentar meter o Lutero nessa maquinação.

– O Lutero? Meu filho pode ser tudo, mas não é burro para dar coice em parede. Ele está processando o Lacerda. Seria como mandar matar e assinar o recibo.

– Presidente, o senhor está falando com a lógica, eu estou lhe respondendo com os argumentos da exploração política.

– Bom, bom, mas tudo tem limite. Que vamos fazer?

– Se me permite, trocar o chefe de Polícia por alguém que possa ser considerado neutro. Um magistrado ou, enfim, alguém em que os adversários do governo possam confiar, que não seja um boçal nem um tiro pela culatra.

– Quem?

– O general Nélson de Melo, por exemplo. O Café acha esse nome uma boa idéia.

– O Café já andou aí?

– Bem cedo.

– Hum...

– A cidade está um pandemônio, presidente.

– O motorista que deu fuga ao pistoleiro já se apresentou à polícia. Tem ponto aqui na frente. Transporta gente do Gregório.

– Que estupidez! Num ano de eleição, meu pior inimigo não podia ter errado um tiro e acertado tão bem o meu governo. Depois disso, nada mais grave pode acontecer, nem chovendo canivete. Vou pensar, Lourival, vou pensar...

– Não se demore, pelo amor de Deus.

Por alguns segundos, Getúlio escapou do imediato. Uma outra notícia de morte o fez virar a página: morrera Colette, romancista francesa, às 19h30, no seu apartamento do Palais Royal, aos 81 anos. Os grandes escritores não morriam, pensou, e riu do seu lugar-comum. A eternidade demorava a alcançá-los. Não era leitor de Colette, mas sabia do seu talento. Sentiu. Voltou a si. A imprensa não se demorava a "exigir o nome dos culpados", e Lacerda a vociferar: "Mas, perante Deus, acuso só um homem como responsável por esse crime. Esse homem se chama Getúlio Vargas."

Ainda pelas seis horas, o coronel-aviador Adhemar Scaffa recebe um telefonema seco do coronel Délio Jardim de Mattos:

– Precisamos de todos os homens da Base Aérea do Galeão no enterro do major Vaz.

– Vou falar com o comandante.

– Por quê?

– Acho que é melhor ir só uma comissão.

– Precisamos de todos – repete Mattos, antes de desligar.

Prevalece a idéia de Scaffa. Se querem pressa, terão, conclui Getúlio. Pediu que chamassem Gregório Fortunato. O chefe da guarda pessoal entrou no gabinete pisando firme e com o rosto tranqüilo. Nenhuma emoção congestionava-lhe a face. Getúlio não lhe ofereceu um mate. Observou que, ao longo dos anos, o negro havia mudado: estava mais seguro, à vontade, com ares de senhor, bem-vestido, terno de casimira inglesa, embora ainda se atrapalhasse com a língua. Fazia algum sentido, afinal os anos burilam as pessoas, e Gregório acostumara-se à convivência com gente de traquejo:

– Que me diz disso, Gregório?

– Que posso dizer, presidente? Não sei de nada.

– Mas o motorista que deu fuga ao assassino é conhecido do pessoal da tua guarda e faz ponto aqui na frente.

– Acho burrice alguém tomar um táxi aqui da frente para matar um sujeito que é seu inimigo.

– Tem alguém da guarda nisso, Gregório?

– Presidente, tenho a guarda na mão e posso lhe garantir que nenhum dos meus homens ia nos arranjar uma encrenca dessas.

Getúlio ordena, até com certa rispidez, que se retire. Quer ficar só para organizar as idéias. Não fosse rocambolesco demais, diria que se trata de mais um golpe do próprio Lacerda. Em outros tempos, esse tipo de coisa era quase normal, pensou. Não era mais assim. Achava. Tudo continua a fervilhar. Gregório passa por Benjamim e mostra-se estupefato com o acontecido. Balança a cabeça, abre as mãos em sinal de ignorância, espicha os lábios num gesto de incredulidade. Benjamim bate uma mão na outra, revela a mesma surpresa e ironiza:

– Que bosta. Erraram o Corvo. Vai saltar merda para tudo quanto é lado, mesmo em quem não tem nada com isso.

Gregório afasta-se. Dirige-se ao anexo. Cruza com Lourival. Percebe-lhe o jeito de lobisomem que se acentua quando ele está nervoso. O secretário do presidente o segura pelo braço:

– Pelo andar dessa carroça, tem a tua pata nisso, cavalgadura.

– Capaz, "Seu" Lurival!

– Se você estiver metido nisso, bostiquinha, mando castrar você e jogar os seus troços para os porcos.

– Isso é coisa de gente doida, "Seu" Lurival.

– Boçal.

Mal Bejo entra no gabinete, Getúlio o interpela:

– E agora, Bejo?

– Não temos nada com isso. É mandar apurar a coisa.

– O Lourival e o Café querem que eu demita o Âncora.

– Pode ser uma idéia boa. A imprensa adora isso, um símbolo, uma cabeça que rola, mesmo sem ter nada a ver com o pato.

– O Lourival acha que vão acusar o Lutero.

– Não tenho nenhuma dúvida disso. O Corvo só não faria isso se uma bala tivesse limpado a merda do seu cérebro defeituoso.

A marcha dos acontecimentos ganha velocidade. Nas ruas, não se fala de outra coisa. As rádios trituram possíveis testemunhas. Todo mundo acusa alguém. Ninguém se entende. À tarde, o Congresso se transforma numa balbúrdia. Sucedem-se os discursos inflamados e categóricos. Na Câmara, a "banda de música" dá o tom e não sai do refrão: a culpa é do governo. O líder Gustavo Capanema alerta que nem Getúlio Vargas nem o seu filho Lutero podem ser acusados de nada. A investigação está nas mãos do delegado Jorge Pastor. Tancredo, por recomendação de oficiais da Aeronáutica, escolhe Scaffa para acompanhar o inquérito. Chama-o ao seu gabinete e confia-lhe a missão. Um telefonema o faz mudar de idéia. Ele e Nero Moura indicam o promotor João Batista Cordeiro Guerra e o coronel-aviador João Adil de Oliveira para seguir o inquérito. Scaffa é escalado como auxiliar de Adil. A ordem é uma só: desvendar o caso.

3

Tércio chegou ao Catete, na sexta-feira, 6 de agosto, pelas 15 horas. O presidente o recebeu como se nada pudesse alterar a sua rotina de trabalho. Contudo, parece abatido. Lourival interrompe três vezes o fluxo de lembranças de Getúlio. Na primeira vez, limita-se a uma informação curta: "Vai sair às 17 horas." É o enterro de Rubens Tolentino Vaz, velado no Clube da Aeronáutica, na Ponta do Calabouço. Sobre a mesa, permanecia o exemplar da *Tribuna da Imprensa.* Tércio podia ler: "Temos dito isso. Há neste país quem não saiba que a corrupção do Governo Vargas gera o terror do seu bando?"

– Você acredita nisso? – perguntou, abruptamente, Getúlio, mostrando-lhe um exemplar de *O Dia*, onde Chagas Freitas afirmava: "A oligarquia Vargas já tripudiou demais sobre este povo indefeso. Basta!"

– Não, de forma alguma, presidente.

– Por que estamos nisso então?

– Os inimigos...

– Perseguem-me desde 3 de outubro...

– 3 de outubro?

– De 1930. Vestiram todas as roupas e máscaras. Como proteus desvairados, aí estão outra vez. Os piores nunca foram os vermelhos. Sou a presa a ser caçada pelos reacionários desde o dia em que aceitei liderar uma revolução contra as elites. Nunca serei perdoado por isso.

– O povo reconhece tudo o que senhor tem feito pelo Brasil.

– Vão acusar o Lutero – murmurou Getúlio, alheio ao comentário de Tércio.

– Seria um erro.

– Vão cometê-lo. Pobre Lutero! Nada lhe sai bem.

– É um médico competente.

– Nunca compreendeu a traição da mulher. Não podíamos fazer nada. Fez-se o necessário. Vai sofrer por causa disso até o fim. Passou a viver para a filha, mas lhe falta algo, e essa ausência o corrói. Agora vem mais essa!

Lourival entrou novamente na sala. "O cortejo será acompanhado por Eduardo Gomes e pelo Dutra. Há muita agitação na cidade. O Caiado representa o governo." Getúlio ficou em silêncio. "Diga ao Tancredo para divulgar outra nota, mais explícita. Quero que a nação saiba que nenhuma consideração pessoal, social ou política nos desviará da apuração completa desse crime."

– O senhor prefere que eu me retire? – murmura Tércio.

– Não, não, fique. Vamos conversar mais um pouco. Jamais gostei de política, sabe?

– O senhor não fez outra coisa na vida, presidente, se me permite, outra vez, esta observação.

– Estou velho, começo a me repetir. Já lhe disse, em todo caso, que eu só quis administrar o Brasil.

Levanta-se e convida o visitante para uma caminhada no parque. Desiste. Reflete por alguns instantes.

– Estou perdendo a batalha para o tempo – diz, por fim.

– Que quer dizer?

– Assim que terminar o meu mandato, poderei, enfim, voltar para casa.

– Irei visitá-lo em São Borja.

– Olhe, o que eu não puder lhe contar pessoalmente, você encontrará em meus diários recentes.

– Diários?

– Sim. Tive um diário até 1942. Depois, parei. Quando me retirei para o Rio Grande, precisando organizar a cabeça e conversar com o papel, recomecei. Tenho um "Diário do Exílio", embora essa expressão seja meio boba, e outro desta "Última Jornada". É um segredo. Vou mostrá-lo a você sob certas condições.

– Por que confiar em mim, presidente?

– A confiança é como o tempo, não passa de um gesto gratuito.

– Tenho medo de não estar à altura da sua confiança.

– Eu não tenho medo algum. Vou dar uma olhada antes de passá-lo a você.

– E as suas condições?

– Você as conhecerá no devido momento.

Lourival retornou. Tércio pediu licença para ir embora. Deixou o presidente e saiu com a impressão de ter visto os destroços de um grande navio. O pai, o velho Aparício, contara-lhe tudo sobre a traição da alemãzinha de Lutero. Tinha acontecido lá por 1944. Devastado, Lutero apossou-se da filha, quase num seqüestro, e entregou a mulher à própria sorte. Quando a dor ultrapassava um certo limite, bebia um pouco mais. Como a dor já não tinha limites, afundou-se na bebida. Nessa época, ficou conhecido por andar sujo, sem se barbear, a fralda da camisa para fora das calças, dirigindo um Dodge 38 batizado de "sucatão".

Enquanto Tércio pensava no sofrimento de Lutero por causa da traição da mulher e se comparava ao filho do presidente, por também ele se sentir escravo de uma mulher ausente, Paulo Amato acompanhava o enterro do major Vaz. Aos gritos de "a pé, a pé", a população exigiu que o caixão fosse carregado em caminhada até o cemitério, passando pela Rio Branco, depois pela Beira-Mar e pela Praia do Flamengo. Os exaltados tentaram desviá-lo para a Rua do Catete, mas foram detidos pelos que perceberam nisso uma provocação capaz de degenerar em violência escancarada.

Em poucas horas, Amato aprendeu muito sobre a histeria coletiva e o feitiço dos oradores sobre a classe média pretensamente esclarecida. Assistiu ao conluio da Igreja com os militares e a imprensa sensacionalista numa seqüência de gestos de violência travestidos de clamor por justiça. Andou pela cidade a esmo, do cemitério ao mar, da areia ao centro, e, finalmente, atraído pelo movimento, acabou de retorno ao Clube da Aeronáutica, onde seiscentos oficiais reunidos exigiam "apuração do crime até o fim". Voltou para o carro e apalpou, instintivamente, o cabo do revólver para sentir-se mais calmo.

4

As emissoras de rádio multiplicavam as declarações oficiais. Uma testemunha declarou à Rádio Tupi que Lacerda não sofrera ferimento algum. Ninguém levou aquilo a sério. O general Zenóbio da Costa, ministro da Guerra, quis tranqüilizar o país garantindo, em nome do exército, que se faria justiça. Botou 30 mil homens de prontidão. O Rio de Janeiro estava em pé de guerra. O sábado chegou sem que o caso avançasse publicamente. Nos bastidores, porém, a engrenagem começava a moer os inocentes úteis. Na madrugada de domingo, o ministro Nero Moura foi chamado ao quartel da Polícia Militar, na Avenida Salvador de Sá, onde se encontrava detido o taxista Nélson Raimundo.

Ao chegar lá, encontrou Eduardo Gomes, Âncora, Cordeiro Guerra e Adil. Raimundo, depois de ter contado um monte de besteiras ao delegado Pastor, dera o serviço, durante um simples jogo de damas, ao capitão João Ferreira Neves. O homem era Climério Euribes de Almeida, que o contratara por 20 mil cruzeiros para transportar o pistoleiro, cujo nome afirmou desconhecer. A operação havia sido simples: o assassino pulou do carro na esquina da México com Santa Luzia. Voltara ao ponto no Catete, onde encontrou Climério, vindo de Çopacabana. Levou-o ao Cachambi, onde o outro morava. Dois elementos chamavam a atenção: Nélson também seria investigador de polícia; Climério, membro da guarda pessoal de Getúlio Vargas.

Está feita a cagada, pensa Nero Moura. As manchetes futuras da *Tribuna da Imprensa* surgem nítidas na sua cabeça. O governo, não há dúvida, será coberto de merda. Não hesita em telefonar para a casa de Tancredo. O diálogo é cristalino:

– Tem um homem da guarda pessoal metido no crime.

– Quem?

– Venha para cá.

Tancredo liga para Caiado de Castro.

– Vá para o Catete. Tem um homem da guarda na confusão.

– Quem?

– Não sei.

Caiado telefona para o major Garcez, chefe de Pessoal do Palácio, e ordena que vá para o Catete. Chove muito. Os morros recortam-se no céu quando relâmpagos iluminam a cidade. Tudo se mostra concretamente irreal. Quando Tancredo chega ao quartel, com as pernas das calças molhadas, ainda encontra Eduardo Gomes, que tenta se esquivar. Raimundo repete a sua confissão.

– Ministro, temos de comunicar isso ao presidente imediatamente – diz Adil.

– Ao presidente? A esta hora? Não. Nem temos certeza se esse Climério faz mesmo parte da guarda. Se fizer, certamente é um subalterno, sem a menor possibilidade de vinculação direta à autoridade do presidente. Sejamos sensatos! – responde Tancredo.

– Que vamos fazer então? – incomoda-se Adil.

– Proponho um encontro imediato com o General Caiado.

– Está certo – Adil se acalma.

– Vou telefonar para o Caiado.

Quando o telefone toca, Caiado já se encontra em companhia de Garcez. A chuva aumenta, a ligação é péssima, a conversa, um jorro:

– General, estamos indo para aí. Chame o Gregório Fortunato. Parece que tem um homem da guarda pessoal, alguém da guarda, envolvido no crime.

– Da guarda do presidente?

– Alguém da guarda.

– Quem?

– Um tal Climério.

– Vocês conhecem um Climério? – pergunta Caiado, depois que Tancredo desliga, a Garcez e Gregório, que já está na sala.

– Temos o investigador Climério, meu compadre, no serviço externo do palácio.

– Seu compadre? – surpreende-se Caiado.

– Claro – responde Gregório, muito calmo. – O Climério está sempre aí. Ele é gaúcho, de São Borja, e serviu comigo, em 1932, sob o comando do coronel Benjamim.

– De São Borja? – repete Caiado.

– Sim. Foi peão em Santos Reis. É homem de confiança.

– Temos de apanhar esse homem de qualquer maneira e o mais rápido possível – diz Caiado.

– Por quê? – questiona Gregório, aturdido.

– Está envolvido no atentado ao Lacerda.

– Vou chamar o Valente para pegar o telefone do Climério – avisa Gregório.

– Você não o tem? – surpreende-se outra vez Caiado.

– Não – responde, secamente, Gregório.

João Valente, secretário da guarda, aparece, mas pede tempo para buscar a ficha de Climério. Caiado impacientase. Garcez exige mais rapidez. Gregório e Valente saem, esbarrando um no noutro. Ainda está escuro no lado de fora. O temporal não dá trégua. Tudo faz pensar num filme ruim e num cenário impossível. Quando retornam, Tancredo, Nero, Âncora, Guerra e Adil conversam com Garcez e Caiado. Confirmados os dados, já se sabendo que Climério Euribes é investigador do Departamento Federal de Segurança Pública, Caiado ordena:

– Gregório, vá ligar para o Climério.

– Valente, vem comigo – pede Gregório.

– Licença, general – pede Valente.

– Liga para o Climério e avisa que ele está sendo procurado – diz Gregório a Valente, quando se afastam da sala.

– Só isso?

– Diga que depois falamos.

Minutos depois, Gregório retorna ao gabinete, visivelmente desconcertado. Parece menor. Ou está com os ombros dobrados. Tancredo observa-lhe o branco dos olhos. Informa:

– Telefonei para minha comadre Elvira. Climério não está em casa.

– O que você sabe sobre isso, Gregório? – pergunta Tancredo.

– Deve haver um engano, "Seu" Tancredo. Não tem ninguém da guarda nessa encrenca.

– Telefonei para a casa do Climério – diz Valente, de retorno à sala. – Não atende.

Ficam todos em silêncio. Ouve-se o barulho da chuva tamborilando no parque. Talvez alguém pense no quanto é bom dormir com aquele barulhinho.

– Vamos falar com o presidente – propõe Adil a Caiado.

– Não tenho autoridade para acordar o presidente, a não ser em caso de extrema gravidade. Acho que não estamos lá.

– O senhor acha mesmo? – espanta-se Adil.

– Acho.

– Espero que tenha razão – ironiza Adil.

– O senhor percebeu a contradição entre Fortunato e Valente sobre o telefonema para Climério? – pergunta Guerra a Caiado, enquanto os demais se retiram.

– Estranho! – choca-se Caiado. – Foi, certamente, uma confusão.

Terminada a reunião, Caiado repete a ordem de caça a Climério e pede-lhe esclarecimentos sobre a ligação telefônica.

– Eu é que tinha o número certo – explica o negro.

Caiado balança a cabeça, menos em dúvida do que desconcertado. Sente uma estranha vontade de que nunca mais pare de chover. Gregório e Valente saem agitados. A voz de Fortunato está alterada, pastosa. Ele respira pesadamente:

– Onde ele está?

– Em Belfort Roxo.

– Pega 50 mil cruzeiros na minha gaveta e leva para ajudar o compadre – ordena a Valente.

– Agora?

– Não, depois que ele estiver preso.

5

— Todo mundo deu o seu depoimento sobre o que aconteceu – diz o velho, examinando a imagem religiosa do quarto de Getúlio.

– Não faltou ninguém – assente a velha, alisando a madeira da cômoda.

– O Góis depôs ao Lourival Coutinho, um encarniçado inimigo de Getúlio. Os outros falaram para quem apareceu ou escreveram as suas memórias. O Gregório teve um biógrafo precoce e canalha, o David Nasser, e outro tardio e com boas intenções, o José Louzeiro, ambos centrados na figura do "anjo", o negro da fidelidade.

– Todo mundo escreveu – repete a velha, espiando o banheiro do presidente, com o chuveiro sobre a antiga banheira branca.

– Sim, todo mundo: a Alzirinha, *Getúlio, meu pai*, o Lutero, *A revolução inacabada*, revolucionários de 1930, de 1935, golpistas de 1937, de 1938, memórias de tenentes, caudilhos, o Luzardo, generais e marechais, de vice-presidente, o Café Filho, *Do sindicalismo ao Catete – memórias políticas e confissões humanas*, o João Alberto, Juarez Távora, Mascarenhas, Mendes de Morais, Mourão, João Neves, o Vergara, *Fui secretário de Getúlio Vargas*; o Chermont de Brito cometeu um livro divertido, de tão bajulador, *A vida luminosa de Dona Darcy Vargas*; o Sette Câmara que, em 1954, trabalhava no Catete, também deu a sua versão daquele agosto.

– Do Lacerda ficou o seu "depoimento" a *O Estado de S. Paulo*, transcrito em livro.

– Um olhar bastante particular dos fatos, diga-se de passagem, até...

– O Maneco – interrompe o velho – parece que deixou um livro que não conseguiu publicar em vida. O Hugo Baldessarini, advogado da Lígia Vaz, também contou a sua versão dos fatos.

– Pois é, todos, caro amigo. E nem estou falando de tudo que se escreveu sobre 1930, a começar pelo livro do Virgílio de Melo Franco. Sem contar, sobre 1954, os jornalistas a favor e contra, Henriques, *Ascensão e queda de*

Getúlio Vargas, Cony, Vidal, Cláudio Lacerda, *Uma crise de agosto*. Até o filho da Adalgiza, o Emmanuel Nery, lembrou-se de tudo em *Couraça da alma*. Samuel Wainer deixou a sua *Razão de viver* em fitas gravadas. Um saco de gatos falantes...

– Até o pistoleiro Alcino, ajudado por jornalistas, pelo Palmério Dória, saiu-se com um *Mataram o presidente*... Nunca tinha visto disso.

– Tem mesmo de tudo, sobre a Tonelero, sobre Getúlio, sobre Lacerda, sobre Chatô, sobre a violência nos porões de Vargas, a Cancelli, sobre o que nunca será dito. Os melhores de todos continuam sendo o Zenha Machado e o Hélio Silva, que misturaram jornalismo simples com história viva – continua o velho, examinando a cadeira de leitura de Vargas.

– O Rubem Fonseca contou bem a história de um comissário como se fosse a de Getúlio.

– Um comissário honesto numa república podre. O senhor acredita nisso?

– Me convenceu, até certo ponto. Mas é uma história de fora para dentro. Ao menos, não foi como Fernando Morais, que fez do gângster Chatô um canalha simpático com ares de herói civilizador. Saiu, faz pouquinho, uma síntese jornalística e histórica do José Augusto Ribeiro.

– Não vi.

– O Morais ajudou a aprofundar o mito de que Getúlio entregou Olga para a câmara de gás. Não havia câmara de gás em 1936. O horror do Holocausto só foi mesmo conhecido no fim da guerra, e ainda assim não foi fácil provar certas coisas. Getúlio extraditou Olga. Apenas. Errou ao deixar que uma mulher, grávida de um brasileiro, fosse expulsa. Mas por que não deixaria de extraditá-la? Ela era estrangeira e estava no Brasil para, dentro do seu movimento ideológico, se necessário fosse, matá-lo. Eu preferia que Olga não tivesse morrido. Mas estou feliz porque as suas idéias fracassaram.

– O fim do século passado e o começo deste novo milênio não viram nada igual à crise de agosto de 1954 – desconversa a velha. – O Tenório Cavalcanti, aquele gângster de subúrbio, o da metralhadora Lurdinha, tinha razão em dizer que fora coisa de profissional o tal crime da Rua Tonelero; um profissional atira primeiro no segurança. E acerta onde quer acertar.

– Ah, foi coisa de profissional, senhora! Isso foi.

– Cada parte jogou para cima da outra a idéia de armação. O Lutero sempre jurou que o Lacerda não tinha sido ferido. Uma testemunha dissera isso para ele. O prontuário médico sumiu do hospital. Mas foi por obra de um capanga do Gregório. Pobre do Lutero, passou a vida mentindo que não se engessava ferimento de tiro de revólver, para desespero do Dr. Sumner, que tratou do Lacerda e dizia o óbvio: era uma fratura. E não era gesso, mas uma tala enfaixada.

– O Lutero disse também ao delegado Pastor – acrescenta o velho – que um tiro de 45 levaria à amputação de um pé. Mas o guarda Sálvio, cuja coxa fora, sem dúvida, ferida, não perdeu a perna.

– O Lutero sentia-se culpado – suspira a velha. – Encontrou, anos depois, um tal Fernando Aguinaga, que teria sido testemunha do atentado e o convenceu de que Lacerda não havia sido ferido. Aguinaga teria prestado depoimento, no Galeão, espontaneamente, ao Scaffa, sem que a sua declaração fosse levada em conta. Só que, esse é o porém da coisa, logo depois do crime, o Aguinaga e seu amigo Gradim depuseram na polícia e nada de especial tinham visto.

– Como sabe disso também?

– O livro do Lutero chegou rapidamente às minhas mãos, assim como os demais. Para o restante, contratei um detetive e um pesquisador para ter o meu próprio levantamento dos fatos.

– Todo mundo viu e acho que ninguém contou direito. Nem o Armando Nogueira. Nem o Alcino. Nem o Sálvio, que ficou lá atirado no chão, ferido, pois era apenas um pobre guarda municipal. Até uma tal condessa de Saavedra foi testemunha do crime mais obscuro e mais visto da história do Brasil. Fiquei sabendo que o Armando Nogueira, hoje uma figura quase lendária do jornalismo brasileiro, confessou para o Palmério Dória, muitos anos depois, quando os dois trabalhavam na Rede Globo, que mentiu no depoimento ao *Diário Carioca* publicado logo depois do atentado. Assim como o Watergate teve o "Garganta Profunda", Armando, então um novato na profissão, ganhou fama como a "testemunha ocular da História", mas talvez tenha dito demais por ter visto de menos, por ter chegado alguns instantes depois.

– Bobagem. O Armando nega que tenha dito isso ao Palmério e até tripudia. Para ele, Alcino nunca passou de um débil mental daltônico. O furo é mais embaixo. O Gregório não mentiu para o Caiado, dizendo que o Climério já não trabalhava mais lá ou que teria trabalhado anos antes?

– Não, senhora. Não mentiu coisa nenhuma. Mas, na hora, o Caiado não imaginou que o próprio Gregório estivesse envolvido.

– Estranho... O Nero Moura espalhou que era coisa da CIA.

– Tudo foi muito estranho. O Climério também não andou dizendo que só estava lá para vigiar o Lacerda?

– Andou. O Borges, outro dos guarda-costas do Lacerda, teria ouvido o Tancredo, ao tomar conhecimento do nome de Climério, avisar, por telefone, a "turma para cair fora".

– O Tancredo deu o nome por inadvertência. O restante foi inventado. Havia muita paranóia no ar.

– É, mas o Lacerda já tinha escapado de uma bomba, que explodira um barco, em Paquetá, e de um atentado, anos antes, na saída da Rádio Mayrink Veiga, atribuído ao Mendes de Morais.

– Foi só uma surra dada por um tal de Canguru no Lacerda, que andava debochando do plano de Mendes de Morais de criar touradas no Rio de Janeiro.

– Não se esfola um crítico por tão pouco...

– Eram aqueles tempos. Em maio de 1954, um tal Coice de Mula matou o jornalista Nestor Moreira, de *A Noite*, e já foi uma confusão. O governo não teve nada com esse crime. Houve tentativa de exploração política. Wainer publicou uma carta da viúva repelindo os abusos.

– Mas a turma do Lacerda foi em cima, e a viúva disse que tinha feito a carta em troca de uma pensão vitalícia.

– É, tem razão. Aconteceu isso, sim. De qualquer maneira, voltando ao que interessa, o Tancredo não era flor. Segundo o Cláudio Lacerda, ele contou que Vargas lhe teria dito que não escolhera Zenóbio para ministro da Guerra, que o Zenóbio se convidara e se empossara. Duvido. O Getúlio nunca aceitaria isso. Getúlio era um homem de fibra e de honra.

– O senhor acredita muito na força de Getúlio.

– Por isso foi tão perseguido. Por isso caiu numa teia. É o homem mais importante da história do Brasil.

– Sempre perseguido por manifestos de coronéis, brigadeiros, generais...

– A senhora acredita mesmo que o Getúlio encomendou o Manifesto dos Coronéis, de fevereiro de 1954, ao Kruel?

– Não lhe falei do que relatou o Vidal?

– Duvido dessa versão. O Getúlio ia comprar um troço que criticava negociatas, desfalques e malversação de verbas?

– Não sei...

– Essa época é cheia de mistérios condenados aos buracos da memória, minha senhora. O Lacerda, numa das suas tantas reconstituições do atentado que matou o Vaz, chegou a dizer que morava no décimo andar do edifício 180 da Rua Tonelero. Ora, o prédio tem no máximo sete andares. O Lutero disse que ele e o Bejo nunca foram a uma tal reunião no apartamento da Alzirinha, onde Getúlio pensou em renunciar. História é isso...

– Um crime sem mandante, como sem autor foi o Plano Cohen, ou como outro foi o mentor do Manifesto dos Coronéis.

– A senhora acredita em contos de fada?

– Não. Sei que sempre existe um mandante para tudo.

– Ou vários.

– Quem foi, então, o mandante do crime da Rua Tonelero, na sua opinião?

– Só o terceiro homem sabia toda a verdade.

– Então existiu mesmo esse terceiro homem?

– Sim, senhora. Sem ele, eu não saberia tudo o que sei.

6

Tancredo despediu-se dos outros e foi ao gabinete de Getúlio Vargas. Amanhecia. Contou-lhe tudo. O presidente não parecia disposto a falar. Limitava-se a observar o lento gesticular do seu ministro da Justiça. Lourival Fontes entrou e, depois de um rápido cumprimento, informou: "O boçal do Lacerda não quis entregar a sua arma ao delegado Pastor. Acha que se pretende acusá-lo de ter atirado contra o Vaz para derrubar o governo. São balas ditas traçadeiras, de uso militar, e seria fácil identificá-las."

Getúlio alarmou-se. "Como sabe isso?" Lourival sorriu. Era um espetáculo o sorriso daquele homem feio, um esgar, uma espécie de cicatriz que, curiosamente, dava-lhe uma expressão facial tranqüila e comovente: "Pensei que tivesse obrigação de saber." Foi a vez de Vargas sorrir. O general Caiado de Castro foi anunciado. Entrou. Tancredo aproveitou o instante de hesitação para afirmar:

– O senhor precisa extinguir a sua guarda pessoal. É inevitável.

– Não me custa nada. Sempre a achei um embaraço. Um bando de homens para me proteger de quem? Do povo? Sou amigo do povo. Nunca precisei ser defendido de quem amo e de quem me ama.

– O ministro Tancredo tem razão – apoiou Caiado.

– O melhor é mostrar-se transparente – insistiu Tancredo.

– E colaborar ao máximo com o inquérito – complementou Caiado.

– Abra o Palácio aos investigadores e mande prender qualquer pessoa envolvida no crime. Não precisa nem me consultar. Quem cometeu uma asneira dessas merece passar a vida numa masmorra. Não direi um curral para não ofender os animais.

Tancredo e Lourival precisaram retirar-se. Caiado, a pedido de Getúlio, ficou.

– Para onde estamos indo, general?

– Não sei. Por que não tira a licença que vem planejando, presidente, uns sessenta ou noventa dias?

– Vou pensar. Peça ao Accioly que chame o Gregório para mim.

Enquanto esperava o Negro, sentiu que os próximos dias seriam iguais, uma infinidade de conversas melancólicas e pantanosas. Mergulharia num itinerário de pequenas descobertas e de grandes mentiras. Melhor saber tudo logo, pensou. Fortunato entrou meio de lado. Getúlio notou que o outro sentia medo.

– Deste agora para mentiroso, Negro?

– Não, de forma alguma presidente, acho que tem encrenca nessa confusão.

– Basta! Quem mandou o Climério tocaiar o Lacerda. Foste tu?

– De jeito nenhum, patrão. De jeito nenhum!

– Então, trate de pegar o Climério. Enquanto isso, vou extinguir essa tua guarda de desocupados e desordeiros.

– Extinguir?

– Fechar, liquidar, pôr fim, acabar com a farra.

– O que vai ser de mim, patrão?

– Vou ver isso com o Bejo. Agora saia e não me volte sem esse desgraçado. Diga ao Accioly para me localizar o Bejo.

Com as duas mãos no rosto, Getúlio Dornelles Vargas olha para o teto e pensa: Não me faço ilusões, estamos num torvelinho, sairemos tontos desse vendaval. Até o Caiado teme ser responsabilizado e dá asas à imaginação, supondo uma maquinação dos comunistas. Duvido. Para onde vamos, ainda não sei. Mas talvez não seja para onde sonhamos. Há algo que me escapa nessa tramóia. Sinto-me, de repente, caindo num imenso vazio, como quando era criança e saltava do umbu sobre bolsas de lã. Haverá, ainda, alguma coisa para aparar o choque?

Sente-se, inexplicavelmente, traído de todos os lados. Conserva, ao menos, o senso de humor e ri quando pensa em Hamlet: há algo de podre... Como não estamos na Dinamarca, o cheiro será sentido rapidamente, mesmo em agosto. Imagina-se na condição de príncipe tropical, ou de velho rei decadente e, mais uma vez, ri das bobagens dos jornalistas. Consola-se ao perceber que ainda consegue rir de si mesmo, o que sempre lhe pareceu uma marca de saúde mental, um antídoto contra os delírios dos outros. Haverá algo que não esteja podre no seu reino duramente atacado por um escriba apelidado de Corvo? Numa das suas blagues, quando lhe falaram do desejo de Carlos Lacerda de se inscrever na Escola Superior de Guerra, dissera: "É um rapaz inteligente, mas muito mal-educado; o Juarez que o eduque."

Lacerda é um demônio. Sente que os próximos dias se confundirão numa vertigem de cabeças rolando, de sangue jorrando, de tinta de imprensa enxovalhando, numa mesma bacia, homens bons e safados. Talvez Bejo possa aliviá-lo de tanta angústia. O irmão está em Petrópolis. Pensa em deixá-lo por lá. Chama Accioly e, mudando de idéia, insiste para que Bejo seja chamado às pressas. Haverá como estancar o lodo que já escorre das ruas para o Catete e, na visão da oposição, do Catete para as ruas? Levanta os pés. Experimenta um calafrio. Agosto, mês de cachorro louco, pensa.

Mas é Gregório quem se antecipa, chama o motorista Artur Ramos e o colaborador Arquimedes Manhãs e parte ao encontro de Bejo. No caminho, o chefe da GP só pensa numa coisa: "Meu compadre está metido nessa ronha e isso pode respingar em mim." A conversa de Valente com o seu afilhado Adão, filho de Climério, a seu pedido, só lhe botara a pulga atrás da orelha. Climério estava frito. Quando Valente, desconfiando, perguntou-lhe a razão de enviar dinheiro para a fuga do amigo, dissera-lhe exatamente isso. Melhor prevenir. Manhãs segue quieto. Ramos dirige com os olhos fixos na estrada. Gregório, de repente, sente-se terrivelmente só. Tudo será jogado ali, na próxima carta, no próximo lance e não pode errar. Avistam a caminhonete azul de Bejo.

– O presidente lhe chama.

– Ele já mandou me telefonar duas vezes.

– É importante.

– Só pode ser, não?

Em poucos minutos, tudo acontece. A mulher de Bejo fica sozinha na caminhonete. Manhãs senta-se ao lado de Artur. Bejo e Gregório conversam baixinho no banco de trás.

– O Nélson Raimundo, o motorista, entregou o Climério.

– E daí? Desembucha, Nego.

– A coisa está osca. Vai chegar em nós.

– Nós?

– Em mim.

– Chegar o quê?

– A merda.

– Fala direito, Nego. Desembucha.

– Olhe, eu vou lhe confessar como se fosse ao meu pai, como se faz com um padre: eu fiz o que tinha que ser feito, como todos queriam. Mandei pelar a coruja do Corvo.

– Por que meteu o Climério nisso, Nego? O Climério sempre foi um frouxo. Vai vomitar tudo no primeiro aperto – irrita-se Bejo.

– O compadre é gente nossa de confiança!

– Por que botar na confusão um motorista da frente do Catete, mula?

– De onde tirar outro que não desse com a língua nos dentes ou fizesse chantagem?

– Que merdança!

– Que faço? O patrão está fulo comigo e disse que vai fechar a guarda e acabar com tudo.

– Agora é que a porca torce o rabo. Só tem dois caminhos, Nego: ficar quieto que nem guri cagado ou assumir sozinho a responsabilidade.

– Sozinho.

– Dos males, o menor.

7

Ali tudo se enroscou, sabia Getúlio. Ali, tudo se acabou. Era olhar para trás e rever a seqüência das coisas, num tropel de fatos. Benjamim entrando no seu gabinete e despejando, para sua estupefação, "soube pelo Gregório". Como, pelo Gregório? "Tu o mandaste me chamar?" Te chamar pelo Gregório? Te mandei chamar pelo Accioly. Ali, naquele instante, como num clarão de relâmpago, vira tudo. E, mesmo assim, como soube depois, ainda não era tudo. Sempre faltava um pouco. Então, sem rodeios, dissera ao irmão: o Gregório está metido nisso. É olhar e ver.

– É o que também me parece – responde, tranqüilamente, Bejo.

– Ele te disse?

– A gente sente. Conheço o Nego. Deve ter feito pensando em te ajudar.

– Vou extinguir essa guarda, Bejo. E abrir as portas do Catete para que tudo seja esclarecido, doa a quem doer. Agora, me conta tudo. O que está acontecendo à minha volta?

Ali, naquele instante, tudo se acabou. Bejo contou o que sabia. E o que sabia era um mar de lama, mas era também o que todos sabiam, o que os jornais falavam; mesmo assim, tudo lhe apareceu como uma novidade, numa clareza jamais tida, e tudo era grave. E Osvaldo Aranha, trazido por Bejo, chegava, de óculos escuros, olhos vermelhos, para concordar que o Nego só podia estar atolado na coisa. Ali, de frente para o velho amigo, já sabia que o "tiro no pé de Lacerda era um tiro nas suas costas".

Mandou Caiado reter Gregório no palácio. Todos já admitiam a participação do chefe da guarda no atentado. E lavavam as mãos. Bejo estimulava Gregório a confessar, "preso, tu falas, Nego, que não é a mesma coisa que solto, tu falas", e o negro se encolhia numa obstinação que lhe parecia incompreensível, "eu me mato, me mato e não entrego os outros". Que outros, Nego? Só não te entrego porque não sou delator. E Fortunato: "Eu sempre servi a vocês. Não me fale assim. Não fiz nada da minha cabeça. Só queria servir." Então, Nego, sirva. Sirva!

Ali, bem ali, tudo se acabou. Foi aí que se decidiu fazer uma reunião no apartamento da Alzira, na Avenida Rui Barbosa, e que, diante de Ernâni, Flores, Osvaldo, Jango, Bejo e Lutero, Getúlio jogou a toalha: "Renuncio." Elevavam as vozes de Osvaldo, "nunca, você não é homem de sair de fininho", de Flores, "é isso que todos querem, que largues o osso, que dês com a cola na cerca", e de Bejo, "podemos resistir, vamos resistir, não se fala mais de renúncia". E já lhe vinha a choradeira de Gregório, "não sou homem de atocaiar ninguém, sou homem de levar trompaço, de levar tiro de peito aberto, de dar balaço, não sou homem de campana".

E já vinham as disputas dos milicos, sempre os milicos, seu amigo Nero Moura sendo acusado de ter perdido o controle da situação, gente atiçando Zenóbio para tomar lhe o cargo, a imprensa querendo participar do inquérito para meter o bedelho com mais liberdade, Capanema, a seu pedido, dramaticamente, anunciando, "o presidente Vargas me disse que esse assassino é o seu pior inimigo". E ninguém acreditando nele, o Capanema fazendo papel de palhaço, o Lourival, vinham lhe dizer, alimentando os adversários com notícias quentinhas, acovardando-se, namorando com o pior da UDN. E os "milicos aéreos" pegando metralhadoras, ostentando força, rilhando os dentes. Tudo acabou ali, quando Caiado ordenou a Gregório para não sair do palácio e o negro, narinas para cima, arfando como um potro ferido, o desfeiteou: "Estou preso, então?" Ainda não estava. Ainda não estava. Por que ainda não estava?

O resto era uma sucessão interminável de reuniões de milicos. Nero Moura com os brigadeiros, no dia 9, e Eduardo Gomes saindo-se com uma pixotada, "temos de divulgar uma nota, trouxe esta declaração como proposta". E já os puxa-sacos queriam aprová-la por aclamação, uma nota sacana que punha todo mundo sob a liderança do autor. "Essa nota é política", protestou o brigadeiro Epaminondas, "e não assino, pois não tenho líder e discordo do conteúdo." E o Eduardo se fazendo de ingênuo: "Mas política por quê? É técnica", e aproveitou para lembrar 1937 e todos os golpes, todos os trancos, e falou de liberdade e mentiu como pôde.

O pior vinha em seguida, a edição da *Tribuna da Imprensa*, "Vargas está deposto pelo sangue que fez derramar", clamando pela renúncia, amalgamando coisas, afirmando o improvável, pois ele, Getúlio, não tinha feito derramar uma só gota de sangue. A partir dali, tudo se acabou, embora ainda fosse durar, por teimosia, algum tempo. Chegava o Zé Américo ao seu gabinete, sugerindo a licença, ou mesmo a renúncia, "cercando Lourenço", dizendo que também ele, diante da podridão da política, pensava em se retirar. Só para testá-lo, havia dito que sim, talvez, também sonhasse voltar para casa. Mas, no último instante, com o rosto afogueado, no qual Zé Américo veria, somente mais tarde, profeta do acontecido, "uma onda de comoção mortal", dissera não.

A pressão pela renúncia era solerte e matreira. Vinha de todos os lados e infiltrava-se nos de casa como uma gripe assanhada. Lourival também roça o assunto, "para acalmar os néscios", e ouve o que não quer, "cumprirei o meu mandato, sou presidente constitucional, não matei ninguém, não roubei, não mandei matar, resistirei, pois esse é o meu dever". Zé Américo, na pele de raposa-cordeiro, deixa escapar para a imprensa que lhe havia sugerido a renúncia. O circo pega fogo, sobram-lhe vaias, multiplicam-se as inverdades, aumentam as passeatas. Os mais afoitos colam um "R" no peito e imaginam defender o Brasil. Renúncia. O centro deve responder pela periferia.

Ali, justo ali, tudo acabou. Mas ainda ia pelear um pouco. Decepou a cabeça de Âncora e chamou o coronel Paulo Torres para a chefia da Polícia, com uma única recomendação: entregar o criminoso à Justiça. Aí veio o insuportável, o escárnio, o que lhe deu vontade de sair correndo, de esconder-se, de vomitar, de gritar que o deixassem em paz, de matar-se, com um tiro, como perguntou a Lutero, bem aqui, dois dedos abaixo do mamelão esquerdo. Veio visitá-lo o cardeal D. Jaime de Barros Câmara, com a sórdida intenção de, suavemente, empurrá-lo para a renúncia. Teve ganas de dizer-lhe "não sou Washington Luís", "não sou o Flores", "não sou dos que esperam o cardeal". Disse-lhe apenas, com ar de brincadeira e contrição, para não ferir um servo de Deus, estropiando D. Pedro I, "diga à imprensa que eu fico, daqui só saio morto". E, depois, sério: "O povo me deu um mandato a cumprir."

Tudo agora lhe chegava aos ouvidos, principalmente o conteúdo das reuniões secretas, numa delas, com aclamação de Eduardo Gomes, batizado de "chefe incontestável da Aeronáutica". A sordidez é contagiante, e aqueles que devem defendê-lo – Guilhobel, ministro da Marinha, Fiúza de Castro, chefe do Estado-Maior do Exército, Ivan Carpenter, chefe do Estado-Maior da Aeronáutica, e mais Eduardo e Juarez, comandante da Escola Superior de Guerra – decidem convencer Zenóbio a abandoná-lo, acenando com a continuidade no cargo, num governo de Café Filho, ou, quem sabe, por que não?, com uma ditadura provisória sob o seu comando. Ali tudo se acabou, o cano de esgoto soltou merda para todo lado, o absurdo se converteu em normalidade e o vento norte se transformou em respiração.

A festa é completa. Getúlio está velho. Não tem forças para visitar a Bem-Amada mais longínqua. Ela está casada. Mas certamente o receberia. É um amor sem fim que vive saçaricando em sua mente lodosa. Lembra-se de quando ela tinha apenas 15 anos e se abria para ele como uma flor do campo, simples e perfeita, um vulcão com ar de criança. O tempo é um cretino, pensa. Todos pensam em traí-lo ou já o fazem à luz do dia. Lacerda o acusa de esconder os criminosos e ataca Tancredo por não ter querido "incomodar o presidente" quando tomara conhecimento do nome de Climério. Denuncia a conspiração para dar fuga aos criminosos.

Há, nesse 10 de agosto de 1954, um retorno do passado, nas páginas da *Tribuna da Imprensa*, sob a forma de carniça: "Quatro crimes de morte na vida pregressa de Vargas." E lá estavam, descosturados, falsificados, requentados, o caso de Ouro Preto, o assassinato de Aureliano Coutinho, o atentado contra os índios inhacorá, o caso de Benjamim Torres. E tudo volta, aqui ou ali, na *Tribuna* ou fora dela, uma compra de Rolls Royce, a *Última Hora*, Jafet, um carro para o piloto Chico Landi, presente de empresários, entre os quais o próprio Jafet, atribuído a ele, Getúlio, através do Banco do Brasil. Tudo era ele. E ele já não era, talvez, mais nada, ou somente um presidente liquidado, uma sombra cansada.

8

Quando vêem a edição do jornal de Lacerda com os "quatro crimes...", Lodi, Mendes de Morais, Lutero e Danton pensam imediatamente em Amato. O dossiê é pior do que o conhecido e vem no pior momento. Por que Lacerda esperou? Amato também se faz a mesma pergunta, embora se contente com a própria explicação: o homem aguardava um acontecimento forte para pingar uma gota essencial de gasolina na fogueira ou vinha destilando, com paciência, o fel armazenado. Lodi não se satisfaz com o mesmo raciocínio e telefona ao general Mendes para dizer que Lacerda sabia de tudo e reservara o material para o último golpe. Nas ruas, a população ruge.

Todos procuram Amato. Ligam até para o Momsen. Mas as recepcionistas nada sabem, Paulo Amato, que não é funcionário, somente colaborador, não tem aparecido. Tudo que é sombra se consolida; tudo que é luz se perde em esquinas. Mendes, por telefone, faz um alerta confuso a Euvaldo:

– Isso tudo só pode ser coisa daquele negro fedorento. Ele já teve colhões para me sondar para o cargo de chefe de Polícia. Acha que é o verdadeiro ministro da Defesa.

– O que você lhe respondeu?

– Que só me interessava a prefeitura. Mas fiquei com muito nojo. Quem esse negro pensa que é para me oferecer cargos?

A verdade é que Amato não está longe. Acompanha Carlos Lacerda a um encontro, articulado pelo jornalista Murilo de Melo Filho, com Café Filho, no Hotel Serrador. A conversa acontece no apartamento 1.515. Lacerda está agitado. Veio do quartel da Salvador de Sá, onde ficou frente a frente com os homens da guarda negra para reconhecimento dos seus agressores. Amato sabia que no quarto ao lado hospedava-se Rômulo de Almeida, assessor de Vargas em assuntos de petróleo. Sabia também que ali se jogava o futuro dos Vargas e do país. Sempre sabia de algo que o colocava em perigo.

– A batalha está ganha, Café – diz Lacerda.

– Não posso crer – protege-se Café.

– Você precisa agir, Café, contar o que sabe, ajudar o país a sair desta crise.

– Que posso fazer? Sou vice-presidente, parte interessada nisso tudo, e não posso me expor ou me comprometer com nada. Seria indecoroso. Não moverei um dedo.

– A oligarquia Vargas envelheceu e está caindo de podre. Só falta um pequeno empurrão para que ela despenque e a nação possa respirar. Esse empurrão depende de você.

– Não darei um passo para chegar ao poder, mas aviso: se chegar, não abro mão, não passo para ninguém. Cumpro o que me será de direito.

– Não seja frouxo, Café.

– Os milicos não vão me aceitar. Vão dizer que sou manipulado pelo "homem da caixinha", que sou do PSP do Adhemar, não me darão posse, isso é líquido e certo.

– Isso é comigo. Cada um faz a sua parte. A minha eu garanto.

– Quero ser presidente para governar, não para ser enxovalhado.

– Pois, então, presidente? Uma mão lava a outra. Você sacode a árvore e nós colhemos os frutos para que possa saborear o seu direito. Só a renúncia de Vargas trará a paz. Dê ao Brasil a paz de que todos precisamos.

– Como?

– Converse com Zenóbio e diga-lhe que o manterá no cargo, assim como a todos os que se inclinarem pela solução justa. Mostre-lhe que não haverá caça às bruxas. Convença-o de que não sairá perdendo e que só fará o bem da nação.

– Isso também não! Não posso chegar ao poder com obrigações e expedientes como esse de manter o Zenóbio. Quero governar de mãos livres.

– Claro, claro. Mas não se trata disso. É uma questão tática. Para avançarmos, precisamos garantir ao Zenóbio que só estará agindo pelo bem do Brasil.

– Eu já disse ao Murilo que estou evitando encontros que signifiquem qualquer participação minha na conspiração contra o Dr. Getúlio. Tenho recusado qualquer situação que possa ser interpretada como manifestação de inadequada ambição de minha parte. Vim aqui por sentido de dever e de diálogo e por gostar de você.

– Aceite assumir a presidência em caso de renúncia do presidente.

– Repito, mais uma vez, o que disse ao Murilo: não sei se o meu coração agüentará o poder.

– Agüentará, claro que sim. Nossos corações não suportam mais é a podridão dos Vargas. Precisamos mostrar à população que a ordem constitucional não será rompida.

Em pouco mais de duas horas, Lacerda havia embrulhado Café. Amato sabia, porém, que o vice-presidente não chegaria ao fim do seu mandato-tampão. Esquentaria o lugar para Juarez Távora, salvo se Eduardo Gomes desse uma rasteira nos dois. Lacerda, definitivamente, era um inocente inútil. Em casa, Amato recebe os recados de Lodi, Lutero, Mendes de Morais, Danton e mais uns cinco, de pontos de observação diferentes. Compreende que é hora de buscar um abrigo. Agora já não eram os dias de Vargas que estavam contados, mas talvez os minutos. Tomaria conhecimento pela imprensa.

No mesmo dia, Eduardo, Juarez, Guilhobel, Fiúza e Carpenter vão ao gabinete de Zenóbio e declaram-se pela renúncia do presidente. O estardalhaço da *Tribuna* atinge proporções inimagináveis: "Presidente da República: renuncia à presidência para salvar a República – Getúlio Vargas: deixa o poder para que o teu país, que é o nosso país, possa respirar nos dias de paz que os teus lhe roubaram – Sai do poder, Getúlio Vargas, se queres ainda merecer algum respeito como criatura humana, já que perdeste o direito de ser acatado como figura humana."

Getúlio chora. Nero Moura pressente o fim e telefona a Epaminondas: "Você confia no Zenóbio? Acredita que ele vai resistir ao assédio dos que lhe oferecem a possibilidade de virar ditador?" Epaminondas contesta essa possibilidade e testemunha em favor do ministro da Guerra. Nero, porém, considera o próprio Epaminondas um puxa-saco incompetente e não se tranqüiliza. Ninguém mais se mantém no lugar. Cada um bate à porta do gabinete do próximo para buscar conforto e farejar traições. Epaminondas vai atrás de Zenóbio, aterrorizado com o que ouvira de Nero.

Encontra o ministro da Guerra disposto a morrer pelo presidente e indignado com as propostas dos militares que
 lhe pedem para convencer Getúlio a renunciar. Corre ao

Catete para advertir a família do presidente. Numa espiral maldita, tudo se precipita e nada se move, num paradoxo com cheiro de sangue. Gregório depõe, assegura que a GP só tem 78 homens, nunca chegou a 200, tem um tesoureiro próprio, o Sapo, e funções simples de proteção ao presidente. Nada mais acrescenta, a não ser uma descompostura em Brandão Filho pelo telefonema tardio e comprometedor. Mas Adil fica pasmo ao descobri-lo leitor de Fouchet, o terrível chefe de polícia de Napoleão, e, nas palavras do próprio Gregório, homem de posses desde 1924, por economia, investimento, trabalho, tino para alguns negócios, declarando-se até fazendeiro no Rio Grande do Sul.

Getúlio, na solidão do poder em ruínas, decide dar o grande salto para a luz, pressionado pelos "milicos aéreos", e instaura um Inquérito Policial Militar. Adil ganha superpoderes e nasce a República do Galeão. D. Jaime reza a missa de sétimo dia de Rubens Vaz, a população ruge nas praças, a polícia bate e lança gás lacrimogêneo, e Getúlio sabe que os sinos dobram por ele. Por mais ninguém. Na sexta-feira, 13 de agosto, Lacerda esculpiria o seu epitáfio em papel-jornal: "Getúlio é um espectro." Nessa mesma sexta-feira, 13 de agosto, às três da manhã, cai Alcino João do Nascimento, 33 anos, mineiro, um ex-tropeiro de burros, pai de cinco filhos, o assassino de aluguel. Na escuridão da madrugada de São João do Meriti, brilha uma luz fria e definitiva, como o fogo na mão de um homem armado com um 45 pesado demais para quem sempre atirou com armas mais leves.

Mas o espectro ainda luta, e, na inauguração da usina de aço Mannesmann, em Minas Gerais, em 12 de agosto, acompanhado por Danton Coelho, Lourival Fontes e Adalgiza Nery, pronunciará um discurso arrasador, como se, desde um mirante mais confortável, disparasse de bazuca contra os seus inimigos armados de colt 45. "As injúrias que me lançam, as pedras que me atiram, a objurgatória, a mentira e a calúnia não conseguiram abater o meu ânimo, perturbar a minha serenidade, nem me afastar dos princípios de amor e humildade cristã por que norteio a minha vida e que me fazem esquecer os agravos e perdoar as injustiças. Por outro lado, não terei condescendência para aqueles que se fazem agentes do crime ou instrumentos de corrupção." O brado contra o "gérmen da discórdia" e contra o desejo de anarquia se converte numa declaração de guerra: "Saberei resistir a todas e quaisquer tentativas de perturbação da paz e da tranqüilidade públicas."

É a resposta candente, em ré maior, a todos que lhe imputam um crime que não cometera nem autorizara. Atinge Aliomar Baleeiro, um dos primeiros a pedir a sua renúncia no Parlamento; transpassa o gongorismo de Afonso Arinos, com seu alerta contra o "morcego repulsivo", o "assassino de aluguel", estimulado por ordens vindas de gente vivendo entre "móveis e cristais preciosos", e seu clamor pela morte da tragédia, pelo desaparecimento da "beleza trágica, consumida pelo ato vil do assassinato por encomenda". Se Arinos pergunta "quem são, onde estão?", Getúlio responde: eu não os perdoarei. Repele os militares que só não exigem, definitivamente, a sua renúncia porque ainda falta vencer um último resto de pudor.

Lacerda, Zenóbio e D. Jaime se encontram e falam da possibilidade, da necessidade, da conveniência de uma renúncia, ou, ao menos, de uma licença. Todos se encontram, todo mundo se fala, amigos e inimigos trocam idéias e sugestões. Somente ele, Getúlio, o fantasma do ditador, afunda numa solidão definitiva, conversando com os mesmos amigos e inimigos e tendo, sozinho, de reger uma orquestra que já não ouve. Lembranças brotam na sua mente, 1932, 1945, 1930, um vendaval de memórias do grande gesto não feito. Quando Lourival lhe diz que prenderam Abigail, a mulher de Alcino, comenta apenas *cherchez la femme*. Ali, mais uma vez, tudo se acabou, tudo jorrou, tudo se mostrou como não podia ser. E se acabaria a cada dia, cuspindo rios de sangue em pequenas doses pardacentas.

Doses de artimanha e asneira: José Soares, o homem que indicara Alcino a Climério, dizendo à mulher deste, Elvira, que avisasse o marido. Avisasse também os outros, Adão, Alcino, que, se caíssem, confessassem ter agido a mando de Lutero. Era, na verdade, uma sacada "genial" de Valente. Preso Alcino, o resto vem como uma golfada de vômito misturada com sangue. Lutero, assegura o pistoleiro, é o mandante, ele, Alcino, por necessidade, o executor. E já Alcino, submetido à maricota nas partes íntimas, conta que depois do crime foi tomar uma cerveja, com gosto de sangue, na Praça da Bandeira e que não estava lá para matar, mas para acampanar. Ora só se aproximou para ver melhor, ora reagiu porque o "amarelo" lhe torceu o braço e, sendo "secreta", não podia ser preso; ora diz ter levado uns quarenta tiros, confirmando a fuzilaria descrita por Lacerda, ora reduz para uma meia dúzia, ora entrega tudo e que se fodam todos, que não suporta mais e vai estrebuchar.

O Alcino que confessa é o mesmo que, por encomenda do mesmo José Soares, havia, tempos antes, errado o alvo, um tal Marcos Augusto, e engavetado por engano um Walter Ferreira. Um crime passional por encomenda, zombava Climério – para quem, coisa de chifre e boceta, macho, bem macho, não sendo grã-fino, resolve sozinho –, um bandido pagando a outro para livrá-lo de um par de chifres, pois Soares só queria eliminar o homem que perseguia a sua donzela, a sua jovem mulher, a sua gostosinha de boceta quente e tetinhas boas de chupar e de morder, a Nely, de 26 aninhos, a danadinha, a vagabunda. *Cherchez la femme*... Cadela!

Acossado pela polícia por causa do erro de Alcino, lá foi Soares pedir penico a Climério, que recorreu a Gregório e tudo se ajeitaria, o amigo "não seria mais importunado". Mas aí o Corvo tornou-se uma peste, e quando houve necessidade de apagá-lo, o negócio foi chamar quem tinha dívida no cartório e ainda precisava de "ajutório": Gregório chamou Climério (que não queria outra coisa), Climério convocou Soares, que reacendeu Alcino, que ainda lhe arrancava algum, e, de "campana em campana", azeitaram a coisa e mandaram bala. Falavam assim, sem emoção, vez ou outra, caso de Alcino, justificando com mulher e filhos para sustentar.

Peixe na rede falando sem parar e tudo se acabando, um pouco a cada dia, um pouco a cada gota de tinta nos jornais e de sangue no Galeão, onde Adil e seus homens ensinam, por métodos heterodoxos, a falar rápido quem ainda gagueja. Valente, preso, confessa que cumprira ordem de Gregório para ajudar Climério a fugir. E já vem todo mundo distribuindo o dinheiro dado por Gregório, cada um com uma quantia, sempre as mesmas cédulas, novas, só D. João VI, nem um cabralzão, tudo de 500 mangos, Alcino com 10 mil passados por Climério, com as recomendações de Lutero, esta assinatura bem destacada por Euribes para não ficar dúvida na cachola do besta.

Quem são? Onde estão? Precisava mais. Os "milicos aéreos" querem os tubarões, os peixes grandes, e fritariam o delegado Pastor, tido por "empatador de inquérito". Assumiria o Sílvio Terra. Só que aí tudo já estava acabado ou bem por acabar, com Lacerda reconhecendo em seguida, ao ver uma foto de Climério, o guarda costas de Lutero numa audiência na Justiça. O resto, sempre o resto, é titica de galinha, e com mais uns apertos e outros carinhos vai saltar que nem carnegão, jura Adil a Lacerda. Gregório já pensava em dar "às de vilasdiogo", mas Caiado lhe deu voz de prisão e um passaporte para o Galeão. De óculos escuros, Getúlio pensava em seu destino, nas suas ilusões, no seu passado, na savana verde, expressão idiota do seu biógrafo de aluguel, só que mais valia um biógrafo de aluguel, pensou, do que um assassino, um imbecil capaz de jogar a arma do crime pela janela do carro e acertar outro veículo, em plena Avenida Praia do Flamengo. Um boçal, como dizia, de tudo e todos, o Lourival Fontes, que continuava a saber tudo do inquérito, embora nada pudesse fazer, como em outros tempos teria feito, com certeza, teria feito, para emperrá-lo ou desviá-lo de rumo, evitando o abismo já tão próximo.

9

Uma sexta-feira, 13 de agosto, não tem fim, disse Getúlio a Danton Coelho. Na Câmara dos Deputados, a "banda de música" tocava o réquiem para o suposto mandante. Afonso Arinos pulverizava o discurso de Minas Gerais, rotulando-o de "auto-elogio", e entrava para a galeria dos publicitários geniais com uma pergunta: "Será mentira que falte um homem em nossas Forças Armadas?" A resposta era uma composição acabada, uma sinfonia de outono, melhor, de inverno, e Baleeiro a batiza de "Sinfonia de agosto". Resumia-se a dizer com todas as letras que a guarda do presidente havia coberto a fuga dos assassinos e que as investigações já haviam transposto as salas públicas do Catete para alcançar os "próprios aposentos da intimidade presidencial".

Pipocam os adjetivos, os superlativos e as qualificações dos envolvidos no crime da Rua Tonelero e ligados ao Catete: emissores de moeda falsa, ladrões, chantagistas, "guitarristas", egressos de penitenciárias, "luzida corporação de bandidos" e o acorde final, em tom majestoso: "Existe no governo deste país uma malta de criminosos." Subitamente moderado, Arinos fala em "estuário de lama" – enquanto José Américo usa a expressão "cano de esgoto", e o próprio Getúlio já se considera lutando contra um "mar de lama" – e implora ao presidente que renuncie. Num derradeiro esforço de humor, Getúlio diria, "puseram-me em estado de sítio". Tancredo sugere-lhe uma manobra ousada: ordenar a Lutero que desista da sua imunidade parlamentar e vá depor no Galeão. Não há descanso, não se dorme mais, Getúlio pensa em tomar os comprimidos que um dia Wainer lhe sugerira para ficar acordado, mas desiste, não se lembra do nome, melhor dormir, quem sabe para sempre.

Em breve a *Tribuna da Imprensa* estampará, "Foi a mando de Lutero Vargas" e "Lutero foi a força que armou o braço de Alcino", e tudo o mais será paliativo, inclusive a "coroa de louros ou o caixão de repouso" que lhe oferecerão os oposicionistas como opções igualmente fúnebres. Já se vive a reversão de tudo, e quando Zenóbio declara que os culpados, "sejam eles quais forem", devem ser punidos, interpreta-se a frase como um indício de que um Vargas está metido numa camisa de 11 varas. A sexta-feira, 13 de agosto, não tem fim. Quando a noite chega, Tancredo, Ernâni e

Osvaldo ainda o fustigam. Deve pôr o Estado acima da família, pelo bem de ambos.

– Chame o Lutero.

Accioly não perde tempo. Em poucos minutos, surge um homem aparentemente calmo, mas é fácil ver que, sob a melancolia que o caracteriza, esconde-se um ser acabrunhado, em escombros, quase irreconhecível. Contempla longamente o rosto do filho e deixa vazar o carinho tantas vezes contido. Lembra-se dos passeios a cavalo, na companhia do velho pai, sente vontade de abraçar Lutero, de chamá-lo de "meu guri", de levá-lo, outra vez, às margens do Ibicuí ou do arroio Puitã. Sente falta do exílio, da vastidão do pampa, do verde das coxilhas, da sua gatinha Flauta, "a eterna criança", do seu cavalo Luar, do umbu da infância, dos braços firmes de Manuel do Nascimento Vargas, com sua voz já arranhada dizendo-lhe, "*bueno*, guri, o que não tem remédio, remediado está".

Imagina que Lutero não pense em coisas muito diferentes. Tancredo disfarça a impaciência com a sua mineirice bem-educada. Ernâni aguarda na pose fluida de almirante. Somente Osvaldo se despacha como sempre: "Homens, o tempo ruge..." Sim, o tempo é um leão, diz Getúlio e, encarando Lutero, olhando-o nos olhos como havia muito não fazia, como não fazia, talvez, desde uma tarde de 1944, tratando de evitar o que nunca devia ter ocorrido naquela ocasião, pergunta-lhe, exatamente como o fizera uma semana antes:

– Estás sendo acusado de mandante do crime. Tenho a certeza de que não foste tu, mas quero ouvir de ti essa confirmação, e não o contrário, por intermédio de um terceiro.

– Meu pai, ainda bem que o senhor me conhece, melhor do que ninguém; conhece o meu caráter e me dá a oportunidade de repetir isso diante de todos. Reafirmo-lhe que não fui o mandante desse crime asqueroso, nojento, covarde; pelo contrário, pedi aos meus amigos que protegessem esse sujeito de qualquer ataque pessoal.

É uma torrente. Lutero fala, tropeça nas palavras, explica-se, jura sua inocência. Getúlio escuta, Osvaldo tamborila os dedos na mesa ou os enfia na cabeleira prateada, Ernâni nem se mexe, Tancredo reforça o seu jeito de camundongo, aperta os olhos e lapida as suas propostas.

– Não fui eu, meu pai. Não sou burro. Sei bem que para combater o Corvo as armas devem ser outras, o rádio, a TV, os jornais.

– Parece lógico – observa Osvaldo.

– Tem de ser político – avança Tancredo.

– Tem de ser a verdade – diz Getúlio.

– Estou processando o Corvo – protesta Lutero. – Vocês acham que eu ia passar esse recibo? A maior prova da minha inocência é que, seguindo o conselho do doutor Tancredo, já pedi licença, como sabem, na Câmara, e aceito abrir mão das minhas imunidades parlamentares. Estou de peito aberto às investigações.

Imperceptível, um sorriso atravessa o rosto de Osvaldo, como se, mesmo acreditando, ele pensasse na cultura da sua época, na insensatez dos homens e nas razões de cada um. Lutero tinha razões demais para mandar liquidar Lacerda, por isso mesmo não podia ter feito aquilo. Era, como dizia Lourival, uma razão de lógica, mas a vida andava sempre tão avessa à lógica. Mais fácil perceber que Lutero não era de matar ninguém, a não ser de tédio e de cansaço. Aranha está convencido, por experiência de velho como o diabo:

– *Bueno*, vamos às ganhas – diz.

 – Como? – pergunta Lutero.

– Primeiro, um pronunciamento pelo rádio – responde Tancredo. – Depois, os homens do Galeão.

– Estou pronto – perfila-se Lutero.

– Muito bem, meu filho, orgulho-me como pai dessa tua atitude e das tuas palavras. Espero não me decepcionar.

A última frase atinge Lutero como um soco na boca. Ali, o titular das decepções é ele. Cala-se. Em poucos minutos, terá de falar muito e com firmeza. O Brasil recebe, desatento, pelas ondas da Rádio Nacional, incrédulo e debochado, o seu depoimento: "Nesta hora em que a infâmia de maus brasileiros, trabalhados por ódios pessoais mesquinhos, procura envolver meu nome numa trama engendrada por eles próprios, venho diante da opinião pública denunciar essas manobras e proclamar, sem nenhum receio, que estou sendo vítima de torpe difamação..."

– TORPE É ESSE CORNO – falou o gordo de óculos, pedindo mais um chope, no Bar Luiz, na Rua da Carioca, para Tércio.

– Torpe e covarde – gritou outro, um magro, de camisa do Flamengo.

"Confio na verdade como meu principal instrumento de defesa..."

– Confia é na mentira para contar essas lorotas no rádio – indignou-se o gordo, encarando Tércio.

– Essa oligarquia Vargas não quer largar as tetas da vaca – falou o magro para o garçom.

"Para atingir esse objetivo, não hesitarei em renunciar às minhas próprias imunidades parlamentares..."

– Balela – trovejou o gordo para Tércio. – Deputado não vai para a cadeia mesmo. Só vão fisgar os peixes pequenos. Você não acha? Ou é getulista e defende essa camarilha?

– Esse tem cara de lambedor de saco dos Vargas – provocou o magro.

"Recorrendo à Justiça para desagravar-me e a ela entregando a reparação da minha honra, diariamente ultrajada, é de todo evidente que jamais pensei em revide pessoal..."

– Filho de uma égua manca – esbravejou o gordo, cuspindo no chão uma gosma verde. – Esse aí só entrou na Justiça para ter um álibi perfeito.

– Deve ter sido até aconselhado por um advogado ou pelo ministro da Justiça – reforçou o magro. – Não acha, amigo?

"Juro perante Deus e a nação, que nenhuma ingerência direta ou indireta e nenhuma responsabilidade, por ação ou omissão, tive no deplorável acontecimento."

– Deplorável – diz o gordo – porque o Lacerda escapou. Não acha, amigo?

– Não sei – respondeu, intimidado, Tércio, enquanto o magro se aproximava e o suspendia pelo colarinho.

PARA LUTERO e Getúlio, a noite da sexta-feira, 13 de agosto, ainda não acabara. Sozinho, o presidente rabisca um bilhete de resistência: "Deixo à sanha dos meus inimigos..." Em seguida, Lutero comparece à Base Aérea do Galeão, onde o espera o coronel João Adil, egresso, como Lutero, do Colégio Militar de Porto Alegre, onde, como o próprio Lutero contaria mais tarde, eram ambos número 160, tendo o filho de Getúlio herdado a matrícula 160 de Adil, expulso por indisciplina. Saber disso, contudo, não lhe dava nenhuma vantagem. Serem ambos gaúchos tampouco. Era apenas mais um encontro de chimangos e maragatos.

A conversa é objetiva, aparentemente amistosa, sem arrancos nem ofensas. Depois de rápidas apresentações, passam ao depoimento propriamente dito. Sem delongas, Lutero confirma que Gregório mandou Valente ajudar Climério a fugir. Quanto ao resto, repete os termos das suas declarações anteriores à imprensa e mostra-se repugnado com tudo e com todos. Por um momento, Adil descobre uma ânsia de respeito num homem desmoralizado publicamente, a ponto de ser considerado um saco vazio, uma caricatura de si mesmo. Ao voltar ao Catete, Lutero encontra Bejo:

– Ainda estás aí, tio?

– Bancando a coruja.

– Não lhe falta jeito.

– Enxergo mal. Não vejo o perigo chegando.

– Ainda tem olhos de lince, tio. Enxerga longe.

– Como foi lá?

– Me mostraram um depoimento escrito do Nego dizendo que eu sou o mandante, que ele nunca gostou do meu pai, preferindo o tio Protásio, umas bostas assim, e que cansou de ser nosso pau-mandado. Deu o serviço direitinho.

– O Nego fez isso? Como reagiste?

– Fiquei fulo da vida. Nunca pensei que o Gregório pudesse nos trair tão covardemente.

– Que disseste aos homens?

– Confirmei que o Negro deu fuga ao Climério.

– Lagranputa!

– Que ia fazer diante daquela merda toda?

– Não seria forjado o tal papel?

– Como posso saber? Foi um tal de Toledo que me mostrou o negócio. Me pareceu verdadeiro.

– Isso vai feder, meu sobrinho. Aliás, já estou sentindo o cheiro da bosta. Meu nariz é mais eficaz que os meus olhos. O melhor é caminhar olhando para baixo, para não enfiar os pés nalgum buraco. Tenha cuidado, Lutero!

10

— Que houve com o meu biógrafo? – pergunta Getúlio, enquanto o barbeiro finaliza o seu trabalho. Ainda está escuro, o presidente toma um chimarrão, cevado à maneira platina, aguarda uma massagem nos ombros e nas costas, e a visita da sobrinha-neta, Ivete, que se esforça para madrugar e desfrutar alguns minutos de "escola política" com o mestre.

– Andei sendo muito identificado com o biografado. Já estou bem, obrigado. Sobraram apenas algumas escoriações. Nenhuma costela quebrada. Sou duro de romper.

– Não sabia que ser biógrafo era insalubre!

– Nem eu. Ainda bem que não sou o Frischauer. Já passou. Esqueça, por favor.

– Segunda que vem lhe entrego os diários – afirma Getúlio, colocando na boca uma das suas pastilhas para gastrite. – Reler tudo tem me ajudado a passar as noites e a me lembrar do que fui e do que sou. Um dia, todos precisarão saber do meu esforço. Não por mim, não por mania de grandeza, mas como aprendizado, para que se conheça o preço que se paga pela dedicação a um país. O senhor tem visto o crescimento da podriqueira lançada contra mim! É apenas o começo.

Fica, por alguns instantes, como é seu costume, em silêncio. Depois fala dos ataques de Lacerda. Uma frase de um artigo do jornalista, não se lembra bem de qual dia, sim, se lembra, da edição seguinte à morte do major-aviador, ainda o fere mortalmente: "Ele é o responsável intelectual por esse crime." E já a frase é outra: "O governo de Getúlio é, pois, além de imoral, ilegal." Uma vida de revoluções e combates para, no fim da carreira, ler: "É um governo de banditismo e de loucura."

Tércio busca o ângulo de ataque, espera o momento de lançá-lo no oceano revolto das memórias passadas. Getúlio, porém, está aferrado ao presente. Pensa em Alzirinha dizendo-lhe: "O Maneco chega amanhã." Pensa no coronel Adil, sentado ali mesmo, na cadeira onde agora está o escritor, narrando-lhe, num final de tarde tristonho, os pormenores da investigação, a dimensão da podriqueira, o envolvimento de homens que, ainda havia pouco, transitavam sob as palmeiras do grande parque e o viam dirigir-se ao fundo do jardim para sentir, mesmo de longe, o cheiro do mar.

Pensa nas suas expressões, que tanto surpreenderam o coronel Adil, "mas é de espantar", "mas é incrível", "é de estarrecer", "o senhor tem certeza?", "é de pasmar", "estou bobo", "é um mar de lama". Pensa na fisionomia do coronel, na pena que viu nos seus olhos, ou seria desprezo?, enquanto ele mesmo se deixava abater, sentindo a melancolia avançar pelo seu corpo, apagando os rastros das bem-amadas, espalhando uma depressão lenta e contínua. Pensa no susto que deu no homem ao perguntar-lhe, num arranco, como um cavalo de queixo mal trabalhado, "o que o senhor acha que eu possa ou deva fazer?" Pensa na estupidez sincera do outro, que o estava derrubando com a sua investigação, tirando-o do leme, e, no entanto, julgava pelo silêncio que cabia a ele, o comandante, saber o destino sozinho. Quem seria ele para opinar?

– O poder, "Seu" Tércio, é isso mesmo, uma instituição que assusta quem não o conhece, mesmo quando, digamos assim, o poderoso se enfraquece. O poder é o que não foi.

– Como?

– Nunca se sabe tudo do poder que se exerce.

– O que o senhor vai fazer?

– Ainda não sei. Nunca se deve precipitar uma solução.

– Meu pai dizia que a paciência sempre foi a sua arma mais poderosa.

– Outros tempos. Acho que eu sabia mais do poder quando era mais jovem e menos experiente.

– Justamente, se permite, presidente, o que o senhor soube e sabe dos anos em que está no poder? O senhor fez tudo o que pretendia, soube de tudo o que atribuem aos seus governos? Por exemplo, ao Estado Novo?

– Fiz o que me era dado fazer, no limite das possibilidades de um governo, em contextos diferentes.

– O senhor sabia de tudo? – pergunta o biógrafo, sentindo a feijoada pesar-lhe no estômago e buscando uma cigarrilha.

– Sabia o que me era dado saber.

– Sabia da tortura, das prisões, da perseguição aos judeus e das deportações?

– Nunca foi exatamente como dizem os meus detratores – responde Getúlio, mostrando-lhe algumas das suas dezenas de condecorações, o Crisântemo, do Japão, a Ordem do Mérito, do Líbano, a Torre e Espada, de Portugal. – Gosta das minhas latas pintadas?

– Não diga isso, por favor.

 – Os diplomatas e as crianças adoram.

– O senhor foi um ditador? – pergunta Tércio, arregalando os seus olhos azuis, como que abismado com a sua própria pergunta.

– Fui. Como Roosevelt. Mas, sob certo aspecto, em condições mais difíceis e próprias. Roosevelt enfrentou a recessão e uma guerra mundial. Eu tive de lutar toda a minha vida para que o Brasil deixasse de ser um país exportador de sobremesa. Dei ao meu país a Petrobras. Nao deixei que os interesses do capital estrangeiro se apossassem do nosso petróleo. O senhor sabe como a UDN, o Lacerda, enfim, a *Tribuna da Imprensa*, tratavam o assunto?

– Imagino. Sei, claro.

– "Colossal mistificação."

– A Petrobras?

– "Colossal mistificação a fórmula de Getúlio Vargas sobre o petróleo nacional."

– Lacerda disse isso?

– Essa foi uma manchete da *Tribuna da Imprensa*. O senhor não lê os jornais da capital da República?

– Devo ter lido.

– Então, o senhor quer saber se fui um ditador?

– Sim, se não abuso...

– Sim, fui um ditador. O Estado Novo foi uma necessidade. Na verdade, sempre negociei tudo. Quando soube que os integralistas haviam passado à fase da conspiração, chamei o Plínio Salgado, o Newton Cavalcanti e o Góis para uma conversa. O Plínio aceitou facilmente a dissolução dos partidos, inclusive o dele, em troca do Ministério da Educação. O Newton, depois, fez um estardalhaço e demitiu-se do comando da Vila Militar, numa carta que fez circular clandestinamente, indignado com a minha decisão de pôr fim às atividades dos integralistas. Sempre foi assim, combinado aqui, desmentido ali. Fui acusado de namorar o nazismo. Uma vez, o embaixador alemão veio me ver e protestou energicamente contra medidas tomadas contra o Partido Nazista do Brasil. Defendeu que a Alemanha exigia tratamento especial. Respondi-lhe que não éramos colônia de ninguém e que não admitiríamos a forma como os militantes do Partido Nazista do Brasil agiam. Clamou para que cessasse a repressão.

– Mas a repressão continuou, não?

– A repressão necessária.

– Existe uma repressão de fato necessária, digo, brutal, com violência, tortura, prisões abarrotadas?

– Olhe, a maior parte das críticas a mim deriva de um pressuposto falacioso, o de que é ilícito, imoral, antiético ou, seja lá como for, injusto ou inadequado reprimir conspirações comunistas, visto que são organizadas em nome da liberdade e da igualdade de todos. Que deveria eu ter feito: permitir que os comunistas me derrubassem e instalassem um regime do tipo soviético no Brasil?

– Entendo, presidente. Permita-me, contudo, perguntar se era necessário considerar degenerada a arte de um Lasar Segall ou encher as cadeias de intelectuais e de artistas.

– Admito que existiram derrapagens e absurdos. De certa forma, a crença de que as idéias mudam o mundo, propagada por intelectuais e artistas, convenceu até os que precisaram combatê-las. A reação correspondeu à proporção do perigo, ao menos, à maneira como víamos o perigo se aproximar.

– O senhor acha, então, que foi um ditador para livrar o Brasil de uma ditadura ainda maior?

– Um dia, a minha filha Alzirinha, cheia de dedos, veio
 me perguntar se o Estado Novo era uma ditadura. Ela já

sabia coisas que nem o meu chapéu sabia, pois se transformou na minha segunda consciência. Resolvi, então, lhe contar mais um pouco. Disse-lhe: rapariguinha, desde 1930 alimento o sonho de dar ao Brasil uma Constituição verdadeira, compatível com a realidade dos nossos problemas, levando em consideração o nosso enorme potencial econômico e as nossas lamentáveis condições financeiras. Já não lhe falei disso?

– Não creio.

– Detesto me repetir. Então eu disse, rapariguinha, somente os países economicamente fortes são livres. Para tornar o Brasil economicamente forte e livre, era preciso forçar a marcha, quebrar a resistência das elites parasitas, desamarrar as mãos do executivo, atadas pela Constituição de 1934, reforçar o combate aos "carcomidos" e aceitar uma experiência transitória para atravessarmos a tempestade. Foi um meio para atingir um fim, não um fim em si mesmo, em condições muito particulares. O senhor acha que o Roosevelt e o Churchill não tiveram poderes especiais durante a Segunda Guerra Mundial? Acha que não prenderam inimigos internos e não diminuíram as liberdades individuais. Acha?

– Os fins, então, podem justificar os meios?

– Certamente. Eu disse à Alzira, repito ao senhor, o golpe de 1937 foi dado para evitar uma eleição que nos devolveria para antes de 1930. Não me importo com o nome das coisas. Interessam-me os resultados. Se, pelo bem do Brasil, tive de impor um regime forte e a isso chamam ditadura, então eu fui um ditador. No essencial, não me arrependo. Salvamos, insisto, nossa pátria de dois extremos terríveis: o fascismo e o comunismo. Fui um ditador por força das circunstâncias, mas sempre desejoso de retornar à democracia.

– Tudo que o senhor fez pelo Brasil não podia ter sido feito numa democracia?

– O senhor acha? – Um sorriso límpido cruza-lhe o rosto como uma faísca de travessura.

– O Góis Monteiro, entre outros, dizia que o senhor só queria se prolongar no poder...

– É que ele sonhava com esse mesmo poder e sentia-se atrapalhado por mim.

– O que o senhor mais lamenta?

– Não ter evitado a deportação de algumas mulheres e ter assinado algumas circulares secretas.

– Olga?

– Outras, também.

– Quem?

– Outras. Mais próximas de nós.

– Circulares secretas contra os judeus?

– Também.

Despede-se de Tércio. Informam-no que Ivete não virá. Enquanto espera por Jango, pensa nos últimos momentos felizes que tivera: um jantar, em abril, no Palácio Rio Negro, em Petrópolis, o casamento de Maneco, um churrasco na casa de Amaury Kruel para festejar a sua promoção de coronel a general. No Rio Negro, Mendes de Morais o divertira com histórias, não encontrava outra expressão, do arco-da-velha. No churrasco de Kruel, diante de cinqüenta seletos convidados, militares promovidos por ele, ao longo dos seus quase 19 anos de poder, pronunciara um discurso bombástico. Divertira-se para valer com a cara de espanto dos milicos. Havia demitido Jango, por causa do Manifesto dos Coronéis, encabeçado pelo anfitrião, e quando todos o aguardavam na defensiva, desfechara ataques pesados contra os jornalistas de meia-pataca que punham lenha na fogueira de uma crise militar superada.

Era de rir dos infelizes. Encolhiam-se de raiva. Fizeram-no lembrar-se de um outro churrasco, uns vinte anos antes, no Rio Negro, quando Góis não apreciara o pedaço de carne que lhe serviram. Encontrara uma maneira de provocar o bobo do Góis: "Não gostou do osso que lhe dei para roer, general?" Este se fizera de altivo e viera com um "já vi outros bem piores". Hilariante, o Góis emburrado. Todos esses bons momentos, estes mais recentes, haviam sido rudemente atacados pelo lacerdismo: festa suntuosa, deboche contra as Forças Armadas, manipulações do eterno maquiavélico, insensibilidade com a miséria do povo. Tudo continuava igual, se fazia ou não fazia, era porque queria prolongar-se no poder e conduzir o rebanho. Só queria, agora, um bom carreteiro, uma comida simples, qualquer, bem caseira, com cheiro e gosto de São Borja. Uma comida, quem sabe, da Dona Candoca.

A memória já não lhe dá trégua e lá vem, sem razão nenhuma, o riso histérico do Flores numa conversa com Osvaldo, de novo o galope manso do Luar, as vozes de parlamentares, numa algaravia, no Monroe e no Tiradentes, os gemidos longínquos da Bem-Amada, a perfeição das suas pernas, os tons da sua voz cantando para ele numa cama de galpão, a inveja dos machos, Juscelino querendo seguir o mesmo caminho, o Góis sempre se fazendo de amigo e de protetor da donzela, os gritinhos de Tess, os protestos empolados de Júlio de Mesquita contra a intervenção em seu jornal, a raiva que lhe dava quando algum artigo "idiota" escapava da censura e prejudicava os lances do seu tabuleiro, numa época, o Estado Novo, em que as armas da política precisavam ser bem outras, a voz sinuosa de João Neves, outra vez, depois de tanto tempo, erguendo-se como um látego contra ele. Que mais podia fazer para acalmar João

Neves? Já lhe dera a imortalidade da Academia Brasileira de Letras. Que mais poderia lhe dar? Talvez a sua própria morte. Resistindo?

Vem, sobretudo, a lembrança da criação da sua guarda pessoal, com vinte homens, e de uma desavença entre Gregório e Vanick, então o chefe do Serviço de Segurança. Recorda-se de ter afastado o Negro da chefia da guarda. Recorda-se também de mais tarde, por uma bobagem, uma pergunta atravessada do Vanick a Darcy, numa conversa sobre uma reforma da ala residencial do palácio, ter sido levado pela mulher a afastá-lo. Mas isso fazia anos, mais de uma década, não se lembrava mais quanto tempo. Recorda-se do Negro, tendo ganhado a sua confiança absoluta, barrando a entrada de Alzirinha e Ernâni no gabinete presidencial, o que agredira profundamente o seu genro. Recorda-se da filha insultando-o: "Negro sujo!"

Pensa na família e, subitamente, vem-lhe à mente uma distante temporada em Poços de Caldas, as queixas de Darcy, a reconciliação, a presença daquela que lhe "despertava um sentimento mais forte do que podia esperar", as tentações o rodeando, difusas ou explícitas e, então, uma frase para sempre: "O caminho se bifurca – posso ser forçado a uma atitude inconveniente." Felizmente, a "bondade divina" não o abandonara, embora o desejo, que a prática do golfe jamais aplacaria, o impelisse a correr todos os riscos, inclusive o de um encontro no meio de uma floresta, na beira de uma estrada, apesar de sua posição e da sua idade, para afogar-se numa torrente de afetos e de sensações inesquecíveis. À noite, num jantar oferecido pelo prefeito, na presença da alta sociedade e da sua família, "ela", a "paixão alucinante e absorvente", estava lá e ele só podia pensar: "A mais bela de todas." Era isso que nunca mais voltaria: a juventude. Poços de Caldas ficara para sempre em seu coração, como Rosalina, como Tess, como a Bem-Amada...

Lembra-se de Vergara, atônito e serviçal, perguntando, "onde está o homem?, onde está o homem?", temendo que Darcy percebesse tudo. O ciúme já não lhe permitia grandes afastamentos e, pouco tempo depois, em São Lourenço, os encontros continuavam. Por que se lembrava disso tudo agora? Pela sua juventude perdida? Pelas perguntas do escritor? Pelos caminhos que se bifurcam? Quantas crises domésticas pelo amor? Lembra-se de ter sofrido, no dia do casamento da filha Jandira, 31 de maio de 1938, porque a Bem-Amada partia em viagem. Lembra-se de ter sofrido, na mesma época, porque todos queriam administrar os seus estados com recursos do Banco do Brasil e fazer política de barganha graças aos cofres públicos.

Nada mais lhe escapava, naquele massacre da memória, um embaixador inglês maltratando-lhe os ouvidos com um lamentável uso do francês, um coronel aposentado querendo passar a general, um aniversário de Darcy com o Guanabara cheio e muita alegria, o acidente de carro de Alzirinha e o marido, que tivera seis costelas quebradas, na América do Norte, a viagem de Darcy aos Estados Unidos, um tombo de Maneco, atirado ao chão por um cavalo, tudo lhe vinha, as pequenas coisas da vida familiar misturadas com as questões políticas, um aniversário seu, com a mulher e os filhos, ouvindo a *Hora do Brasil*, tudo lhe vinha de um golpe, como ervas crescendo numa tapera. Já a memória dá um salto no tempo e lá está Samuel Wainer no Rio Grande, e começa um outro tempo, o tempo que se bifurca, o tempo das paixões racionais da velhice. Lembra-se de, por brincadeira, perguntar a cada manhã, aspirando o ar do pampa: "Já deram o leite do judeu?" Mas, subitamente grave, lembra-se do retorno, de avião, sobrevoando melancolicamente Porto Alegre, quando os milicos o depuseram em 1945. Fora a maior derrota da sua vida. E o princípio de uma nova bifurcação. Maciel Filho, primeiro, e Guilherme Arinos, depois, entram para salvá-lo de algumas lembranças e mergulhá-lo em outras.

– Era isto que queria? – pergunta-lhe Maciel, estendendo-lhe um papel datilografado.

– Vejamos...

– Preferimos a outra idéia, mais contundente, embora o esboço escrito tenha muita força – diz Maciel, devolvendo ao presidente um manuscrito de meia página.

– Está perfeito, está perfeito!

– Como vai usar isso? – questiona Maciel, angustiado.

– Não vou contar, não vou contar... – diz Getúlio, balançando o indicador direito e sorrindo, como sempre fazia e dizia quando preferia encerrar um assunto com alguém de confiança.

Ainda na esquina da Rua do Catete com a Correia Dutra, Tércio reconstitui a história que lhe contara o pai sobre Ingeborg Ten Haeff, nascida em Düsseldorf, nos anos 1930, estudante de música com Maria Schultz-Dornburg e Walter Frank, em Berlim. O pai falava dela como sendo uma moça loura e bela, extrovertida e curiosa, sempre querendo saber tudo sobre o Brasil. Aristides a descrevia como uma escultora de futuro que tinha aulas diárias com um mestre radicado no Rio de Janeiro, Zamoyski, mas que também gostava de saber tudo sobre política e vivia querendo "entender" o Estado Novo, interpelando Filinto, Lourival e até Dutra e Góis. Havia conhecido Lutero Vargas nas academias de arte de Berlim e despertado nele uma paixão devastadora.

De volta ao Brasil, o filho do presidente só pensava em mandar buscá-la. Getúlio, segundo Aristides, havia resistido, preocupado com a repercussão, num período delicado, do casamento do filho mais velho com uma jovem alemã. As discussões eram freqüentes: Lutero invocava razões sentimentais; Getúlio, políticas. Alegava que o matrimônio seria visto como uma declaração de adesão a Hitler. O filho defendia-se com um argumento simples, não se tratava do casamento do Brasil com a Alemanha, mas dele com Inge. A solução viera de uma simples observação de Darcy: "Quem nunca se deixou aqui levar pelo coração, embora nem tivesse esse direito, que atire a primeira pedra."

Getúlio assimilou o golpe e autorizou a vinda da alemãzinha, que se mostrou encantadora, culta e com grande sensibilidade artística. Era o pé-de-vento do palácio, a energia que faltava na capital da República, uma lufada de ar germânico, mas sedutor, nos verões cariocas. Em 1941, Inge e Lutero deram-lhes uma netinha, Cândida Darcy, nome escolhido em homenagem à bisavó e à avó. Lutero era completamente louco pela mulher e satisfazia todos os seus desejos, mesmo os mais excêntricos ou difíceis, como visitar os "subterrâneos do Estado Novo" ou perambular pelos morros da cidade.

Inge, como Olga, pensou Tércio, dera o nome da mãe do marido à filha. Era normal na época. Anita Leocádia, a filha de Prestes, não deve conhecer Cândida Darcy, pensou Tércio, e pensou também no Cavaleiro da Esperança, a lenda viva das lutas populares brasileiras, trancafiado no banheiro do Tribunal de Segurança Nacional, no vão da escada da Escola Municipal Alberto Berth, mas não era nisso que queria pensar, era noutra coisa, algo que lhe escapava, uma história que o pai lhe contara numa madrugada de chuva, bêbado de mijar-se nas calças, na casa baixa do bairro da Glória, em Porto Alegre, logo depois da queda de Getúlio, onde moravam, pouco antes dos tiros que silenciaram para sempre o velho Aristides: Inge era uma espiã alemã. O serviço secreto americano dera o sinal. Bejo e Gregório trataram de vigiá-la. Não teriam levado uma semana para confirmar as suspeitas dos aliados.

Quando Lutero chegou em casa, Inge já estava presa. Foi Gregório quem lhe contou. Enlouquecido, Lutero quebrou o que encontrou pela frente, inclusive um espelho, que lhe cortou a mão esquerda. Invadiu o gabinete do pai e urrou durante 15 minutos:

– Por que não me contou? Por que soube pelo Negro? Por que sou o último a saber?

– Sinto muito, meu filho.

Desesperado, Lutero apossou-se da filha e fechou os olhos para o destino da mulher. Ingeborg Ten Haeff foi, discretamente, deportada para Nova York. Durante alguns meses, porém, um boato de oposicionistas sem escrúpulos espalhou que Bejo se interessava pela cunhada e, rechaçado, havia provocado a sua deportação. Tércio lembrava-se de ter arrastado o pai, viúvo desde 1939, para a cama e perguntado:

– Tem certeza, papai?

– Sou bêbado, não sou mentiroso.

Desde ali, dizia-se à boca pequena, Lutero nunca mais fora o mesmo. Pobre Lutero, agora tão maltratado por Lacerda, chamado de trapalhão, de desonrado, de pulha, de ladrão, de deputado de mentirinha, de trouxa num golpe em Veneza, de gastador em carnavais de Paris, de rato de boate, sabia-se lá mais o quê, ou exatamente o quê. Tércio arrepiou-se com as próprias lembranças. Por que não tivera coragem, quando o presidente falara em mulheres deportadas, de citar o nome de Inge? No próximo encontro, reuniria coragem para isso. Outro nome veio-lhe à mente: Lagarroti, quem era Lagarroti? Ah, sim, o marido da Rosalina Coelho Lisboa.

11

Implantada a República do Galeão, Lacerda passa diariamente a bombardear os responsáveis pelo IPM com uma única ordem de serviço: "Quero o mandante." Como o coronel Adil, às vezes, sente-se ferido nos seus brios, Lacerda volta ao ataque por meio dos seus generais, melhor, dos seus brigadeiros, e lá vem Eduardo Gomes, em pessoa, exigir o mandante. Presos todos os envolvidos, o pau come. As sessões de interrogatório tornam-se sugestivas:

– Foi o Bejo? – berra Adil.

– Foi o Lutero? – esbafora-se Scaffa.

– Foi o Lodi? – exige Borges

– Foi o general Mendes de Morais? – grita um civil.

– Foi a Alzirinha?

– Quem foi, então, porra? – berram, batendo, cuspindo, insultando, soltando catarros.

E vá chute nos bagos, "telefone" nos ouvidos, maricotas eletricamente em ação, revezamento nas perguntas, trinta horas contínuas de perguntas e de estimulação corporal aplicada e intensiva. O cumprimento, no início dos trabalhos, já é coturno na canela. No Tribunal do Júri, todos os encarregados do IPM dirão que não houve tortura e que nem sequer tinham aparelhagem para tanto. Adil, ou outro qualquer, lembraria aos advogados da defesa dos acusados que isso era coisa do "Estado Novo".

Os métodos dos investigadores nada têm de científicos, embora privilegiem a experimentação e o uso de tecnologias da era industrial, inclusive o avião e a eletricidade. A prisão dos protagonistas do atentado resultara de uma série de associações livres e de acasos, assim como, para o crime, por proximidade e contágio, Gregório recorrera a Climério, que chamara Soares, que indicara Alcino. No dizer de Mendes de Morais, uma "metodologia para contratar empregada doméstica de confiança". Nem sempre funciona, mas nunca deixa de ser retomada.

O IPM segue a trilha: Adão, o filho de Climério, telefonou para Gregório, que pedira a Valente para ir encontrar o rapaz no Largo do Machado. De posse dos 50 mil cruzeiros para Climério, Valente, sabendo que o outro era amigo de José Soares, foi procurar por este; não encontrando a casa, pediu informação a uma vizinha, cujo marido, um policial, de folga, de ouvido colado num jogo do Flamengo contra o América, ouviu a conversa e reconheceu o secretário da guarda pessoal. O rubro-negro ganhou por 2 a 0, o esquema "merdou" de vez e o Rio de Janeiro tornou-se, para sempre, triste aos olhos dos homens da Rua Tonelero. Quando Nélson Raimundo deu o serviço, entregou Climério. A polícia foi atrás e ficou sabendo que ele era amigo de Soares. Outro policial, meio por acaso, informou que Soares era um grande salafrário e já tinha encomendado morte a um tal de Alcino. O resto vem como uma goleada...

Aí o xadrez vira um simples dominó: Alcino é preso em Caxias, chorando, abraçado à filha mais velha; Climério, em Tinguá, na Baixada Fluminense; Soares, natural de Carangola (outro de Carangola, como o provavelmente "fictício" Diocesano Martins, na vida de Getúlio, "atirando" para outro lado, mas acertando o presidente), é pego em Muriaé, com mais de 30 mil cruzeiros na mala, sendo 16.500 em cédulas D. João VI, tudo quinhentinho novo em folha; o *curriculum vitae* de Soares, nome que adotara, é um louvor, vai do abigeato, na juventude, aos golpes urbanos mais sofisticados na idade da razão. Os "milicos aéreos" descobrem, num hotel, duas malas com dinheiro falsificado remetidas a ele. Soares tentou sair do relento e produzir um álibi para a noite do crime. Disse uma coisa a Climério, que ia a Minas Gerais ver uma parenta doente, e a outros que ia a São Paulo. A traição brincava como uma faísca em seu olhar matreiro.

Tenta-se fazer da caçada a Climério Euribes de Almeida um épico da FAB, numa operação gigantesca, "nas matas de Tinguá", com um "sensacional" deslocamento de tropas, helicóptero, metralhadoras, cães, homens armados até a medula, clima de guerra, tensão, avanços estratégicos, camuflagem e brigadeiros, normalmente restritos ao tédio das simulações, no comando da realidade. Mas Climério, no papel de terrível vilão, não colabora: deixa-se prender sem nenhuma grandeza, de cócoras, sem camisa, trêmulo de um pavor estampado no rosto e brilhando nos seus olhos pequenos, com os lábios finos roxos de frio, no meio de um bananal.

O revólver que lhe pende da mão é como um olho vesgo a fitar um outro lado ou a denunciar-lhe, num esgar, a terrível impotência. Segundo Cláudio Lacerda, um dos tantos que descreveriam esse momento culminante da história contemporânea brasileira, com base em testemunhos seguros, o combinado era dar dois tiros para avisar os outros do êxito da empreitada. O coronel Délio Jardim de Mattos ergue a arma e dispara. Não acontece nada. O revólver engasga. O militar, fixando Climério, destrava o gatilho, aperta a boca, levanta a mão e, finalmente, dispara... para o ar. Climério caga-se.

– Me traíram, me foderam... Estou desgraçado.

No tronco, Alcino conta tudo, até o que não fez. Aceitou o serviço por 100 mil cruzeiros e uma promessa de emprego. Mas, insiste, era só para dar uma surra no jornalista, uma surra de revólver, uma tunda de coronhadas. Quando o colocam num avião e mostram-lhe, de cima, com as portas abertas, as belezas da Baía de Guanabara, ao longe o Cristo, de braços abertos, inaugurado no primeiro governo de Vargas, acenando, ele exulta e se põe a tagarelar, invoca a mãe, o açúcar do pão, o direito de viver numa cidade maravilhosa e, quando lhe prometem um vôo, em queda livre, sem nada, sozinho, num salto estratosférico, ele não entende a palavra e começa a vomitar. Regurgita a alma, diz que viera de Minas Gerais, com uma carta de recomendação de Juscelino Kubitschek, a qual, mais tarde, apresentara a Danton Coelho, em busca de um empreguinho.

Vomita inclusive as mágoas pequenas: Danton lhe dera chá de banco, rira-se dele, zombara da sua carta e da sua cara, mas finalmente o mandara falar com o Negro. Assim havia conhecido Gregório Fortunato, no Mercadinho Azul de Copacabana, dirigido por Dona Juracy, a mulher do Anjo, em sociedade com o Amando da Fonseca. A vista do mar o confundia um pouco; mareado, ora entrava para a polícia, como "secreta", ora só arranjava bicos; numa dessas, Soares lhe pedia para "aliviar" um tipo, na Pavuna, que andava arrastando a asa para a sua franga. O balanço das ondas, verdes, azuis, lá embaixo, tão longe, tão perto, tão lindas, faziam-no oscilar, não era bandido, não saíra para matar, não dera o tiro nas costas do milico à paisana. Em mais de vinte anos de prisão, nunca esqueceria a imagem da Baía de Guanabara vista de cima por um homem, ele, de cabeça para baixo, vendo um Cristo Redentor ao contrário e longe do Corcovado. Um espetáculo.

12

No Clube Militar se faz circular uma moção exigindo a renúncia de Vargas. Juarez e Canrobert abortam o processo. Ainda não chegou a hora. Fala-se, na imprensa, que Café Filho propôs a Getúlio uma renúncia conjunta para acalmar os militares que não confiam num vice-presidente ligado a Adhemar. Mas isso não é verdade. O tarimbado Chico Ciência, o velho Chico Campos, o antigo camisa cáqui, o pai que se converteu em padrasto da "polaca", descobre o pulo do gato. Chama Café para mais uma conversa.

No domingo, 15 de agosto, quando o vento do mar traz um áspero gosto de sal para os jardins do Catete, soa a hora de Gregório Fortunato. A guarda pessoal já não existe. Os Vargas não o querem mais. Ele se lembra de Samuca, o Profeta, mantido a distância depois do escândalo da *UH*, e não pensa em circunstâncias, chora. Chegam os milicos, abastecidos pela confissão de Lutero e, depois, de Alcino (Climério e Soares ainda não estão presos), para levá-lo. Ele sai humilhado. Previdentes, os homens do IPM se preocupam com o coração frágil do negro e o levam para uma bateria de exames no Hospital Central da Marinha, na Ilha das Cobras. Depois da liberação médica, afastada a suspeita de um problema cardíaco, transportam-no para o Galeão. Têm muito a conversar. Mas o Negro é duro, o Negro não fala, o Negro apanha mas não se abre, o Negro não sente medo, o Negro suporta a maricota, o telefone, o chute nos bagos, o corredor polonês, "o Negro safado, o pilantra, o fedorento é bom para apanhar".

E já lhe tiram a casimira inglesa e limpam o seu sangue e o seu vômito com ela. E já dizem "onde se viu" um Negro bodoso, deve ser até veado, todo arrumado e perfumado, querendo ser branco. O pau come, o galo não canta mais, tem uma fila de branco batendo, Negro é feito para apanhar mesmo, metem-lhe umas drogas, falam numa tal de escapolamina, espacolamina, escopolamina, ele não entende o nome, mas não fala. Passa por uns cinco interrogatórios, com tudo a que tem direito, e não fala, a não ser do seu orgulho pela guarda pessoal, dos serviços prestados ao presidente, das vezes em que arriscou a vida para salvá-lo, dos primeiros homens, nos anos 30, vindos de São Borja, o Fortes, o Aristides, o Artur Ramos, o Sapo, outros mais, fala das brigas com o antigo chefe da guarda pessoal, o coronel Vanick, lembra-se do "cronista" da guarda, o Claudionor, fala das implicâncias do "bobo da corte", o veado Hugo Mosca, que o chama ou chamava de "Negro de jardim" e assim vai.

Em seguida, porém, estarão todos presos, inclusive Climério e Soares, o último a cair, e começarão as acareações. Como a violência não o convence a falar, Adil tem um lampejo: "Esse Negro precisa ser tratado com psicologia." Gentilmente, os encarregados do IPM convidam-no para um primeiro "banho aéreo". Prometem-lhe um cartão-postal do Rio de Janeiro e dizem-lhe que vai ter um encontro com Deus, nas alturas, acima do bem e do mal. Não deixam de ter razão: a vista lá de cima é impressionante, mesmo para um homem ameaçado de morte. Está amanhecendo, e, talvez por causa das coisas que lhe enfiaram, ele vê a mistura de um clarão vermelho com placas de um anil estupendo.

Embaixo, tudo se move, não há chão, somente um tapete que dança, enquanto, mais para a direita, formiguinhas ou pirilampos se agitam. Na sua simplicidade de gaúcho, ele se lembra de um cupim ou de vermes numa bicheira.

Agarram-no pelas pernas e fazem com que flutue no ar. Berram: "O mandante, Negro, dá o mandante, Negro, e a gente te deixa descansar." Ele treme como uma pandorga, as pandorgas que tanto invejava ao vê-las nas mãos dos meninos brancos, na Semana Santa, quando era menino no Rio Grande. Nunca saberia descrever o que sente, não é homem de palavras, mal sabe ir direto ao assunto, mas sabe que é indescritível. Erguem-no e gritam-lhe nos ouvidos: "Foi Lutero quem disse que você deu fuga aos outros. Foi Lutero, Negro safado, Negro corno, foi Lutero, seu Negro chifrudo."

– Ouve, Negro, foi Lutero.

– Está ouvindo, Negro sujo, foi Lutero. Lutero deu você, Negro imbecil.

Desmaia. Quando reabre os olhos, está no piso do avião, vomitado. Corre-lhe sangue pelo canto da boca. Tem a impressão de que mil olhos e mil braços esparramam-se sobre ele. Balbucia:

– Foi Lutero, foi Lutero...

13

O tempo não passa. Getúlio contempla o calendário: 19 de agosto de 1954. Faz 14 dias que a cidade desfila no seu gabinete. Quatro dias antes, tinham vindo prender Gregório. Lourival soubera que Adil, antes de prender o Negro, havia consultado Eduardo Gomes, "que faço agora, brigadeiro?", o qual, estando na casa de Francisco Campos, repassara a pergunta. Chico Ciência, o constitucionalista arrependido, não vacilou: "Mande prender. Bote esse Negro na cadeia. Vai falar tudo."

No dia seguinte, Nero Moura veio apresentar-lhe o seu pedido de demissão. Que podia fazer diante dos argumentos simples e afetivos de um militar que se apresentava como seu amigo e, por isso mesmo, precisava deixá-lo?

– Nossa intimidade é notória, presidente. Isso está atrapalhando as coisas. Além disso, estou desprestigiado junto à FAB.

– É só isso?

– Não. Acho que está sendo traído pelo Zenóbio.

– Já me disse isso antes.

– Reafirmo.

Getúlio chama Epaminondas para o cargo de ministro da Aeronáutica, contra a vontade do próprio Nero, e para horror dos inimigos, que pretendiam encastelar Eduardo Gomes no seu governo. A pressão continua. Lacerda assegura que quem serve a Vargas não serve à Constituição. Mas como? É o presidente constitucional. Capanema defende, como pode, o governo na Câmara, num duelo virtual com Afonso Arinos. Sustenta que Tancredo não foi indiscreto ao revelar o nome de Climério, nem Caiado displicente ao deixar Gregório tomar conhecimento da informação, afinal ninguém sabia ainda o que tudo aquilo significava. Como, de resto, ainda não se sabe.

Capanema ataca os golpistas e, diretamente, Carlos Lacerda, a quem acusa de sonhar com uma solução militar. No seu momento de maior força, denuncia: "É um passo a mais na luta iniciada há quatro anos para tirar o presidente do governo – ou pela instigação popular, ou pela instigação

 da imprensa ou pela instigação das Forças Armadas." Os

golpes duros de Gustavo Capanema não parecem fazer efeito. As manifestações de rua continuam. A violência dos jornais só aumenta. A *Última Hora*, com um jornalismo de informação e títulos moderados, quase descritivos, não faz mais frente aos insultos da *Tribuna da Imprensa*.

Climério, no Galeão, diz que, alguns meses antes, em abril, no Palácio Rio Negro, em Petrópolis, Gregório perguntara se ele e Soares não podiam dar um jeito em Lacerda. O pior sairia das entranhas do próprio Catete. Numa perquirição aos domínios de Gregório Fortunato, a polícia descobre o seu "arquivo pessoal", algumas pastas com papéis e fichas com anotações de nomes e de "transações". O major Garcez, convocado a depor, entrega o resto: Gregório tinha recebido 500 mil cruzeiros de Arquimedes Manhãs para financiar a campanha a deputado de Roberto Alves. Essa soma elevada fora doada por um japonês de Marília, um tal de Matsubara.

Na casa de Juracy, a polícia encontra a pasta com o dinheiro de Gregório: cédulas novas, tudo D. João VI, os mesmos números de série das notas encontradas nos bolsos e nas malas dos executores do atentado da Rua Tonelero. Manhãs e Roberto Alves são detidos. A história deles é simples, embora a deturpem o mais possível: o dinheiro corresponde a 20% de comissão sobre um empréstimo no Banco do Brasil, de 5 milhões de cruzeiros, intermediado por Gregório, a pedido de Manhãs, "procurador" de Matsubara. Como o banco só concedera 2,8 milhões, a comissão ficou em 300 mil, salvo se Manhãs embolsara os seus 200 mil. Alves reclama de não ter recebido nenhum centavo para a sua campanha. Manhãs explica que Fortunato guardara o dinheiro por não saber se Roberto seria mesmo candidato. A grana tinha outro destino, um destino que passava pela Rua Tonelero.

A "banda de música" toca, mais uma vez, para Getúlio. Aliomar Baleeiro insiste que o mandante do crime da Rua Tonelero "não pode ser um joão-ninguém". O deputado Raimundo Padilha, o mesmo que lera, uma vez, a carta da McCoy, denunciando tentativa de suborno na Cexim, afunda o pé e exulta: Getúlio havia sido hóspede de Matsubara, em Marília, o qual havia arranjado 12 milhões de empréstimos do Banco do Brasil, "sem garantias", o último sendo intermediado pelo agente Gregório Fortunato, a pedido do insuspeito Arquimedes Manhãs, supostamente para a campanha do ex-lavador de latrinas do rei, Roberto Alves, graças a um despacho minucioso do presidente do BB com a seguinte observação: "Deferido por determinação do presidente da República."

– Que filha-da-putice!

– Chegaste a imaginar uma coisa dessas, Jango?

– Nunca. Por que esse empréstimo foi autorizado com uma menção desse tipo?

– É uma ótima pergunta.

– Sabe o que o pessoal do Adil anda falando? – pergunta Lourival, antes de sair da sala.

– Tudo – resmunga Jango.

– Que eles desceram aos porões dos Bórgia.

– Infames!

– É de pasmar! Que podriqueira! – repete Getúlio.

Convida Jango a subir. Chegam ao segundo piso vagarosamente. Evitam o elevador. Sobem os quatro lances de nove degraus da estreita escada que leva ao terceiro andar. Entram no quarto. Jango, como sempre, surpreende-se com a imagem azul da santa e com os armários tristes e pesados. Getúlio espia por uma das grandes aberturas para o exterior. Pede que lhe tragam o chimarrão. Ceva o mate. Espicha-se na cadeira de leitura, uma longa espreguiçadeira, onde ainda, às vezes, retoma velhas obras, como as de Saint-Simon, e pede a Jango que se sente "ao pé dele". Põe a mão no braço esquerdo do amigo:

– Vou te deixar uma grande responsabilidade, Jango.

– Que é isso? Ainda falta muito para terminares este mandato.

– Tens as qualidades para ser um grande líder, Jango. Precisas, somente, aprender a lidar um pouco melhor com o tempo e com as artimanhas dos outros, para que não te peguem por coisas sem real importância política, como o gosto pela vida e pelas mulheres. A política é a arte da dissimulação, mas por uma boa causa, pelo interesse do povo.

– Por que está me dizendo isso?

– Se me acontecer alguma coisa, tens de estar preparado. Não para agora, mas para mais tarde. Na próxima eleição, o Juarez e o Eduardo vão se matar pelo direito de ser candidato pela UDN, com o Lacerda de fiel da balança. Tens de apostar numa aliança com Juscelino.

– Mas por que isso?

– Estou só chuleando as coisas e o tempo, Jango!

– Vamos resistir e vencer mais esse entrevero, por mais enferruscado que ele se apresente.

– Não duvido, Jango, mas o tempo é matreiro. Um sujeito vaqueano toma as suas precauções. Preparei um manifesto generoso e forte ao povo brasileiro. Se não tiver tempo de ler esse discurso, serás dele o guardião. Pega esta cópia e leva para o Ernesto, em Porto Alegre. Como governador do Rio Grande, ele saberá fazer bom uso das minhas palavras. Só abram se me acontecer algo.

– Não entendo, Getúlio. Não entendo. Acontecer o quê?

– Daqui só saio morto, Jango.

Na cabeça do presidente, dançam as palavras repetidas nas emissoras de rádio: "Gregório é o verdadeiro presidente", descoberta a fortuna do Anjo Negro, Vítor Costa, diretor da

Rádio Nacional, "por amizade", ia pagar a fuga de Gregório, "toda a verdade sobre a compra da fazenda São Manuel pelo chefe da guarda pessoal". Todos pretendiam fazer uma "radiografia" dos "porões do Catete" e falava-se dos 22 ternos e dos 15 pares de sapatos do Negro, do "vaidoso negro de 54 anos de idade". Dos "arquivos" de Gregório saíam revelações estonteantes, favores prestados e cobrados a personalidades, 52 milhões de cruzeiros de negociatas da Cexim, telegramas enviados por autoridades de felicitações pelo seu aniversário. De Londres, Ricardo Jafet, diretor do Banco do Brasil, o mesmo Jafet do problema da *UH*, mandava o seu abraço: "Ao meu caro Gregório, o Ricardo deseja-lhe muitas felicidades pela data de hoje e lamenta não poder abraçá-lo pessoalmente." Lodi não deixava por menos. O general Âncora, então chefe de Polícia, agradecia pela reprodução de uma foto com o presidente gentilmente enviada pelo "caro amigo".

Os arquivos de Fortunato revelavam o seu título de sócio do Jockey Club do Rio de Janeiro e a sua condição de proprietário de um puro-sangue. O Negro tem amigos importantes. Isso horroriza a sociedade. Dos seus arquivos sai também um recibo de 3.920 cruzeiros, assinado por Manuel Vargas pelo pagamento de parte do valor da fazenda São Manuel, pertencente ao pai, necessitado de dinheiro para saldar dívidas ainda da campanha de 1950, mas disso não se fala. Dança, justamente, na mente de Getúlio a conversa com Maneco, recém-chegado da Europa:

– Vendeste a fazenda para o Gregório, Maneco?

– Vendi, meu pai.

– ...Vá ver a sua mãe, ela te espera – dissera, depois de um interminável silêncio.

Jango ainda tartamudeia a sua incompreensão. Getúlio, por fim, desabafa, uma simples pergunta, nada mais:

– Avalizaste o dinheiro para a compra da estância pelo Negro?

– Ele me disse que queria comprar um campinho para quando a velhice chegasse. Nem sabia que campo era. Disse-lhe que podia usar o meu nome para levantar o dinheiro que precisava.

Tudo estava ali e ali se acabava. Três milhões avalizados por Arquimedes Manhãs e João Goulart para um guarda-costas que ganhava uns 15 mil cruzeiros por mês. A cagada está feita, o filho do presidente vende uma estância ao guarda-costas do pai; Bejo, o irmão do presidente, é acusado de "mamar" num emprego público mixuruca e de viver "à grande"; Lutero, seu filho mais velho, já é o "mandante", embora o próprio Lacerda venha, em seguida, confessar na Rádio Globo que sabia que não era ele, mesmo que não parasse de manchetar o contrário; na vida pregressa dele, Getúlio, existiriam, ao menos, quatro crimes inomináveis. Estranho, não o tinham chamado, naquele dia, de ditador nem de fascista. Havia algo que não estivesse podre na tropicália desvairada? Quando Jango se ergue para sair, Getúlio o abraça demoradamente.

– Sempre te vão bem as gravatas azuis, Jango – comenta, por fim, para disfarçar a emoção e mostrar que o perdoa.

– Vou lhe trazer uma igual.

– Vai, vai...

14

— Mentira do Lutero – diz a velha, inclinando-se para sentar-se na espreguiçadeira de Getúlio.

– Não pode – avisa o velho.

– Por que não?

– Ora, é um museu.

– Não tinha percebido. Não mostraram a Lutero nenhum depoimento escrito do Gregório, que, interrogado no dia 11 de agosto, em Botafogo, não disse nada de importante e só foi preso no dia 15, dois dias depois da passagem de Lutero pelo Galeão. O Valente também não entregou o Gregório na primeira vez e só foi preso no dia 14. Quem denunciou primeiro a ajuda dada pelo Gregório para a fuga do Climério foi o Lutero.

– Quem lhe disse isso?

– Eu sei.

– Como sabe?

– Se o Lutero tivesse visto o tal depoimento do Gregório, que só foi preso no dia 15, dentro do Catete, teria ido tirar satisfação com o Negro. Nunca houve isso.

– Mas foi o Valente quem falou das notas novinhas do Gregório e abriu o bico sobre um tal financiamento mensal de 50 mil cruzeiros feito pelo Lodi, em nome do Sesi, ou da Federação das Indústrias, à guarda pessoal, que o próprio Valente ia buscar sempre, e de um reforço no mês de julho de 1954, 100 mil em vez de 50.

– O Valente deu o serviço. Mas isso depois que já estavam todos atolados. A Abigail e o Alcino falaram que o Lutero era o mandante. O Lutero entregou o Gregório na história da ajuda, como se diz isso, copertura?

– Cobertura...

– É cobertura, perco algumas palavras, na história da cobertura para a fuga dos outros.

– Como ainda consegue falar tão bem o português?

– Passei a vida praticando. Quando não havia outro jeito, falava sozinha. Pintava falando em português, sozinha. Esquecer a língua, me parecia, significaria esquecer o que fizeram comigo. E isso eu não posso esquecer. Andei pelo mundo, de Lima e Bogotá, passando por toda a América Central, até Japão, Coréia e Indonésia, com longas paradas em Londres e Nova York, mas nunca deixei de pensar no Brasil.

– Eu não andei tanto. Nunca saí, de fato, do Brasil. Nunca saí de Getúlio. Ele foi grandemente injustiçado. Essas coisas todas, que colecionei de raiva, sobre o "açougue Vargas", os provadores da sua comida, com exceção do Gregório, que, principalmente, durante a campanha para a eleição de 1950, provava mesmo, em gestos de grande coragem, a comida de Getúlio, para evitar que fosse envenenado...

– Evitar que o amo fosse envenenado...

– Exagero, enfim, essas histórias sobre os "crimes da sua vida pregressa", as amantes, "a pernada nas mulheres do Corno" e outras tantas lendas, chupadas de autor em autor, que não foram bem assim.

– Foi pior. Bem pior. Tinha negociata mesmo no último governo do Getúlio. O ministro Lafer, antes de ser defenestrado, divulgou um documento denunciando o tal escândalo do algodão, pelo qual o presidente do Banco do Brasil, o Ricardo Jafet, o mesmo Jafet que financiara a *Última Hora*, permitia vendas de algodão no exterior 40% abaixo da paridade internacional do dólar, o que arrancava os olhos do banco e enchia os bolsos das firmas que forçavam a baixa. O Lafer chamou isso de negociata.

– Foi pior e foi melhor.

– Ah, como Getúlio?

– Não, não. Há muita inverdade, exagero, literatice...

– O senhor acha exagero ou literatice o Getúlio só ter admitido o retorno de Armando de Sales Oliveira, o homem que criara a Universidade de São Paulo, quando Carlota de Queiroz pediu ao Eduardo Gomes que interferisse, pois o velho exilado, doente, amargurado, extinto, queria morrer em casa?

– O Getúlio aceitou.

– Sabemos como...

– Até sobre Lacerda se mentiu e exagerou muito...

– Vejo que o senhor é o novo anjo, o anjo branco.

– Aprendi, com Getúlio, a esperar pelas lições do tempo. Para mim, ele será sempre um *slogan*: "O petróleo é nosso."

– Horrível esse Sagrado Coração do Villares, não acha?

15

A Ordem dos Advogados do Brasil pede que Café Filho assuma o governo. Carlos Lacerda reclama o *impeachment* do presidente. O deputado Bilac Pinto turbina os instrumentos da "banda de música" e vai além: as Forças Armadas devem empossar Café. Polido, discreto, o almirante Renato Guilhobel, ministro da Marinha, vai ao gabinete do vice-presidente Café Filho com uma "sugestão" dos seus amigos militares: uma renúncia conjunta:

– A proposta partiria de mim ao presidente?

– Imaginamos que sim. Assumiria, por trinta dias, o presidente da Câmara dos Deputados, o Sr. Carlos Luz, e seriam convocadas novas eleições. A proposta, partindo do senhor mesmo, teria mais legitimidade; o contrário seria golpe – explica o almirante, constrangido com o que propõe.

Café faz semblante de meditar. Sabe que os milicos desejam exatamente o afastamento dos dois, do presidente e do vice de uma tacada só.

– Assim se matariam dois coelhos de uma cajadada só, não é, almirante?

– Não me leve a mal, pelo amor de Deus. Ninguém pensou nisso.

– Mais um café?

– Como?

– Mais um cafezinho?

– Ah, pois não, pois não.

Em outra circunstância, aquela "sugestão" o deixaria em pânico, mas Chico Ciência já lhe havia mostrado um ângulo novo da questão. Além disso, as palavras de Lacerda estavam vivas na sua mente, "faça a sua parte". Vinha fazendo, embora Zenóbio da Costa não se mostrasse convencido pelos seus argumentos de que não mexeria nos quadros principais e o manteria no seu posto. Guardou a sua carta na manga e pediu tempo para meditar.

– Tenho um compromisso com a nação e com o presidente, o senhor me entende, não? Não posso me precipitar. Nada farei, para chegar ao poder, que possa revelar uma ambição que não tenho.

– Certamente, certamente...

O governador de Pernambuco, Etelvino Lins, engrossa o coro e pede a renúncia do presidente. O deputado Augusto do Amaral Peixoto, irmão do marido de Alzirinha, imagina ser possível uma reforma geral do ministério. Vai ao Catete apresentar a sua sugestão a Vargas. Não é recebido. Ernâni do Amaral Peixoto encarrega-se de levar o projeto ao sogro. Café leva adiante a idéia de Guilhobel e confabula com o alto escalão militar do governo e da oposição. Juarez e Zenóbio seguram os ímpetos dos colegas e barram uma nova moção em favor da renúncia imediata. Mas Juarez fixa o momento decisivo: 21 de agosto, às 9 horas, em reunião dos "altíssimos coturnos". Falta pouco para o fim?

Na Câmara, Afonso Arinos não pára mais de "tocar", secundado por novos "músicos". Antecipa o samba de uma nota só: renúncia, renúncia, renúncia. A velha raposa ouve o genro, a respeito de uma reforma do ministério, revela-se interessado, mas contra-ataca com um golpe ainda mais arrojado: entregar o poder a Zenóbio da Costa. É uma idéia que ressurge. Uma idéia para dar calafrios em Eduardo Gomes e em Juarez Távora. Mais uma idéia para fazer os adversários mostrarem a "boca do baralho" e explicitar quem está mesmo traindo ou com vontade de trair. Quando Osvaldo aparece para ver como andam as coisas, encontra Getúlio, de óculos escuros, escorado no parapeito da sacada da capela, com os olhos vermelhos:

– Mas que é isso, meu amigo, um homem forte, chorando?

– Estamos no fim, Osvaldo, estamos no fim.

– De jeito nenhum, Getúlio. Não é assim. Vamos lutar.

– O Maneco vendeu a fazenda para o Negro, Osvaldo.

– Bom, não é o fim do mundo, acho...

– Não podia, Osvaldo, não podia...

– Vamos pensar no que vem pela frente. Isso é o que importa agora.

– Então, pode anotar o que vou te dizer, Osvaldo: amanhã o Café virá me visitar.

– E pedir que renuncie?

– Propor a nossa renúncia conjunta.

– Vais responder que não.

 – Vou fazê-lo imaginar que sim, que aceitarei.

No Galeão, a festa continua. Todos falam quase tudo. Climério não se refere a mandantes, mas contradiz as versões fantasiosas de Gregório e transfere-lhe a responsabilidade de tudo esclarecer ou explicar. A polícia já sabe das tentativas fracassadas de liquidar Lacerda em Barra Mansa e na Tijuca. Sabe também do delineamento do plano. Submetido a novos carinhos, Gregório Fortunato ouve, durante 19 horas seguidas, as mesmas perguntas e os mesmos insultos:

– Quem é o verdadeiro mandante?

– Não sei mais nada.

– Quem é o mandante? Um negro sujo como tu não manda matar um inimigo do presidente da República por conta própria.

– Já falei tudo.

– Foi mesmo o Lutero?

Rapidamente, Roberto Alves e Arquimedes Manhãs, confrontados com Gregório, confirmam a história do dinheiro obtido com o japonês e sobrecarregam o negro com as suas revelações. A primeira acareação transforma-se num bate-boca entre os três e, de troca de insulto em troca de insulto, as contradições vão se convertendo num atoladouro para todos. Num intervalo das sessões de perguntas, Gregório é deixado, por alguns instantes, no banco de um corredor. Sente-se moído. Diz-se que não sairá vivo dali. Pensa nos filhos, Adalberto, Abel e Belinha, na mulher, na ex-mulher, no seu tortuoso caminho, e chora. Estranhamente pensa numa foto em que aparece, em público, penteando Getúlio. Deita-se sobre o banco. Cai um jornal no chão. Recolhe-o. É um exemplar, ou algumas folhas de um exemplar, da *Tribuna da Imprensa*. A manchete é um soco na boca do seu estômago enjoado: "Bejo Vargas foge para Montevidéu, abandonando os seus amigos na hora do perigo. O irmão do presidente da República foge para evitar depoimento no Galeão."

A sensação que Gregório experimenta é mais terrível do que o medo ao achar-se de cabeça para baixo, lá no alto, sobre a Baía de Guanabara. Não há chão, não há mais piso, o banco treme, seu corpo é sacudido por uma série de calafrios, como se recomeçassem com os choques elétricos. Está só. Não tem mais ninguém por ele. Vivera, sempre, cada hora, cada segundo, para os Vargas. Agora, não há mais Vargas. Só há o escuro, o vazio e o chão duro que se esvai, misturado com o seu vômito e com o seu sangue. Na madrugada, em seu quarto depoimento oficial, já no sábado, diante das cédulas encontradas com os seus amigos e das que foram achadas na sua pasta, começa a se abrir. Jorra como uma fonte aspergindo esterco, mas ainda sem precisões, guardando algo só para si.

Como Climério, fala da conversa em Petrópolis, no Rio Negro, e do seu pedido para que "dessem um jeito em Lacerda". Mas fala também da pressão de Mendes de Morais, na mesma época, no Rio Negro, atiçando-o contra o Corvo, chamando-o de "ministro da Defesa", "chamando nas esporas e nos brios". Fala muito, conta que deu dinheiro a Climério para bancar Alcino, de modo a prepará-lo para a coisa. Conta que Mendes de Morais lhe dissera: "Minha mulher não agüenta mais, não dorme mais. Já pediu até ao padre Lourenço, ao confessor de Lacerda, para que ele o faça parar de me atacar, mas não tem jeito. Então, você tem de fazer alguma coisa."

Agora que está falando, que Bejo já se foi, que Lutero já o entregou, que todos dão com a língua nos dentes, vai dizer muito. Fala de Euvaldo Lodi, vindo provocá-lo no seu quarto do Catete, mas nega que o deputado seja o mandante, fala de Danton Coelho, com as suas insinuações, das suas obrigações com Bejo, da sua honra, do compromisso de dar a sua vida por Getúlio Vargas. Mais tarde, já em setembro, noutro depoimento, quando se assumirá como "o mandante", falará da sua admiração por Mendes de Morais e da importância das palavras do general para ele, um negro simples da campanha. Descreverá, justamente, o general Mendes de Morais, numa sacada do Rio Negro, recebendo o vento no rosto e dizendo-lhe: "Só você, o nosso ministro da Defesa, pode salvar o país da Guerra Civil."

Agora, enquanto clareia o dia 21 de agosto, o destemido tenente Gregório Fortunato chora convulsivamente e declara-se abandonado por Bejo. Sente a sua partida para Montevidéu como o abandono de um pai. Lamenta-se como um órfão e, com a sua imensa tristeza, enche de alegria os corações dos inquisidores. Nenhum deles duvida, o mandante, o verdadeiro mandante, o homem por trás do Negro e de todos mais, é Bejo Vargas, o violento e historicamente incontrolável coronel Bejo Vargas, o "cangaceiro gaúcho", transplantado de São Borja para o Rio de Janeiro sem nenhuma demão de tinta, sem nenhum verniz de sofisticação.

Numa outra frente de investigação, o inspetor Cecil Borer fará surgir Rosa Branca, sambista, ex-motorista do general Mendes de Morais, candidato a vereador pelo PSD, bom malandro, homem de muitos naipes e de língua solta. Rosa Branca dirá que foi chamado por Mendes de Morais, na Rua Pedro Velho, 12, para ouvir uma proposta de trabalho "bobo": matar Carlos Lacerda em troca de 100 mil cruzeiros. Uma barbada! Rosa Branca, alegando não ser do ofício nem ter competência para a função, teria recusado.

Adil comenta com Scaffa, depois do depoimento de Gregório e antes de retirar-se para dormir um pouco: "Acho que vamos, enfim, parar de pescar sardinhas e fisgar um tubarão."

16

Muito cedo, antes mesmo de o dia clarear, Getúlio já está barbeado. Toma, solitário, um mate que lhe parece mais amargo do que de costume, mas afasta a idéia, considerando-a uma bobagem, uma sugestão pela evidência das coisas. Pena que o Catete esteja, na verdade, longe do mar, longe para um homem velho e cansado de travessias. Naquela hora, seria muito custoso atravessar o jardim para sentir a areia e as ondas. Gostaria, ao menos, de saborear um cheiro de maresia.

A *Tribuna da Imprensa* anuncia que Gregório e Maneco serão denunciados por sonegação. Ergue-se o cadafalso. Afirma que Climério e Soares são emissários de Jango. Também Jango será enxovalhado? Tudo se diz. Não há limite. Osvaldo teria vazado para amigos o conteúdo da Instrução 99, garantindo altíssimos ganhos, por informação privilegiada, aos seus comparsas e acarretando um bilhão de cruzeiros de prejuízo para os cafeicultores, gerando pânico em Santos. Há sempre algo mais violento, mais direto, um dedo acima do suportável, como se os leitores só pudessem entender o que se apresenta como definitivamente imoral e putrefato: "Catete: antro de assassinos e covil de ladrões."

Bilac Pinto sobe o tom – "como consegue?", "como não se envergonha?" – e considera que, sendo o presidente responsabilizado como co-autor do crime da Rua Tonelero, de acordo com o artigo 25 do Código Penal, terá de ser preso. Não faltaria mais nada! Lentamente, Getúlio desce para o gabinete. Senta-se para esperar Café. As horas avançam e o vice-presidente não aparece. Ele chega a cochilar um pouco. O tempo, sempre o tempo, imiscui-se como uma fragrância vencida no seu corpo e o faz pensar nos seus exílios em Santos Reis, Itu e até mesmo na Fazenda São Pedro, de Batista Luzardo, em 1950, enquanto esperava o momento de voltar ao Rio de Janeiro para ser empossado.

Já está em Santos Reis, de volta ao campo, ao churrasco de carne boa, às madrugadas para "camperear" e à solidão dos dias marcados apenas pelo evoluir implacável das estações. No começo, aviões descem nas paragens e desembarcam jornalistas e políticos em busca de uma declaração, de uma entrevista, do seu apoio político. Imerge na vida rústica, "proseando" com os peões, dando um talho no churrasco do galpão, tomando um amargo na soleira da porta. Depois que lhe arrancam o "Ele disse", em favor de Dutra, o movimento começa a diminuir. Eleito deputado por nove estados e senador por dois, desiste de São Paulo, onde o seu suplente é Marcondes Filho, um dos seus, e volta ao Rio de Janeiro para assumir no Congresso. Tempos difíceis.

As candidaturas à Câmara e ao Senado haviam sido uma maneira de testar o seu poder eleitoral. Mas na imensidão do pampa, devolvido abruptamente ao passado, começara a perder o interesse por aquilo, a duvidar da importância daqueles jogos sórdidos, a sentir-se cansado. A figura do negro Gregório, sempre por perto, sempre fiel, despertava-o, no meio de uma cavalgada, para os tempos em que exercera o poder no Rio de Janeiro ou com que ia com o guarda-costas, ou com o baixinho Arinos, divertir-se em "saídas alegres". Era outra vida, outro movimento, algo que se tinha esvaído para não voltar. A temporada legislativa sepultara o resto do apetite que lhe havia sobrado pela política.

Na paz de Santos Reis, nos seus silenciosos pagos, sonhara com um Partido Trabalhista Brasileiro forte e coeso, tão forte quanto o trabalhismo inglês. Num dos poucos discursos daquela época, do qual se lembrava bem, em Salvador, havia clamado por um "Brasil socialista", um lugar para "viver sem ódios, sem paixões e sem rancores, assegurando a todos o direito de viver com dignidade". Por esse Brasil é que tinha voltado, dois anos depois, ao combate político, desensarilhando as armas para travar a sua última grande luta. Às vezes, encilhava um pingo e partia lentamente para o fundo das invernadas, campeando o tempo, querendo se reencontrar, rastreando cheiros e vozes do passado. Ao longe, a figura de Gregório Fortunato recortava-se contra o pano verde do campo ou, nalguma coxilha, contra nacos de céu azul, uma sombra à espera de um sobressalto. A noite o pegava chegando ao galpão.

Às 9 horas, no Ministério da Guerra, setenta generais decidem manter as decisões anteriores e recusam a "proposta" de Café Filho, "sugerida" por Guilhobel e difundida em círculos restritos durante a noite anterior. No Clube Naval, alguns almirantes ficam de pé na defesa da Constituição e apegam-se ao princípio, considerado ingênuo por outros, da simples apuração rigorosa dos fatos, antes de qualquer pressão sobre o presidente da República. Sentindo-se resvalar, Café Filho procura Gustavo Capanema e comunica a sua decisão de propor, diretamente ao presidente, a renúncia conjunta.

Depois de Santos Reis, o fim da sociedade com Protásio o levara para a velha, mas renovada, estância da família, em
 Itaqui, junto aos arroios Puitã e Itu, uma lonjura, uma

infinidade verde cortada pelo vento e pelo barulho do silêncio. Ali, conheceu o apogeu da solidão. Não havia nada. Só umas poucas árvores. Maneco construíra a casa nova, em 1945, mas foi preciso reformá-la num piscar de olhos, plantou árvores no pátio, trabalhou duro para dar novamente um ar de boa morada ao lugar. Alguns dos seus colaboradores mais fiéis, como o amazonense Guilherme Arinos, ficaram algum tempo instalados na casa velha ocupada pelo capataz. O ex-revolucionário, o ex-presidente, o ex-ditador, o ex-poderoso, ele, Getúlio, vivia, então, como um gaudério na querência.

Nas noites de inverno, falavam de tudo, do passado, do futuro, de planos que talvez nem tivessem. Arinos sonhava com um Banco Nacional de Fomento. Economista, detalhava as funções, o capital necessário e o papel a ser desempenhado por uma instituição de tal natureza num governo democrático de Getúlio. Davam longos passeios a pé, pois no fundo o baixinho continuava um maturrango, e lembravam-se das festas, das mulheres, dos perfumes, das bem-amadas. Arinos era solteiro e sempre fora um bom companheiro de farras. Era comovente ver aquele homem educado, pequeno, frágil, transplantado da Amazônia para o pampa como uma muda arrancada do seu hábitat natural, aceitar o Rio Grande, tão diferente, tão estranho para um nortista, por dedicação a ele. Com Arinos, liberava o coração e falava dos amores deixados para trás. Quando não conseguia falar, escrevia e mostrava-lhe.

Santos Reis permitira-lhe acertar dolorosas contas com os afetos, com os amores perdidos e com os protestos do coração. Por meses seguidos, não pensara em outra coisa, totalmente alheio à política, saturado dos homens e do poder. As lembranças de um corpo, de uma boca, de um sexo, à espreita como um fantasma delicioso no oitão da casagrande, tomavam-lhe todas as horas e gastavam-lhe as forças até que, exausto, dormia um longo sono de reparação. De madrugada, no entanto, soturno, esgueirava-se e já espiava o nascer do dia, tomando seu mate, à espera de um vulto, de uma silhueta, de um odor abandonado em quartos mantidos na semi-escuridão das tardes cariocas ensolaradas. Domava a tristeza a golpes de obstinação e de rudes lides campeiras.

Ainda se lembrava do primeiro encontro com o Baixinho, lá por 1942. Antes, no fim dos anos 30, o gordo Sousa Costa, ou o Leonardo Truda, reunira uma equipe nacional de especialistas para organizar uma carteira econômica, e, por indicação do Gastão Vidigal, viera da Amazônia um certo Guilherme Arinos Barroso Franco. Três anos depois, quando decidira implantar as idéias da tal comissão, o baixinho falante voltara ao Rio de Janeiro e caíra nas graças da Alzira. Uma bela descoberta! Era funcionário do Banco do Brasil, em Minas Gerais, e fora bastante fácil transferi-lo para o Rio de Janeiro. Em pouco tempo, já se convertera num dos seus favoritos para escrever as cartas que podia assinar como suas, pois eram suas, exprimiam o seu pensamento, com o seu estilo, embora escritas por outra mão, uma mão que, com o passar dos anos, confundiu-se totalmente com a sua.

Lembra-se, agora, de Arinos, mexendo no rádio para tentar captar as ondas que lhe trouxessem notícias do Botafogo. Mas, sobretudo, vem-lhe a lembrança do baixinho, no canto da mesa grande, em Itu, de cochichos e risos com Maneco. Pareciam duas crianças grandes de arreganho e de esquisitices. Os aviões desciam como moscas nos campos da fazenda, 10 ou 15 por dia, e nem as vacas tinham mais paz. Todos o reclamavam, e João Neves, Danton Coelho, Alzirinha, Jango e tantos outros o cercavam e preparavam o seu retorno. Maneco e Arinos cochichavam e riam. Da rede, espiava-os e imaginava que estivessem falando de mulheres ou de qualquer besteira. Um dia, não se agüentara:

– Afinal, que tanto vocês cochicham?

– Sabe o que é, patrão?

– Não, claro que não, tanto que estou querendo saber.

– Não, é que todos estão dizendo que o senhor é maravilhoso e ganha qualquer pleito, mas ninguém sabe quantos votos o senhor teve nas últimas eleições.

O baixinho era mesmo sagaz. Mandara-o ao Rio de Janeiro consultar os dados do Tribunal Eleitoral. Na estância, ficaram apostando: deputado por nove estados; senador por dois; isso deve dar uns 70 ou 80% dos votos. Quando Arinos voltou, sentaram-se em torno da mesa grande e renovaram os prognósticos. Todos erraram. Elegera-se com um total de 19% dos votos. Uma mixaria. Caíram em desânimo. Então, do fundo da sua alma curtida pela solidão elevara-se uma força descomunal, uma energia que conhecia de outros tempos.

– Esse é o percentual da UDN. Quanto fizeram o PSD e o PTB somados?

– Mais de 50% – respondeu Arinos.

– Então, vamos estabelecer uma mecânica de troca de votos. Apoiaremos os candidatos dos adversários nos estados em troca de apoio nacional deles.

– Mas isso significará – inquietou-se Danton – deixar alguns amigos na mão. Apoiar, por exemplo, o Cleofas contra o Agamenon, em Pernambuco.

– Sempre haverá tempo, depois, de compensá-los.

– Muitos não aceitarão uma compensação posterior.

– Danton, já viste alguém recusar um convite meu para, por exemplo, ser ministro da Fazenda?

Não lhe haviam apresentado um só nome de candidato que pudesse apoiar. Não lhe restara saída, a não ser candidatar-se. No dia do seu aniversário, 19 de abril de 1950, então, para delírio de Jango e dos outros, havia dito: "Levai-me convosco." Queria livrar o Brasil de um aumento de 100% do custo de vida e de 140% de aumento de impostos durante o governo Dutra. Góis e Agamenon preferiram apostar em Cristiano Machado. Engraçado, Osvaldo era da UDN. Ele teve de batê-los, contando, sem nenhuma dúvida, com os votos deles. Aí, novamente picado pela mosca da política, havia pensado em Góis para a vice-presidência, o que desarmaria os milicos e evitaria um vice tachado de comunista, filho de usineiros e indicado por Adhemar. Mas Góis, o cabeçudo, achou melhor perder. E perdeu.

No exílio de Itu, redescobrira a vontade da política e perdera, definitivamente, todas as ilusões sobre os homens. Tinha sido abandonado em Santos Reis, esquecido, considerado um cadáver político; durante meses, só Jango o procurara, além dos fiéis entre os fiéis. Havia sido insultado, enxotado, saqueado em seus votos e, por fim, dispensado. O vento, o tempo, a solidão e a paciência, como goles amargos de um mate diariamente cevado, produziram, então, um resultado que nem ele esperava mais: a reação. Os netinhos, Getúlio, Edith, Celina e Cândida, chegavam para as férias de verão. Os risos infantis coloriam tudo de alegria. Brincava com eles, inventava um nome carinhoso para cada um, fingia-se de bicho-papão bonzinho. Edith, filha de Jandira, magrinha, com seus óculos tão sérios, era a "professorinha". Sorria para as crianças e elas se encantavam, embora soubessem que, depois de algum tempo, ele recairia nos seus pensamentos e escaparia para um mundo só dele que deviam imaginar cheio de fantasias ou, ao contrário, sem nenhuma, o mundo dos adultos.

Às vezes, tratava-as como se já fossem adultas. Quando agarraram um zorrilho e voltaram fedendo para dentro de casa, passara-lhes um grande pito e mandara-as para o banho, deixando-as com os olhos arregalados. Tentava, porém, dar-lhes uma visão menos hierarquizada das relações sociais e humanas. Quando vieram se queixar que um peão, um negro velho, sacudira um chicote na direção delas, recordava-se disso como se fosse ontem, dissera com dureza e senso de justiça: algo vocês devem ter feito. Não me venham com lorotas. Afogueados, os rostinhos revelavam toda a surpresa.

Mundo do poder e do tempo. O poder era para ser usado e dependia da capacidade de mover pedras num tabuleiro sem remorsos nem ressentimentos. Enquanto a peonada se espalhava nas lides campeiras, com seus gritos de heróis de um mítico passado, e os seus amigos aguardavam um despertar, ele movia as peças no seu xadrez mental. Milhares de vezes, avançou e recuou, calculou e imaginou os efeitos. Às vezes, quando Arinos ou um outro o interpelava, arrancando-o de um falso torpor, murmurava: "Nunca se deve precipitar uma solução. Nunca." No Catete também os netos corriam, nos finais de semana, como se estivessem num parque encantado. Espiava-os correrem e esquecia-se, silenciosamente, do poder.

Agora, porém, a solução está madura. Em estado febril, pelas 15 horas Café Filho chega ao Ministério da Marinha e não perde tempo: avisa Guilhobel que proporá, na seqüência, ao presidente da República que renunciem conjuntamente. Porejam gotas de suor na sua testa. O ministro sorri: "O senhor sabe o que está fazendo." Café hesita. Teme uma ironia na observação do outro. Por fim, declara, em seu próprio favor: "É o meu dever com a pátria." Ambos mais tranqüilos, com esse conforto inesperado de uma palavra quase mágica e vazia, despedem-se com um solene aperto de mão.

Foram tantos e tão diferentes os meus exílios, pensou Vargas. Finda a campanha, em setembro de 1950, depois de 53 dias de corpo-a-corpo e de 77 cidades brasileiras visitadas, seguido por um cortejo de colaboradores e jornalistas, o Danton, o João Neves, o Arinos, o Roberto Alves, o Wainer, uma tropa de homens, retirara-se para a fazenda São Pedro, do "Seu Luzardo", em Uruguaiana. Ali, no "castelinho", montara o seu QG. O tempo da solidão já era só uma lembrança, e desciam aviões, políticos e jornalistas como enxames, que ora lhe pareciam de moscas, de mutucas, de abelhas, de camoatins. Em meio ao rumorejar daquela estranha colméia, havia continuado a jogar, a mover as peças, a imaginar cada lance, cada pedra no governo, um governo, enfim, para o povo.

Em São Pedro, recebera a inesperada visita de Quijano, o vice-presidente argentino. Ali, com aquela aparição de cortesia, fora do protocolo, começariam os seus problemas e as denúncias de um plano secreto, de uma aliança com Perón, de uma marcha inexorável para uma república sindicalista, peronista, populista. Experimentara, sereno, as incertezas da volta, as ameaças de que não lhe dariam posse, a conversa fiada da falta de maioria absoluta, os boatos de que Dutra não lhe passaria o poder, a histeria do udenismo radical, os prenúncios do que viria, do que lhe fariam passar, do que teria de pagar pela ousadia de voltar como um democrata.

De Santos Reis, de Itu, de São Pedro e até de alguns dias em Campos do Jordão, antes da posse em 31 de janeiro de 1951, lembrava-se, mais do que tudo, de uma lição vinda de dentro de si mesmo ou, certamente, de um longo processo de decantação, o poder é a administração do tempo. No Rio Grande, na idade da razão absoluta, tivera a oportunidade de autoconhecer-se, numa dolorosa análise do que fizera e do que não pudera fazer. De lá, saiu com uma convicção: perdoar é obra do tempo, e não se faz política sem perdão. Se lhe perguntassem, se lhe pedissem, enfim, se tivesse de dar uma definição de política, nunca mais hesitaria: a arte do esquecimento. Esquecer sem deixar de lembrar, esquecer pelo futuro, esquecer para aliviar o presente do fardo do passado. Esquecer, eis o supremo poder, o enorme poder de amordaçar o tempo.

Numa cavalgada com Gregório, em Itu, o Negro, como um guri, saíra-lhe com uma pergunta deliciosamente infantil: "Patrão, o que é mesmo o poder?" Ele cutucara o baio com os calcanhares e respondera: "O aprendizado do esquecimento." Confuso, o Negro ainda lhe perguntara: "Por que voltou para o Rio Grande?" Atravessavam uma aguada com tufos de pastos na cabeceira. Pareceu-lhe um livro aberto com as páginas frisadas e grandes capitulares. Uma garça equilibrava-se numa perna só. Deu-se uma revoada de marrecas. Um jacu cantou no matinho próximo como uma letra gótica. Ele puxou as rédeas, passou a perna sobre a cabeça do lombilho e disse, com mansidão e franqueza: "Vim aprender a esquecer."

Não tinha sido fácil, e muitas vezes confessara aos mais próximos a sua tristeza. Doíam-lhe o descaso, a revelação de algo evidente, algo que conhecia mais do que ninguém, as relações por interesse, a condição de traste velho, de objeto descartado, de rebenque velho e sem mais uso. Os donos do poder deviam-lhe tudo, cada promoção, cada posto, cada cargo, cada raio de luz e, certamente por isso mesmo, gostariam de esquecê-lo e de vê-lo sepultado sob o verde dos campos, embalado apenas pelo minuano. Um benfeitor pesa sobre os ombros dos beneficiados como uma memória sem fim, a lembrança das dívidas pessoais e do caminho percorrido graças à mão de outros. Deviam-lhe. Não o perdoavam por isso.

Aprender a esquecer era um programa para a vida toda. Só isso lhe permitira chamar, já no "ministério de experiência", para o governo udenistas como Cleofas ou nomear outro udenista combativo, Juraci Magalhães, primeiro presidente da Petrobras. Agora mesmo, passados vários anos do exílio, está ali, aprendendo a esquecer do que ainda virá e lembrando-se do pai, "agosto, mês de cachorro louco e de desgosto". Do exílio no Rio Grande trouxera também as boas idéias dos seus colaboradores nos dias melancólicos. Criou o Banco Nacional de Desenvolvimento Econômico e fez de Guilherme Arinos – assessor econômico do ministro da Fazenda Horácio Lafer e sempre um dos seus "secretários pessoais" – um dos seus conselheiros. Quando já começa a duvidar da sua intuição, Café Filho irrompe no palácio. Passam 7 minutos das 16 horas.

Recebe-o no Salão de Despachos. Estuda-lhe a fisionomia como se o visse pela primeira vez. Tipo curioso, pensa, dividido entre o querer e o ter de tentar afastar-se para melhor dar o bote. Percebe a agitação na alma do homem pelo movimento contínuo das suas pálpebras. Café pisca sem parar e mexe as mãos de uma maneira estranha, ora colocando-as em concha e pressionando a esquerda com a direita, ora massageando a palma da mão esquerda com o polegar direito. Já não escolhe as palavras. Deixa-se levar pela emoção. Já fala com a voz embargada. Getúlio acende um charuto para escutá-lo melhor.

– Digo-lhe o que lhe digo com a alma apertada. Conversei com muitas pessoas antes de vir até aqui. Sei que é um momento de extrema responsabilidade e refleti muito antes de tomar esta que é a decisão mais difícil da minha vida. Não por mim, pelo cargo, mas pelo que representa para o país o que vou lhe dizer. Os ministros militares com quem conversei me afirmam que não há mais condições de manter o governo.

– (...)

– O Zenóbio me fez ver que não dá mais, que não haverá como resistir à pressão da sociedade. Muito menos resistir, pela força, à pressão dos militares descontentes. Estamos, creia-me, diante de um fato consumado.

– (...)

– O Guilhobel me disse a mesma coisa. É o fim da linha. Desde o começo desta malfadada crise, tenho assegurado a todos a minha lealdade ao senhor. É por isso que agora estou aqui.

Getúlio contempla as bolhas de fumaça e parece distanciar-se. O outro continua a falar, cada vez mais emocionado.

– Conversei com Capanema e com todos os líderes na Câmara. De nenhum deles recolhi qualquer palavra de garantia ou de segurança, já não digo sobre a possibilidade de manter a atual situação, mas sobre até mesmo a viabilidade de uma recuperação da autoridade do governo, tão duramente comprometida.

– Não renunciarei – diz Getúlio, calmamente.

– Se eu fosse presidente, também não aceitaria uma renúncia imposta. Dou-lhe razão. Mas a proposta que lhe trago é diferente. Reclama-se o seu afastamento e prega-se a minha ascensão. Pois bem, vamos sacudir a nação com um gesto: fomos eleitos juntos, na mesma chapa, o que muito me honrou; renunciemos, agora, juntos, no mesmo destino, o que muito me honrará. Será um fato novo, capaz de cortar a agitação e esfriar os ânimos. Escolheremos para o governo uma pessoa da sua confiança, aceita por todos ou, ao menos, pelas principais agremiações partidárias, a quem caberá a missão de restabelecer a normalidade.

– Enganam-se os que me acreditam incapaz de renunciar e me atribuem, como sempre, desejo de não me afastar do poder – disse Vargas, quase com resignação. – Estou velho e esgotado, com vontade de me recolher. A situação é realmente difícil. Não contesto o quadro que o senhor me traçou. Posso largar isto aqui, largar definitivamente...

O vice-presidente, ouvindo aquela declaração amarga, sentiu-se, ao mesmo tempo, aliviado e culpado. Haviam abandonado o velho homem à própria sorte. Sentiu pena.

– Irá buscar-me depois uma patrulha da Aeronáutica – completou Getúlio, com uma dose de ironia que levou Café a enterrar o polegar direito na mão esquerda.

– Isso nunca, nunca, eu lhe garanto.

– Há muita paixão nisso tudo e não creio mais em garantias.

– Uma das condições da nossa renúncia será a garantia de que a sua pessoa de ex-chefe de Estado nada sofrerá. Eu mesmo me encarregarei de obter das oposições e das Forças Armadas este compromisso.

– Quem lhe garante que respeitarão o acordado?

– Vou ser muito franco: há, de parte de setores militares e das oposições, muita resistência ao meu nome, pela minha vinculação partidária. Com a nossa renúncia conjunta, terei eliminado um constrangimento e atendido o anseio de certos grupos. Isso os fará respeitar os acordos.

– Para se livrarem do senhor?

– É uma maneira um tanto dura de dizer a coisa.

– O senhor se sacrificaria por mim?

– Não digo tanto. Pela situação. Lembre-se de que não será uma renúncia forçada, mas espontânea e patriótica. A desordem está aí, como um círculo que se aperta em torno do seu governo. Ninguém domina os militares em rebelião, a não ser agravando os acontecimentos e provocando derramamento de sangue. Até no Catete já se realizam buscas. Busquemos um modo honroso de salvar o país da guerra civil.

– Vou pensar, prometo-lhe.

– Até quando?

– Amanhã eu lhe darei a minha resposta.

17

Atordoado com o ritmo dos acontecimentos e com a agitação da cidade, Tércio passeia pelas ruas próximas ao Catete. As lembranças de Zelinda avivam-se na sua memória como se a política fosse o combustível desse amor defunto, a lenha da memória interminável. Na verdade, sempre soubera pouco sobre ela. Zelinda bem que podia ser um pseudônimo, mesmo que constasse nos documentos dela, os quais, certa vez, encontrara sobre a mesinha-de-cabeceira e examinara longamente, enquanto ela dormia, nua e maravilhosa, sobre o lençol branco, numa noite quente de fevereiro.

Sabe que ela era natural de Berlim e viera para o Brasil com 17 anos, acompanhando os tios. Não sabe muito mais do que isso. Dos tais parentes, nenhum sinal. Zelinda detestava falar de religião e de família, que considerava temas reacionários e pequeno-burgueses. Vivia para a política e para alguns instantes de amor. Essa camada de mistério, que cultivava com algum deleite romântico e burguês, era certamente o seu maior charme. Tentara encontrá-la nas organizações clandestinas de esquerda e só provocara desconfiança. Sente culpa por ter desistido, por tantos anos, de obter uma resposta para o desaparecimento do único amor da sua vida. Recrimina-se pela covardia.

Na Pedro Américo, cruza com um sujeito baixinho, magro, ar maroto, embora de cenho franzido, e lembra-se de tê-lo visto no Catete. Sim, é o protegido do presidente que tem, curiosamente, dois sobrenomes de um adversário, Arinos e Franco, como Afonso Arinos de Melo Franco. Compra os jornais e senta-se num café para ler. Aos poucos, uma ânsia de vômito insuportável o faz correr ao banheiro. Mal chega à boca do vaso, despeja uma gosma verde. Está, ainda, de estômago vazio. Volta para a mesa e não suporta a visão dos jornais. De repente, entende que eles o enojam. Pensa em Assis Chateaubriand, chantagista, cretino, manipulador, em Samuel Wainer, impotente, acossado, aprendiz de Chatô, pensa em Roberto Marinho, oportunista, pensa nos Mesquita, ensopados de ressentimento, pensa no dono do *Diário Carioca*, não lhe vem o nome, pensa nos outros, todos aproveitadores, mamadores nas tetas do governo, salpicadores de merda, embaralha os nomes, sente que vai, de novo, vomitar, tapa a boca com a palma da mão direita e corre mais uma vez para o banheiro. Dificilmente, pensa, enquanto vomita o que não tem dentro de si, o Brasil conhecerá fase mais repugnante na sua imprensa.

Enquanto Tércio limpa o seu vômito de coadjuvante de tudo, da própria vida da única mulher que amou, Café Filho, sentindo-se, cada vez mais, protagonista do grande jogo, faz contatos e inquieta-se: e se ele aceitar? Relata sua conversa com Getúlio a quem pode, a quem encontra, a quem localiza, Capanema, Fiúza, Canrobert, Juarez, Mascarenhas, Lourival, Chico Campos. Só este o tranqüiliza: "Agora, presidente, falta pouco." Getúlio também conta a Tancredo o que ouviu de Café.

– Agora, então, a coisa ficou mesmo feia, presidente. Se o Café lhe falou isso, ele que estava sereno e leal, é por já estar atolado na conjura, enfiado na conspiração com os milicos.

– Acha mesmo?

– Cem por cento.

– Amanhã mesmo vou esfriá-lo.

O sábado escoa em conversas cruzadas, novas articulações, soluções impossíveis: Augusto Amaral Peixoto, depois de conversar com Afonso Arinos e outros, com sua proposta de reforma do ministério; Getúlio, com sua ameaça de passar o poder a Zenóbio; Juarez, vociferando contra a inconstitucionalidade "dessa loucura"; o almirante Noronha de Carvalho, dando voz de prisão ao almirante Muniz Freire, que, numa comemoração a bordo do cruzador *Barroso*, enxovalha o governo, provocando um incidente rapidamente contornado, mas desgastante; o marechal Dutra, em Belo Horizonte, saindo da casca para soltar fel: "A renúncia é a única solução capaz de tranqüilizar o país, pois ela convém não só à nação, mas ao próprio presidente."

No Clube da Aeronáutica, ainda nessa noite de sábado, o major Borges lê para vários brigadeiros e oficiais o relatório da Comissão de Inquérito. O documento afirma que, desde o final de julho, quando se define o atentado, Climério, Soares, Alcino e Abigail sabiam que o mandante era Lutero Vargas, tendo Gregório Fortunato como organizador da ação. Na seqüência, o relatório sintetiza o que foi encontrado no "porão dos Bórgias" e descreve vigarices, dinheiro falso, propinas, 13 milhões de dólares em recibos de negociatas, envolvendo a Cexim e intermediadas por Arquimedes Manhãs, em troca de 520 mil cruzeiros de "compensação", "crimes contra o patrimônio, crimes contra a fé pública e crimes contra a administração pública". Por fim, Gregório teria dado fuga aos criminosos, acobertado pelo Catete.

Exaltam-se os ânimos, elevam-se as vozes, fala-se em nome da "pátria degradada" e do "companheiro morto". Convoca-se nova reunião para a manhã seguinte, domingo, às 10 horas. Os ministros militares encontram-se no Catete e divulgam uma nota em defesa da Constituição. Getúlio contempla o escuro na solidão do seu quarto. Café Filho, em casa, na Avenida Nossa Senhora de Copacabana, recebe amigos, personalidades, gente que o chama, repentinamente, de presidente, estranhos. A noite passa, e ele só consegue cochilar alguns minutos na rede da sua varanda. "E se ele aceitar?" Tércio perambula pelas ruas. Paulo Amato bebe, solitário, na Lapa. No Galeão, a violência continua. Alcino confessa que sonhou com o crime. Nélson Raimundo limita-se a repetir: "Estou desgraçado."

O domingo chega sem que ninguém tenha descansado. Pelas dez horas, Café Filho já está no gabinete de Lourival. Na Ponta do Calabouço, no Clube da Aeronáutica, os brigadeiros reúnem-se, e Eduardo Gomes, visivelmente transtornado, bate o martelo: renúncia imediata – sepultando a proposta do brigadeiro Carlos Rodrigues Brandão de acompanhamento do inquérito até o fim, antes de qualquer atitude em relação ao presidente. Aprova-se a proposta por unanimidade, com júbilo, histeria e vivas à pátria. Mascarenhas de Moraes, chefe do Estado-Maior das Forças Armadas, é indicado para transmitir o veredicto a Getúlio Vargas. Paulo Amato, misturado com os jornalistas, espera, na frente do clube, o resultado da reunião.

Enquanto Eduardo Gomes e Carpenter Ferreira, chefe do Estado-Maior da Aeronáutica, dirige-se à Rua Visconde de Cairu, na Tijuca, para consultar Mascarenhas sobre a missão que se lhe quer dar, as rádios já anunciam que a

Aeronáutica decidira depor o presidente. Há festa na Cinelândia. O cardeal Jaime Câmara reza·pela boa solução. Manifestantes incendeiam carros do PTB e gritam "Fora, Getúlio". Amato acompanha a explosão de cólera de uma multidão na Praça Tiradentes. Exausto, Tércio dorme vestido no sofá da sala de seu minúsculo apartamento. Tudo se encadeia, enfileira, justapõe. Nada mais se contorce. Os fatos sucedem se como vagões de um trem.

Na casa de Mascarenhas, Canrobert, Juarez, Fiúza, Carpenter e Eduardo Gomes definem o futuro do Brasil. Getúlio está deposto. O Flamengo bate o Canto do Rio por 4 a 3. Zenóbio e Mendes de Morais almoçam no Jockey, numa homenagem ao Duque de Caxias, mas não se inquietam com os boatos. No começo da noite, Eduardo Gomes entrega a Mascarenhas de Moraes o manifesto, assinado por trinta brigadeiros, exigindo a renúncia imediata do presidente da República. Getúlio, enquanto isso, passa um domingo relativamente tranqüilo, revisando velhas anotações. Refeito, Tércio banha-se e sai em direção ao Catete. A noite parece-lhe serena.

Serena é um termo que não entende. Imagina que a natureza, mesmo quando vocifera, é serena: tudo faz parte dela; tudo se perde nela mesma. Sereno, Mascarenhas apresenta o fato consumado a Zenóbio da Costa, em Jacarepaguá; Eduardo Gomes, a Epaminondas. A reação do ministro da Aeronáutica choca o visitante:

– É um golpe. Nada mais do que isso: um golpe. Nada mais conta de agora em diante. Toda vez que vocês não estiverem satisfeitos, apeiam o presidente, anulam o Judiciário, fecham o Congresso e fazem valer o quarto poder, o poder da força.

– Nosso poder – rebate Eduardo – é o da opinião pública, da decência e da moralidade.

– Conversa, é o poder do golpe, um abaixo-assinado para derrubar um presidente constitucionalmente eleito. Vocês deviam ter vergonha dessa papagaiada.

– Todos estão conosco. É uma cruzada nacional em defesa da pátria.

– Balela! O general Zenóbio pode ter muitos defeitos, mas é leal, corajoso e vai defender o presidente.

– Acha mesmo? – pergunta Eduardo, com um risinho.

– Não vai dar certo este novo 29 de outubro; os tempos são outros, e o ministro da Guerra vai ficar do lado do presidente e da Constituição. Ele tem a Vila Militar na mão. Sabe o que isso significa? Sangue, sangue derramado.

– Tem mesmo?

– Esse abaixo-assinado de vocês desmoraliza a FAB diante da nação. É vergonhoso – grita.

– Não estamos fazendo uma revolução – defende-se Eduardo, candidamente.

– Não. É uma quartelada.

– Estamos apenas opinando. Temos o direito de opinar, como todo mundo.

– Opinando? Quanto cinismo!

– Quer saber? Zenóbio não tem a Vila Militar. O Colônia, o Jaime de Almeida e o Nélson de Melo não marcharão para defender esse governo podre e corrupto.

– Não? Tem certeza? – inquieta-se Epaminondas, acusando o recebimento do golpe.

– Não.

– Mas, Eduardo, Getúlio faria menos mal à nação concluindo o seu mandato, consolidando a democracia...

– Consolidando a podridão...

– A população vai odiar as suas elites e as Forças Armadas por causa disso.

 – Só estamos fazendo a vontade da população.

– Além disso, entregar o governo ao Café, um homem digno, mas ligado ao Adhemar...

– Talvez não seja necessário...

– Já tivemos 1922, 1924, 1930, Eduardo. Essa experiência devia nos servir de exemplo para evitar novos radicalismos.

– A pátria espera de nós uma atitude, ministro. Nada mais.

Epaminondas pede a Eduardo Gomes que se retire e corre para Jacarepaguá. Precisa ouvir Zenóbio. Tércio não consegue ser recebido pelo presidente. Getúlio está com Café Filho. Nota, pelas olheiras, que o vice-presidente não dormiu. Percebe-lhe a angústia nos lábios trêmulos e, sabendo o que o outro deseja ouvir, resolve dar-lhe alívio imediato.

– Considerei com interesse a sua proposta de nossa dupla renúncia. Reconheço os bons propósitos e quero renovar-lhe os meus agradecimentos pelo seu gesto de colaboração e de generosidade, mas prefiro resistir no meu posto. Estou velho demais. Não tenho o que perder. Cumprirei o meu mandato.

Café não evita o suspiro de alívio. Getúlio sorri. O vice-presidente, já mais confiante, permite-se uma alfinetada:

– Lamento que não se encontre uma fórmula que beneficie o país e o tire do incêndio. A agitação chegou ao clímax. Não há sinais como o governo consiga restabelecer a ordem.

– Os ministros militares me garantem que a ordem será mantida. De minha parte, asseguro que o crime da Rua Tonelero será esclarecido.

– Muito mais do que o atentado, os arquivos do negro Gregório Fortunato vêm abalando a opinião. Estão sendo divulgados fatos estarrecedores sem nenhuma contestação.

O filho-da-puta, pensa Getúlio, já se sente no cargo. Será que vai me falar da venda da estância ao Negro? Terá coragem? Isso deve estar comichando na cachola dele. Não, não vai ousar.

– Não renunciarei. Daqui, só saio morto.

– Sinto muito. – O outro se deliciou aconselhando, dando-se ares de grande estrategista, exibindo sua arte política, zombando. – Sua posição pessoal é digna de respeito, mas será infrutífera sem o apoio das Forças Armadas, que estão divididas e não virão defendê-lo. Veja que não há nenhum movimento popular em seu favor. E os seus correligionários estão em pânico.

– Morrerei sozinho, então. Que fazer? "Quem se aluga a São Miguel não se senta quando quer." Que fazer?

– Agir, presidente. Estão todos na expectativa...

– Resistirei.

– Considero o meu dever cumprido. Não conspirei, não tentei arrebatar-lhe o poder, não tenho nada a esconder. Claro, estou desobrigado de renunciar. Caso o senhor deixe este palácio, a minha obrigação constitucional é vir ocupá-lo.

– Esteja à vontade – disse Getúlio, sorrindo.

– Por que, presidente? Por que essa obstinação?

– Porque não querem é que eu presida as eleições. Daqui, só saio morto.

– Adeus, presidente!

– Até logo!

Mal Café se retira, trêmulo, chega Mascarenhas de Moraes, pálido, com o ultimato dos brigadeiros histéricos. Caiado de Castro, de cenho franzido, o introduz de imediato no gabinete presidencial. O marechal não esconde o constrangimento, mas disfarça o nervosismo. Getúlio lê o documento com lentidão e não resiste ao próprio humor amargo:

– Hoje não é 29 de outubro, marechal?

– Sinto muito, presidente.

– Mas eu não aceito, marechal. Não posso concordar com isso. Querem me escorraçar daqui como um criminoso. Não pratiquei nenhum crime. Daqui, só sairei banhado de sangue, morto.

– Presidente...

– Não renuncio. Fui eleito pelo povo brasileiro para um mandato de cinco anos. Conto com as Forças Armadas para cumpri-lo. Se tudo me faltar, se for abandonado pela Marinha, pelo Exército, pela Aeronáutica, pelos amigos, resistirei sozinho. Estou velho. Derramarei meu sangue para defender um direito que conquistei nas urnas. Já vivi muito. Já comi muita carne. Posso morrer. Mas, antes, lançarei um manifesto à nação; depois, morrerei lutando.

– Presidente...

– Diga aos brigadeiros que daqui só saio morto. Estou velho, não tenho medo de morrer e nada a perder.

– Presidente, existe uma pressão...

– Os fatos serão esclarecidos, os criminosos punidos, a ordem mantida. Pronto.

Juarez Távora, agoniado, espera Mascarenhas na porta do Catete. Treme de ansiedade e espicha-se como se pudesse enxergar pelo alto de um biombo imaginário a verdade que ainda não existe. A dúvida brilha incontida nos seus olhos embaçados:

– Então?

– Nada feito.

– Teimoso!

Na casa de Zenóbio, pesada como um quartel em férias, Epaminondas encontra o ministro da Guerra disposto a "cantar de galo" e enterrar todas as dúvidas quanto ao seu caráter. Ao ouvir do recém-chegado que os seus generais não defenderão o governo, explode; uma explosão curta e seca como um tiro de morteiro:

– Vou até a Vila Militar prender os três.

– Onde vai guardá-los, Zenóbio?

– Aqui embaixo.

Desnorteado, Tércio volta a circular pela cidade. Na Esplanada do Castelo, onde se situa o Ministério da Aeronáutica, vê militares armados de metralhadoras e imagina-se num cerco inexpugnável. Enquanto isso, em Copacabana, Paulo Amato, solitário como um bêbado de domingo à noite, vê Lacerda e a sua família saírem de casa protegidos por oficiais da FAB. Multidões desfilam a esmo pelas ruas, procurando novidades e desejando emoções. Quando Tércio chega de volta às imediações do Catete, impressiona-se com a fúria das pessoas e com as notícias de que Lacerda foi levado para o Galeão a fim de ser salvo de um novo atentado previsto para a mesma noite. Novos pistoleiros já teriam sido presos, diz-lhe uma mulher loura, de cabelos espevitados.

Tércio vê Capanema sair do palácio com enorme pasta de couro negro. Aproxima-se. O deputado declara aos jornalistas que o presidente, se houver possibilidade de confronto armado, mas somente se isso ocorrer, renunciará. A multidão exulta. Um homem joga o filho para o ar. Abre-se caminho para mais um carro. Tancredo Neves acena com a mão encolhida. No palácio, os ministros militares já se encontram reunidos com Vargas e separados por suas posições ambíguas. Zenóbio ainda não prendeu ninguém. Tancredo propõe a virada do jogo:

– Prender todos os brigadeiros que assinaram o manifesto.

– Seria pior – reage Guilhobel.

– Estaríamos em pleno confronto – adverte Epaminondas.

– Haveria sangue derramado – define Zenóbio.

Ninguém mostra a boca do baralho. A noite, no Catete, encerra-se com uma nota oficial tranqüilizadora: "A situação não justifica qualquer alarme, e o governo conta com o apoio das Forças Armadas para repelir qualquer agitação." Tércio volta para casa friorento e mete-se na cama, pressentindo uma gripe. Antes, prepara cuidadosamente um terno escuro para vestir no encontro com o presidente. Olha-se no espelho e descobre os primeiros e precoces fios brancos na barba crescida. Amato deixa-se ficar por bares menos conhecidos. Come um grande prato de peixe com purê de batata e arroz à grega num restaurante de esquina. Danton Coelho e Bejo Vargas visitam Samuel Wainer. O Profeta recebe a manchete da *Última Hora* da segunda-feira, 23 de agosto de 1954. Café Filho, fisicamente esgotado, mas cada vez mais comprometido com a pátria e com o futuro imediato do Brasil, visita o mestre Chico Ciência.

18

Amanhece. O Serviço de Meteorologia do Ministério da Agricultura prevê para todo o dia, no Rio de Janeiro, tempo instável, sujeito a chuvas, temperatura estável, ventos de sul a leste fracos, máxima de 26°1, mínima de 19°3. Nas areias do Flamengo, um bêbado canta o conhecido samba de Donga, *Pelo telefone*. Empaca em "o chefe da Polícia mandou me avisar..." Volta a dormir. A primeira tiragem da *Última Hora* estampa: "Tranqüilo o Catete – O Brasil escapa da Guerra Civil." O segundo clichê profetiza: "Vargas não cederá nem à violência, nem às provocações, nem ao golpe! SÓ MORTO SAIREI DO CATETE."

O movimento na sede da Presidência da República começa cedo, embora sem nenhuma intensidade. Segunda-feira, normalmente, é dia de poucos acontecimentos no Palácio do Catete. Ainda assim, o ministro Guilhobel é o primeiro chegar. A *Tribuna da Imprensa* já provoca discussão nos cafés das imediações do Largo Machado com seus títulos corrosivos: "OS BRIGADEIROS REUNIDOS – DECISÃO UNÂNIME – RENÚNCIA DE VARGAS" e "Todos os criminosos sabiam que Lutero era o mandante". Em casa, navalha de barbear na mão, Zenóbio da Costa acalma a imprensa, assegura que não haverá golpe e anuncia a presença de Getúlio Vargas nas comemorações do Dia do Soldado, em 25 de agosto. Quando Paulo Amato entra numa padaria da Avenida Rui Barbosa para tomar café, como se não tivesse dormido, a pele macilenta e os olhos inchados, o proprietário jura-lhe que o estado de sítio será decretado ao longo do dia, "as rádios estão dizendo"...

– Gostou do Flamengo? – pergunta um mulato atarracado, indiferente aos planos do governo.

– Não vi o jogo – responde Amato.

Café Filho, de terno escuro e camisa branca, de volta à casa de Francisco Campos, mostra-se tenso e não pára de enterrar as unhas nas palmas das mãos. Passam parte da manhã, no escritório do jurista, traçando o cenário dos próximos acontecimentos. Chico Ciência toma três xícaras de chá preto e mantém-se de roupão.

– Acha mesmo que vai funcionar?

– Batata!

– Tem certeza?

– Absoluta. Já revimos o seu discurso: está perfeito. A partir do momento em que o senhor revelar, no Senado, que teve o patriotismo de propor ao presidente

 uma renúncia conjunta e que ele recusou, não lhe restará

outro caminho: terá de renunciar. Ou será sumariamente deposto.

– Foi um lance arriscado, hein?

– O velho jogador está cansado e errou o movimento. O cargo, agora, é seu.

Os negociadores do governo ainda tentam encontrar uma solução para a crise. Gustavo Capanema multiplica os contatos. O governador Ernâni do Amaral Peixoto e o seu irmão, o deputado Augusto do Amaral Peixoto, examinam todas as possibilidades, inclusive uma licença do presidente. Numa conversa com Afonso Arinos, Ernâni vislumbra a aceitação pelos opositores da saída pelo afastamento temporário. No Catete, ainda protegido por veículos militares, Getúlio mergulha num longo expediente normal de trabalho. Nada parece afetar a sua obstinação administrativa.

– O Amazonas precisa de dinheiro, Jesus. Quero o seu parecer sobre esse pedido do governador Álvaro Maia.

– De novo, Arinos?

– Você sabe como é ter pago, em priscas eras, a indenização à Bolívia pela incorporação do Acre ao Brasil deixou o Estado do Amazonas com um eterno crédito com a União. Afinal de contas, o Amazonas nunca foi ressarcido.

– Já não terá obtido mais com esses pedidos de dinheiro a fundo perdido?

– Não sei. Em todo caso, preciso despachar isso com o patrão ainda hoje.

O diálogo de Guilherme Arinos e de Jesus Soares Pereira continua por mais alguns minutos, só interrompido pela visão de um pássaro amarelo na guarda de um banco do jardim. Deixam-se deslumbrar pela beleza do bichinho e esquecem-se do Amazonas. Em seguida, o baixinho entra na sala de trabalho de Getúlio. O presidente o recebe com uma pergunta inesperada e um sorriso:

– Como foi o Botafogo?

– Nem lhe conto. Metemos 3 a 1 no Olaria, com um lindo gol de Garrincha. Outro dia, tivemos duas vitórias em 24 horas.

Getúlio não ouve mais. O futebol não lhe interessa nem um pouco. Acontecia-lhe de fazer uma pergunta assim apenas para surpreender os amigos ou continuar pensando no que lhe interessava. Ou era somente um intervalo inusitado antes de um assunto realmente sério.

– O Osvaldo te deu posse?

– Me deu posse e um esbregue. Disse que não entendia isso de eu ser nomeado, outra vez, para esse cargo.

– É preciso pensar no futuro. Caso eu venha a faltar, você estará bem. Ainda mais que vai casar e eu serei o padrinho.

– Ora, patrão, não diga uma coisa dessas.

– Está bem, está bem. Que temos?

– O governador do Amazonas está pedindo ajuda.

– Dê um reforço. Vamos ver como fazer.

Por um instante, Getúlio fica em silêncio, num dos seus costumeiros sobrevôos por lugares incertos no tempo e no espaço. Vira-se para o parque e deixa o olhar envolver as árvores com muito carinho. Arinos ouve-se perguntando:

– Em que está pensando?

– Não vou contar, não vou contar... – responde Getúlio, balançando o indicador esquerdo no ar e sorrindo limpidamente.

O expediente continua no ritmo de uma segunda-feira. Edgard Santos, ministro da Educação, e Mário Pinotti, da Saúde, despacharam assuntos ordinários com o presidente. O novo chefe de Polícia, Paulo Torres, apresentou vários temas de segurança e ouviu uma só recomendação: tudo fazer para ajudar no esclarecimento do crime da Rua Tonelero.

Depois do almoço, frugal e rápido, Getúlio recebe Gustavo Capanema e o elogia pela defesa do governo na Câmara. Pede-lhe para continuar desmontando as armadilhas e negociando com os homens de espírito aberto.

A tarde passa rápido, entre uma audiência e outra, misturando simpáticas visitas familiares, reivindicações anódinas e até boas notícias. Getúlio recebe a nora, Vera, jovem esposa de Maneco:

– O senhor vai ter um neto – diz-lhe ela, saltitando de felicidade.

– E se for uma neta?

– Hã? Ah, o senhor tem cada uma, sempre com uma resposta na ponta da língua!

– Não foi uma resposta. Foi uma pergunta.

– Se for uma neta, vai ser maravilhoso também.

– Uma rapariguinha...

Depois, chega uma comissão de donas de casa. Durante meia hora, falam todas ao mesmo tempo ou calam-se todas ao mesmo tempo. De qualquer maneira, ele se sensibiliza com a preocupação das senhoras, apavoradas com a carestia. Precisa, no resto do seu mandato, melhorar as condições de vida da população, diminuir as dificuldades dos mais pobres e não sacrificar a classe média. Sabe que tem pouco tempo para uma tarefa tão grande. O poeta Augusto Frederico Schmidt vem somente com assuntos prosaicos: fala-lhe dos projetos de instalação de uma rede americana de supermercados no Brasil e defende os interesses da sua empresa, a Orquima, necessitada de autorização para exportar areias monazíticas para a indústria nuclear dos gringos.

Ele ficou pensando na palavra "monazíticas" e teve vontade de perguntar se o poeta seria capaz de fazer rimas eruditas com ela. Balançou o indicador esquerdo e riu consigo mesmo: "Não vou perguntar, não vou perguntar." O poeta não quer versos, mas lucros. Jesus Soares Pereira já lhe mostrara a conveniência de amaciar os americanos, tão descontentes com a perda do petróleo brasileiro, autorizando a exportação das "monazíticas". O poeta, achando-o abatido, atreve-se a aconselhar uma reação.

– Não me faço ilusões, poeta. Conheço a gravidade da situação. Mas vou só numa direção: para a frente.

Despachou-o, secamente, com a promessa de liberar as "monazíticas", de pensar nos supermercados e de cuidar-se bem. Jango chega ao palácio dirigindo seu próprio carro. É a vez de Tancredo Neves. Com o ministro da Justiça, na conjuntura em que se encontram, todos os assuntos são dolorosos. Enquanto isso, no Senado, Café Filho discursa: "A revelação dos fatos que venho trazer ao vosso conhecimento afigura-se um dever da minha consciência de homem público (...) O atentado que teve por palco uma das ruas centrais do maior bairro da capital da República, e no qual perdeu a vida um herói da Força Aérea Brasileira e foram feridos um jornalista e um guarda em pleno serviço, logo deixou de ser um episódio meramente policial para se tornar a origem de uma crise política e militar."

Emocionado, Café explica as razões do seu silêncio até então, comenta as especulações em torno da deposição do presidente e da "transmissão do poder supremo ao vice-presidente da República", fala da sua determinação de nada fazer para solapar o poder ao presidente constitucionalmente eleito, admite ter ciência da resistência de certos setores ao seu nome e explicita a única fórmula de salvação nacional – a "renúncia simultânea do presidente e do vice-presidente da República de modo a permitir, de acordo com a Constituição, a eleição de um novo presidente, em trinta dias, para o término do mandato presidencial".

Mal Tancredo se ajeita diante de Getúlio, perscrutando nos olhos do presidente um sinal de novidade e de saída para a crise, Alzirinha irrompe na sala, alarmada:

– Olhe, papai, o que o senador Sá Tinoco veio me trazer. É o discurso mimeografado que o Café está fazendo agora no Senado. Foi distribuída uma cópia para cada senador.

– Deixa eu ver, rapariguinha.

A face de Getúlio torna-se mais escura. Aperta os olhos enquanto lê o documento. Tancredo observa-lhe o movimento das sobrancelhas e a tristeza brotando-lhe no rosto. "Não haveria o cunho de uma substituição imposta por adversários políticos", diz Café, elevando a voz, deixando escapar um agudo de tensão. "Expus-lhe a situação real do governo dentro do Senado, que conheço através do convívio que aqui tenho." Cada vez mais eloqüente, Café descreve as suas conversas com Capanema e outros líderes, fala dos contatos com os militares, da falta de garantias para manutenção da ordem, da necessidade de uma solução capaz de devolver a paz à nação. "De nenhum destes líderes, tanto das forças políticas como das Forças Armadas, recolhi qualquer prova de garantia ou segurança, já não digo sobre a viabilidade de manter a atual situação, mas sobre a viabilidade de uma recuperação da autoridade do governo, tão duramente comprometida."

– Mas o Café me hipotecou, há dois dias, a sua solidariedade. Como pode, agora, fazer um discurso desses, pedindo a minha renúncia?

– Conheço bem o Café – observa Tancredo. – Se ele está agindo assim, é por ter o apoio militar para isso.

"Daí a decisão que assumi, na tarde de sábado, 21, indo à presença do excelentíssimo senhor doutor Getúlio Vargas, para oferecer a contribuição única que de mim dependia, com base na minha própria renúncia. Assim agi na convicção de estar cumprindo o meu dever com a nação. Sua excelência, depois de ouvir-me, disse que precisava pensar e prometeu-me uma decisão, que ontem me foi transmitida de modo negativo", brada Café. Ouve-se um "oh!!!!" no plenário. Em poucos minutos, Café é saudado, abraçado, festejado como um mártir da democracia brasileira. De todo lado, ouvem-se os mesmos comentários: "Ele nunca quer largar o poder", "está nele", "é da natureza do Getúlio Vargas"...

– Estou pasmo – diz Getúlio.

– O senhor precisa responder, ainda hoje – afirma Tancredo.

– Não posso aceitar esse apelo do Café. Ele me coloca diante de um fato consumado. Já mostrei que não tenho apego ao cargo, mas não posso sair enxovalhado, com a pecha de condescendência com o roubo e com o homicídio. Preciso ficar para defender o meu nome e a minha honra.

Na Câmara, antes de subir à tribuna, Afonso Arinos comenta, num bolinho de deputados, "é como sempre digo, o Getúlio nunca deixa de aplicar as suas virtudes na satisfação dos seus defeitos, pois ama demais o poder, mas não podia ter se deixado cercar por uma tropilha de guardas pessoais mais ou menos saídos do Código Penal". Depois, já discursando, desmancha-se em elogios às Forças Armadas, ataca a "imoralidade dos círculos governativos" e declara o governo impossibilitado de requerer o estado de sítio ou qualquer outra medida. Embora cansado das articulações da noite anterior, quando se encontrara com Eduardo Gomes, em companhia de Bilac Pinto e de outras pessoas, e com Café Filho, este já acertado com Gustavo Capanema sobre "providências a serem tomadas junto aos ministros militares", Arinos recordou o caso do presidente francês Jules Grévy, no final do século passado, cujo genro, acusado de corrup-

 ção, levou o país à comoção, até que, mesmo não tendo

nenhuma responsabilidade direta sobre os escândalos da sua família, pelo bem da França, renunciara.

Esse era o exemplo a ser seguido, o exemplo a dar, o gesto grandioso e necessário a ser feito, a atitude de um verdadeiro patriota. Tudo o mais perdia sentido diante da gravidade da situação e da expectativa do povo. Ele pede a renúncia para evitar uma "etapa de tragédia, de sangue e de miséria incomparavelmente pior do que todas a que temos assistido na nossa história". É, praticamente, aclamado. Todos os fios estão tramados, e Arinos sabe que ecoam o discurso de Café Filho no Senado e as manobras dos militares nas casernas e nos gabinetes ministeriais.

No encerramento da longa jornada de trabalho, Getúlio despacha com Lourival Fontes. Escreve um bilhete para Osvaldo Aranha informando que o ministro da Marinha reclama de não conseguir 500 mil dólares para a compra de sobressalentes de navios, enquanto foi dado um milhão de dólares para a importação de esquadrias de alumínio para a cidade universitária, material com equivalentes nacionais. Lourival observa que ambos os pedidos foram negados e sugere que o presidente não se aborreça por tão pouco, afinal os tempos são duros. "Verifique, Lourival, verifique e me confirme isso amanhã mesmo." Estabelecem a pauta de audiências do dia seguinte. Combinam a viagem do presidente ao Pará e ao Amapá, com embarque em 27 de agosto. Falam da crise e dos discursos no Congresso:

– Essa viagem vai me aliviar. Vou repousar o espírito e sair um pouco dessa fogueira. Bem que estou precisando.

– Vou já cuidar disso – diz Lourival.

Ao anoitecer, Guilherme Arinos leva Jesus Sousa para casa. Quando retorna, conta apenas oito pessoas no interior do Catete. Não sabe que o presidente está, no quarto, com um visitante: Tércio Ramos, a quem entrega duas sacolas com cadernos pretos. "Vou dar-lhe, também, uma cópia do manifesto que preparei para uma situação extrema." Chama o contínuo Wilson, homem simples, mas da sua extrema confiança, e pede-lhe que, na mesma hora, retire-se para uma "sala reservada" e datilografe uma cópia da carta que lhe põe nas mãos. Tércio continua espantado com a simplicidade do quarto do presidente, com seu leito muito baixo de casal, de espaldar alto, onde Getúlio dorme sozinho, um edredom pardo, as duas mesinhas-de-cabeceira, os armários pesados e tristes, o tapete florido, a longa cadeira de leitura, a santa, o "Sagrado Coração" e o toalete todo branco com o chuveirinho e uma cortina plástica sobre a banheira. Um "aposento espartano", não pode evitar de pensar. O único conforto moderno é o ar-condicionado.

19

No centro da cidade, Amato, de camisa azul e calça creme, com ar de turista em férias, óculos escuros, acompanha as manifestações da população. Há um frenesi entre os homens. Muitos já falam em acompanhar a saída do presidente no Catete. Um velho lembra-se de 1930 e jura que o cardeal Dom Jaime Câmara já se encontra no palácio para conduzir Vargas ao aeroporto, a não ser, precisa, que decidam levá-lo prisioneiro para o Galeão. Vai ao Santos Dumont ou ao Galeão, não tem outro jeito, repete o ancião. E conta como viu, "com estes olhos que a terra há de comer", Washington Luís ser levado, numa humilhação de dar dó, para o Forte de Copacabana.

A Rádio Globo informa extra-oficialmente que os almirantes já assinaram manifesto de solidariedade aos brigadeiros. Enquanto Getúlio recebia as donas-de-casa, Canrobert Pereira da Costa, Fiúza de Castro e Mendes de Morais faziam circular um manifesto de generais em apoio aos brigadeiros e de rompimento com os acordos anteriores de preservação da ordem e do *status quo* até o final do IPM. Em poucas horas, trinta assinaturas são coletadas. Mascarenhas de Moraes compreende que a hora chegou e reúne os três chefes de Estado-Maior, Fiúza de Castro, almirante Saladino Coelho e Carpenter Ferreira. Também presente, Juarez Távora explica que a resistência do presidente se deve ao seu desconhecimento da realidade, da gravidade, da inexorabilidade da situação.

Tudo se precipita. Acabou. Café Filho telefona para Lourival Fontes e pede informações sobre a reação de Getúlio ao seu discurso no Senado. Fontes ironiza: "Temos de reconquistar o Café, foi isso que o presidente disse." O outro respira, certo de ter feito a escolha certa e de ter sensibilizado um pouco o presidente. Desliga. Lourival exaspera-se: "Que néscio!" Já não há o que segurar ou esconder: é resistir ou renunciar. Juarez fica encarregado de convencer Mendes de Morais e Zenóbio a irem juntos estampar a realidade dos fatos ao presidente e arrancar-lhe, enfim, a tão esperada renúncia.

Enquanto Wilson datilografa a carta, Getúlio pede a Tércio que fique em seu pequeno gabinete à espera. Quer descansar um pouco. Chama o mordomo Zarattini e reclama um filé com arroz, embora preferisse um arroz com lingüiça e, a lembrança vem forte, quase sempre, na janta, tomasse uma sopa ou uma coalhada, e, no almoço, comesse peixe, salada e perdizes de São Borja. Não está mais ali. Há um tropel na sua cabeça. Não pode imaginar, contudo, que

Juarez já ganhou a adesão de Mendes de Morais para dobrar Zenóbio da Costa. Pode menos ainda imaginar que, no gabinete do ministro da Guerra, Mendes de Morais está dizendo a Zenóbio:

– Veja, 32 assinaturas. Até amanhã, teremos as 80. Não renunciar significará a guerra civil, o sangue derramado, uma luta fratricida e absurda. A pátria não merece isso.

– Que espera de mim? – impressiona-se Zenóbio.

– Que nos ajude a mostrar a verdadeira face das coisas ao presidente.

– Ainda podemos resistir, general?

– Resistir como? Com que forças? O Epaminondas não controla a Aeronáutica, todinha na mão do Eduardo Gomes. A Marinha já prestou solidariedade aos brigadeiros. Não existe mais unidade no Exército. Resistir com o quê? Com cabos de vassoura?

– A renúncia será uma violência demasiada contra o presidente. Vamos matá-lo.

– Quem sabe uma licença, uma viagem ao exterior, um afastamento que cubra o restante do seu mandato?

– Acha mesmo?

Zenóbio vacila. Falta pouco para que entregue os pontos. A pressão continua. Mascarenhas de Moraes junta-se a eles e comunica que também os chefes de Estado-Maior são da mesma opinião. Cabe a Zenóbio desiludir o presidente, alertá-lo, abrir-lhe os olhos, dizer-lhe a verdade, somente a verdade, toda a verdade.

– Diga-lhe a verdade. Só lhe pedimos isso – insiste Mendes de Morais.

– Qual é a verdade? – ainda tateia Zenóbio.

– Que está virtualmente deposto, que não tem mais apoio das Forças Armadas e da opinião pública para continuar no poder – define Mendes de Morais.

– Vou, então, telefonar ao Caiado – murmura Zenóbio, vencido.

Enquanto janta sozinho e pensa no pai, o velho Manuel do Nascimento Vargas, quase centenário, com seus braços salpicados por veias como um umbu, dizendo-lhe "não aperta muito, guri" e "se abaixar demais é dar a retaguarda ao inimigo", Getúlio ainda não pode saber que Mendes de Morais está encarregado de sondar Café Filho para saber se ele aceitará assumir a presidência da República. Caberá ao seu genro, Ernâni, falar-lhe de uma licença. Um vento de calma surge de algum lugar. Wilson entrega-lhe a cópia datilografada. Getúlio vê que está imperfeita, com muitos erros de ortografia e sem margens definidas. Assina, ainda assim, instintivamente, o papel e o guarda no cofre. Decide passar o documento a Tércio na manhã seguinte, depois de pedir outra cópia a Maciel Filho. Pensa em conversar um pouco com Darcy. Pensa em tudo. Tudo. Tudo. Esquece-se de avisar ao rapaz para ir embora.

Alzira entra no quarto. Ele sente um imenso carinho pela filha, o seu general de saias, o seu bolso de colete, a cabeça que guarda os segredos desconhecidos até do seu chapéu, a rapariguinha de brios e de temperamento. Deixa-a agitar-se um pouco. Gosta de vê-la em movimento, "fuxicando", "arrodeando" em torno dele, incansável:

– Vai dormir, rapariguinha. É tarde. Vai para casa ver a tua família.

– As coisas estão pretas, papai. Me disseram que a inana é para amanhã. Vou a Niterói ver a minha tribo, durmo lá e volto bem cedinho.

– Vai, minha filha.

Ainda aparece Bejo para um mate tardio. Getúlio afasta o livrinho de palavras cruzadas ao qual recorre para se acalmar. Fitam-se com grande emoção. "Querem que eu seja o mandante, ninguém mais", diz o caçula. "Eu sei, claro que sei, querem dizer depois que por causa tua eu fui duas vezes apeado do poder." Inesperadamente, Getúlio diz "essa gente é mais estranha que o meu padrinho Claudino". Bejo ri e, por sua vez, cita um velho adversário dos Vargas e dos chimangos, Honório Lemes: "Não se *assustemo*, se a bala vem por cima nós *se abaixemo*, se ela vem por baixo, nós *pulemo*." Novamente muito sério, Getúlio balbucia:

– O Leão do Caverá morreu pobre e esquecido, em 30 de setembro de 1930. Lembro-me de ter lido nos jornais do dia 3, enquanto esperava a hora da deflagração do nosso movimento, a notícia da morte dele.

– Foi mesmo?

– Foi, Bejo.

– Andas lembrando de 1930?

– Me lembrei também da manchete do *Correio do Povo* de 4 de outubro de 1930, Bejo.

– Como era mesmo? Não me lembro de nada.

– "Estourou ontem às 17h12 o esperado movimento revolucionário nesta capital."

– Não pode ser, Getúlio, é muito engraçado. Parece piada.

– Mas foi. A nossa revolução era um segredo de polichinelo.

– Desta vez, Getúlio, o esperado por muitos não acontecerá. Vamos resistir, não?

– Daqui, só saio morto, Bejo.

Foi aí que tudo se deu. Foi aí que tudo se acabou. Alzirinha foi a Niterói, mas antes, a pedido do comandante Lúcio Meira, teve de acalmar o general Caiado de Castro. Quando chegou ao Ingá, já o marido a esperava nas escadas para que retornassem ao Catete, onde Mascarenhas e Zenóbio já se achavam dando o retrato das coisas ao presidente. Na barca, contou a Ernâni que alguém de uma multinacional dissera ao "Aluísio" que a "inana" era para a terça-feira. Mas foi aí, na madrugada de segunda para terça, que Mascarenhas propôs a antecipação da reunião do ministério. Foi aí que Getúlio ordenou a Guilherme Arinos e aos outros que chamassem os demais ministros para o conselho de crise. Alguns chegaram sem saber o exato motivo da convocação e, no palácio de janelas abertas e iluminadas, ainda falaram de saúde pública e de rumores de um levante na Vila Militar. Foi aí, antes dessa reunião, que Getúlio assinou uma via bem datilografada da mesma carta que entregara a Jango. Foi aí, durante a reunião, que tudo aconteceu.

Foi aí que o almirante Guilhobel disse, "o senhor é um homem que tem o destino de ser traído pelos seus chefes militares". Foi aí que Zenóbio alertou para as conseqüências, o derramamento de sangue, e saiu dizendo que "ia pôr a tropa na rua". Foi aí que os mais antigos companheiros de Getúlio, embora agora fossem da UDN e representassem o lado conservador do governo, usaram as palavras mais delicadas e poderosas. José Américo falou de "grande gesto", e Osvaldo Aranha, de decisão de "foro íntimo". Foi aí que a sala ficou repleta de gente, houve bate-boca e Alzirinha desafiou o ministro da Guerra a resistir. Foi aí que Tancredo Neves falou mais duro que os milicos e Getúlio se esvaiu em lembranças. Foi aí que Ernâni do Amaral Peixoto saiu duas vezes para falar ao telefone com Mendes de Morais, de plantão no Ministério da Guerra, em companhia de Eduardo Gomes, para amarrar a licença como única solução para o impasse.

Foi aí que também Osvaldo Aranha e Epaminondas Gonçalves, em momentos e locais diferentes, viram Getúlio assinar um documento que não puderam saber o que era. Foi aí, então, que, extenuado, Getúlio disse: "Como não chegaram a nenhuma decisão, eu vou decidir. Determino que os ministros militares mantenham a ordem pública. Se conseguirem, declaro que aceitarei uma licença. Mas se vierem me depor, encontrarão apenas o meu cadáver." Foi aí que deu a sua caneta amarela a Tancredo como lembrança. Foi aí, justamente aí, que muitos seguiram o discurso inflamado de Alzirinha. Em 1938, com apenas 24 anos de idade, quase uma menina, ela havia resistido, de metralhadora na mão, ao ataque dos integralistas. Por que não enfrentariam com a mesma determinação os novos velhos reacionários?

Os filhos abraçam o pai. Já há outras pessoas nos corredores. Nos jardins, alguns homens barricam o palácio e carregam uma metralhadora. Tancredo, acompanhado de Amaral Peixoto, vai redigir a nota de licenciamento. José Américo, então, desabafa com Osvaldo:

– Acabamos de salvar o Brasil da revolução. Vamos agora salvar a vida do presidente. Só nós dois, homens de 30, temos para com ele compromissos mais íntimos. Vamos preparar-lhe uma saída menos trágica. Vamos poupar-lhe a vida.

– Em vez de licença, então, que seja logo a renúncia – diz Osvaldo.

– Se ele levar uma bala, quero também levar outra – diz Dona Darcy, amparada pela amiga Adalgiza Nery.

Foi aí que tudo se perdeu na bruma e no pânico. Há quem diga que a frase sobre "salvar a vida do presidente" foi de Osvaldo para José Américo. Foi aí que Getúlio se dirigiu para o elevador. Ao avistar o Baixinho, de olhos escancarados, não se conteve:

– Arinos, vá para casa. Depois a sua noiva vai dizer que eu estou atrapalhando o casamento.

E subiu para o quarto no terceiro piso. É aí que, enquanto redigem a nota de licenciamento, Tancredo, Osvaldo e Ernâni se lembram de Zenóbio, que saíra antes do final da reunião, batendo a porta, para "pôr a tropa na rua". É encontrado, ainda descendo a escada, levemente esbaforido, mais do que nunca determinado a cumprir a missão que se impusera, embora seja um pouco tarde.

20

No quarto, Getúlio mostra a chave do cofre, que guarda no bolso, a Alzira e Benjamim. Em seguida, Ernâni traz a minuta da nota para que Alzira a mostre ao pai. Ciente de que o texto já foi aprovado pelos outros, aceita-a passivamente e reclama que já vai dormir, não quer mais ser incomodado. Minutos depois, as rádios já transmitem a notícia do licenciamento: "Deliberou o presidente Vargas, com integral solidariedade dos seus ministros, entrar em licença, passando o governo ao seu substituto legal, desde que seja mantida a ordem, respeitados os poderes constituídos e honrados os compromissos solenemente assumidos pelas Forças Armadas perante a Nação através dos oficiais-generais das nossas Forças Armadas." De casa, Paulo Amato telefona ao seu contato com PJ para comemorar o êxito da longa operação. No apartamento de Café Filho, que veste jovialmente uma calça creme e, enfim, sorri sem constrangimentos, estouram os primeiros champanhes. Antes do amanhecer, Afonso Arinos, Carlos Lacerda, cercado de admiradores, e Eduardo Gomes também participarão de uma festa.

Não resta mais nada. Lourival Fontes insiste para que José Américo, Tancredo Neves e Osvaldo Aranha não se descuidem e salvem a vida do presidente. Há um cheiro de tragédia no ar, e não se resume ao patético de um licenciamento forjado para valer como renúncia. Zé Américo concorda, repete que acaba de dizer o mesmo a Osvaldo, mas se interrompe para cumprimentar Zenóbio: "Sem a sua postura, o presidente já teria sido deposto desde o segundo dia da crise. Disse isso a ele mesmo." Lutero faz um gesto estranho com a cabeça e afasta-se para não ouvir mais. Retiram-se quase todos que nada mais têm para fazer no palácio. Na Rua do Catete, apesar de ser fim de noite, uma multidão grita "Adeus, Vargas!".

Já se pode sentir o ar frio da manhã. Lutero conversa com a mãe e com a prima Maria, num sofá do terceiro andar. Pede ao doutor Flávio Mello que meça a pressão de Dona Darcy. O médico oferece-lhe um calmante e ela se retira, acompanhada por Adalgiza, para os seus aposentos. Caiado, Lúcio Meira e Fittipaldi tomam providências de segurança, mais que de resistência. Já não há razão para resistir. Nas proximidades do Senado e da Câmara, caminhões, lotados de soldados armados, estacionam. No seu quarto, Getúlio fecha os olhos e tenta dormir. Uma massa de vultos confusos e de palavras entrecruzadas chicoteia-lhe a mente como uma saraivada de balas. Ele pensa no "grande gesto" e vê-se assinando a Lei 2.004, em 3 de outubro de 1953, de criação da Petrobras, "o petróleo é nosso". A simples evocação de um 3 de outubro o joga para muito mais atrás e o devolve para o dia em que tudo começou, 3 de outubro de 1930.

Não rememora uma linha de tempo. Retalha fragmentos numa balbúrdia de emoções. Numa cena, a Junta Governativa, formada pelos generais Tasso Fragoso e Mena Barreto e pelo almirante Isaías Noronha, lhe dá posse no Guanabara. Noutra, "fecha" o tempo em Porto Alegre, embora seja primavera de céu alto e de só alguma garoa fugidia no primeiro assombro das manhãs, e as metralhadoras se preparam para roncar; ele escreve, ao saber da intuição e da necessidade de fazer algo, no seu diário, emocionado com as linhas que se tornam cada vez carregadas, enquanto espera a revolução.

Noutra ainda, troca telegramas com João Neves. Explica-lhe por que não deve assumir o governo do Rio Grande: "Assumindo o governo, ficaria impossibilitado, desde logo, de exercer o mandato de deputado." Temia o fracasso do movimento. Já o amigo respondia-lhe, melindrado, "embarcarei como simples soldado", "apenas por decoro renunciarei imediatamente à vice-presidência". Nada o convenceria do erro de interpretação, "não compreendeste o intuito da minha carta". Não, ele não compreendia, "desejoso não criar embaraço nossa grande causa, limito-me enviar-lhe, pelo portador da carta de ontem, ofício de renúncia à vice-presidência..."

E já lhe vêm a conspiração em Porto Alegre, a evasão de Prestes, a adesão de Góis, as articulações incansáveis de Osvaldo e João Neves, os recuos do velho Borges, a consolidação da aliança com Minas e Paraíba, João Pessoa lutando com as oligarquias do sertão, enfrentando João Suassuna, renovando a nominata da chapa do seu partido, embora não degolasse um primo, para as eleições federais e ganhando o ódio dos coronéis, mesmo dos seus aliados, como José Pereira, o homem que vai declarar Princesa, flor do sertão, território livre, com hino e Constituição. Pensa em João Pessoa mandando reprimir conflitos e a sua polícia prendendo até mulheres da família Dantas, depois invadindo o escritório do próprio João Dantas e recolhendo armas e sua correspondência íntima, cartas fogosas trocadas com uma linda poetisa, parte delas, em seguida, publicada no diário oficial do estado, *A União*. Não precisava mais nada. *Cherchez la femme...*

Vem-lhe à mente o sertanejo João Dantas lendo por cima do ombro de um homem, já em Recife, mais uma carta da sua amada numa edição de *A União*. Depois, na Confeitaria Glória, Dantas atirando em João Pessoa e este caindo, tendo no bolso um bracelete e preparando-se para encontrar uma bela cantora na descida de um navio. Pensa no horror, deflagrada a Revolução, da morte de Dantas, junto com o cunhado, na prisão cercada pelo povo inflamado. Pensa na versão oficial, assassinato seguido de suicídio, e nos bilhetes dos dois: "Mato-me de consciência tranqüila", esquece um pedaço, "meu brio não suporta humilhações", não se lembra mais do outro. Lembra-se de que, transportado ao Rio de Janeiro, o corpo de João Pessoa transformou-se num emblema da Revolução.

Lembra-se da sua própria chegada ao Rio de Janeiro, aclamado, carregado, vitorioso. Lembra-se de, na posse, ter dito algo assim: "O movimento revolucionário, iniciado vitoriosamente a 3 de outubro, no Sul, Centro e Norte do País e triunfante a 24, nesta capital, foi a afirmação mais positiva, que até hoje tivemos, da nossa existência como nacionalidade. Em toda nossa histórica política, não há, sob este aspecto, acontecimento semelhante. Ele é, efetivamente, a expressão viva e palpitante da vontade do povo brasileiro, afinal senhor de seus destinos e supremo árbitro de suas finalidades coletivas." Assombra-se com os nacos de memória que lhe saltam inteiros, arrancados do passado como frutos embalsamados. Lembra-se de ter prometido, na Esplanada do Castelo, em nome da Aliança Liberal, anistia e liberdade de pensamento; legislação eleitoral, voto secreto, leis trabalhistas e sociais; criação do Ministério da Educação e da Saúde Pública, industrialização do país, proteção aos produtos e interesses nacionais.

Fatiga-se. Não dorme. Vem-lhe mais uma lufada do que num dia de novembro de 1930 anotou no diário: "Quantas vezes desejei a morte como solução de vida. E, afinal, depois de humilhar-me e quase suplicar para que os outros nada sofressem, sentindo que tudo era inútil, decidi-me pela revolução, eu, o mais pacífico dos homens, decidido a morrer. E venci, vencemos todos, triunfou a Revolução! Não permitiram que o povo se manifestasse para votar, e inverteram-se as cenas. Em vez de Júlio Prestes sair dos Campos Elísios para ocupar o Catete, entre as cerimônias oficiais e o cortejo dos bajuladores, eu entrei de botas e esporas nos Campos Elísios, onde acampei como soldado, para vir no outro dia tomar posse do governo no Catete com poderes ditatoriais. Washington Luís provocou a tormenta, e esta o abateu."

Não, não pode estar lembrando, 24 anos depois, linha a linha, o que se perdeu em páginas de velhos cadernos e, a favor ou contra, pode referir-se, agora, a ele mesmo, de outro jeito, saindo do Catete, abatido por uma tempestade que não provocou, sem esporas nem farda, escolhido pelo povo e com poderes democráticos. "Dizem que o destino é cego. Deve haver alguém que o guie pela mão!", repete-se, como um quarto de século antes. Aos poucos, perde a clareza e o fio da memória. Lembra-se da incompreensão dos amigos, dos manifestos gaúchos – o "heptálogo", falava-se assim, da Frente Única –, lembra-se da oposição de Flores, de Borges, enfim, ele mesmo, o venerando e venerável Borges, de armas na mão, do lado dos paulistas, de João Neves esporeando-o com "Acuso", dos golpes e contragolpes, da humilhação de 1945, a inesquecível humilhação de 1945. Passa de 6 horas quando Bejo o sacode lentamente, mas com firmeza. Sobressalta-se. Ele desperta, não do sono, mas de um nevoeiro:

– Que há? Por que não me deixam dormir?

– Vieram me buscar para depor no Galeão.

– Quem veio?

– O major Lameirão mandou a intimação ao Zenóbio. Estão aí o general Jandir Galvão e o meu sobrinho Umbelino para me acompanhar.

– Que têm o Galvão e o Umbelino com isso?

– Parece que o Zenóbio se indignou com a audácia do Adil e pediu para duas pessoas de nossa confiança me acompanharem.

– Não, não vai. Se querem te ouvir, que venham aqui, no Catete.

– Getúlio, depois será a tua vez!

A festa de Café Filho e dos seus amigos continua. Bejo encontra a cunhada no corredor e confessa-lhe que terá de depor no Galeão. Chora. Darcy o abraça com carinho, como uma mãe, com a ternura que sempre teve pelo caçula dos Vargas. Lutero aproxima-se, tem também os olhos vermelhos e inchados. "Estou com medo pelo papai", diz. "Calma, guri, não vai acontecer nada", exclama Bejo. Darcy acaricia o rosto de Lutero. A intuição do fim a leva a pensar no começo: Lutero de uniforme do Colégio Militar de Porto Alegre, em 3 de outubro de 1930, resmungando contra os homens que haviam invadido o seu quarto no Piratini. Ela, nervosa, mandando os filhos para a casa de uns amigos, afastando-os do perigo das armas.

Não retém mais as lágrimas. Chora pelo que foram, pelo que são, pelo que o marido ainda poderia fazer pelo Brasil. Volta para o seu quarto. Em seguida, já de óculos escuros, busca o alívio da brisa fria numa janela voltada para o parque do Catete. Sabe que a grande caminhada do poder terminou e que o peito do homem da sua vida deve estar dilacerado. No Ministério da Guerra, Zenóbio prepara-se para receber os generais e oficializar a notícia do licenciamento do presidente da República.

De Minas Gerais, Juscelino telefona para prestar solidariedade. Mas é tarde para incomodar Getúlio. Nos dias anteriores, ele soubera vagamente dos recados de Góis alertando-o para não se deixar apanhar em armadilhas. Mergulhado, outra vez, em seus pensamentos, Getúlio revê os rostos jovens de Góis Monteiro, Osvaldo Aranha, João Neves, Zé Américo, João Pessoa. A mente dá um corte brusco e é o rosto de menina de Darcy que lhe aparece numa manhã de São Borja. Alzira entra no quarto e faz barulho. Que anda fazendo ali, ainda, a rapariguinha?

– Ainda não foste dormir?

– Durmo quando eu quiser.

– Pois então, sua malcriada, vá embora que eu vou continuar dormindo – responde ele, rindo.

– Fiz uma travessura. Falei com alguns militares nossos amigos. Ainda podemos reagir.

– Não adianta mais. O Zenóbio já aceitou ser ministro do Café.

Na frente do Catete, com o nascer do dia, aumenta o número de manifestantes. Arinos espia por uma janela e espanta-se com a fúria da multidão. Esperam, certamente, a saída humilhante do presidente para apupá-lo com uma vaia imerecida. Não, Getúlio não era o "barbado", não era Washington Luís, não era o presidente deposto, descendo, ao cair da noite de 24 de outubro de 1930, também um 24, as escadas do Guanabara, preso, humilhado, sob as vaias da população, sob os gritos de "dá nele, dá nele".

No restaurante Lamas, no Largo do Machado, Paulo Amato consulta o seu relógio Eterna-Matic com calendário, uma moda luxuosa, toma um café puro e forte, com pão e manteiga, folheia um jornal e escolhe um programa cultural para a noite. Pretende, enfim, relaxar. Bom seria um rebolado da "pornofônica Dercy Gonçalves". Há de tudo para o dia, até uma exposição do pintor Iberê Camargo, que conhece pessoalmente, mas não lhe interessa. Oscila entre um espetáculo musical de Silveira Sampaio e Guio de Moraes, na Beguin do Hotel Glória, *No país dos cadillacs*, e o filme *Como agarrar um milionário*, embora outros títulos, como *História proibida*, no Serrador, e *Anjo do mal*, dirigido por Samuel Füller, o façam sorrir ironicamente. Acabou, pensa. Num canto de página, lê que, três dias antes, nascera Tereza Cristina, a neta do ator Procópio Ferreira, filha de Bibi. Por que lhe chama atenção aquilo? Não sabe. A memória é um arquivo morto, pensa.

Generais reunidos, às 7 horas, Zenóbio da Costa, exausto, sem dormir, mas já bem escanhoado e com os olhos faiscando, jura pela sua honra sempre ter sido leal ao presidente e à sua função e ordena ao major Pedro Cavalcanti que proceda à leitura da nota de licenciamento redigida após a reunião ministerial da noite passada. Estampa-se no rosto de cada um a decepção. Juarez Távora baixa os olhos. Fiúza de Castro sacode a cabeça, inconformado.

– Licença provisória? – questiona, grosseiramente.

– Como? – ganha tempo Zenóbio.

– Que vai ser depois? – insiste Fiúza.

– A licença do presidente é definitiva, pronto – diz Zenóbio, num impulso.

– Definitiva?

– Foi o que ouvi dos ministros depois da reunião.

– Ah, então a coisa muda de figura.

– A ordem será mantida?

– O senhor tem a nossa garantia, ministro, de que a ordem será mantida. Aproveito para louvar e enaltecer a sua coragem, a sua bravura, a sua honra e a sua equilibrada condução dos problemas num período tão delicado da vida da nossa pátria – proclama Fiúza.

Estranhamente abatido, Juarez Távora faz um gesto com a mão direita, parece que vai pedir para falar. Todos esperam que se pronuncie. Alto, tez bronzeada, com sua "cara de medalha", impõe respeito desde antes da Revolução de 1930, quando era simples capitão. Ninguém esquecia a sua fuga da fortaleza de Santa Cruz, agarrado numa corda de lençóis, para continuar a luta contra as oligarquias. Depois de alguns segundos de hesitação, deixa a mão robusta recair sobre o colo e permanece em silêncio. Descontrai-se a atmosfera e todos se cumprimentam pelo fim da crise.

Em poucos minutos repercute no Catete mal amanhecido a declaração de Zenóbio aos generais. Há, no palácio, uma atmosfera de casa abandonada, de tapera, ou de prédio público depois de uma catástrofe natural. O ex-chefe de Polícia, general Âncora, entra esbaforido na sala de Caiado de Castro, onde estão, um tanto confusos, Tancredo Neves e Bejo, e despeja:

– O Zenóbio disse que a licença é definitiva.

– Como definitiva? – espanta-se Tancredo.

– Definitiva, definitiva...

– Mas se é uma licença!

– Agora é uma renúncia – murmura Âncora.

Descontrolado, Bejo corre para o terceiro piso. Vai num trote de homem da sua idade, segurando o coração, as tripas e a barriga. Já não é um menino. Sente o físico pesar-lhe até alcançar o elevador. Entra no quarto e encontra Getúlio acordado.

– O mulato disse aos generais que a licença é definitiva.

– Então quer dizer que estou deposto?

– Não sei se estás deposto, mas sei que é o fim.

– Por quê? Quem é o culpado?

– Nós.

– Que estás dizendo?

– Foi o Lutero, Getúlio.

– Hein?

– Fui eu.

– Que estás dizendo? Cala-te.

– Fomos nós. Todos nós.

– Nunca mais repita isso. Eu sei que não foram vocês. Eu sei quem foi. Sei quem e como me levaram a isto.

– Sabe?

– Sei. Agora vai lá tirar a limpo isso de licença definitiva.

Novamente sozinho, com o rosto entre as mãos, numa atitude que não lhe é peculiar, Getúlio pensa no "grande gesto". Passa-se uma fatia de tempo que lhe parece interminável. Toca a campainha. O camareiro e barbeiro Pedro Barbosa entra imediatamente. "Me chame o Benjamim, 'Seu' Barbosa." O homem sai. Getúlio ainda se recosta por alguns minutos. Às 8h10, sai do quarto, só de pijama, para espanto dos que ali se acham, tão inusitada é a cena, atravessa o corredor e vai até o gabinete situado nos fundos do terceiro piso. Assusta o mordomo Zarattini, sentado à porta da sala, que repõe, afobado, os óculos largos. Cumprimenta-o com um leve oscilar da cabeça. Avista Alzira falando ao telefone. Nota Tércio, dormindo em outra poltrona, e lembra-se de ter esquecido de mandá-lo embora. No segundo pavimento, Lourival junta livros e caixas de documentos e os carrega para o carro, no pátio do palácio. Vai guardá-los no apartamento de Sette Camara, seu chefe-de-gabinete. Getúlio volta para o quarto, pergunta, rispidamente, o que Barbosa ainda faz ali, controla-se, ao perceber a mágoa nos olhos do homem simples, e pede-lhe que se retire, quer descansar mais um pouco.

Deita-se. Vê-se no trem subindo de Porto Alegre para São Paulo, ao encontro da revolução, resfolegando rumo à batalha de Itararé, a batalha que não houve, o confronto vencido sem luta, onde percebeu, pela primeira vez, que o adversário recuava para nunca mais desistir de contra-atacar pelos flancos. Vê-se, em Porto Alegre, fardado, declarando, solene, patético, "Rio Grande, de pé pelo Brasil. Não desmentirá teu destino heróico". Vê-se, de novo, diante de Darcy, em 1950, ouvindo-a dizer, tristonha, que nada a convencia da necessidade de que ele voltasse ao Catete. Pressentia o desastre ou, simplesmente, queria vê-lo descansar.

A palavra "poder", sempre ela, acende na sua cabeça um letreiro luminoso. Tudo ressurge. Ele refaz a imensa contabilidade das perdas e danos. Dedicou a vida ao poder e dele não pode mais se divorciar. Pelo melhor, está consciente disso, praticou até o pior. Sem nunca, porém, perder o norte. Poder, mais do que uma palavra, uma missão, acha. Pensa que sempre soube tudo do seu exercício, mesmo o que nunca admitiu, e repete-se que não existe poder limpo. Mas a diferença entre a limpeza total, sonhada pelos ingênuos, e a sujeira do próprio jogo político, incontornável, está numa infinidade de nuanças. O inadmissível, pensa, limpa-se com sangue.

Vem-lhe, então, à mente a frase anotada 24 anos antes, numa tarde de primavera, 3 de outubro de 1930, no seu diário de revolucionário com a faixa de presidente de Estado: "Sinto que só o sacrifício da vida poderá resgatar o erro de um fracasso." Agosto... pensa. Já comi muita carne, pensa. Segura o revólver, calibre 32, cabo de madrepérola, leva-o dois dedos abaixo do mamelão esquerdo. Chegara num 24. Partiria num 24. Respira fundo, muito fundo. Se não posso impedir o golpe como homem, eu o farei como cadáver, pensa. A mão treme-lhe por um segundo, antes de petrificar-se numa decisão sem volta. É o último lance. Dispara. Um tiro no coração! Abre-se um orifício no pijama listrado.

São 8h35 de 24 de agosto de 1954, dia de São Bartolomeu e do nascimento, em 1918, de Getulinho. Em 29 de outubro de 1945, o mesmo dia, nove anos antes, da morte da sua mãe, fora deposto por seus generais. Na sua longa carreira, vencera duas eleições diretas: a primeira, em 1930, fora invalidada pela fraude e revalidada pela força das armas; a segunda, em 1950, sofrera todas as tentativas possíveis de fraude, com a patética discussão sobre a falta de maioria absoluta, e terminava, agora, pela força de uma só arma. Na Rua do Catete, as pessoas, subitamente despertas, caem de joelhos e choram pelo presidente "assassinado".

21

— Um tiro! – exclama Barbosa.

– Foi aqui? – pergunta o major Hélio Dornelles.

– Foi.

– Alzira, seu pai – grita uma voz quase estranha, talvez pelo pânico, sacudindo pelos ombros a filha de Vargas.

Precipitam-se todos para o quarto. Estendido na cama, braços abertos, uma perna para fora do leito, Getúlio agoniza. Dornelles é um dos primeiros a vê-lo assim. Quando Alzira entra, Getúlio ainda lhe sorri, enquanto o sangue que salta do orifício no pijama de listras inunda-lhe a blusa. A filha repete, como um autômato: "Não pode ser, não pode ser, tu me prometeste." Adalgiza chega com Dona Darcy e ainda sente os últimos espasmos do corpo. Getúlio busca, com os olhos congestionados, o rosto de Darcy. Caiado de Castro irrompe e desmaia. Horas depois, dirá: "Getúlio Vargas morreu de um coice de Bejo Vargas." Amaral Peixoto socorre a sua mulher.

Lutero, acordado por Zarattini, em prantos, examina o corpo do pai, toma-lhe o pulso, pede ao doutor Flávio que ausculte o moribundo. Acabou. Guilherme Arinos olha para o cadáver e sente a pior dor da sua vida, a dor da perda do homem que lhe mudara para sempre a vida. Lá fora, a multidão já reza. Arísio Viana, diretor do Dasp e amigo de Getúlio, grita que não podiam ter deixado o presidente sozinho. Depois, prático, começa a tirar-lhe o pijama. Por um acaso, é o jornalista Arlindo Silva, de *O Cruzeiro*, quem consegue ligação para chamar a ambulância, mesmo sem saber que se tratava da morte do presidente. Depois, tendo compreendido tudo, verá o corpo do presidente amparado por seus familiares.

Chegam o médico e os legistas. Lutero quer uma autópsia. Toca o telefone na redação da *Última Hora*. Luís Costa, titular da coluna "O Dia do Presidente", berra para um Samuel Wainer repentinamente incapaz de ouvir bem: "O presidente acaba de se dar um tiro no coração." O Profeta corre à oficina do jornal, recupera a página composta do dia anterior e prepara uma "cartola", um simples "chapéu" para o título da edição morta: "Ele cumpriu a promessa – Só morto sairei do Catete." Depois, senta-se e chora convulsivamente. A *Tribuna da Imprensa* preferiu um quase discreto e neutro "Suicidou-se Getúlio Vargas". Mas Café Filho já adverte: "Minha guarda pessoal será a minha mulher."

Pelas 9 horas, tendo tomado café em casa, Juarez Távora, acompanhado pelo seu ordenança, major Mauro, dirige-se para a Escola Superior de Guerra. No cruzamento da Rua São Clemente com a Praia de Botafogo, ouve, no rádio, a notícia do suicídio de Getúlio Vargas. Dirá mais tarde que, já na reunião do Ministério da Guerra, sentira vergonha por Zenóbio e apreensão pelo futuro das Forças Armadas, mas se calara por "já ter recebido demasiadas contusões nos desencontros daquelas três semanas de crise" e por, certamente, "não suportar mais uma no limiar do seu desfecho". Pressentia os futuros golpes e o cão tomando gosto por comer ovelhas. Ali mesmo, jurou nunca mais se envolver "em tentativas de corrigir, pela força, os erros ou omissões de nossos governantes".

Em 1930, Juarez havia cometido um equívoco e errado a hora de agir: confundindo a ordem de Osvaldo Aranha para deflagrar a revolução na tarde de 3 de outubro, o fizera com um dia de atraso. Agora já não podia acertar os ponteiros com Getúlio. Estava tudo acabado. Dez anos mais tarde, acertaria o seu relógio com o golpe militar de 1964, mergulhando o Brasil em um quarto de século de ditadura. Na mansão de Joaquim Nabuco, na Rua Icatu, onde ainda se acumulam as garrafas de Moët et Chandon Brüt Imperial pela metade, Maria do Carmo, irmã de Afonso Arinos e dona da casa, diz a Lacerda e sua esposa Letícia: "Ele puxou a toalha debaixo da nossa festa!"

No meio da confusão, Barbosa e Amaral Peixoto descobrem um envelope, na mesinha-de-cabeceira, encostado no abajur. É a carta que o próprio Amaral o vira assinar na noite anterior. Nesse meio-tempo, o major Fittipaldi já resgatou da própria memória o conteúdo do bilhete que dias antes havia descoberto e o anotou com a própria letra, não se atrevendo a assinar o nome de Getúlio. Minutos depois, entregue a Vítor Costa, o texto é lido na Rádio Nacional: "À sanha dos meus inimigos deixo o legado da minha morte. Levo o pesar de não ter feito pelos humildes tudo o que desejava."

Já estão todos lá, Mascarenhas, Osvaldo, Tancredo, José Américo. Abraçam-se e choram. Culpam-se por não terem percebido os sinais da tragédia anunciada. Tentam entender, buscam algo novo, uma mensagem de última hora, uma razão para a reviravolta. Osvaldo fala em "sacrifício por nós", em gesto shakespeariano, em generosidade dramática. Zé Américo não compreende, quer saber se houve realmente um motivo novo, um estopim, a gota d'água. Já Amaral entrega também a carta a Vítor Costa para leitura na Rádio Nacional. Nas casas e nas ruas, o povo ouve e chora:

> Mais uma vez, as forças que os interesses contra o povo coordenaram novamente se desencadeiam sobre mim. Não me acusam, me insultam; não me combatem, caluniam-me; não me dão o direito de defesa. Precisam sufocar a minha voz e impedir a minha ação, para que eu não continue a defender, como sempre defendi, o povo e principalmente os humildes. Sigo o destino que me é imposto. Depois de decênios de domínio e espoliação dos grupos econômico-financeiros internacionais, fiz-me chefe de uma revolução e venci. Iniciei o trabalho de libertação e instaurei um regime de liberdade social. Tive que renunciar. Voltei ao governo nos braços do povo. A campanha subterrânea dos grupos internacionais aliou-se às dos grupos nacionais revoltados contra o regime de garantia do trabalhador. A lei de lucros extraordinários foi detida no Congresso. Contra a justiça da revisão do salário mínimo se me desencadearam os ódios. Quis criar a liberdade nacional da potencialização das nossas riquezas através da Petrobras, e mal começa essa a funcionar, a onda de agitação se avoluma. A Eletrobrás foi obstaculizada até o desespero. Não querem que o trabalhador seja livre. Não querem que o povo seja independente. Assumi o governo dentro da espiral inflacionária, que destruía os valores do trabalho. Os lucros das empresas estrangeiras alcançavam até 500% ao ano. Veio a crise do café, valorizou-se o nosso principal produto. Tentamos defender seu preço, e a resposta foi uma violenta pressão sobre a nossa economia a ponto de sermos obrigados a ceder.
>
> Tenho lutado mês a mês, dia a dia, hora a hora, resistindo a uma agressão constante, incessante, tudo suportando em silêncio, tudo esquecendo, renunciando a mim

mesmo para defender o povo que agora se queda desamparado. Nada mais posso dar a não ser o meu sangue. Se as aves de rapina querem o sangue de alguém, querem continuar sugando o povo brasileiro, eu ofereço em holocausto a minha vida. Escolho este meio de estar sempre convosco. Quando vos humilharem, sentireis minha alma sofrendo ao vosso lado. Quando a fome bater à vossa porta, sentireis em vosso peito a energia para a luta, por vós e por vossos filhos. Quando vos vilipendiarem, sentireis no meu pensamento a força para a reação. Meu sacrifício vos manterá unidos, e meu sangue será a vossa bandeira de luta. Cada gota do meu sangue será uma chama imortal à vossa consciência e manterá a vibração sagrada para a resistência. Ao ódio respondo com o meu perdão. Aos que pensam que me derrotaram respondo com a minha vitória. Era escravo do povo e hoje me liberto para a vida eterna. Mas esse povo de quem fui escravo não será mais escravo de ninguém. Meu sacrifício ficará para sempre em sua alma, e meu sangue será o preço do seu resgate. Lutei contra a espoliação do Brasil. Lutei contra a espoliação do povo. Tenho lutado de peito aberto. O ódio, as infâmias, a calúnia não abateram o meu ânimo. Vos dei a minha vida. Agora ofereço a minha morte. Nada receio. Serenamente dou o primeiro passo no caminho da eternidade e saio da vida para entrar na História.

Amato ouve e sente que algo se quebra dentro dele. Sai pelas ruas atraído pelo uivo das multidões. No Catete, Tércio espia o corpo uma última vez, recolhe o volumoso material, oito cadernos pretos de capa dura, que lhe fora entregue por Vargas, e desce pelas escadas. Ainda ouve Lúcio Meira dizer ao telefone: "Não, Café, você não pode vir aqui." Alzira lembra-se da chave e, aos gritos, joga-se novamente sobre o corpo. Está lá, a pequena chave do cofre, de onde ela tira os papéis que só mais tarde lerá, inclusive uma via da carta-testamento, mal batida, mas com assinatura, e um manuscrito:

Deixo à sanha dos meus inimigos o legado da minha morte.

Levo o pesar de não haver podido fazer, por este bom e generoso povo brasileiro e principalmente pelos mais necessitados, todo o bem que pretendia.

A mentira, a calúnia, as mais torpes invencionices foram geradas pela malignidade de rancorosos e gratuitos inimigos, numa publicidade dirigida, sistemática e escandalosa.

Acrescente-se a fraqueza de amigos que não me defenderam nas posições que ocupavam, a felonia de hipócritas e traidores a quem beneficiei com honras e mercês e a insensibilidade moral de sicários que entreguei à Justiça, contribuindo todos para criar um falso ambiente na opinião pública do país contra minha pessoa.

Se a simples renúncia ao posto a que fui elevado pelo sufrágio do povo me permitisse viver esquecido e tranqüilo no chão da pátria, de bom grado renunciaria. Mas tal renúncia daria apenas ensejo para com mais fúria perseguirem-me e humilharem-me. Querem destruir-me a qualquer preço. Tornei-me perigoso aos poderosos do dia e às castas privilegiadas. Velho e cansado, preferi ir prestar contas ao Senhor, não de crimes que não cometi, mas de poderosos interesses que contrariei, ora porque se opunham aos próprios interesses nacionais, ora porque exploravam, impiedosamente, aos pobres e aos humildes.

Só Deus sabe das minhas amarguras e sofrimentos. Que o sangue dum inocente sirva para aplacar a ira dos fariseus.

Agradeço aos que de perto ou de longe trouxeram-me o conforto de sua amizade.

A resposta do povo virá mais tarde.

Acabou. No quarto modesto do presidente, como se fossem outros pequenos cadáveres, destacam-se uma cartela de comprimidos, uma receita de colírio, os óculos do morto, um pente e uma caixa de charutos.

22

Em estado de choque, o general Caiado de Castro telefona para a Base Aérea do Galeão. O coronel Scaffa assegura-lhe que só ele expede as intimações do IPM sobre o crime da Rua Tonelero e que não houve, da parte dele, qualquer convocação a Bejo Vargas. "É falsa, então?" Não há resposta. Resta localizar a intimação, para que uma impostura seja derrubada. Na confusão em que se encontra a cidade, o momento passa e o mistério cristaliza-se. Quem assinou a intimação? Houve mesmo uma intimação? A convocação era tão falsa quanto a edição da *Tribuna da Imprensa*, rodada unicamente para ser mostrada, "casualmente", a Gregório Fortunato, com a manchete "Bejo Vargas foge para Montevidéu, abandonando os seus amigos na hora do perigo. O irmão do presidente da República foge para evitar...", como admitiria, mais tarde, Carlos Lacerda.

Nas ruas, começa o quebra-quebra. O conflito explode no Largo da Carioca. A massa leva de roldão tudo o que encontra pela frente relacionado ao lacerdismo, à UDN e aos Estados Unidos. A repressão contra-ataca com carabinas e metralhadoras. As redações dos jornais adversários de Getúlio são atacadas, e apenas a *Última Hora* consegue continuar rodando e tirando novos clichês, chegando à marca extraordinária de oitocentos mil exemplares. Uma horda de pobres, de famélicos, de sujos e de feios – dirá Samuel Wainer, antes de cair em prantos – irrompe dos lados da

Candelária num grito uníssono: "Getúlio!" Cada vez mais enfurecida, a população apedreja a Rádio Globo, a *Tribuna da Imprensa*, protegida pela Polícia Especial, os edifícios da Standard Oil, da Light & Power, da Companhia Telefônica e até lojas de produtos de beleza como Helena Rubinstein. Na Embaixada Americana, os manifestantes foram recebidos com bombas de gás lacrimogêneo, disparos para o alto, por forças do Exército, e metralhadoras dispostas no saguão.

Em Porto Alegre, a multidão furiosa depredou a Rádio Farroupilha, que reproduzia o conteúdo dos ataques de Lacerda a Getúlio, e o *Diário de Notícias*, ambos pertencentes a Assis Chateaubriand. Ouvia-se no centro da cidade um rugido de ira e de dor. A turba avançava, armada de paus, pedras e tijolos, chorando, urrando e quebrando. Demoliram-se a sede da UDN e o Consulado dos Estados Unidos. O getulista Rubens Vidal Araújo anotaria que o governador Ernesto Dornelles, primo de Getúlio, mas que nada fizera para defendê-lo em vida, liberou a violência. Tudo o que foi encontrado pela frente com nomes em inglês ou referências à cultura norte-americana foi dizimado, a Importadora Americana, a casa noturna American Boite e até uma pastelaria de subúrbio chamada América. Bandeiras dos Estados Unidos foram queimadas em fogueiras atiçadas com exemplares da *Tribuna da Imprensa*. O dia terminou com seis mortos, 67 feridos, 42 prédios destruídos e nenhuma prisão.

Com medo de ser linchado, Carlos Lacerda foge para o Galeão. Ainda encontra humor negro para dizer, na Rádio Globo, que ninguém veste pijama para suicidar-se. No momento de maior temor, embora protegido pela Aeronáutica, esconde-se embaixo de uma escada, no meio de vassouras e de rodos. De lá, tenta esclarecer que não havia desejado o pior nem tentado levar Getúlio Vargas a uma tragédia pessoal. Enquanto isso, um amigo do seu filho Sérgio, estudante do Colégio São Bento, tendo ligado para a casa de Lacerda e não encontrado ninguém, dirige-se sozinho para a escola. Não há aula. Sem a proteção de Sérgio, um adolescente robusto, o garoto é convidado por outro conhecido, mais velho e mais forte, de quem sofria, eventualmente, maus-tratos, para seguirem juntos, de carro. Vestido com uma jaqueta militar, o mais velho convence o outro a ir até umas bibocas da Mem de Sá. Lá, bebem uma primeira garrafa de vinho verde, Casal Garcia. Depois, mais meia garrafa. Em seguida, o garoto mais velho estupra o mais jovem.

O poeta Augusto Frederico Schmidt liga para um amigo e chora como um bebê que fez uma cagada irremediável e, subitamente, toma consciência, desmesurada, porém, do seu ato e quer consolo ou reverter o tempo. Sente-se, por megalomania ou arrependimento, culpado. Está convencido de ter acendido a mecha que levou Getúlio ao suicídio. Acredita que o seu *lobby* pela exportação das "monazíticas" deixou o presidente embaraçado e o levou ao gesto extremo, ainda mais que, enquanto se queixa, tem diante dos olhos o Diário Oficial com a liberação conquistada no verbo.

Amigos vão, pessoalmente, conversar com o cardeal Jaime Câmara para implorar-lhe que reze, na Catedral, missa pela alma do presidente da República. Compungido, o religioso pede compreensão e recusa o pedido: a Igreja condena o suicídio. Um cristão que se mata está fora da lei. Não pode fazer nada. Seria um escândalo. Os fiéis não admitiriam um tal privilégio. Finalmente, autoriza as missas particulares. Um ano depois, Guilherme Arinos tenta argumentar com o cardeal, mas a lei da Igreja deve ser obedecida. Que fazer? Quando já se prepara para ir embora, Dom Jaime lhe sussurra que, na Igreja do Carmo, um sacerdote poderá ter compaixão e rezar missa pela passagem de um ano da morte de Getúlio Vargas.

No dia 25, nas bancas, a edição do *New York Times* de 24 de agosto, atrasada em relação aos fatos, adverte: "É má a situação existente no Brasil, tanto no terreno econômico como no político, e o principal responsável por isso é o presidente Vargas." Paulo Amato salvou um exemplar, enfiando-o sob o paletó, enquanto a massa queimava os outros. O *NYT*, em editorial, condena o "antiianquismo" e clama pela ordem e pelo entendimento entre as nações, sugerindo uma política de favorecimento à iniciativa privada e de controle da inflação. Um homem magro, alto, olhos muito pretos, cabelos tão escuros quanto os olhos, amassa um exemplar do jornal e em seguida num rompante que paralisa por alguns segundos a massa, caga em cima do diário americano.

Exposto à visitação pública, na imponência do Salão Nobre do Palácio do Catete, onde tudo se torna pequeno diante da enormidade do desespero de todos, o corpo de Getúlio Vargas é homenageado por mais de cem mil pessoas. Muitas desmaiam, pelo menos 2.100, e mais de três mil são atendidas pelo serviço médico instalado no térreo e no parque. Esgotam-se os medicamentos, estafam-se os enfermeiros, assumem novas equipes. Nas imediações do palácio, multidões em fila aguardam para reverenciar o morto, enquanto milhares de pessoas continuam a vibrar de indignação e de cólera. Ao amanhecer, não há mais espaço na Praia do Flamengo. Cerca de um milhão de pessoas esperam a saída do cortejo. A FAB tenta infiltrar sambistas com instrumentos de percussão para sublimar, num culto meio africano, a energia da massa, prestes a levantar-se numa explosão de ira.

Pede-se ao general Zenóbio que não compareça ao velório. Dona Ada, irmã de Darcy Vargas, morre de um infarto fulminante ao saber do suicídio do cunhado. Dona Darcy reza longamente ao pé do cadáver embalsamado, cercada pelos filhos Jandira, Alzira, Lutero e Manuel. Jango e Benjamim não seguram a emoção. Caiado, Mascarenhas e Accioly fecham o caixão, que desce conduzido por Lutero, Maneco, Jango e Tancredo, secundados por Accioly e Caiado. Darcy sai amparada pela irmã, Wanda. Alzira impede que Lourival segure uma alça do caixão. O curto trajeto do Catete ao aeroporto Santos Dumont, ao longo da Praia do Flamengo e da Avenida Beira-Mar, é feito em meio ao ondular de um oceano humano de mãos erguidas e gritos de "ele não morreu". Tudo se repetirá em São Borja, para onde, de Porto Alegre, partem ônibus, carros e aviões particulares. Num desses aviões, seguem Leonel Brizola, cunhado de Jango, que se tornaria o último grande líder trabalhista, e amigos, entre os quais uma senhora, Dona Malvina, cujas lembranças ainda desenterram as paixões e mistérios daquela época.

Entrará para a história a imagem de Jango, com sua echarpe branca sobre o terno escuro e o rosto desfigurado pela dor, lendo o seu discurso, imagem e revelação da lealdade a um homem, junto aos despojos do mestre, do guia, do amigo e protetor. A pequena São Borja não consegue mais comportar a vaga humana. A família Vargas, Pataco e Protásio chorando abraçados, é amparada pelos que ficaram com Getúlio até fim, entre os quais o "amigo certo das horas incertas", Danton Coelho. Tancredo está ali, assim como Minas Gerais esteve com Getúlio desde 1930, desde o começo de tudo. Falam Jango, Rui Ramos, Tancredo Neves, Osvaldo Aranha.

Ecoa a voz de Jango, "esta carta será a bandeira, o lema e o catecismo de todos os trabalhadores do Brasil, que, tenho a certeza, represento neste instante e que choram, como chora todo o povo brasileiro, a sua morte". Transbordam de lágrimas os olhos do herdeiro político: "Deste liberdade aos trabalhadores, e a reação nunca te perdoou." Rebentam as acusações: "Muitos dirigentes dessas mesmas empresas devem estar neste instante com as mãos tintas de sangue, sangue do homem que procurou impedir a concretização dos seus impatrióticos desígnios." E vem a palavra que todos sentem e esperam: "Morreste como mártir, tiveste a glorificação que só têm os grandes estadistas, os que sabem viver e morrer."

O Brasil, então, já tem o seu mártir, o seu herói, o seu novo símbolo. Diz Tancredo, transpassado pela emoção, com uma voz inacreditavelmente potente: "Minas está aqui a seu lado, presidente, como sempre esteve. Foi de Minas que partiu o primeiro tiro que o conduziria ao poder. Foi em Minas, presidente, que o senhor conheceu a última e consagradora manifestação popular..." O povo chora. Então, como uma chuva de verão, torrencial e generosa, ergue-se a voz de Osvaldo Aranha, levantando cheiro de terra molhada, provocando uma tropelia de lágrimas, "saímos juntos daqui há vinte e tantos anos; íamos levados pelo teu sonho e pelo teu ideal", tocando, com tua fala gaúcha, a raiz de uma caminhada, "o teu suicídio é o grande suicídio, o suicídio altruístico, aquele que faz a mãe, e do pai pelo filho, e foste pai e filho como ninguém, e por isto soubeste fazer pelos teus".

Troveja Osvaldo Aranha, "saímos daqui juntos"; confessa, "só não voltamos juntos porque tu quiseste poupar a minha vida"; revela, "quando, há vinte e tantos anos, assumiste o governo deste país, o Brasil era uma terra parada"; define, "viste que a grande maioria dos brasileiros estava à margem, e a outra parte a serviço das explorações estrangeiras". Promete: "Eu, Getúlio, não te dou minha despedida, posto que tu não te despediste de nós, porque nós iremos todos os dias, a ti, buscar inspiração para os nossos atos."

Um pássaro amarelo pia numa árvore qualquer. Guilherme Arinos despede-se do corpo com um aceno. Faz-se um grande silêncio. Quase se pode ouvir o rumor das lágrimas caindo. Getúlio está de volta à "savana verde", ao pequeno cemitério de São Borja, à sua fronteira indevassável. Simplesmente, ao pampa.

23

Enterrado Getúlio, continua o IPM do Galeão. Multiplicam-se as acareações. Roberto Alves e Gregório Fortunato, confrontados com Euvaldo Lodi, confirmam todas as acusações feitas contra ele. Alves descreve os encontros com o deputado, no Hotel Olinda, em Copacabana, na presença de Nélson Junqueira Azevedo, e assegura que o empresário chegou a falar em comprar um terreno na Rio–Petrópolis, por 300 mil cruzeiros, para enterrar o corpo de Lacerda. Alves repete a descrição de uma visita a Lodi no Haras Ypiranga, onde o deputado e a sua esposa o teriam convocado a "silenciar" o Corvo. João Gaia Gomes, testemunha do encontro, tudo confirma. Reaparecem as expressões, "bombardear Lacerda", "silenciar o Corvo", "o Negro tem que dar um jeito".

Lodi não se protegeu do depoimento com suas imunidades parlamentares. Admitiu ter conversado com Alves, lembrou-se da visita ao haras, confirmou ter ido ao quarto de Fortunato, reconheceu a expressão "bombardear Lacerda", mas explicou que pensava numa campanha de contra-ataque, de imprensa, de argumentos, de críticas, enfim... Negou que o Sesi financiava a guarda pessoal, embora existissem provas em contrário. Na acareação com Fortunato e Alves, assistida por muitas pessoas, Lodi mostrou-se distante, apático, indiferente. Não se comprometeu nem reagiu com veemência, ao menos na visão "imparcial" do coronel Adil.

Danton Coelho não abriu mão da imunidade parlamentar e não foi depor. Scaffa conseguiu tomar até o depoimento de Dona Darcy, na casa de Lourdes Rosemburgo, uma amiga da viúva. Aconselhado pelo advogado Araújo Lima, segundo alguns, Gregório começou a falar em 17 de setembro e assumiu ser o mandante. Atacou frontalmente os instigadores, em especial o general Mendes de Morais, mas citou também Lodi e Danton. Vieram à baila as expressões de Danton, "só matando, só morrendo"; de Lodi, "bombardear Lacerda"; e de Mendes de Morais, "você é o verdadeiro ministro da Defesa". Na acareação com Gregório, o general, ao ouvir a confirmação total das acusações, explode:

– Negro sujo.

– Agora, sou um Negro sujo, não é? Antes, eu era o ministro da Defesa!

– Infame!

– Fiquei sujo depois que o conheci.

– Negro infame!

Mendes de Morais refuta todas as acusações, mesmo as de Rosa Branca, a quem rotula de "bajulador, confiado, rixento". Declara ter visto Gregório três ou quatro vezes na vida, numa delas, em Petrópolis, tendo-o escorraçado, pois viera o negro declarar-se seu admirador e propor-lhe a sua ajuda para elegê-lo prefeito do Rio de Janeiro, o que lhe parecia aviltante e desmoralizador. Por fim, garantiu não ter estado em Petrópolis na ocasião citada por Gregório, quando teria surgido a tal expressão "ministro da Defesa", o que podia ser testemunhado por Amauri Kruel, homenageado na recepção dada por Vargas no Palácio Rio Negro. Terminou dizendo que jamais apertaria a mão de um negro sujo como Gregório.

Bejo Vargas, enfim convocado a depor, nega, na primeira vez, ter ouvido, no retorno de Petrópolis, a confissão de Gregório, mas, no segundo depoimento, confirma tudo. Justifica não ter contado ao irmão, na chegada ao Catete, para poupá-lo de um grande sofrimento e por odiar a condição de delator. Afirma que, quando Gregório lhe falara da participação de Climério, nem sabia que este ainda continuava na guarda. Apresenta-se como um homem estranho a tocaias e vendetas, acostumado às situações frontais e transparentes. Informa ter estado boa parte do tempo, no último governo de Getúlio, distante do Catete, desinteressado da política.

Estava pronta a cena. O promotor Raul de Araújo Jorge não encontrou indícios suficientes para "proceder criminalmente" contra Danton Coelho. Mas formulou denúncia contra Euvaldo Lodi, afirmando que ficara evidenciada a sua tentativa, "por todos os meios, de convencer Gregório Fortunato a promover o assassinato de Carlos Lacerda". O juiz sumariante, Luiz Carlos da Costa Carvalho, encaminhou pedido de licença à Câmara dos Deputados para processar Lodi. Não foi atendido. Justificou-se que era a praxe.

O promotor Araújo Jorge decretou a prisão preventiva de Mendes de Morais em função das "provas colhidas no inquérito, que não deixam dúvidas quanto à materialidade do crime e da co-autoria imputada ao denunciado". O juiz sumariante julgou-se incompetente, não acolheu a denúncia e remeteu o processo para a Justiça Militar. Diante do recurso de Araújo Jorge, bem retomado no livro de Cláudio Lacerda, o Tribunal de Justiça manteve a decisão e livrou Mendes de Morais do júri popular. Generais não devem cair nas garras do povo. Por fim, o Supremo Tribunal Militar determinou o arquivamento do processo, alegando não existirem provas contra o general Mendes de Morais. O futuro reservava-lhe o posto de marechal.

Em 19 de setembro de 1954, menos de um mês depois do suicídio de Vargas, está concluído o IPM. Gregório, Climério, Soares e Alcino confessaram a participação no atentado da Rua Tonelero. No inquérito policial paralelo, dirigido pelo delegado Sílvio Terra, Gregório nunca afirmou "ter mandado matar", mas somente "dar um jeito", embora tenha repetido as acusações contra Lodi e Mendes de Morais, denunciados como instigadores. Remetido à Justiça, o inquérito ganhou apenas uma nova dimensão: os envolvidos presos denunciaram as torturas que sofreram, mas, instruídos pelos advogados, adotaram estratégias que pudessem diminuir as penas a que seriam condenados. Alcino foi quem mais denunciou os maus-tratos sofridos. Anos depois, livre, disse que Gregório fora aconselhado pelo seu advogado a assumir a condição de mandante do crime que mudou a história recente do Brasil.

Lutero Vargas não foi indiciado. A respeito dele, dizia o relatório do IPM: "Ainda que citado o deputado Lutero Vargas, em algum depoimento, como possível mandante do atentado, somos levados a não o indiciar, porque a preocupação dos criminosos em apontá-lo como responsável por si só seria suficiente para evidenciar que constituía isso uma derivação com o fito de desviar as investigações de seu verdadeiro objetivo. Claro que não se chegou a uma conclusão positiva quanto à causa dessa tentativa de derivação, mas também é líquido que os depoimentos de Climério, Soares e Gregório – tanto quanto o de Lutero Vargas – tornam inverossímil a imputação." Lutero foi absolvido, de antemão, sem necessidade de julgamento, por ter sido demasiadamente acusado.

O juiz sumariante aceitou denúncia do promotor contra Bejo Vargas, por este ter "beneficiado criminoso e lhe prestado auxílio, embora por omissão, a se subtrair da autoridade pública". Era delito menor, uma simples perfumaria, nada mais do que um pecado venal, mas poderia levar um Vargas ao banco dos réus. Embora caracterizado o "favorecimento", na medida em que Bejo não denunciara Gregório ao ouvir dele a sua confissão, um *habeas corpus*, impetrado junto ao Tribunal de Justiça, excluiu-o do processo. Afinal, as preclaras autoridades jurídicas não podiam precisar as intenções reais do irmão do presidente ao calar-se.

Depois de uma longa travessia e de meses que sacudiram o país, provocando a maior crise política brasileira do século XX, com um jornalista célebre ferido, um major-aviador assassinado, um presidente morto, por suicídio, um general, dois deputados, um irmão e um filho do presidente acusados de mandantes do atentado que feriu o jornalista e matou o militar, foram enviados a julgamento Gregório Fortunato, Climério Euribes de Almeida, Alcino João do Nascimento, João Valente de Souza, José Antônio Soares e Nélson Raimundo de Souza. Devidamente investigada, radiografada e aturdida, a ralé foi remetida ao Tribunal do Júri.

Dois anos e dois meses depois do inesquecível agosto de 1954, aconteceu o julgamento. Alcino João do Nascimento foi condenado a 33 anos de prisão, sendo 19 pela morte do major Vaz, 12 pela tentativa de matar Lacerda e dois pelos ferimentos no guarda Sálvio Romero. Lacerda e Sálvio tinham pesos diferentes. Climério Euribes de Almeida ainda contou que havia achado exagerado o preço estipulado por Soares para Alcino matar Lacerda: 200 mil cruzeiros. Conseguira reduzir o valor pela metade. Foi condenado aos mesmos 33 anos de Alcino. Gregório Fortunato recebeu pena de 25 anos de reclusão: 11 anos pelo assassinato de Vaz, 12 pela tentativa contra Lacerda e dois anos pelas lesões corporais ao guarda municipal. Nélson Raimundo de Souza pegou 11 anos de pena, sendo seis pela morte de Vaz, quatro pelo atentado contra Lacerda e um ano pelos ferimentos sofridos por Sálvio. José Antônio Soares foi punido com 26 anos de cadeia. João Valente de Souza, um intruso no camarote dos réus, pegou dois meses de prisão e multa de 200 cruzeiros.

Foi na saída do último dia do julgamento que se conheceram dois homens que mais lembravam as carcaças de navios içados do fundo do mar: um atarracado e de olhos azuis, rosto enferrujado e macilento; o outro, mais alto, moreno e com a barba grisalha, pálpebras caídas. Não erraria quem suspeitasse de um convívio demasiado íntimo de ambos com destilados. Algo os atraiu como se estivessem buscando-se. Talvez fosse o simples cheiro do que mais procuravam. Talvez se lembrassem, vagamente, de outros encontros.

24

— Getúlio acertou: Vera e Maneco tiveram uma filha – lembra-se o velho, sorrindo com os olhos azuis escancarados.

– Tinha 50% de chances de acertar – ironiza a velha, fazendo uma careta.

– Ele sabia das coisas. Tanto que todos comeram na mão de Getúlio, minha senhora.

– Nem todos. Muitos artistas, jornalistas e intelectuais resistiram.

– Mais ou menos – pigarreou o velho. – Carlos Drummond de Andrade foi chefe-de-gabinete de Capanema. Vinicius de Moraes, Mário de Andrade, Cecília Meirelles, Manuel Bandeira, Portinari, Lúcio Costa, Villa-Lobos e muitos outros dos hoje considerados grandes receberam alguma sinecura durante o longo reinado de Getúlio, sempre atraídos pelas artimanhas do Capanema. Muita gente vendeu a sua pena.

– Menos o Lacerda.

– Getúlio tinha charme, senhora.

– O safado sabia explorar a necessidade dos outros – resmungou a velha.

– Não importa. Bom, deixa pra lá... Getúlio e Lacerda, tudo os separava, salvo a inimizade. Um falava de menos; o outro, de mais. Um pensava politicamente; o outro, só como jornalista, sempre em busca da declaração sensacional e da manchete.

– Só que, no seu falatório, Lacerda acertava muitas coisas. Por exemplo, ao dizer que Getúlio criara o PTB, para os pobres, e o entregara ao filho, o Lutero, e o PSD, para os ricos, e o deixara nas mãos do genro, o Ernâni. Era nepotismo puro. Nepotismo e populismo. Com uma pitada de interesse popular.

– Essa era a conversa dos lacerdistas e dos reacionários. Por que repetir isso agora?

– Já não sei. Sei que Adalgiza não estava lá, no dia do suicídio do Getúlio – diz a velha, séria, voltando ao Salão Nobre para reexaminar o local do velório do presidente. – Sei que o major Vaz só levou dois tiros, não três. Sei que a carta-testamento era apenas um discurso para ser lido na Mannesmann, em Minas Gerais, adaptado pelos escribas de Getúlio depois da sua morte pela boa causa de um mártir com tom shakespeariano.

– O filho dela, da Adalgiza, o Emmanuel, jurava que sim, que ela estava lá – observa o velho, soltando mais um catarro no lenço imundo.

– Era ela que dizia que uma mulher pode amar muitas vezes, com a mesma intensidade e a mesma pureza, não?

– Não sei. Sei que o Emmanuel garantia que ela estava lá.

– Não estava. Mas o Jango, esse estava.

– O Guilherme Arinos afirma que não. E que a maioria que disse que estava, não estava lá coisa nenhuma. Há muito boato; imagine que apareceu gente até para dizer que Bejo atirara contra Vargas para impedir que o irmão renunciasse, garantindo assim a desmoralização do Lacerda e dos outros.

– Com a morte do Getúlio, muita gente pensou que, passada a confusão, estaria com a vida garantida.

– A senhora tem razão, a começar pelos leguleios, pela "banda de música" e pelo Café.

– O Café foi apeado, por seus aliados, em seguidinha do poder, embora tenha feito tudo para se agarrar ao cargo, esquecendo-se de que tinha sido um "defensor" da Constituição. Os comunistas, como os fascistas, adoram grudar-se ao poder e também acham que os fins justificam os meios.

– Quem o derrubou foi o Lott, o seu ministro da Guerra. Acho que o Café foi derrubado pelo contrário do que a senhora está dizendo. O Lacerda e a turma dele queriam dar um golpe e adiar as eleições. O Café não topou e caiu.

– Não era o Canrobert o ministro da Guerra?

– Não senhora, foi mesmo o Lott. O Canrobert até morreu em seguida.

– Outro que morreu em seguida foi o Lodi, não?

– É. Acho que sim. O Lacerda vivia contando que pedira ao Canrobert para colocar os tanques na rua e depor Getúlio. Ao que o Canrobert teria respondido: "Não sou o Góis. Só ajo se até a torcida do Flamengo me pedir."

– O Lacerda, claro, conseguiu o apoio do Flamengo e da sua torcida.

– Era um falastrão, o Lacerda. Falsificou até a entrevista que dera início ao escândalo da *Última Hora*. O repórter que assinara a primeira matéria de favorecimento da *UH* pelo Banco do Brasil botou a boca no mundo, garantiu que não tinha escrito o que saiu, largou a *Tribuna* e foi trabalhar com o Wainer.

– O Lacerda sempre foi um inimigo mortal e, com todas as suas contrições e rompantes, era um progressista e um modernizador. Além disso, ao contrário do que se diz, era muito corajoso.

– Aliás, se a senhora me desculpa o trocadilho, o Gregório foi morto na prisão durante o governo dele.

– Mas o Lott derrubou foi o Carlos Luz. O Café adoeceu, teve um problema no coração e se afastou.

– Ou foi tudo uma invenção, essa história da doença. O Lott derrubou os dois de cambulhada.

– É mesmo? Minha memória está cheia de buracos. Penso uma coisa, vem só um pedaço. Enfim, o Café se estrepou.

– Aquele pulha! E o Eduardo Gomes nunca passou de um ministro sem importância, um ministro de segunda categoria, marcado pela ambição que levou à morte do maior político que o Brasil já teve. A "banda de música" acabou por tocar um réquiem por um Brasil defunto em 64.

– Alzirinha e Ernâni ainda seriam embaixatriz e embaixador nos Estados Unidos.

– O Lutero acabou embaixador em Honduras, mas isso já no governo do Jango. O Samuel Wainer, depois de lutar muito, perdeu a *Última Hora*, nos anos 1970, se me lembro bem. E o Lourival se elegeria pela UDN, o safado, o traidor, o corno – diz o velho, inundando-se de catarro e de raiva. – O Osvaldo apagou-se uns seis anos depois da morte do seu grande amigo.

– Não creio que Lourival tenha traído mais do que outros. Nem acho que, de fato, Adalgiza tenha sido amante de Getúlio.

– Ah, bom!...

– Era amiga de Dona Darcy, a melhor pessoa da família Vargas, uma mulher generosa e extraordinária, que criou tudo o que existe no Brasil em assistência social e morreu em 1968. Não seria hipócrita a esse ponto. Uma mulher sabe quando é traída e não tolera jamais a outra.

– Hum, Hum... O Bejo ainda se casou com Leonor e tratou de viver. O Maneco e o Lutero nunca conseguiram esquecer – desconversa o velho. – A memória do pai sempre lhes pesou nas costas frágeis. O Maneco acabou se matando com um tiro no coração, não para entrar na história, mas para sair dela. O Lutero carregou uma cruz até o fim, tentar encontrar a verdade, explicar o que houvera em 1954.

– Tantas versões... Até a carta-testamento, como lhe disse, é duvidosa. Há quem jure que foi feita depois do suicídio. Se for contar todos que viram o Getúlio assinar um papel na noite anterior à sua morte – o Osvaldo, o Epaminondas, o Ernâni –, dá umas três ou quatro cartas. O Getúlio não era megalomaníaco para escrever "saio da vida para entrar na história". Aquilo foi arranjado depois.

– Não, não. A carta é legítima. O Maciel Filho apenas deu a redação final, que o Getúlio aprovou.

– Teve outro que mexeu também.

– Quem?

– Eu nunca soube. Um dos "secretários" de Getúlio, outro da sua "inteira confiança". Outro dos seus escribas.

– Não acredito.

– Mas teve.

– Tantos destinos – resmunga o velho. – Jango chegou a vice-presidente da República duas vezes e, com a renúncia de Jânio Quadros, sofreu um primeiro golpe, tendo de assumir num regime parlamentarista, em mais uma rasteira dos milicos. Depois, recuperou os seus plenos poderes, até ser deposto pelo golpe de 1964. Trinta e quatro anos depois, os amigos de Góis Monteiro, finalmente, chegavam ao poder, do jeito que queriam, sem um civil para atrapalhar.

– O Tancredo também chegou a presidente, vinte anos depois, na transição para a democracia, mas não assumiu, levado por uma doença inesperada e letal.

– Mais uma vez, surgiram boatos de algo mais....

– Especulações, meu amigo, versões tomadas por verdades.

– Mas o Chico Ciência, minha senhora, e isso não é especulação, redigiu o Ato Institucional nº 1, dando a largada do arsenal pseudojurídico da ditadura de 1964, a mais brutal de todas as ditaduras brasileiras, capaz de fazer o Estado Novo parecer uma velharia. Logo ele, que em 1930 redigira o decreto de 11 de abril, por meio do qual Getúlio desapropriou, sem indenização, todos os "latifúndios subterrâneos" sorrateiramente abocanhados pelas companhias petrolíferas internacionais.

– As pessoas mudam, senhor.

– Para pior.

– Não se pode julgar o passado com os valores do presente.

– Mas tudo é assim, minha senhora. Tudo, digo, em relação aos Vargas e aos que com eles conviveram. Há quem diga, ainda hoje, que o Lutero era mesmo um hitlerista.

– Bobagem. O Lutero gostava dos alemães, mas cansou de escrever ao pai criticando as agressões de Hitler, que chamava de Papão, aos outros países. Lutero adorava a cultura francesa, mas considerava os franceses asquerosos e tinha nojo deles. Por achar os alemães gentis é que lhe colaram essa etiqueta. E tinha razão, os alemães são mais gentis que os franceses.

– É, mas se diz que ele escreveu para o Getúlio só para contar das piadinhas de Hitler sobre Roosevelt, não deixava de transmitir ao pai as reclamações dos nazistas, que entregaram, por exemplo, o dossiê completo do Berger à polícia do Filinto, mas reclamavam de receber poucas informações sobre a ação dos comunistas no Brasil.

– O Lutero amou mais os Estados Unidos do que a Alemanha. Queria voltar da América para ser o maior ortopedista do Brasil. Sonhava provar ao Osvaldo Aranha que o Brasil não era mais um deserto de homens e de idéias e que as "cavalgaduras" eram coisa do passado.

– Isso não quer dizer nada.

– Basta. O senhor ainda não me respondeu: diga-me quem foi o terceiro homem e quem foi o mandante.

– O mandante foi Paul Johnston, o substituto de Edgard Bundy nas operações da CIA na América Latina. O embaixador Kemper abasteceu a CIA com informações sobre o caos no Brasil. PJ articulou com o escritório de Richard Paul Momsen uma forma de forçar Getúlio a renunciar.

– Impossível que o Momsen fosse planejar um atentado contra Lacerda. Fernando Veloso, sócio do Momsen, era acionista da *Tribuna da Imprensa*.

– Acontece que as grandes estrelas, a Standard Oil, o Chase Bank, a IT&T e a United States Steel não queriam mais saber de Getúlio. Lacerda tornou-se um inocente útil. Ninguém devia morrer: apenas ser ferido. Por isso o Alcino sempre disse que não tinha saído para matar.

– Não me convence.

– Onde acha que estava Lacerda na manhã da morte de Getúlio? Na casa de Joaquim Nabuco, ligado ao Momsen, membro do clã Melo Franco, marido da irmã do Afonso Arinos.

– Isso não prova nada. É história requentada. O Lutero meteu isso na cabeça. Até o Vidal, um simples jornalista de província, apostou nessa idéia. Um deputado mineiro, um jornal espanhol e muita gente mais andaram denunciando isso.

– Mas eu sei. Eu conheci o homem que serviu de ponte entre os agentes de PJ e os executores do atentado. Eu conheci o terceiro homem. Foi ele, aliás, não o Climério, que, da esquina da Hilário de Gouveia, com um 38, atirou nas costas do major Vaz. Por isso o Alcino sempre falou que só tinha dado os dois tiros no peito do capanga do Lacerda.

– Por que ele lhe contaria isso?

– Quando Getúlio se suicidou, ele sofreu um choque. Nunca tinha imaginado um tal desfecho. Considerou-se enganado. A maré humana nas ruas do Rio de Janeiro e o desespero dos pobres o jogaram num sentimento de culpa inimaginável. Era um solitário, tinha algum segredo que não revelava. Morreu assim, acho. Queria a renúncia do presidente. Não a sua morte. Mergulhou numa profunda crise e tentou recolher as provas para, mesmo traindo os seus aliados e fazendo-se punir, denunciar a grande conspiração. Rapidamente percebeu o atoleiro em que se encontrava. Não possuía nenhum papel, e os seus contatos desapareceram. Os números de telefone deixaram de atender ou, pelas informações da companhia telefônica, nunca tinham existido. Queria denunciar tudo ele mesmo. Achava que não podia falar antes de ter algo na mão, algo concreto. Quanto mais as provas lhe escapavam, mais o desespero se apossava dele. Bebeu até parar num hospício.

– Por que não procurou Gregório e os outros?

– Seu contato era o Climério. Como todos sabem, Climério, a partir de certo momento, silenciou. Recusou-se a defender-se, não quis mais depor, fechou-se completamente. Lodi, Mendes de Morais e Danton em nada poderiam ajudar, pois, em princípio, eram suas vítimas. As portas do Momsen fecharam-se para ele. De Lacerda, nada poderia arrancar, e passou a odiá-lo. Restava-lhe Lourival Fontes. Mas Lourival o tomou por louco e o correu da sua casa. No final de 1954, esse homem escreveu um resumo do golpe, um documento anônimo, onde todas as etapas de um plano golpista, através da Cruzada Democrática, eram descritas. Lembrava-se de tudo, havia cumprido a ordem de decorar o esquema e destruir o material. Por esse plano, o poder ficaria com Juarez Távora. Remeteu o documento e afundou-se na bebida.

– Não passou nem perto dele, do Juarez, o poder.

– O suicídio de Getúlio mudou tudo. Mas o Juarez ainda concorreu à eleição presidencial seguinte e foi vencido pelo Juscelino.

– Já era o espírito de Getúlio mexendo os cordões da política brasileira.

– O valor de Getúlio foi percebido depois da sua morte. Nunca tivemos e talvez nunca venhamos a ter um estadista como ele.

– O Climério não podia ser o contato de alguém vinculado aos americanos, pois, segundo dizem todos, nunca passou de um infeliz, um pobre-diabo...

– Mas queria ganhar dinheiro e tinha uma boa razão para lançar Bejo numa aventura perigosa: fora expulso por Bejo do Corpo Provisório de 1932, por bebedeira ou covardia.

– Besteira. Quanta besteira! Isso foi o Lutero quem descobriu ou inventou. Falou para o Bejo, que nem se lembrava.

– Como sabe disso também?

– Santo Deus! Está no livro do Lutero, meu caro senhor. Além disso, pelo que vem falando, o Climério atraiu foi o Gregório para a jogada, não o Bejo.

– Acontece que o meu amigo, depois de voltar do fundo do poço, dedicou anos ao resgate das provas, num trabalho de investigação insano, rastreando todos os passos dos seus antigos aliados. Ele sabia que o Mendes de Morais havia sido metido na história por causa do revólver 45 do Alcino, com balas traçadeiras, material de uso militar. Mas sabia também, como todos, que a arma havia sido comprada por Soares de um sargento, em Minas Gerais. Sabia mais. Sabia que o inspetor Cecil Borer, irmão de Charles Borer, ligado à Standard Oil e à Esso, havia conseguido de Rosa Branca a acusação contra o general. Despertou da sua bebedeira imensa quando, próximo das eleições presidenciais de 1955, Borer, a mando dos de sempre, tentou armar para cima de Juscelino e de João Goulart, com uma lorota de metralhadoras roubadas, que Lacerda chegou a mostrar em plenário. A sacanagem continuou, na metade de setembro do mesmo ano, com uma história de metralhadoras compradas na Argentina por Jango. Estourou a farsa da tal "Carta Brandi", forjada por um certo Malfussi para denunciar o suposto tráfico e entregue a Lacerda. Era um golpe para impedir a eleição dos herdeiros de Vargas. Entrou na dança, por fora, até uma discussão sobre fundos para as próprias campanhas de Jango. O Corvo, que não se cansava de ridicularizar a perna dura de Jango e de atacar o seu "plano" de implantar uma república sindicalista no Brasil pela força, botou a boca no seu trombone que era a *Tribuna da Imprensa*. Quebrou a cara. Anos mais tarde, depois de ter embarcado na barrigada das tais metralhadoras, ainda tentando corrigir a roubada em que tinha se metido, Lacerda passou a falar em madeira no lugar de armas, misturando as metralhadoras contrabandeadas da "Carta Brandi", cuja falsidade foi demonstrada e o desmoralizou na época, com o escândalo da venda de pinho, também envolvendo João Goulart e os argentinos, que teria ajudado a financiar a campanha de Vargas. Na verdade, Lacerda misturou a "Carta Brandi" com o telegrama codificado, sobre o caso do pinho, que interceptou e denunciou tempos depois, o que quase lhe valeu um processo por alta traição à pátria por ter revelado documento secreto do Itamarati. Antes mesmo que a memória inconstante de Carlos Lacerda o levasse a mudar sua versão, meu amigo compreendeu tudo. Percebeu a trama quando tomou conhecimento da "Carta Brandi". Juntou os vários episódios anteriores e entendeu tudo. Cada fato novo só confirmou a sua teoria. Seguiu essa pista, mesmo sem poder interpelar Borer, com medo de ser eliminado, e nunca mais parou. Finalmente, já nos anos 1970, obteve as provas que procurava e resolveu dar o bote.

– Onde estão as provas?

– Não sei.

– E o seu amigo?

– Foi assassinado. Apareceu com uma pedra no pescoço dentro do Rio Guandu. Na última vez em que nos encontramos, num bar de Ipanema, em julho de 1976, ele estava voltando dos Estados Unidos. Disse-me que teria tudo nas mãos em alguns dias e que, por segurança, remeteria, antes de qualquer coisa, uma cópia para os homens que podiam ajudá-lo, pois com eles tinha falado da conspiração desde os anos 1950: Jango e Juscelino. Mas queria mandar também uma cópia para Carlos Lacerda.

– Para o Lacerda?

– Achava que o Lacerda podia ficar indignado e ser um bom canal de divulgação de tudo. Talvez o de maior credibilidade. Depois da morte de Getúlio, o Lacerda saiu do Brasil. Voltou, foi governador da Guanabara, os seus amigos milicos deram o golpe, com apoio dos mesmos civis da época das tramóias do Momsen, e, pouco depois, o próprio Lacerda foi descartado. Quando foram canceladas as eleições presidenciais, o Lacerda compreendeu que tinha pego o trem errado e desceu. Afastou-se do governo. Com o AI-5, não escapou da prisão. Tudo o que Lacerda fez foi ruim para o seu currículo de jornalista, mas lhe garantiu uma biografia americana, *A vida de um lutador*, feita pelo Foster Dulles. O título bem que podia ser "A vida de um *pit bull*", a "Trajetória de um cachorro louco" ou "Cão de agosto".

– Muito criativo, senhor. Podia ser também "A vida de um patriota do seu tempo". Tanto que Juscelino e Jango uniram-se com Lacerda numa Frente Ampla para lutar contra os milicos. Política, senhor, política. Getúlio teria feito o mesmo.

– Justamente, para o meu amigo, o fato de que a ditadura militar dispensou Lacerda era a prova de que o Corvo nunca tinha passado de um inocente útil.

– Então?

– Então, então o meu amigo foi assassinado, Jango, Juscelino e Lacerda morreram em condições misteriosas. Os executores do crime da Rua Tonelero apodreceram na prisão. Alcino saiu em 1975, depois de cantar 17 anos no coral e de não ser ouvido por mais ninguém. Todos, em algum momento, foram agredidos na cadeia. O Climério, depois de ser atacado, com uma "ferrada no bucho", passou anos no Hospital Souza Aguiar, transformado numa mistura de louco e de bicho, sem falar, sem tomar banho, a não ser de toalha, segundo contou o Alcino, nos dias mais quentes de verão. Tornou-se um estranho para os velhos companheiros e lacrou o bico. Morreu em 1975. O Nélson Raimundo era um coitado que entrou na história de gaiato e não sabia de nada. Considerou-se para sempre desgraçado. Saiu em 1960. O Soares, gordo e careca, saiu em 1975, e foi trabalhar num hospital. Tinha aprendido a não ser incômodo e a ganhar a confiança das autoridades da prisão. O Alcino tinha a sua parte da verdade. Climério e Gregório, toda a verdade. Foi assim que, em 1963, "ferraram" o Gregório.

– O Lutero disse que a faca foi fornecida pela cozinha da prisão.

– Feliciano, o tipo que matou Gregório, um cara forte, de trinta e poucos anos, homossexual, queria ser transferido para a Ilha Grande. Gregório, que tinha influência na prisão, prometeu limpar-lhe a ficha e ajudá-lo. Mas a barca quebrou, a transferência não aconteceu e o sujeito achou-se enganado. "Ferrou" o Negro. Além disso, Gregório andava falando em escrever as suas memórias e chegara a tomar algumas notas, que, depois de morto, sumiram. O Amando da Fonseca, que se apropriou dos bens do Gregório, da sociedade com a mulher do Negro, podia ser um bom suspeito. Tudo perfeito!

– Muito simples, não?

– Talvez. A verdade é que todos, todos mesmo, de Getúlio a Lacerda, todos foram vítimas.

– Como se chamava o tal amigo, o seu terceiro homem?

– Paulo. Eu o conheci na saída do julgamento do Gregório e dos outros, onde ele nunca pôs os pés, embora ficasse por perto, rondando, à espera de alguma coisa.

Descem as escadas e sentam, outra vez, num banco sob as palmeiras. O velho sente-se ofegante. Busca mais uma cigarrilha. Está sem. A velha, com seu sotaque alemão carregado pelo cansaço, não lhe dá trégua.

– O senhor foi militante do Partido Comunista?

– Tentei. Só quem me aceitou mesmo, por ser minúsculo, foi o PSR, o Partido Socialista Revolucionário, trotskista. Mas foi o suficiente para eu ser preso e conhecer a tortura, saber de mulher sendo tratada com arame incandescente na uretra e outras coisinhas do gênero.

– Por que não divulgou o conteúdo dos diários que Vargas lhe entregou antes de suicidar-se?

– Porque, assim como Paulo Amato, eu sofri um choque. Primeiro, fiquei errando no meio da multidão enfurecida, entre deslumbrado com aquela catarse popular e impressionado com a importância de Getúlio Vargas. Depois, acompanhei o cortejo ao aeroporto, assisti ao desespero dos amigos e familiares de Getúlio e, numa espécie de torpor, voltei a andar pelo Rio de Janeiro, pensando nele como um mártir e pensando em Zelinda. Então, exausto, me tranquei em casa e fiquei lendo os diários.

– Não havia uma condição estabelecida por Getúlio para lhe entregar os diários?

– Sim. Eu só poderia divulgá-los cinqüenta anos depois da sua morte. Queria, certamente, proteger algumas pessoas citadas nas suas anotações.

– Então, já tinha decidido suicidar-se?

– Ou achava que haveria resistência e poderia ser morto.

– Como podia confiar no senhor? Podia ter escolhido alguém que realmente conhecesse, por exemplo, o Maciel Filho.

– Ou Guilherme Arinos. É um mistério.

– Por que não quebrou o compromisso e não divulgou logo tudo?

– Porque passei a odiá-lo e não queria tornar público algo que lhe serviria de defesa plena.

– Odiá-lo?

– Sim. Eu o odiei com todas as minhas forças, como se odeia um carrasco, como se odeia um monstro, como se odeia o pior dos homens da face da terra. Eu o odiei com as minhas tripas, com o meu coração, tão ferido quanto o dele, e bebi durante anos para diminuir ou aplacar o meu ódio.

– Por quê?

– Lendo os diários, eu encontrei uma pequena nota sobre a deportação de Olga, uma observação tardia, em função do apoio de Prestes a Getúlio. Puxada por isso, a sua memória resgatava também os pedidos de expulsão de mais três alemãs: Genny Gleiser, Hildegard Boskovics e Zelinda Belinsky. "Todas perigosas por serem fascinantemente belas e cultas." Depois fiquei sabendo que era a extensão de um título de jornal, relativo a Genny, estendido por Getúlio a Hildegard e Zelinda.

– Zelinda Belinsky?

– Sim, a mulher da minha vida. Foi entregue aos alemães, pouco antes da declaração de guerra ao Eixo pelo Brasil. Entregue por Filinto Müller, no rabo da sacanagem, quando já servia no Ministério da Guerra.

– O senhor nunca a esqueceu?

– Ainda tenho o cheiro dos cabelos dela nos meus dedos.

– Getúlio sabia?

– Soube.

– É diferente.

– Hoje, eu sei disso. Durante anos, não pensei assim. Contei tudo a Amato, mas nunca lhe mostrei o diário. Quando ele foi assassinado, senti medo e me retirei para uma casa no campo, nos confins do Rio Grande do Sul. Lá, revisei o que sabia, pensei demais e, na solidão do exílio, me descobri obcecado, querendo entender. Gastei o dinheiro que herdei da minha mãe em viagens e pesquisas. Tudo para saber que Zelinda morrera na câmara de gás, em Dachau.

– Mais uma tragédia depois da perda do paraíso, da expulsão do Éden, onde o coitado do Stefan Zweig e de sua mulher se mataram, quando descobriram com quem estavam lidando. – A velha ri, assustadoramente, enrugando-se toda.

– Fala-se muito em Olga Benário Prestes. Foram dezenas de mulheres, comunistas judias, entregues aos nazistas. Até uma cunhada do depois famoso antropólogo Darcy Ribeiro foi mandada embora. Só que os comunistas franceses a resgataram, quando o navio atracou num porto da França, e ela se tornou uma prova viva do horror. Uma pesquisadora me mostrou uma foto impressionante, encontrada nos arquivos do Deops, em São Paulo, de uma linda judia alemã, com uma recomendação no verso: "Entregar diretamente aos nazistas." Era Hildegard. Ninguém sabe, mas houve até um navio das deportadas, um cargueiro branco da morte, singrando os mares no sentido contrário ao dos navios negreiros dos séculos anteriores.

– Existiu o *Alsina*, um navio que aportou no Brasil abarrotado de judeus que Vargas não queria receber por não ser do "interesse do país" e só servir para aumentar a "penúria nas cidades" ou algo assim, uma excelente razão.

– Muita gente era contra os judeus. O Afonso Arinos era considerado um autor anti-semita de referência. Em contrapartida, tivemos, durante a Segunda Guerra Mundial, um Souza Dantas. Mas perseguições aos judeus aconteceram até 1957, em pleno governo de JK, bem depois do Holocausto e da criação do Estado de Israel, com o apoio marcante de Osvaldo Aranha. Na memória internacional, Israel tem "nosso" dedo.

– Existe um documento também sobre isso, meu caro. Aranha só foi favorável à criação de Israel para que o Brasil ficasse livre dos judeus. Zelinda foi expulsa nesse navio das deportadas?

– Não. Isso foi antes. Zelinda tentara suicidar-se na prisão. Foi salva. Não lhe deram o direito de escapar pelas próprias mãos. Devia morrer como os outros judeus. Ter o mesmo castigo.

– A barbárie, senhor Ramos, é a especialidade humana por excelência, e nela nossa sofisticação não tem limites. Repugnante nisso é que Getúlio era um mulherengo. Vivia metido com as musas do rebolado, a ponto de passar até uma noite de Natal num teatro de revista, e de se apaixonar por algumas dessas mulheres, que eram, de fato, as suas bem-amadas, as Virgínia, Lisa, Mary, brasileiras, portuguesas, uma espanhola. Era capaz de trocar de cueca no meio do expediente para chegar bem limpo aos encontros com as suas bonecas vivas e dançantes.

– Getúlio não sabia de coisas como essas. Nunca soube do navio das deportadas. Jamais conheceu toda a maldade dos seus homens.

– O senhor ainda não aprendeu? – pergunta a velha, contorcendo-se numa risada cruel. – Não leu o diário publicado de Getúlio? Não se lembra de quando ele confessa ter se reunido com Capanema, Chico Ciência e Osvaldo Aranha para assinar uma circular secreta contra os judeus?

– Era a época. Eram os valores daquele tempo.

– Houve quem lutasse contra isso já naquele tempo.

– Faltava saber o resto – diz Tércio. – Encontrar as provas de Amato, juntar com os diários e, então, decidir. Aos poucos, fui descobrindo a importância de Getúlio, e de tanto pesquisar e amarrar os fios, fui me rendendo a ele. Nos diários, havia também uma menção ao "caso Ingeborg". Resolvi dedicar o resto dos meus anos a atar todas as pontas desses mistérios. Agora, já posso revelar tudo e dizer quem foi o mandante e as razões de tudo o que aconteceu, até do que não devia ter acontecido.

– O mandante, meu caro senhor, foi Lutero.

– Que diz?

– Os lacerdistas tinham razão numa coisa: um coitado, um ninguém como Gregório, não tomaria sozinho a decisão de matar um inimigo do presidente. Até o general Caiado admitiu, durante o julgamento, que Gregório não agiria sem um mandante. Lodi, Danton e Mendes de Morais não tinham ascendência sobre Gregório para convencê-lo a agir. Só dois homens podiam convencê-lo disso: Bejo e Lutero.

– Que diz?

– Bejo até instigou. Mas Lutero tinha razões pessoais para querer exterminar Lacerda. Não suportava mais ser chamado de ladrão, de incompetente, de bêbado, de homem sem honra, de corrupto e tudo o mais. Principalmente de "pediatra", um trocadilho infame do Lacerda, "médico de pé... quebrado", para desqualificá-lo como ortopedista.

– Mas o Lutero estava processando Lacerda.

– Por isso mesmo: Lutero convenceu-se de que nada recairia sobre ele, numa remota possibilidade de fracasso. Convenceu-se de que tinha o álibi perfeito. E tinha. Não foi nem indiciado.

– Ora, Danton e Lodi tinham os mesmos álibis.

– Mas não as mesmas razões, não com a mesma intensidade, não com o mesmo ódio, nem a mesma necessidade de provar algum valor ao próprio pai.

– Ou de vingar-se dele e de Bejo?

– Absurdo. Lutero amava o pai acima de todas as coisas e admirava o tio. Lutero queria fazer como o Bejo teria feito na juventude, dar uma lição típica de um fronteirista no

Lacerda. Queria comportar-se um pouco como não era, com uma fanfarronice típica do Bejo, e planejou estourar um pé de Lacerda com um tiro de 45. Ninguém saberia de nada, o Cleofas podia levar a culpa ou até o Tenório Cavalcanti. Por isso, o Alcino disse que não saíra para matar, e o Climério se afastou. Mas deu tudo errado, foi preciso matar o Vaz, e o tal guarda municipal encheu de balas a lataria do táxi de Raimundo.

– Ora, o Gregório confessou ao Bejo que era o mandante do crime. Ou Lutero queria empurrar a coisa para cima do Bejo?

– Por que o senhor acha que o Bejo não falou a Getúlio da confissão de Lutero?

– Por estupidez, creio.

– Porque, na estrada de Petrópolis, Gregório confessou a Bejo que tinha agido a mando de Lutero. Foi isso que o Negro confessou. Embora Lutero não tivesse a mesma ascendência que Bejo sobre Gregório, o Negro confessou que não suportava mais o sofrimento do filho do presidente e aceitou agir para dar-lhe uma reparação. Bejo calou-se porque temia matar Getúlio do coração se revelasse a verdade.

– Se fosse assim, Bejo teria interpelado Lutero.

– Bejo disse a Gregório para fechar a boca ou Getúlio seria o atingido. Prometeu ao Negro que, quando a poeira baixasse, o livraria de todas as penas. Mas lhe exigiu que, se a coisa apertasse, assumisse a culpa sozinho pelo tempo necessário. Com a mesma lógica, nunca, antes do julgamento, questionou Lutero. Não queria alarmá-lo. Preferia que não soubesse que ele sabia, preferia que imaginasse Gregório capaz de permanecer firme e solitário no seu grande segredo.

– Não posso crer. Lutero visitou Gregório na prisão e até ouviu dele: "É o primeiro Vargas que vem me ver."

Gregório, então, afirmou que nunca o tinha apontado como mandante.

– E Gregório nunca fez isso. Em compensação, Lutero, desde o começo, entregou o Negro. Passou a vida tentando aprofundar essa inculpação, embora na prisão tenha prometido livrá-lo o mais rapidamente possível. Ao longo do tempo, chegou a considerar que o Negro tivesse sido morto numa briga de homossexuais, mesmo sabendo melhor do que ninguém, tanto quanto o Alcino, que chegou a citar, da hombridade de Gregório. Depois, saiu-se com a história de que o Negro fora morto numa queima de arquivo, por saber que Alcino teria agido a mando de Tenório Cavalcanti e dele estaria para receber o devido pagamento. Lutero devia ser o primeiro a negar tanto o homossexualismo quanto a queima de arquivo, ao menos de parte de outra fonte. Conhecia Gregório e sabia das suas motivações para atacar Lacerda.

– Mas o assassino do Gregório era mesmo homossexual. Aliás, foi "ferrado", depois, por outro veado, do mesmo jeito que tinha "ferrado" o Fortunato.

– Certo, mas o Lutero também insinuou que o Lacerda tivera um caseiro, num sítio, e um professor de luta-livre, um tal de Azeitona, ex-policial, que seria bem mais do que isso.

– Ora, isso um escritor meio amalucado e ex-ministro do Jango, o João Pinheiro Neto, também insinuou, no seu *Lacerda, um raio sobre o Brasil*, sugerindo que o Corvo andara pela África seguindo as pegadas de Rimbaud, um notório veado, só que jovem e grande poeta. Mas isso não vem ao caso.

– Vem ao caso dizer que Gregório entregou os instigadores. Jamais o mandante.

– O Lutero passou a vida dizendo que o Lacerda nunca levara nenhum tiro no pé e que um tiro de 45 que "transfixasse o escafóide", era assim que se falava na época, o teria deixado sem o pé, o teria aleijado.

– Despistamento. Disse de tudo, que o Lacerda teria aproveitado um calo para forjar o tal ferimento. Mas o Sálvio Romero, como o senhor mesmo já me disse, não perdeu a perna por ter levado um tiro de 45. O Lutero tentou jogar a merda para cima dos bicheiros, do Tenório Cavalcanti, do próprio Lacerda e até da CIA. Mas, para azar do Getúlio, foi ele mesmo, Lutero, o mandante. Era para ser apenas uma "brincadeira" macabra, mas sem mortes. Por isso Gregório falava "em dar um jeito", não em matar. O tiro encomendado por Lutero saiu pela culatra e retumbou no Catete. Daí a sua imensa culpa ao longo da vida triste que levou. A lógica existencial engoliu a lógica política.

– Como pode saber disso?

– Inge me contou.

– Como?

– Inge encontrou Lutero em Honduras e, numa mistura de acerto de contas e de desabafo, ele lhe contou tudo.

– Mas, mas... a senhora não é Ingeborg Ten Haeff?

– Não. Eu me chamo Hanna.

– Que está fazendo aqui? Como sabe tudo o que sabe?

– Quando Inge veio para o Brasil, eu vim com ela. Vi e vivi tudo o que ela viu e viveu. E também fui expulsa.

– Por que odiar tanto Vargas? Inge foi expulsa, perdeu o marido e a filha. E a senhora?

– Quando fui presa, me estupraram. Fui a mulher de um batalhão. O rapaz que eu amava, exatamente como Lutero, nunca mais quis me ver. Fomos para os Estados Unidos. Dei à luz um menino, um filho do meu homem. Mas ele nunca acreditou. Meu filho morreu, como Getulinho, de paralisia infantil. Meu homem preferiu não conhecê-lo e para sempre dedicar-se às putas. Como vê, tenho boas razões para odiar Getúlio Vargas.

– Por que não esqueceu?

– Porque nunca pude amar de novo com a mesma intensidade e a mesma pureza.

– Por que veio até aqui me ver?

– Curiosidade. Algo me dizia que o senhor era a minha outra metade.

– Metade?

– O fel que ainda me falta.

– Enganou-se.

– Talvez o senhor ainda possa me convencer de alguma coisa, além de que fumar não mata tão cedo.

– A senhora já me convenceu de que o ódio conserva mais do que formol.

– Gentileza sua. Aceita um cigarro americano?

– Na falta de outro!

– Realmente, muito gentil.

– Onde está Ingeborg?

– Inge teve mais a fazer. Ganhou bolsas e prêmios, fez muitas exposições, acompanhou o segundo marido, que trabalhou com mestres como Le Corbusier, pelo mundo, casou-se ainda mais uma vez, foi descobrir o Oriente, fez tudo, tudo... A arte a salvou da própria memória. Não tive a mesma sorte.

– A filha de Inge, Cândida Darcy, antes de morrer, em São Francisco de Assis, no interior do Rio Grande do Sul, me disse que um dia mostraria a correspondência da mãe e, então, a verdade, toda a verdade, apareceria. Por que Inge não voltou?

– Esteve aqui, em 1992. Antes também. Uma vez, há décadas, veio ver, escondida, a filha, ainda uma menina, a garotinha que Lutero lhe roubara. Talvez esteja sempre por aqui. É uma artista famosa, citada por intelectuais como Deleuze e Guattari, que já expôs nos museus e galerias mais importantes do mundo. Pergunte por ela na Tate Gallery e verá.

– Amato, que conhecia, sabe-se lá como, a história de Inge, quando lhe falei do que meu pai me contara, me disse que ela foi apenas convidada a sair do Brasil.

– O senhor acha?

– Não sei mais.

– O seu pai tinha alguma razão para mentir-lhe?

– Também não sei mais.

– Ah!...

– Amato me contou que ela, de fato, traiu, mas de uma maneira mais comum: engraçou-se com um arquiteto, um tal de Paul Wiener, e enfiou um par de cifres na cabeça do Lutero.

– Inge era uma moça culta e de bom gosto. Casou-se com o filho machão de um ditador e veio morar com ele no Rio de Janeiro dos anos 1940, uma cidade provinciana e atrasada. Em pouco tempo, botou tudo de cabeça para baixo. Criou moda, mudou costumes e, com um grupo de amigas avançadas, pôs fogo no moralismo carioca. Usava calças compridas e não tinha medo de cruzar e descruzar as pernas de maneira a arrepiar os homens. Antecipou Leila Diniz. Foi mandada embora porque não era mais conveniente ter uma nora alemã.

– A senhora ouviu falar em Leila Diniz?

– O Rio de Janeiro nunca me saiu da cabeça.

– Edith, neta de Getúlio, filha da Jandira, que era uma menina na época, também acha que Inge foi uma mulher moderna demais para o Rio de Janeiro da época e que isso se chocou com o machismo de Lutero.

– A Adalgiza era bem amiga da Inge. As outras eram Gilda Sampaio, mulher de Paulo Sampaio, presidente da Panair brasileira, e Nini Corrêa, duas garotas da pesada e com vontade de se divertir. Isso já deve indicar alguma coisa sobre o temperamento da minha amiga. Esse comportamento, ao mesmo tempo refinado e abrasivo, ajudou o Lutero a entrar na garrafa. Mas não anula o resto. A própria Inge declarou a jornais brasileiros que nunca fora espiã.

– Conheço poucos espiões que vão aos jornais prestar contas das suas atividades.

– Peça a correspondência da Cândida com a Inge à filha dela, a Alexandra Manuela, e saberá a verdade. Ou vá a Nova York, ao apartamento da Inge, na Washington Square, e beba diretamente na fonte.

– Eu pensava estar fazendo isto, aqui, agora.

– Inge tem mais coisas a fazer na vida.

– Acontece que Inge declarou nunca ter sabido o verdadeiro motivo da separação, lembrando-se apenas de que Lutero agarrara a filha e sumira com ela. Acho que a menina foi criada pelo Pataco. Só que essa filha, Cândida Darcy, nunca acreditou nessa ingenuidade ou ignorância da mãe e, já adolescente, depois de passar uma temporada com ela em Nova York, acabou rompendo a relação. Sabe o que Cândida dizia?

– Não.

– "Que inocente! Minha mãe é uma artista."

– Depois que o Brasil rompeu com a Alemanha e que o destino da guerra se desenhou a favor dos aliados, Inge deixou de ser a esposa de Lutero para ser um problema político. Só Dona Darcy, sempre tão carinhosa, amargurada pela morte do filho, é que lhe dava atenção e a respeitava.

– Não é muito convincente, a senhora há de convir comigo.

– Nada do que se disse sobre Inge é convincente. Ela conheceu Lutero no dia da chegada dele a Berlim, num restaurante. Era estudante de teatro e vinha de uma família com recursos. Lutero ficou louco por ela, que o achava engraçado e maluco, capaz de gastar o equivalente ao salário de um mês num jantar para amigos e de divertir todo mundo com as seis palavras em alemão que dominava e estraçalhava com sua pronúncia horrenda. Inge tinha 23 anos e se apaixonou pelo seu exotismo, pela sua agitação, sempre com um tal de Alvarenga, da Embaixada do Brasil, a tiracolo. Depois, no Brasil, descobriu um homem ciumento e atormentado pelo peso da figura do pai.

– Um pouco freudiano, hein?

– Mais ainda: Lutero sempre foi fixado na mãe. Adorava Dona Darcy, que só pensava em Getulinho.

– Eu sei que ela adorava o caçula. No seu quarto, até o final da vida, havia fotografias do filho em todas as paredes. Antes de morrer, pediu para ser enterrada ao lado do filho, no Rio de Janeiro, longe de São Borja.

– Era uma obsessão. O senhor nem imagina. A morte dele liquidou o casamento de Darcy e Getúlio. E olhe que Dona Darcy amava Getúlio loucamente. Só que Getúlio vivia para dentro de si mesmo. Vivia para o Estado. E o Estado era ele.

– É verdade que Dona Darcy nem acompanhou Getúlio ao exílio em Santos Reis e em Itu. Ficou cuidando de Jandira, separada do marido e já muito doente.

– Ela amou Getúlio certamente até o fim, com todas as suas forças. Mas, mesmo sem separação oficial, de certa maneira desistira dele já nos anos 1940. Ninguém passa a vida casada com o Poder e com o Estado impunemente.

– Dona Darcy foi uma boa mulher. Não merecia homenagens de mau gosto como a feita pelo jornal *La Nación*, da República Dominicana, que a chamou de "Mulher da América".

– Isso foi coisa do Trujillo, querendo se comparar com Getúlio.

– O Lacerda também era fixado no pai, que era um marxista, anarquista, sei lá, um maluco. Ficou trinta anos sem falar com Maurício quando soube que ele tinha uma amante, ou, enfim, quando seus pais se separaram por causa da amante, com quem Maurício teve um filho. Acho que por isso, por essa obsessão pela figura paterna ausente, atacava tanto o Lutero como degenerado e filho rico do "pai dos pobres".

Isso não me comove. O senhor é que gosta de psicanálise, hein! Nessa história de pais e filhos, Euclides Aranha deu uma surra no Lacerda e ponto. Acabou com a conversa.

– Há razões para observar as questões psicológicas desse grande drama nacional. Há muito de pais e filhos nessa tragédia brasileira e, ao mesmo tempo, familiar. Os Melo Franco, de pai para filho, de Afrânio a Afonso, nunca perdoaram o fato de Getúlio ter preterido Virgílio em favor de Benedito Valadares, nos anos 1930. Estou convencido de que isso influiu na violência de Afonso Arinos contra Getúlio em 1954.

– Bonito, hein? O Brasil estraçalhado por rancores de família.

– Ninguém expulsa a mãe da sua filha sem motivo – diz o velho, retomando o assunto que lhe interessa. – Algo Inge fez.

– Como as crianças repreendidas por Getúlio, não? Quem inventou essa coisa de espiã foi o Emmanuel Nery. A Inge pensou até em processá-lo por causa disso.

– Então por que a senhora foi presa?

– Pura injustiça. Assim como Inge foi injustiçada. As cartas de Inge para amigos e familiares foram interceptadas pela Gestapo e usadas com fins políticos. Daí surgiu o boato de que ela seria uma espiã. Nunca fomos nazistas, embora tenhamos sofrido muita desconfiança no Rio de Janeiro, principalmente depois que o Brasil entrou na guerra ao lado dos aliados. Lutero acreditou na mentira que os americanos inventaram e abandonou Inge. Numa família de machos, as mulheres são expulsas como traidoras, sempre levam a pior.

– Sempre falam disso, veja a senhora, é difícil entender Dizem que Bejo largou Ondina, irmã da mulher do Protásio, e que isso levou a brigas entre Protásio e Bejo, mas também entre Protásio e Getúlio, que protegia o caçula. Só que a Edyala, essa segunda mulher do Bejo, considerada uma deusa dos anos 1950, bem mais jovem do que ele, claro, guardou boas lembranças dele, embora o tenha largado por um homem cinco anos mais moço do que ela. Casou-se de novo com o garotão e é mãe do Júlio Mario Santo Domingo Jr., filho de Don Julio Mario, o maior magnata da Colômbia, o dono da Bavária, o rei da cerveja. Nem todos vivem para o ressentimento. Só para lhe dar uma idéia, entre os empregados de Don Julio Mario está o Henry Kissinger, justo para conselhos e palpites. Mas tem um detalhe: Edyala, quando se separou de Don Julio, não quis um centavo do marido.

– Em compensação, pelo que eu sei, a Leonor, a última mulher do Bejo, vive mal em Petrópolis. Não lhe sobrou nada. Ela também era bem mais jovem do que ele e vinha de uma família importante de Pernambuco, os Carneiro Leão. Um deles até foi governador do Estado. Quando se conheceram, Bejo tinha 56 anos, e ela, 24. Com um filho para criar. Eram vizinhos. Ele a vira pela janela e se apaixonara. Casaram-se pouco tempo depois da morte de Getúlio e nunca mais se separaram.

– Bejo me fascina, saiba a senhora. É um belo e complexo personagem. Como diz Guilherme Arinos, um dia ainda será preciso contar a "verdadeira" história de Bejo Vargas.

– Já não está fazendo isso?

– Não sei. Vi uma família amargurada, a tragédia pesando sobre cada um. A mais equilibrada era Alzira, e, depois da morte do pai, também ela soçobrou na amargura, fumando muito e não escondendo o peso das lembranças. Maneco, o menos dramático, também se suicidou. Jandira sempre foi doente. Viveu entre surtos, risos infantis e uma ausência quase total do mundo. Lutero, um bom sujeito, nunca passou de um escombro ambulante. Getulinho ficou como uma marca do que nunca mais seria. Havia, como se diz, um *pathos* na atmosfera cotidiana dos Vargas. Talvez, por isso tudo, eu deva silenciar.

– A maldição dos Vargas é essa: todos silenciam. Todos se calam voluntariamente. Até eu e Inge silenciamos.

– Por que a senhora voltou?

– Para continuar odiando. Para ter sempre razões de odiar. Para não deixar de lembrar. De alguma maneira, o senhor é um pedaço das minhas lembranças.

– Pois eu não tenho mais razões para odiar Getúlio. Aos poucos, descobri que ele foi um homem da sua época e entendi que ninguém fez mais pelo Brasil do que ele. Em alguns momentos, fiz tudo para continuar a odiá-lo e me afundei nos livros dos seus inimigos. Mas quanto mais lia e pesquisava nos arquivos, mais me convencia do contrário daquilo que gostaria de pensar. Lembro-me de me maltratar, como um pecador que se vergasta as costas, para não sentir simpatia pelo carrasco da minha amada. Fui vencido pelos meus sentidos e pela obra de Getúlio. Getúlio morreu porque decidiu diminuir o fosso entre ricos e pobres, fortalecer os sindicatos dos trabalhadores, promover a ascensão social dos mais desfavorecidos, usando o Ministério do Trabalho como alavanca, e, o mais grave, não quis mais alinhar automaticamente o Brasil aos Estados Unidos. Esse foi o seu maior crime. Eu o perdoei pelo que ele foi para o Brasil. Por isso, decidi cumprir a sua vontade e, finalmente, divulgar os diários que deixou comigo. Tudo, enfim, se esclarecerá. Acho...

– Mostre-me esses diários. Onde estão?

– Vou buscá-los. Estão num cofre bem perto daqui Tudo o que sei foi por ter visto eu mesmo ou porque Paulo Amato me contou. Ninguém mais. Não posso acreditar no que a senhora está me dizendo. Não posso. Isso é ressentimento, é imaginário...

– Cada um pensa o que quiser.

– Não pode ser. É tempo de saber a verdade, de saber quem realmente foi Getúlio, senhora.

– Getúlio foi tudo e nada, o bem e o mal, a verdade e a mentira, a transparência e a obscuridade, o maquiavelismo e a ingenuidade, a vontade de poder e o poder sem vontade, o controle do tempo e o tempo ultrapassado. Foi tudo, foi tanto, que se deixou devorar pelos seus tentáculos e, escravo disso tudo, devorou junto uma massa de inocentes

– Não posso aceitar isso. Getúlio fez uma revolução como homem e outra como cadáver. Só isso já faz dele uma lenda. Ouça bem o que eu lhe digo: Getúlio foi o possível contra o impossível, a modernidade contra o antigo regime, o realismo progressista contra o conservadorismo pragmático e imoral. Repasso-lhe a pergunta que ele me fez quando eu o questionei sobre as faces autoritárias de certos períodos dos seus dois governos. "O senhor não poderia ter feito o que fez numa democracia?", perguntei. A resposta dele, noutra pergunta, é todo um manual de política realista: "O senhor acha?"

– O senhor já tinha contado isso. Em todo caso, é sempre uma boa pergunta – zomba a velha. – Já me aconteceu de perguntar o mesmo a alguém.

– Imagino – resmunga o velho.

– Não, o senhor, por tudo o que me disse e pelo que se tornou, não pode imaginar o que eu ainda sinto, o que nunca deixarei de sentir, o que nunca me permiti deixar de sentir. Não pode imaginar o que é ter um amor sacrificado no seu momento de maior intensidade, no seu momento único, na idade em que ainda se acredita no amor e se faz disso o sentido da existência.

– Ao contrário, posso, mais do que ninguém, ou, se quiser, como todo mundo, compreender o que significa perder um amor na flor da idade, quando se anda tonto de paixão e duro de tanta certeza na consistência dos sentimentos. Só que eu perdoei. Por mim, por Zelinda, por meu pai. Pelo tempo. Perdoei e, por ter perdoado, abri os meus olhos para a verdade.

– Quem ama realmente não perdoa.

– Inge foi mesmo uma espiã?

– O que o senhor acha?

Ele se levanta, atordoado, dá alguns passos, titubeia, apalpa os bolsos, como se procurasse uma cigarrilha que não tem, volta-se e com voz apagada, quase sumida, pergunta:

– Como se chamava o homem que abandonou a senhora?

– Paulo...

– Paulo?

– Paulo Amato – responde a velha senhora.

– Paulo Amato era o meu amigo que morreu no Guandu – estrebucha o velho.

– Paulo Amato – repete, três vezes, a velha, subitamente confusa, aterrada pela revelação do velho e transfigurada pelo nome pronunciado, como se os seus lábios a tivessem, enfim, libertado de um fardo, fazendo a verdade jorrar quando tudo já parecia selado. – Ele e Inge foram as grandes paixões da minha vida. Com eles, dividi tudo, minha alma, meu corpo, até minha cama. Por causa de Inge, acabei na cadeia e perdi Paulo.

 Por causa de Paulo, tive de ir embora do Brasil e perdi Inge. Por causa de Getúlio e de Lutero, perdi Inge, Paulo e meu filho. Inge era uma mulher muito à frente da sua época. Dormíamos juntas, às vezes, e até nos acariciávamos, como duas crianças brincando com os próprios corpos. Mas não éramos lésbicas nem nada. Éramos apenas moças irreverentes. Inge via o corpo humano como uma obra de arte e gostava de me examinar como um modelo sem segredos para ela. Mas era capaz de dar beijinhos leves nos lábios das amigas. Travessuras. Lutero nos surpreendeu na cama sem que o víssemos. Só fui saber disso muitos anos depois. Ele mesmo, na ocasião, não disse uma palavra do que viu a Inge. Agiu no mais absoluto silêncio. Achou que Inge o traía comigo e, na mesma noite, raptou a própria filha para que Inge não pudesse mais vê-la nem contaminá-la com a sua perdição. Esse é o grande segredo da família Vargas. Uma coisa horrorosa para os valores da época, numa ditadura moralmente conservadora e apoiada pela igreja católica, num país governado, então, por gaúchos machistas, a tal ponto que Lutero virou uma ruína viva. Tudo não passou de um terrível engano. O resto foi conseqüência disso. Os capangas de Getúlio aproveitaram o boato de que Inge seria espiã e forjaram o plano para mandá-la embora. O DIP era especialista nisso. Por isso Getúlio deu-lhe condições para que ela entrasse nos Estados Unidos. De qualquer modo, livrar-se da nora alemã era um bom negócio para o ditador, uma forma de parecer ainda mais próximo dos novos aliados. Não tive a mesma sorte de Inge. Fiquei presa. Sem acusação formal. Perdi tudo. Carlos Lacerda, em 1954, recebeu todos os detalhes dessa sórdida mentira e ameaçava publicar tudo com uma manchete que fazia Lutero se afundar, por antecipação, ainda mais na bebida. Foi por isso que Lutero mandou dar um susto no Corvo. Foi por isso que os capangas de Gregório, quando tudo deu errado, acusaram Lutero de ser o mandante. Foi isso que Gregório contou ao Bejo na estrada Rio–Petrópolis. Era essa a honra que o Negro aceitou lavar. Por isso Lutero era tão dividido em relação ao Negro. Ia da compaixão ao ressentimento. Devia-lhe muito. Mas Gregório sabia o pior da sua vida. Ficaram, para sempre, ligados. Foi por isso que Getúlio não sabia da preparação de nenhum atentado contra Lacerda. Era uma loucura que nunca apoiaria. Foi isso, o papel e as razões de Lutero no atentado contra Lacerda, que Bejo confirmou a Getúlio Vargas antes do suicídio que nos tapou a boca.

– Foi por isso, então, que Amato fez o que fez? Era esse, então, o ponto misterioso do dossiê que entregou ao Lacerda? Meu Deus, como esse homem amou e odiou!

– Foi Paulo quem passou as informações ao Lacerda? – pergunta a velha, soltando um ronco, como se não percebesse o quanto já sabe a resposta, mas cobrindo o rosto com as mãos ao compreender, aos poucos, o significado do pouco que acaba de ouvir e do muito que vem de dizer.

– Seria essa – desconversa o velho – a carta na manga que o pistoleiro Alcino me disse ainda guardar para o momento certo e o valor certo quando fui com ele até a Tonelero reconstituir o crime cometido meio século antes e que mudou a sua vida?

– Duvido que Alcino possa saber disso. Não lhe deram explicação nenhuma. Agiu por dinheiro. Era um coitado, até boa pessoa. Para a sua pequena vaidade, deixaram que acreditasse na pureza de um ato político.

– Alcino é um velho e bom malandro – diz o velho. – Com certeza, em todo caso, esse era o ponto forte do dossiê sobre Lutero entregue a Lacerda.

– O senhor ainda duvida?

– Estou pasmo. Passei a minha vida mergulhado nisso. O que a senhora diz não coincide com o que o meu pai me contou. Recentemente, falei de novo com mais de setenta pessoas que, de alguma forma, tiveram relação, direta ou indireta, com tudo o que aconteceu com Vargas e não descobri isso. Entrevistei o pistoleiro de aluguel, o secretário pessoal, os ajudantes-de-ordens, a Bem-Amada, as duas últimas mulheres do coronel Bejo, a filha de Lacerda, o filho de Rubens Vaz, os netos de Getúlio, amigos da família Vargas, biógrafos, historiadores, jornalistas, a suposta testemunha ocular do atentado da Rua Tonelero. Nem Brizola, que conheci muito bem, o último grande herdeiro político de Getúlio, me deu a menor pista. Não pode ser, não pode, por uma razão muito simples: Paulo Amato teria me dito.

– O senhor acha? O senhor ainda acha isso?

– Não sei. Por que Lacerda, sempre tão irrefreável, não usou essa munição quando, em 10 de agosto de 1954, despejou os "quatro crimes de morte na vida pregressa de Vargas"?

– Porque seria outro tiro no pé. Depois do atentado da Rua Tonelero, um ataque tão pessoal a Lutero não lhe traria nenhuma vantagem.

– Qual era a manchete de Lacerda que Lutero tanto temia?

– Corno de mulher.

– Vou buscar os diários – diz o velho, como que para dissipar a sua própria e imensa incredulidade.

25

Sirenes cortam a Rua do Catete, soltando uivos que entram pelos ouvidos cansados do velho Tércio Ramos, como assobios de um outro agosto ou rastros do vento minuano em noites aduncas. Ele avança, trôpego, em direção ao Largo do Machado. Uma névoa toma conta da sua mente. Segue, com os pés em falso, afundando-se numa gelatina de concreto, abrindo caminho com o peito numa bruma que, a cada passo seu, torna-se mais espessa e pesada, como se tivesse de suportar uma neblina de ferro sobre os ombros vergados. Vai, enfim, abrir as páginas da história para os incrédulos e para os maledicentes. Vai, ultrapassados cinqüenta anos de atrito com o passado, ensinar como se escreve a História do presente.

Do alto do palácio, as cinco águias parecem corvos espiando o seu andar desconjuntado e senil. Não chega a andar meio quarteirão e já os tiros ecoam. Estranha o pipocar das balas e já não sabe se está no passado ou no presente. A polícia fecha o cerco a bandidos em fuga. Um passante deixa escapar o nome de Fernandinho Beira-Mar. Outro fala em Marcinho VP. Por alguns segundos, parecem comentar uma novela de televisão ou desfiar, a esmo, nomes de celebridades do crime para causar impressão. Só que todo mundo se protege. Homens atiram-se ao chão. Mulheres escondem-se atrás de automóveis. O pânico toma conta de todos, e o choro de uma criança enerva um dos fugitivos. A primeira bala atinge Tércio no peito. A segunda, uns dois dedos abaixo do mamelão esquerdo. Cai sobre a calçada repleta de lama. Entra, para sempre, de costas, no futuro. Seu rosto, em segundos, lembra um retrato pintado por um descobridor de almas.

Atrás dele, a fachada do Palácio do Catete parece a lápide de um túmulo gradeado e cimentado desde sempre. Não, não é lúgubre nem fria. Reflete, porém, uma estranha serenidade, algo entre firmeza e indiferença. No parque, com os portões fechados, sopra um vento frio e tremulam

 as folhas das árvores. Chega, fraco, muito fraco, um cheiro

de mar. Ventos de agosto. A noite vem descendo e não há ninguém ali para lembrar Getúlio, a não ser os fantasmas que sobem e descem os 36 degraus da escadinha apertada que leva do segundo ao terceiro piso e repetem um "grande gesto" de foro íntimo que ninguém viu, mas que ninguém jamais esquecerá. A história é um mar intransponível de memórias no itinerário dos vivos.

26

Datas. Em 1960, tentou-se, pela primeira vez, de modo consistente, reabrir o processo do "caso da Rua Tonelero". Sopravam novos tempos e ainda ardiam as cinzas frescas. Ao menos, mais intensos foram os boatos e até as notícias sobre isso. O esquecimento, porém, infiltrou-se como uma lepra no corpo dos dias, dos meses e dos anos. Enterrou-se, outra vez, o que nem sequer havia sido exumado. O longo túnel da ditadura militar sepultou, de vez, as primeiras gotas de transparência e cobriu de preto o livro branco da verdade apenas esboçada e tímida.

Fim. Muito tempo depois, Carlos Frederico Werneck de Lacerda, o Corvo, saiu bruscamente da vida e entrou para a história, de lado, de viés, sempre, na memória popular, como o "assassino de Getúlio Vargas". Foi a sua derradeira credencial. Lapidou a sua versão dos fatos até o último instante – chegara até mesmo a gritar, na noite mesma do atentado sofrido na Rua Tonelero, quando voltava do Hospital Miguel Couto, no carro do amigo Armando Falcão, que atirara a esmo e podia ser o assassino de Rubens Vaz.

Loucura? Delírio? Descontrole? (Des)caminhos. Em 1930, logo depois da Revolução, Vargas oferecera o Ministério do Trabalho a Maurício Lacerda, pai de Carlos, que recusara. O getulismo e o lacerdismo, depois de 1954, continuariam a cruzar-se, numa ciranda de sentimentos e de incêndios inesperados. Cristina, filha de Carlos Lacerda, casou-se com Luís Eduardo, filho de Luís Simões Lopes, gaúcho e getulista da gema. Destinos... Coincidências. Tecidos da imaginação sem começo nem fim do anonimato universal. Tramas. Getúlio suicidou-se no dia do aniversário do filho morto, Getulinho; Carlos Lacerda morreu no dia do aniversário da filha, Cristina, transbordante de vida. Atalhos.

Personagens e lendas? Carlos Lacerda: o homem de nariz adunco; o herói das mal-amadas, o simpatizante da Aliança Nacional Libertadora; o jovem que apoiou a Intentona Comunista de 1935; o jornalista que publicou, em 1939, no *Observador econômico e financeiro*, por encomenda do DIP, uma "história do comunismo no Brasil", com autorização da cúpula do Partidão, para que a reportagem não caísse nas mãos de um repórter de direita, e foi desqualificado, com a expulsão do mesmo PCB, do qual nem filiado era, em manifesto divulgado na *Revista Proletária*; o maltratado, tido desde então por traidor da esquerda, mas que recebeu emprego de Samuel Wainer na esquerdista *Diretrizes*; o incendiário, o incansável, o sem-medida, o passional, o anticomunista, o *gourmet* que adorava sardinhas portuguesas e aprendeu a fumar charutos para diminuir o cigarro; o governador, o conspirador, o polemista que perdeu o controle, já nos anos 1960, da *Tribuna da Imprensa*; o político preso e cassado pela ditadura de 1964...

Encruzilhadas. O jornalismo brasileiro, desde aquele interminável agosto de 1954, encerrado precocemente na manhã daquele dia 24, por um tiro no coração, nunca mais foi o mesmo. Nunca mais foi o mesmo, depois que "Ele cumpriu a promessa", ainda que não tivesse perdido a vontade de derrubar presidentes. Quem ainda se lembra de que a famosa entrevista de José Américo de Almeida, ao *Correio da Manhã*, a entrevista que sepultou o Estado Novo já defunto, foi dada a Carlos Lacerda? Páginas viradas de uma paixão chamada poder. De uma realidade chamada tempo. De uma história nem sempre feita de amor. Folhas de jornal do dia anterior.

Páginas velhas cheias de anedotas sobre Vargas. Como esta: depois de rejeitar todos os nomes que lhe foram apresentados como candidatos à sua sucessão, diante da exclamação de Flores da Cunha – Você está num beco sem saída, Getúlio –, o caudilho, feliz, teria respondido, antes de soltar uma das suas clássicas gargalhadas:

– É isso mesmo que eu quero.

Até o fim

27

Partiram quase todos os homens dessa longa história, embora restem muitos Getúlio pelo Brasil afora, homenagens que já não se repetem tanto ao homem que, à sua maneira, mudou o país. Dois desses Getúlio – o filho de Jandira, primeiro neto do líder da Revolução de 1930, nascido em pleno Estado Novo, e um dos filhos de Maneco, admirador loquaz, na medida em que um Vargas possa ser loquaz, do pai e do avô, mais ainda do pai – são fazendeiros em Itaqui, palmilhando a cada dia as terras dos Vargas. O filho de Maneco carrega no rosto, na testa, no corpo inteiro, o jeito dos Vargas. Namorou a política, mas desistiu: sonhava com uma plataforma comum aos partidos sem donos, a ser executada por quem, graças ao prestígio ou ao carisma, vencesse as eleições. Em Nova Iguaçu, na Baixada Fluminense, o pistoleiro Alcino João do Nascimento paira como um fantasma sobre a sua própria história. Ao voltar ao local do crime, passados 50 anos do episódio que mudou a sua vida, mostrou-se deliciosamente acima dos ressentimentos e exclamou: "Lacerda foi um grande governador."

Essa história, agora, segue os rastros discretos ou não de algumas mulheres, unidas aos Vargas por sangue, amor, paixão ou ódio. Não por acaso, Maneco deixou um texto sobre as mulheres fortes da família, a começar por Dona Candoca, a matriarca. Tudo se bifurca, novas gerações espalham os seus ramos e recomeça o que nunca cessou, a forja da vida, a arte do esquecimento pelo trabalho da reconstrução, com suas lembranças, distorções e novas velhas histórias. Getúlio permanece como um velho umbu a dar sombra e guarida a umas e outras, conciliando o inconciliável e tramando os pontos de um laço cada vez mais esgarçado e comprido. Quase centenária, mastigando as palavras na lucidez das décadas, Dona América, mulher de Pataco Vargas, ainda vive.

A Bem-Amada, ou uma das que receberam esse título, não se esquece de lembrar tudo o que viveu com Getúlio, embora se lembre de esquecer qualquer nostalgia e prefira o silêncio da memória sem fogos de artifício. Na solidão encantada da Serra das Araras, em Piraí, munícipio do Rio de Janeiro, num sítio que lhe foi dado por Getúlio, vive, aos 84 anos de idade, Virgínia Giacone, a célebre Virgínia Lane, a "vedete do Brasil", a rainha do Teatro de Revista, a musa do rebolado, a cantora de *Saçaricando*, a encarnação mesma de *Chorinho gostoso* e *Quá, quá, quá*, a corista do Cassino da Urca, a estrela do Teatro Carlos Gomes e do show "Um Milhão de Mulheres", a coelhinha da TV Tupi, a cantora de marchinhas inesquecíveis, como *Pipoca* (ela que nasceu em 28 de fevereiro de 1920), a primeira mulher brasileira a se exibir num *collant* cavado feito um despenhadeiro, a interna do Colégio Regina Coeli e estudante do sisudo Instituto Lafayette, de Botafogo, a voz lasciva da garota bibelô da rádio Mayrink Veiga, a amiga de Bejo Vargas, a amante, durante 15 anos, do ditador e presidente. No coração sempre inflamado, ela jura que guarda um livro que escreveu e teria sido destruído pelos inimigos de Getúlio: *Minha paixão por Vargas*.

– Eu fui a Bem-Amada, a única, a definitiva, aquela que é citada nos diários do Getúlio. Posso garantir isso porque o meu corpo sabe disso como ninguém mais pode saber. Getúlio explorou cada pedaço de mim, e isso ninguém vai apagar. Escrevi meu livro e fui presa, torturada e obrigada a nunca mais confessar o que sei e vou levar para o túmulo. Hoje, eu sei que não fui apaixonada por Vargas, mas pelo presidente do Brasil, pelo homem generoso e maior da política brasileira em todos os tempos. Sou carioca, do Flamengo, mas minha mãe era de São Borja, vizinha das fazendas dos Vargas. Nasci dois meses depois que ela chegou ao Rio de Janeiro, mas conheci Getúlio em São Borja. A primeira vez em que me deitei com ele, eu tinha 15 anos. Foi no meio do campo, como num filme, como num sonho. Ele ficou louco por mim. Foi uma coisa desatinada, meio selvagem, mas doce, transbordante. Muitas vezes, na época do retiro em Itaqui, eu montava no Iego, o cavalo que ele me dera, e ia encontrá-lo no meio do mato. Por muitos anos, Getúlio foi tudo para mim. Graças a ele eu me tornei a "vedete do Brasil", aprendi cinco idiomas e estudei direito.

"Graças a ele fui para a Rádio Nacional. Getúlio mandou o coronel Costa Neto, diretor da emissora, me contratar. Graças a ele eu vivi grandes emoções, viajei bastante e me tornei muito famosa. Aonde Getúlio ia, em viagem oficial ou de descanso, eu ia atrás. Na verdade, já fazia parte da comitiva. Eu era o diabo, de tão fogosa, e ele sabia dar conta do recado. Sabia o suficiente para me satisfazer. Fugia das recepções oficiais para se encontrar comigo nos lugares mais absurdos e perigosos. Até embaixo de escada. Era excitante. Nunca controlou a minha vida noturna e pude ter muitos amigos. Só não podia andar com os amigos dele. Mesmo com o Bejo eu tomava cuidado para evitar as fofocas. O Bejo, depois de alguns uísques, não perdoava ninguém. Era um homem adorável. Quando Getúlio se exilou em Itaqui, eu ia para lá de visita. Ficava semanas inteiras. Aprendi a montar bem e tinha o meu cavalo. Dona Darcy desistiu de nos separar e até me pediu para cuidar bem dele.

"No Rio, ele ia sorrateiramente ao Teatro Recreio para me ver. Fugia dos seguranças e aparecia sozinho. Adorava as mulheres, as artistas, a Linda Batista, a Ângela Maria, intelectuais como Adalgiza Nery e Rosalina Coelho Lisboa, mas só eu fui a sua Bem-Amada. Amava as minhas pernas e dizia que eram as pernas do Brasil, as pernas espirituais. Tivemos muitos esconderijos. Era o Gregório quem o levava até mim. Um dos nossos recantos era um chalé no que é hoje a Barra da Tijuca. Na época, era um lugar sem ninguém, muito longe do Rio e onde podíamos nos amar livremente. Às vezes, eu ia ao Catete e tomava chá com ele e com a Adalgiza. Quando não podíamos nos ver, o telefone funcionava sem parar. Era uma ligação para cá e outra para lá. Estive na inauguração de Volta Redonda com Getúlio. Passamos algumas horas escandalosamente quentes num lugar secreto.

"Depois, com o tempo, o fogo foi diminuindo e ele envelhecendo, ficando desgostoso de tudo, adoentado, preocupado com a morte. Achou bom quando lhe falei do militar por quem me apaixonara. Em 3 de dezembro de 1953, eu me casei, no Outeiro da Glória. Foi uma confusão danada. A gente conservadora não queria que eu me casasse lá porque eu tinha feito um filme seminua, *O anjo do lodo*. Getúlio aceitou ser meu padrinho de casamento para bancar a cerimônia no lugar que eu queria. Entrei apoiada no seu braço. Foi uma loucura, uma afronta para a sociedade carioca, uma delícia, um gesto que só Getúlio, o meu adorado Gê, era capaz de fazer."

Nem só de lembranças doces e amorosas vive saçaricando a Bem-Amada em Piraí, à sombra do busto de bronze do Bem-Amado. Ela que, depois da morte de Getúlio, ainda se casou de novo e foi a rainha das "virginetes", adora limar as boas e as más recordações, no seu ritmo, no seu balanço, num tipo de composição muito particular. Em 2002, saiu na Portela, a escola de Getúlio e do Estado Novo, em homenagem a um dos seus três grandes amores. Mas já a sua voz treme e ela volta ao seu grande segredo e à sua versão muito particular dos fatos:

– Vou levar para o túmulo o que sei. Eu estava no Catete no dia da morte do Getúlio. Eu sei tudo. Não teve suicídio nenhum. Eu ouvi o primeiro tiro. Entrei no quarto. Getúlio estava de bruços. Morreu com um tiro na nuca. Ninguém se mata com um tiro na nuca. Escrevi isso no meu livro e por isso fui presa e torturada. Sei quem foi e não posso dizer. Sei que o atentado da Rua Tonelero foi armação da turma do Lacerda. Sei que os milicos que traíram o Getúlio não gostariam de me ouvir falar tudo o que eu sei sobre a morte dele. Foi o Gregório que me jogou por uma janela do Catete e me salvou da morte. Se tivesse ficado lá, depois do que vi, não teria escapado com vida.

Gregório já não estava preso? Não, não estava, afirma a velha senhora. Baixa a voz, torna-se mais dura, solta o verbo: Gregório estava lá. Ela se agarra ao mistério das suas lembranças e garante que o Negro estava lá, no Catete, na noite de 23 para 24 de agosto de 1954. Não estava preso no Galeão? Não, diz ela. Naquela noite, insiste, naquela manhã, quando Getúlio foi morto, corrige, Gregório estava lá. Quem o teria levado? Por que lhe teriam permitido sair do Galeão para ir ao Catete? Por que o teriam admitido na última fortaleza de Getúlio Vargas? Virgínia Lane se cala.

A tristeza na voz se expande ao falar da distância que tomou em relação aos Vargas. Conta que quebrou uma vidraça no Museu da República e tentou rasgar a "Carta-Testamento", que considera uma falsificação grosseira. As mágoas se confundem quando se refere à magra pensão do INSS, à falta de dinheiro para cuidar do sítio e aos problemas de saúde – quebrou um fêmur – que a obrigaram a mudar os seus hábitos carnavalescos por algum tempo. A alegria só volta quando se lembra dos amores ou descreve a filha. Os grandes orgulhos são pensar nos tempos de glória, nos CDs que acaba de gravar com os seus sucessos e na inauguração da Secretaria da Cultura Virgínia Lane, de Piraí. Aí ela se entusiasma:

– Estou inteira! As minhas pernas ainda são um pedaço de mau caminho. O Getúlio sabia onde tocava.

Outra Bem-Amada, nonagenária, entre Paris e o Rio de Janeiro, também recorda o que viveu e confessou em cartas de amor. Seu nome fala por si e parece uma prova das paixões do passado: Aimée – Amada. Aimée Souto Maior Sá, quando solteira; Aimée Simões Lopes, quando casada com o amigo e ajudante-de-ordens de Getúlio, Luís Simões Lopes, futuro sogro da filha de Carlos Lacerda; Aimée de Heeren, nome do seu milionário último marido. Aimée, amada por Vargas, depois amante de Assis Chateubriand, o empresário da comunicação com quem Getúlio viveu entre beijos, tapinhas na bunda e turras. *Cherchez la femme, cherchez la femme.*

Edyala e Leonor, em lugares e situações de vindas distintas – uma, por muito tempo, em Paris, na magnífica Avenue Montaigne, vizinha de Marlene Dietrich e dos colossos econômicos do mundo, e na Colômbia, agora no Rio de Janeiro, de retorno ao sol de Ipanema; a outra, sacudida pelos ventos do tempo, em sua residência simples de Petrópolis, quase sempre, no bairro Quitandinha, cujo simples nome já é um memorial e um destino, ou, às vezes, em Recife –, guardam o que resta de secreto da história sempre misteriosa e incompleta de Bejo Vargas, o último a conversar com Getúlio, o primeiro a silenciar, o boêmio do Cassino da Urca e do Palácio Quitandinha, esse templo profano erguido para ser uma catedral do jogo e do luxo, hoje uma simples meca do turismo nacional, encarnação de uma época regada com vinho francês.

Edyala, aos 86 anos, essa carioca da gema vê o passado com serenidade: Bejo era um homem bom, baixinho, gordinho, mas assediado pelas mulheres atraídas pelo poder. Foi muito apaixonada por ele, admite, mas o tempo corroeu o amor. Não só o tempo, a bem da verdade, mas também o fato de que conheceu Julio Mario na célebre festa organizada por Assis Chateaubriand no castelo de Corbeville, na

França, a festa de Jacques Fath, a festa denunciada pela imprensa anti-getulista como escandalosa e obscena. Nada disso, ri Edyala. Apenas uma festa encantadora. De Bejo, assegura, dizem-se grandes mentiras. E ela dá o exemplo de um contador de histórias que o descreve ao volante de um carro, nervoso, embora, afirme, ele nunca tenha aprendido a dirigir.

O passado não impressiona Dona Edyala. Nem o presente. Menos ainda o futuro. Viveu intensamente. Bejo é parte da sua biografia de mulher da alta sociedade. Trocou Paris pelo Rio de Janeiro sem medo nem arrependimento. Afaga o que experimentou com ternura. Guarda as suas preocupações para o filho, que, aos 46 anos, pai, empresário, formado nos Estados Unidos, um tanto boêmio, dedica-se a uma imensa biblioteca particular em Genebra. Compra livros em quantidades que nunca poderá ler, e esse estranho hábito inquieta a mãe, bem mais acostumada aos pendores menos contemplativos do herdeiro Santo Domingo.

Leonor continua apaixonada pelo homem que a morte levou e foi o verdadeiro pai do seu filho César. Recorda-se de um companheiro generoso, mergulhado em suas memórias, lendo sobre Napoleão e divagando. Tentara convencê-lo a escrever tudo o que ele sabia, mas não conseguira. Bejo só queria o silêncio. Na companhia do seu cachorro, Argos, Leonor cuida a passagem do tempo e aguarda para decidir o que ainda fará da sua vida. "Estamos aqui, Argos e eu. Se ele morrer primeiro, talvez eu vá embora, talvez volte para o Rio de Janeiro ou tome outro rumo. Argos está velho e doente. Veremos quem se vai primeiro. Dependemos um do outro."

Ingeborg, na imensidão intemporal de Nova York, traz na lembrança os vestígios de uma trágica e obscura passagem pelo Rio de Janeiro, nos anos 1940, como um improvável ciclone no Atlântico Sul, e as marcas de um amor tropical espionado e perdido. Acostumada a longas caminhadas, longe de um Brasil que a esqueceu e a tem por desaparecida, viva, talvez, em algum canto sórdido do planeta, ela esperou o novo século assentar-se para instalar a sua retrospectiva artística, "Ingeborg Ten Haeff: Inner Realms, May 6 to June 19". Aos 89 anos, diante de um italiano sorridente e de uma francesa sensível, à sombra dos seus quadros opressivos e escuros, muito magra e branca, relembra o passado e revela o principal:

– De repente, no Rio de Janeiro, me puseram dentro de um avião, um Constellation, e disseram que me levariam para a Suíça. Houve uma escala em Belém, onde ficamos 33 horas parados. Três homens me escoltavam. Quando me dei conta, estávamos em Nova York. Eu tinha recebido um passaporte brasileiro para que o meu, da Alemanha nazista, não causasse problema. Não me deram nenhuma explicação. Mas posso jurar que nunca me envolvi com política. Até hoje, não sei o que fiz.

– E a sua filha? – pergunta a francesa.

– Durante anos, escrevi para ela, mas a correspondência era desviada. Até que mandei uma carta para uma amiguinha dela. Então, Cândida soube que eu estava viva e quis me ver. Quando completou 14 anos, já depois da morte de Vargas, veio me encontrar em Nova York. Ainda me lembro do seu grito: "Mãe!"

– Alexandra, filha de Cândida, sua neta, vai casar neste ano – diz o italiano.

– Vou dar a ela o anel que a família Vargas me ofereceu quando me casei com Lutero.

É tudo. Não quer falar mais. Só a arte lhe interessa. Recorda-se de um Brasil bonito e exótico. Algo que a sua pintura não reflete. Assegura que não voltou para a Alemanha por nada ter a fazer num país devastado. Agora, é apenas uma mulher, uma velha senhora, muito velha, um pouco trêmula, embora estranhamente dura. Tudo se bifurca. Noutro ramo dessa árvore do poder e da história, Maria Thereza Goulart reflete as marcas de Jango e dos dias errantes, tendo sido até mesmo acusada de participar na trama romanesca da morte do marido. Dona Malvina, que a conheceu na juventude, guarda com carinho um carta na qual Maria Thereza, antes de casar, confessa o seu imenso amor por Jango.

Numa outra face desse holograma, Cristina Lacerda semeia a sua melancólica poesia ("punhal dentro da garganta à espreita") e alinhava, diante do mar de Ipanema, as suas memórias, as suas "casas do pai", enquanto Lígia Vaz, depois de ter casado e enviuvado de novo, entrega ao filho Rubinho o regador das suas lembranças. Cristina é a filha que escreveu ao ditador Costa e Silva para protestar contra a prisão do pai, em greve de fome, sem existência de qualquer processo, e soltou o verbo: "Ou o senhor terá esquecido de que, ao longo de todos esses anos da vida de meu pai, o resultado maior foi o senhor ter atingido a presidência da República?" Carlos foi solto. Cristina Lacerda e Alzira Vargas se encontraram um dia. Resta uma lembrança: o olhar fulminante, encoberto pela fumaça do cigarro, da predileta de Getúlio.

Uma nova geração já se põe, voluntária ou compulsoriamente, a serviço do resgate do passado. Alexandra Manoela Vargas Hamilton é o único elo entre os mortos – do avô Lutero e da mãe Cândida Darcy com a avó Inge, para ela, sem mistérios, talvez. Ontem e amanhã se encontram em velhos imaginários presentes: Alexandra, na hipermodernidade de Nova York, escolheu, como outrora faziam as moças, um mês de maio deste novo milênio para casar-se, ainda tumultuada pelo falecimento da mãe. Eterna dança das estações sempre tão diferentemente iguais. Ou seria o contrário? No apartamento sofisticado de artista, Ingeborg desafia o tempo e as certezas e desconfianças dos outros. Imersa numa ilha especial, cercada de arte por todos os lados, recorta o passado em fragmentos que se espiralam até formar uma teia que parece imitar as linhas da palma de uma mão e se perde numa confluência de traços.

A geração intermediária cumpre a sua parte. Celina Vargas do Amaral Peixoto, filha de Alzira e de Ernâni, é a face pública da memória do avô, o arquivo vivo de uma epopéia em dó menor. Edith, filha de Jandira, segue à frente da Casa do Pequeno Jornaleiro, assistindo menores carentes, refazendo, do seu jeito, moderna, iconoclasta, transparente, os passos da avó. Conversa, sem tabus, com o que já não é mais. Nem sempre diz "meu avô". Depende do assunto. Há também para ela um "avô" privado e um homem público. Vem-lhe "Getúlio". Diz "Getúlio foi", "Getúlio não foi isso"... Porém, em fogo brando, com repentinas labaredas, mantém acesa a revolta contra as injustiças sofridas pelo avô e contra o pouco reconhecimento de sua imensa obra, uma obra com as marcas, o cheiro, a retórica, o jeito e as cores da sua época.

Ali, no bairro da Saúde, na zona portuária do Rio de Janeiro, onde resiste a Fundação Darcy Vargas, uma pequena sala conserva o amarelo de um passado que se esvaiu com a firmeza dos anos, o passado da menina simples, embora mimada e de família rica, de São Borja, que tocava bandolim e tornou-se primeira-dama: a máquina de costura Singer, a caixa de costura, as fotos do casamento – Getúlio com seus longos bigodes –, as cenas públicas com o presidente do Brasil, o sorriso, ainda sem amarguras, brincando nos lábios dos dois, os retratos, muitos, de Getulinho, radiante, com seu jeito de menino – sempre Getulinho, ele que morreu nos braços da mãe –, os netos, a vida, enfim, a vida e gavetas de velhas cômodas abarrotadas de lembranças cada vez menos nítidas e mais melancólicas: um diploma de Getulinho, algo assim, da Universidade Johns Hopkins, todo um cotidiano que se foi.

Ali não há poder. Tampouco perfume de jasmim ou "água dormente". Nem "boneca de Paris". Talvez alguma derradeira mágoa esmagada num álbum ou sufocada no segundo plano de uma foto em preto-e-branco. Melhor, sim, isso, uma ponta de tristeza. Até a morte já está ausente. Há somente a pegada firme do tempo.

28

No vigésimo segundo andar do gigantesco edifício De Paoli, na esquina das avenidas Rio Branco e Nilo Peçanha, no centro do Rio de Janeiro, um homem baixinho e simpático, paradoxalmente carismático e discreto, amparado em sua bengala, prepara-se para mandar rezar mais uma missa, na Igreja do Carmo, da qual foi prior, pela alma de Getúlio Vargas. Em 2004, chegará, aos 89 anos de idade, à qüinquagésima celebração religiosa pelo amigo quase ateu. De vez em quando, ainda se encontra e conversa com a Bem-Amada. Falam, claro, de uma mesma razão de viver ou de lembrar, de uma mesma fogueira que ainda arde, uma paixão em comum, embora, evidentemente, diferente para cada um deles: Getúlio Vargas.

Botafoguense, desde um primeiro 4 a 2 sobre o Flamengo, no começo dos anos 1940, orgulhoso de ter visto a estréia de Garrincha no time da "estrela solitária", ele vive para as glórias do seu clube e para recordar o seu único verdadeiro ídolo. Foi colega de Carlos Lacerda, no *Correio da Manhã*, de onde saiu para não ser conivente com os ataques do jornal a Vargas. Sobre ele, o impiedoso diretor da *Tribuna da Imprensa*, um dia, escreveu: "É o único que serviu a Getúlio sem se servir dele." Continua servindo: nunca cedeu à tentação de escrever as suas memórias.

Passado meio século da morte de Getúlio, ainda não consegue "conceituar" o que sentiu enquanto o corpo esteve exposto no Salão Nobre do Palácio do Catete ou quando, no avião, ao lado de Osvaldo Aranha, foi a São Borja para o último adeus. Sabe apenas que foi a mais forte emoção da sua vida. Sabe que Vargas nasceu de novo ao morrer. Sabe que ninguém deu como ele o sangue por uma causa. Duvida que alguém possa eliminar o seu legado, o extraordinário legado das leis que puseram fim à escravidão dos trabalhadores brasileiros. Nos seus ouvidos certamente ainda ressoa, mesmo vindo do estádio São Januário, do Vasco da Gama, o bordão metálico e hipnótico "trabalhadores do Brasil"

Durante anos, visitou Gregório na prisão Lemos de Brito, onde o "anjo negro" atravessava os dias ajudando os outros e cumprindo tarefas humildes, como passar manteiga nos pães. Eram amigos desde os tempos do "exílio" em Santos Reis e Itu. Gregório morreu sonhando com um indulto do presidente João Goulart. Quando Fernando Henrique Cardoso declarou que o seu governo enterraria a "Era Vargas",

Guilherme Arinos pediu licença ao filho, Gustavo Franco, o poderoso presidente do Banco Central de FHC, e escreveu uma carta puxando as orelhas do presidente da República. Recebeu uma divertida resposta: "Não dê bola. Isso é conversa de político." Os olhos do amazonense Guilherme Arinos Lima Verde Barroso Franco brilham e um sorriso juvenil brinca em seu rosto quando, sem hesitação, se autodefine: botafoguense e GETULISTA. Para sempre.

No domingo seguinte à terça-feira do suicídio de Getúlio Vargas, houve futebol, visto que a vida continua, haja o que houver, como diz o sambista do morro, ela sempre continua, fazendo do óbvio um fardo e do trivial um acinte. Ela continua mesmo quando para muitos, ou somente para alguns, mais sensíveis ou mais atingidos, perdeu o sentido e a decência, ou até a ilusão de alguma pureza. Por isso, o Botafogo foi a Madureira, subúrbio do Rio de Janeiro. Madureira ainda chorava. Faltou, naquele final de semana, um torcedor, um apaixonado torcedor, coberto de preto e branco, um amazonense de retorno dos confins verdes do Rio Grande do Sul.

À noite, enquanto a violência da luz, quase sempre refletida cruamente na areia das praias, acoitava por trás dos morros em forma de nuvens, Guilherme Arinos espiava o céu da Baía de Guanabara em busca da sua estrela solitária.

29

Em São Borja, no coração da "savana verde", nas entranhas do pampa, na fronteira que sempre os uniu, entre os túmulos dos presidentes Getúlio Dornelles Vargas e João Belchior Marques Goulart, separados discretamente por algumas sepulturas sem história, descansam os restos do negro Gregório Fortunato.

Porto Alegre, 2002 e 2003.
Rio de Janeiro, 2004.

fim

ATENDIMENTO AO LEITOR E VENDAS DIRETAS

Você pode adquirir os títulos da BestBolso através do Marketing Direto do Grupo Editorial Record.

- Telefone: (21) 2585-2002
  (de segunda a sexta-feira, das 8h30 às 18h)
- E-mail: mdireto@record.com.br
- Fax: (21) 2585-2010

Entre em contato conosco caso tenha alguma dúvida, precise de informações ou queira se cadastrar para receber nossos informativos de lançamentos e promoções.

Nossos sites:
www.edicoesbestbolso.com.br
www.record.com.br

EDIÇÕES BESTBOLSO

Alguns títulos publicados

1. *As melhores crônicas*, Fernando Sabino
2. *Os melhores contos*, Fernando Sabino
3. *Baudolino*, Umberto Eco
4. *O pêndulo de Foucault*, Umberto Eco
5. *À sombra do olmo*, Anatole France
6. *O manequim de vime*, Anatole France
7. *O poderoso chefão*, Mario Puzo
8. *O último chefão*, Mario Puzo
9. *Perdas & ganhos*, Lya Luft
10. *Educar sem culpa*, Tania Zagury
11. *O livreiro de Cabul*, Åsne Seierstad
12. *O lobo da estepe*, Hermann Hesse
13. *O jogo das contas de vidro*, Hermann Hesse
14. *A condição humana*, André Malraux
15. *Sacco & Vanzetti*, Howard Fast
16. *Spartacus*, Howard Fast
17. *Os relógios*, Agatha Christie
18. *O caso do Hotel Bertram*, Agatha Christie
19. *Riacho doce*, José Lins do Rego
20. *Pedro Páramo*, Juan Rulfo
21. *Essa terra*, Antônio Torres
22. *Mensagem*, Fernando Pessoa
23. *As vinhas da ira*, John Steinbeck
24. *A pérola*, John Steinbeck
25. *O cão de terracota*, Andrea Camilleri
26. *Ayla, a filha das cavernas*, Jean M. Auel
27. *O vale dos cavalos*, Jean M. Auel
28. *O perfume*, Patrick Süskind
29. *O caso das rosas fatais*, Mary Higgins Clark
30. *Enquanto minha querida dorme*, Mary Higgins Clark

EDIÇÕES
BestBolso

Este livro foi composto na tipologia Minion, em corpo 10,5/13, e impresso em papel off-set 56g/m² no Sistema Cameron da Divisão Gráfica da Distribuidora Record.